国家社科基金
GUOJIA SHEKE JIJIN HOUQI ZIZHU XIANGMU
后期资助项目

王世贞散佚文献
整理与研究

贾 飞 著

社会科学文献出版社
SOCIAL SCIENCES ACADEMIC PRESS (CHINA)

图书在版编目（CIP）数据

王世贞散佚文献整理与研究 / 贾飞著. -- 北京：
社会科学文献出版社，2024.3
国家社科基金后期资助项目
ISBN 978-7-5228-3045-2

Ⅰ.①王…　Ⅱ.①贾…　Ⅲ.①王世贞（1526-1590）
-文集　Ⅳ.①C53

中国国家版本馆 CIP 数据核字（2023）第 253614 号

国家社科基金后期资助项目
王世贞散佚文献整理与研究

著　　者 / 贾　飞

出 版 人 / 冀祥德
责任编辑 / 杜文婕
文稿编辑 / 程丽霞
责任印制 / 王京美

出　　版 / 社会科学文献出版社·人文分社（010）59367215
　　　　　　地址：北京市北三环中路甲 29 号院华龙大厦　邮编：100029
　　　　　　网址：www.ssap.com.cn
发　　行 / 社会科学文献出版社（010）59367028
印　　装 / 三河市龙林印务有限公司

规　　格 / 开　本：787mm × 1092mm　1/16
　　　　　　印　张：21　字　数：330 千字
版　　次 / 2024 年 3 月第 1 版　2024 年 3 月第 1 次印刷
书　　号 / ISBN 978-7-5228-3045-2
定　　价 / 128.00 元

读者服务电话：4008918866

国家社科基金后期资助项目
出版说明

　　后期资助项目是国家社科基金设立的一类重要项目，旨在鼓励广大社科研究者潜心治学，支持基础研究多出优秀成果。它是经过严格评审，从接近完成的科研成果中遴选立项的。为扩大后期资助项目的影响，更好地推动学术发展，促进成果转化，全国哲学社会科学工作办公室按照"统一设计、统一标识、统一版式、形成系列"的总体要求，组织出版国家社科基金后期资助项目成果。

全国哲学社会科学工作办公室

序

詹福瑞

贾飞《王世贞散佚文献整理与研究》即将付梓，不到十年，他就著有王世贞研究的第三本书，我由衷为他的进步感到高兴。

我的学生多是从校门再进校门的学子，贾飞不是，他硕士研究生毕业后到了政府部门工作。现在大学生到政府部门是首选，其次才是考研。贾飞却反着飞，从政府部门考到学校读书，然后再进入高校工作。可见在他的心中，教师才是他职业的首选，因为这个职业适合他的人生。

我数十年在大学教书，十分了解那里的学术研究。有的人不得不做一点研究，是为了待遇，待遇是学术研究的发动机，谋到了职称，也就罢手不做研究了。有的人是把学术研究作为一种人生追求，以研究为自己解惑，也为社会解惑，学术研究是他做人的一部分，成为一种生活方式。这样的人其实并不多，也不是如人们想象的那样得到尊敬，反倒令人生畏。贾飞从读博到今孜孜矻矻研究王世贞，看得出他是有持之以恒的科研精神的，但愿利益不是他学术研究的目的。

《王世贞散佚文献整理与研究》是国家社科基金后期资助项目结项成果。贾飞刚拿到项目时，我有些担忧。王世贞著述繁多，散佚文献分散在各图书收藏单位，搜集工作任务繁重。这几年疫情闹得人们无法正常生活，更给查阅资料和安心研究带来极大困难。所以当我看到他此部书稿时，我十分意外，竟然感到了惊讶。

读书稿，有几点感受。

首先就是搜集到的文献资料丰富。此书之前，还没有学者专门对王世贞现有文集之外的资料进行搜集，当下的研究也多是基于现有文献资料的研究。王世贞在整理自己的文集时，对文章有择取和删改，加之后人对其文集保管不善，致使部分作品散佚，故辑佚实有必要。贾飞认识到这一点，往返于中国国家图书馆、上海图书馆、陕西省图书馆等收藏单位查阅文献。疫情期间，他就利用互联网搜寻故宫博物院、湖北省博物馆等机构收藏王世贞文献的信息。通过多种途径的搜集，最终获得百余篇散佚的王世贞文献。这些文献，对于王世贞研究极具价值，大到王世贞的文学思想、佛道观念，细到王世贞的疾病情况，可见其篇目《本草纲目序》《绿野堂集序》《俞仲蔚书〈金刚经〉后》，内容十分丰富，都有助于学界对王世贞研究的深入。虽然从体量上看，王世贞《弇州山人四部稿》有180卷，《弇州山人续稿》更是多达207卷，而目前搜集到的散佚文献仅仅百余篇，但作为王世贞文集不可分割的一部分，其价值自然不可小视。

再者是资料的整理分类有序。从书中搜集的散佚文献来看，确认是王世贞作品的有149篇。其中未见于《四部稿》和《续稿》等文集的文章103篇，分别为诗作9首、墨迹跋4篇、记1篇、铭3篇、书后45篇、序5篇、时文4篇、赞15篇、书牍17篇；被修改的原作部分涉及诗作33首、文13篇。对这些诗文，贾飞皆遵循王世贞编撰其文集时的体例，沿用其文集中的文体名称进行分类，这既是对先贤的尊敬，同时也避免了古今文体概念不同所带来的混乱。如《四部稿》中，王世贞将其不足百首的"词"列入"诗部"，而现在"词"却被视为与"诗"并列的文体，此书沿用王世贞文体观念，把搜集到的词作统一列入"诗部"散佚之作中，这是很得当的。还有，该书单列第四章，对部分托名为王世贞的作品进行集中整理。将可以辨认的伪作和现在仍不可辨认的存疑之作进行区分，第一节为"诗部"证伪，第二节为"文部"证伪，第三节为存疑之作，从而减少这些托名之作和王世贞原作之间的混淆。这份工作的难度很大，甚至需要很大的勇气。如一名为《王世贞尺牍》的私人藏品，共有尺牍14札，历来多人认为此品为真，并以此为基础评论王世贞的诗文、书法等观念。贾飞对这些文献进行认真研究，从文中所言之事与王世贞生平经历不符、部分地名为清朝时期才有、部分官职为清朝时期才有、部分称呼和落款不符合王世贞的习惯用法等方面，对其真伪性进行全面考证，最终认为《王世贞尺牍》为后人伪作，这种谨慎的研究态度值得肯定。

另外，理论的阐释合理有度也值得一谈。此书下编论述散佚文献中的核心观点，是建立在文献基础之上的理论研究。可贵的是，贾飞没有片面夸大散佚文献的价值，而是根据散佚文献的篇幅内容，结合王世贞现有文集及他人文集，对散佚文献的核心观点进行归纳提炼。在散佚文献《绿野堂集序》中，王世贞言："诗词之道，本乎性情，尤关于学养之深邃。"认为诗词创作与性情、学养有紧密联系。对于此论的阐释，此书便从散佚文献出发，结合王世贞早年参与文学复古运动时的主张以及其晚年对恬淡自然的追求，全面论述了王世贞的"至情"之论，进而揭示其早晚年文学主张的一致性，这也符合王世贞才思格调并举的文学主张。在进行理论阐释时，此书还大胆地尝试一些新的研究内容，如第七章根据王世贞身体状况探究其写作心境，就是很有意义的研究。王世贞先后患有眼疾、湿痛、风痰、流火、脾疾等多种疾病，但他始终笔耕不辍，创作了大量的文学作品。这些作品伴随着王世贞的人生轨迹，呈现出不同的心境。可见不同时期出现的身体疾病，不同程度地影响着王世贞的文学创作，而文学创作又治愈着作者的内心，使之舒畅，进而有助于作者身体的康复。这种尝试值得推广，可能也适用于司马迁、李白、杜甫等诸多作家的研究。

此篇赘言结束之前，再提一点希望。王世贞散佚文献到底有多少篇？对于这一问题，我想贾飞目前还不能给出准确的答案。以后随着新文献的发掘和各种古籍数据库的升级，应该还有王世贞的散佚文献被发现。我希望贾飞时刻关注这方面的动态，将王世贞的文献辑佚工作继续做下去，不断充实这方面的成果。

贾飞是尊师重道的。每次来北京查资料都会主动联系我，有时我们在外地的学术会议上偶然相见，他都会及时向我汇报他的研究动态和心得，始终保持着积极的学术热情。作为老师，看到他毕业至今的成长，我为之高兴。现为其新著作序，也寄托自己的一份期望。

2023 年 12 月 6 日

目　　录

下编 观念与创作研究

引　言

王世贞（1526～1590），字元美，号凤洲，又号弇州山人，明朝苏州府太仓州（今江苏太仓）人。嘉靖二十六年（1547）进士，先后任刑部员外郎、山东按察副使、湖广按察使、郧阳巡抚等职，累官至南京刑部尚书，卒后赠太子少保。王世贞与李攀龙、徐中行、梁有誉、宗臣、谢榛、吴国伦合称"后七子"，倡导文学复古，在李攀龙逝世后，更是独领文坛二十年，《明史》言他"才最高，地望最显，声华意气笼盖海内。一时士大夫及山人、词客、衲子、羽流，莫不奔走门下。片言褒赏，声价骤起"①。其一生著有《弇州山人四部稿》《弇州山人续稿》《弇山堂别集》等书②，实为明代著名的文学家、史学家。

一　王世贞研究综述

王世贞著述繁多，明清文人虽然没有进行精确的统计，但有其实感，如王锡爵曾说道："明兴二百年，薰酿至嘉、隆中，文章始大阐。荐绅先生结轸而修竹素，乃其著述之富，体制之备，莫如吾友大司寇元美王

---

① 张廷玉等：《明史》卷二百八十七，中华书局，1974，第7381页。
② 在众多的著作中，《弇州山人四部稿》《弇州山人续稿》作为王世贞的主要代表文集，是相关文献的重要来源和校对底稿，书中会多次提及和引用，如果每次均以书名全称出现的话，行文会显得十分烦琐。因此，在不影响文意表达的前提之下，为了行文方便，本书在正文叙述时，《弇州山人四部稿》统一简称为《四部稿》，《弇州山人续稿》统一简称为《续稿》，而在参考文献中，因为有明抄本《弇州山人续稿》和《弇州山人续稿附》等相近书名，为了减少文献混用或文本概念的模糊，则统一用全称。特此说明。

公。"① 《四库全书》的编纂馆臣在翻阅王世贞有关的文集后，由衷地感叹道："考自古文集之富，未有过于世贞者。"② 此论当为定论。据当代学者许建平计算，王世贞的《四部稿》《续稿》等基本著作 500 多卷，单刻本和别人选编王世贞著作有 830 卷左右，将王世贞作品与历代名家的作品合编在一起的书有 400 余卷，王世贞校对、删定、编辑、评点他人著作的书有 700 卷左右，疑似为王世贞之作的有 320 卷左右，托名王世贞的伪作有 610 多卷，综合起来，与王世贞有关的书多达 3609 卷③，按《四部稿》中平均每卷约 7500 字来计算的话，3609 卷的字数则多达 2700 余万。与其文集卷数之多相符的是，文集所涉内容非常广博，不仅有文学、史学、书画评论，还有考据之学、佛道思想、园林思想等诸多方面。王世贞《四部稿》《续稿》的编纂是按照赋部、诗部、文部和说部的四部体例进行的，而内容涉及经、史、子、集，无所不有。汪道昆说道："元美上窥结绳，下穷掌故，于书无所不读，于体无所不谙。其取材也，若良冶之操炉鞴，即五金三齐，无不可型。其运用也，若孙武、韩信之在军，即宫嫔、市人，无不可陈，无不可战。左之，左之无不宜之，右之，右之无不有之，则惟元美能耳。"④ 李维桢言道："（王世贞）囊括千古，研穷二氏，练解朝章，博综名物，令人耳口不暇应接……先生能以周汉诸君子之才精其学，而穷其变，文章家所应有者，无一不有。搴华咀腴，臻极妙境，上下三千年，纵横一万里，宁有二乎？呜呼，盛矣！欲观明世运之隆，不必启金匮石室之藏，问海宴河清之瑞，诵先生集而知。"⑤ 陈田则推崇道："弇州道广……此又沧溟所无，即李、何亦无此声气之广也。盖弇州负沉博一世之才，下笔千言，波谲云诡，而又尚论古人，博综掌故，下逮书、画、

① 王锡爵：《弇州山人续稿序》，王世贞：《弇州山人续稿》，美国普林斯顿大学东亚图书馆藏明刻本，第 1 叶。
② 永瑢等：《四库全书总目》卷一百七十二《弇州山人四部稿》，中华书局影印本，1965，第 1508 页。
③ 许建平：《叙语：王世贞的文化史地位》，许建平编著《王世贞书目类纂》，凤凰出版社，2012，第 3 页。
④ 汪道昆：《弇州山人四部稿序》，王世贞：《弇州山人四部稿》，美国哈佛大学燕京图书馆藏明刻本，第 5 叶。
⑤ 李维桢：《王凤洲先生全集叙》，王世贞：《弇州山人续稿》，美国普林斯顿大学东亚图书馆藏明刻本，第 4 叶。

词、曲、博、弈之属，无所不通，硕望大年，主持海内风雅之柄者四十余年，吁云盛矣!"① 这是众人在阅读王世贞文集之后的客观认知，有高度的一致性。

虽然学界早已注意到王世贞的文坛地位和影响，但是对他的研究，刚开始主要是将其作为后七子的一员，侧重其参与的文学复古运动。如1934年1月由商务印书馆出版的钱基博《明代文学》一书是明代文学研究的重要成果，书中梳理明代诗文流派的演变历程，涉及后七子，并在第一章第八节以"王世贞　宗臣"为标题，在第二章第四节以"李攀龙　王世贞　宗臣　谢榛"为标题，对王世贞进行了部分论述，突出王世贞"不徒以钩章棘句为能事"②，不过该书没有对王世贞的文学思想进行深入论述。郭绍虞发表于1937年的《神韵与格调》一文则剖析前后七子诗学的核心所在，他认为："李东阳可说是格调说的先声，李梦阳可说是格调说的中心，何景明则可说是格调说的转变。所以后来到王世贞便很有一些近于性灵神韵的见解。"③ 然而他并没有对此展开论述，仍是将王世贞作为复古派的重要领袖进行研究，谈论其对复古文学的贡献。在这段时间，虽然有部分专门研究王世贞的论文，如桥本循《王世贞底文章观及其文章》（汪馥泉译，《青年界》第4卷第4期，1933年）、笙雯《王元美的论诗——〈艺苑卮言〉立论之一斑》（《庸报》1938年8月14日，第7版）、刚宓《明人文学批评家王元美的诗论》（《庸报》1938年9月18日，第7版）等，以及部分文学批评史也有所涉及，如方孝岳《中国文学批评》（世界书局，1934）、朱东润《中国文学批评史大纲》（开明书店，1944）等，但这些研究成果大都属于概论或介绍性质，不够有深度。

在新中国成立后的一段时间内，由于多种因素的影响，大陆文学研究发展缓慢，王世贞研究的成果也较少，主要有马茂元《王世贞的〈艺苑卮言〉——读书札记之一》（《学术月刊》1962年第3期），该文属于读书介绍性质，没有进行深入研究。反而是港台地区新出了一批王世贞研究成果，如王贵苓《明代前后七子的复古》（上下，台湾《文学杂志》第3卷

① 陈田辑撰《明诗纪事》第4册《己签》卷一，上海古籍出版社，1993，第1867页。
② 钱基博：《明代文学》，商务印书馆，1934，第35页。
③ 郭绍虞：《照隅室古典文学论集》，上海古籍出版社，1983，第367页。

第 5、6 期，1958 年）一文以前后七子的创作为基础，把握他们创作的异同，进行内部分类，将王世贞和何景明视为稳健派。后来黄志民《王世贞研究》（台湾政治大学博士学位论文，1976）、许建昆《王世贞评传》（台湾东海大学硕士学位论文，1976）等论文更是直接推动了王世贞研究。

直到 20 世纪 80 年代，大陆的王世贞研究成果才逐渐增多，在论文方面，主要有夏写时《王世贞和戏曲批评》（《上海戏剧》1982 年第 4 期）、顾诚《王世贞的史学》（《明史研究论丛》1983 年第 2 辑）、赵永纪《王世贞的文学批评》［《苏州大学学报》（哲学社会科学版）1984 年第 4 期］、徐朔方《论王世贞》（《浙江学刊》1988 年第 1 期）、郑利华《论王世贞的文学批评》［《复旦学报》（社会科学版）1989 年第 1 期］、罗仲鼎《从〈艺苑卮言〉看王世贞的诗论》（《文史哲》1989 年第 2 期）、罗仲鼎《从〈沧浪诗话〉到〈艺苑卮言〉——严羽与王世贞诗论之比较》（《浙江学刊》1990 年第 3 期）、文翰《王世贞与王士禛》（《人文杂志》1994 年第 3 期）、叶玉华《王世贞撰写世情小说和明刊〈金瓶梅词话〉的差别》［《华东师范大学学报》（哲学社会科学版）1995 年第 1 期］、汪正章《王世贞文学思想论析》［《广西大学学报》（哲学社会科学版）1995 年第 4 期］、陈麟德《陶凯〈长平戈头歌〉与王世贞〈过长平作长平行〉》（《江海学刊》1996 年第 1 期）、仓修良《明代大史学家王世贞》（《文献》1997 年第 2 期）、孙卫国《论王世贞〈弇山堂别集〉对〈史记〉的模拟》［《南开学报》（哲学社会科学版）1998 年第 2 期］、张世宏《王世贞述评〈西厢记〉之价值评估》［《湖北大学学报》（哲学社会科学版）1998 年第 4 期］、刘明《王世贞与弇山园》（《江苏图书馆学报》1998 年第 4 期）、孙卫国《清官修〈明史〉与王世贞》（《史学史研究》1999 年第 2 期）等。从这些文章内容可知，对王世贞的研究不仅仅包括诗文思想，还包括戏曲理论、史学思想、园林思想等方面，甚至是从纵向的角度将王世贞与他人进行比较研究，以突出王世贞思想的独特性。

在专著方面，亦有几部重要的代表作，如之前虽然有清人钱大昕的《弇州山人年谱》，但该年谱不足一万字，仅叙述了王世贞生平的大概事迹，而这时期出现的徐朔方《王世贞年谱》（《晚明曲家年谱·苏州卷》，浙江古籍出版社，1993）和郑利华《王世贞年谱》（复旦大学出版社，

1993），则大大弥补了钱大昕的不足。徐朔方《王世贞年谱》不仅较为详细地按照王世贞年龄顺序叙述了其生平事迹，而且对王世贞的诗文创作进行了单独评析，如认为"王世贞的乐府变更接近的显然是白居易的新乐府而不是杜甫的新题乐府"①，不过徐朔方《王世贞年谱》收录在其编纂的《晚明曲家年谱》之中，并不是单行本的专著，与王世贞并行的还有徐霖、汤显祖、金圣叹等39家，因此篇幅有限，很多问题并没有展开论述。郑利华《王世贞年谱》则是一本针对王世贞生平事迹的专门性论著，非常详尽地叙述了王世贞的一生，并对其诗文创作进行深入分析，肯定王世贞在复古之外自我内心情性的抒发，推动了王世贞生平事迹和文学思想的研究。

除此之外，还有部分研究明代文学的专著或多或少地提及王世贞，如廖可斌《明代文学复古运动研究》（上海古籍出版社，1994）客观地分析了王世贞之于文学复古运动的贡献，以及肯定他对晚明文学发展所起的桥梁作用，此书是在"对复古派作一些清理复原工作，对它的真实面目作出比较全面、准确的描述"②。陈书录《明代前后七子研究》（江西人民出版社，1994）则以前后七子的李梦阳、何景明、李攀龙、王世贞为核心，探究前后七子复古文学的内涵，并认为王世贞比李攀龙的拟古作品略胜一筹，且王世贞自身的生活体验与审美体验对其文学创作有重要影响③，不孤立地看待其文学创作活动。

21世纪以来，王世贞研究取得了丰硕成果，而对王世贞文学思想的研究始终是主流。在论文方面，主要有陈书录《王世贞散文简评》[《苏州大学学报》（哲学社会科学版）2001年第3期]、郦波《论王世贞诗文主张的形成与后七子的结盟》[《徐州师范大学学报》（哲学社会科学版）2001年第3期]、孙学堂《王世贞与性灵文学思想》[《苏州大学学报》（哲学社会科学版）2002年第4期]、陈书录《俚俗与性灵：王世贞的文学创作在士商契合中的转向》（《江海学刊》2003年第6期）、魏宏远《王世贞晚年文学思想转变"三说"平议》（《浙江社会科学》2008年第4期）、周颖《王世贞创作实践与文学思想的演进历程及分期问题新议》[《上海

---

① 徐朔方：《晚明曲家年谱·苏州卷》，浙江古籍出版社，1993，第497页。
② 廖可斌：《明代文学复古运动研究》，上海古籍出版社，1994，"引言"第3页。
③ 陈书录：《明代前后七子研究》，江西人民出版社，1994，第172页。

交通大学学报》（哲学社会科学版）2016 年第 2 期]、薛欣欣和朱丽霞《王世贞与唐宋派关系新辨》[《苏州大学学报》（哲学社会科学版）2017年第 5 期]、何诗海《王世贞与吴中文坛之离合》（《文学评论》2018 年第 4 期）、涂育珍《论王世贞诗乐相合的文体观》[《中南大学学报》（社会科学版）2018 年第 5 期]、魏宏远《王世贞诗文集的文献学考察》（《文学遗产》2020 年第 1 期）、许建平和许在元《王世贞在明末清初文学演变过程中的价值与地位重估》[《上海交通大学学报》（哲学社会科学版）2021 年第 5 期]等。值得一提的是，《文学遗产》杂志社曾在 2016年第 6 期的刊物中推出三篇有关王世贞研究的专题文章，论文分别是郑利华《王世贞与明代七子派诗学的调协与变向》、叶晔《"五子"诗人群列与王世贞的文学排名观》和王润英《论王世贞书序文的书写策略》，极大地推动了王世贞研究。

在对王世贞的专题性研究专著及博士学位论文方面，有以下代表作品。郑利华《王世贞研究》（学林出版社，2002），至于该书的内涵，郑利华说道，"该书的特点是，结合王世贞家世渊源和生平经历的考察，着重梳理了王世贞从事文学活动的基本轨迹，同时围绕他所提出的一系列诗文主张，展开重点的论述，从而使王世贞基本的理论主张得以较为明晰地呈现"①，在廓清王世贞生平经历的同时，初步梳理了其文学复古思想；孙学堂《崇古理念的淡退——王世贞与十六世纪文学思想》（天津古籍出版社，2004），该书将王世贞置于历史的背景之下对其文学思想进行研究，注重王世贞晚年思想的转变；孙卫国《王世贞史学研究》（人民文学出版社，2006），该书全面而翔实地研究了王世贞史学思想的诸多方面，并对其史学影响做出评述；魏宏远《王世贞晚年文学思想研究》（复旦大学博士学位论文，2008），该论文对王世贞晚年著作进行系统研究，探究其儒释道思想的内涵，进而阐释其晚年文学思想的特点；郦波《王世贞文学研究》（中华书局，2011），该书通过综合王世贞的生平事迹、政治活动来思考其文学创作；许建平《王世贞书目类纂》（凤凰出版社，2012），该书对王世贞的著述书目进行搜集整理，并就其文学、史学地位进行略论；

① 转引自郑利华《前后七子研究》，上海古籍出版社，2015，第 5 页。

李燕青《〈艺苑卮言〉研究》（中国文史出版社，2013），该书主要研究《艺苑卮言》的版本及相关的文学理论；丁玉娜《王世贞交游研究》（上海交通大学博士学位论文，2015），该论文对王世贞与他人的交游情况进行了全面的考察，阐释了王世贞对中晚明文坛的影响；王馨鑫《王世贞文学思想与明中后期吴中文坛关系研究》（首都师范大学博士学位论文，2015），该论文从地域文学观角度探究王世贞文学思想之变与吴中文学发展的相互影响；周颖《王世贞年谱长编》（上海三联书店，2016），该书深化了对王世贞生平事迹的研究，并注重在历史大背景之下对王世贞生平进行审视；郭宝平《明朝大书生：王世贞传》（现代出版社，2017），该书重点在于对王世贞一生事迹进行小说般的叙述，行文缺少翔实的文献考证，很多推理和论断均有待商榷；魏宏远《王世贞文学与文献研究》（上海古籍出版社，2017），该书侧重对王世贞晚年文学做一全面研究，讨论其晚年自悔问题，并对一些文学概念范畴进行深入辨析。宏观性专著则主要有罗宗强《明代后期士人心态研究》（南开大学出版社，2006）、左东岭《明代文学思想研究》（商务印书馆，2013）、郑利华《前后七子研究》（上海古籍出版社，2015）等，均将王世贞放在文学流派或者时代大背景下进行论述，也对王世贞与中晚明性灵文学、复古文学的发展之关系有所涉及。

在文学研究之外，王世贞佛道思想、史学思想、书画思想、园林思想、医学思想等也受到了学界关注，如孙卫国《王世贞明史研究之成就与特点》（《史学史研究》2004年第1期）、徐彬《论王世贞的史学理论》[《安徽师范大学学报》（人文社会科学版）2004年第4期]、魏宏远《王世贞的"即心即佛"思想与"阳明禅"》（《江汉论坛》2010年第5期）、高刘巍《弇山园"全景"建筑观与"生态"造景意识研究》（《安徽农业科学》2010年第17期）、高红勤《亦谈王世贞与李时珍〈本草纲目〉》（《世界中西医结合杂志》2015年第1期）、丁玉娜《家族利益与王世贞晚年隐而复仕关系考》（《兰州学刊》2015年第2期）、杜鹃《柯律格〈雅债：文徵明的社交性艺术〉对王世贞〈文先生传〉的错判》（《文艺研究》2016年第1期）、朱燕楠和郭鹏宇《蠹鱼与野人：王世贞两种艺术鉴藏理想的空间实践——以弇山园为中心的研究》（《中国美术研究》2017年第3期）、陈昱珊《从离薋园到弇山园看王世贞造园实践特点的嬗变》（《风景园林》2017 年第 4 期）、吕浩《〈弇山堂别集〉：说出明朝那点儿事》（《社会科学报》2017 年 10 月 12 日）、崔颖《王世贞佛学思想研究》（《宗教学研究》2018 年第 1 期）、杜鹃《王世贞对赵孟頫绘画的鉴藏与品评》（《故宫博物院院刊》2018 年第 6 期）、刘君敏和张萍《叙事语境下王世贞弇山园的重读》（《中国园林》2018 年第 12 期）等。

与此同时，国外学术界对王世贞的研究也取得了一定的成果，如 Kenneth J. Hammond 的 "History and Literati Culture: Towards an Intellectual Biography of Wang Shizhen (1526-1590)" 为哈佛大学博士学位论文，该论文对王世贞的各个方面都有涉及，侧重于把王世贞作为明代典型文人进行研究，试图透过对王世贞的研究把握明朝中国士大夫的特征。该论文视角独特，立论新颖，内容丰富。再如，美国新墨西哥州立大学历史系主任 Kenneth J. Hammond 教授在荷兰莱顿大学汉学研究院为客座研究员时，于 2003 年 6 月 13～14 日组织召开了 "文化政治与政治文化：王世贞与 16 世纪中国的士大夫" 专题讨论会（Symposium on "Cultural Politics and Political Culture: Wang Shizhen and the Scholars of 16th Century China"），有来自中、美、荷、英、德、日等国的学者参加了此次讨论会。此次会议对于王世贞以及明代文学、史学、政治学的研究起到了极大的推动作用。近些年，单独刊发的论文则有 Carlitz 的 "Wang Shizhen and the Myth of Gui Youguang"（*Ming Studies*, Issue, 2007, pp. 34-74）、徐兆安（Shiu-On Chu）的《十六世纪文坛中的宗教修养——屠隆与王世贞的来往（1577～1590）》（*Chinese Studies*, Vol. 30, 2012, pp. 205-238）、Kenneth J. Hammond 的 "Shared Heritage, Different Paths Wang Shizhen and Wang Shimao"（*Ming Qing Studies*, Vol. 19, 2015, pp. 45-58）、朴京男（Park Kyeong-nam）的《16～17 世纪明朝王世贞与朝鲜金昌协的〈史记〉认识》（《中正汉学研究》第 28 卷，2016，第 127～147 页）、전영순的 "A Study on the Criticism of Tang Poems and Song Poems Made by Yiyuan Zhiyan and Jibongyuseol"（*The Journal of Society for Humanities Studies in East Asia*, Vol. 36, 2016, pp. 65-90）、李东勋的 "The Similarity and Difference in the Theory of Poetry Creation Hu Yinglin and Wang Shizhen"（*Journalof Chinese Humanities*, Vol. 73, 2019, pp. 309-327）等。由此可见，20 世纪 90 年代以来，学界对王世贞

的研究无论是在深度还是广度方面都比以前有很大的进步，王世贞已经成为各国研究者共同的研究对象。

以上对王世贞研究进行的繁复文献梳理，不仅有助于我们认知王世贞研究的现状，同时也能减少重复性的研究，这还是搜集和整理王世贞散佚文献时的客观要求，因为王世贞散佚文献涉及的内容颇广，不仅有文学、史学、佛道等内容，还有其个人的文坛交游、身体疾病等诸多方面的内容，这就要求我们对王世贞研究能够进行全面的把握，从而更好地研读散佚文献本身。

二　散佚文献的分类

由于王世贞生前对自己的生平之作进行了集中整理和编纂，相对于《四部稿》《续稿》等文集的文章总量，现在搜集的散佚文献篇目不算多，但这些散佚文献无疑是王世贞文集的重要组成部分，不可或缺。本书将在尊重王世贞编纂文集时的理念基础上，立足于散佚文献的文本本身，对其进行合理分类，同时做出如实考辨，以辨别作品的真伪。这部分内容，主要集中在本书的上编，即"散佚文献整理与考辨"。具体而言，有以下几个方面。

第一章，"诗部"散佚之作整理与考辨。此部分主要是搜集王世贞的诗作，分为五言排律、七言律诗、七言绝句和词四小节，其中"词"虽然在现代文学史的观念中有其独立的地位，甚至还能和"诗"相媲美，但是王世贞在编纂《四部稿》时，"词"是作为"诗余"置于卷五十四的，且与王世贞同时代的徐师曾，在编写《文体明辨》时罗列了 121 种文体，"词"也名为"诗余"，位于第 104 体，因此本书亦将散佚文献中的词作都列入"诗部"。对于所选的诗作，笔者都进行了相关的考证，如七言律诗《答丁明府》，此诗应该为王世贞和丁应泰初次的书信往来：王世贞文集之中有丁明府之称，且诗中的"尺鲤"指书信；"双凫"为做地方官的代称，这符合丁应泰当时休宁县令的身份；"登龙"有登龙门、升迁之意，这是王世贞对丁应泰未来的期望和肯定；"淑问"则有美名之意，由于汪道昆的提携，丁应泰早有声名，以至"于今淑问满新都"。因此，从整体上看，王世贞的态度较为谦卑，也同时赞赏了丁应泰，通过该诗，我们还可以进一步知道王世贞对后进的提携之举。

第二章，"文部"散佚之作整理与考辨。此部分主要搜集王世贞的文作，其文章总量比"诗部"多，这也符合王世贞文集中诗歌篇幅较少、文类篇幅较多的客观情况，如《续稿》"赋部"和"诗部"一共只有 25 卷，但是"文部"却多达 182 卷，占比高达 88%。按文体种类分，"文部"总共有八小节，分别为墨迹跋、记、铭、书后、序、时文、赞和书牍，除时文之外，其余几种文体在《四部稿》《续稿》中均能够找到相应的文体种类。与"诗部"对所搜集散佚之作均进行考辨有所不同的是，由于部分文集已经被学界证明确实是王世贞所作，如上海图书馆藏三十二卷本的明钞本《弇州山人续稿》，魏宏远和徐美洁皆对该书的版本问题进行了详细的考证，是王世贞所作无疑①，不过他们并没有对该书的散佚文献文本本身进行详细的探究，本书在对这样的散佚之作进行搜集与整理时，直接标明来源，不再做过多的文献考证以证明是王世贞所作，从而减少本书和学界现有研究的重复性工作。如《二祖传后》，在文本输入之后，标明"此文见于明抄本《弇州山人续稿》卷二十四，为王世贞《四部稿》《续稿》等文集所不载"。但是对于前人没有结论的版本来源，本书则进行详细的考辨，如《希夷观睡像赞》，此文见于乾隆《当涂县志》卷三十②，署名为"明王世贞"，经考证，文中所言的希夷即指北宋著名的道士陈抟，号希夷先生。在王世贞文集中，他屡次提及陈希夷，如"夫洪崖先生固张氏乃黄帝之臣伶伦也，一见于卫叔卿传……盖遐逖之灵真而希夷之妙迹也"③"然窃聆希夷澹泊之旨，实不敢以天下事措怀"④ "欲从孙先生乞数丸药，救道上贫子，归借希夷一枕，传五龙睡法耳"⑤ 等。王世贞还曾在陈希夷

---

① 对于该书版本问题的讨论，具体可以参见魏宏远《上海图书馆明钞本〈弇州山人续稿〉考》（《图书馆杂志》2009 年第 11 期，第 74~77 页）以及徐美洁《明钞本〈弇州山人续稿〉的辑佚与校勘》（《中国典籍与文化》2014 年第 3 期，第 105~109 页），他们对该书内容进行了详细的对比和分析，均肯定了明抄本《弇州山人续稿》的真实性，以及其对王世贞研究的重要价值所在。

② 上海图书馆藏乾隆《当涂县志》卷三十，第 8 叶。

③ 王世贞：《弇州山人续稿》卷一百七十一《钱舜举画洪崖先生》，美国普林斯顿大学东亚图书馆藏明刻本，第 17 叶。

④ 王世贞：《弇州山人续稿》卷一百九十四《赵汝师》，美国普林斯顿大学东亚图书馆藏明刻本，第 16~17 叶。

⑤ 王世贞：《弇州山人续稿》卷一百五十九《书真仙通鉴后》，美国普林斯顿大学东亚图书馆藏明刻本，第 8~9 叶。

诵经之处作诗抒怀，诗曰："诵经凌虚台，留骨希夷峡。何似学刘伶，未死先荷锸。"① 可见王世贞对陈希夷其人是非常熟悉的，且王世贞晚年跟从昙阳子学道，对陈希夷更是有崇敬之情。王世贞在与友人林太平的书信中说道："所喻陈希夷仙翁睡像在太平，欲令仆与元驭先生赞之，先生方襄大事，而有爰立之命。"② 太平，即指当涂县，说明王世贞有为陈希夷睡像做赞的具体动机。另外，上海图书馆藏三十二卷本明抄本《弇州山人续稿》卷七有《宋陈希夷先生睡像赞》一文，将两文进行比对，重复处居多，《希夷观睡像赞》当为《宋陈希夷先生睡像赞》的底稿，是王世贞所作。

第三章，被修改的原作整理与考辨。王世贞除了有《四部稿》《续稿》等文集之外，尚有少量的书法作品传世，这些作品散存在北京故宫博物院、上海图书馆、湖北省博物馆、台北故宫博物院等地，均为王世贞的真迹，不过与现存王世贞文集中完全没有收录的散佚文献不同，这些书法作品很少进入研究者的视野，或者被认为在《四部稿》《续稿》等文集中皆能找到对应之作。然而，经过仔细的文本比对，笔者发现这种对应并不是书法作品和《四部稿》《续稿》等文集之作的一一对应，而是王世贞在整理文集时对书法作品进行了适当的修改，如《赠王十岳诗》，王世贞在原作内容的基础之上进行了 7 处修改，大大提升了书法作品本身的语意和内涵，最终以刊刻于《四部稿》中的《赠王十岳诗》传播给读者；或者是对书法作品进行重新拆分与组合，如王世贞《跋柳公权〈兰亭诗〉》，书法作品分为两部分，且按照王世贞原有的文体观念，这两部分应均属于"文部"，但是在《四部稿》中，却将其中的一段单独分出来，置于"诗部"卷二十一，命名为《柳公权行书褉诗后序卷》，另外的则置于"文部"卷一百三十，命名为《柳诚悬书兰亭诗文》和《又》，这应该是两篇文章。而对作品进行修改是王世贞文集中的一个普遍现象，如他在撰写了《艺苑卮言》六卷本后，不满于他人私下刊刻，自己便再行修正，或是修

---

① 王世贞：《弇州山人四部稿》卷四十六《凌虚岩（希夷诵经所）》，美国哈佛大学燕京图书馆藏明刻本，第 3 叶。
② 王世贞：《弇州山人续稿》卷一百九十一《林太平》，美国普林斯顿大学东亚图书馆藏明刻本，第 17 叶。

改已有之论，或是增加内容，或是删除条目，以至最终定稿时《艺苑卮言》的篇幅居然有十二卷之多，导致《艺苑卮言》有六卷本、八卷本、十二卷本、十六卷本等多种版本。① 所以这些书法作品具有原作的性质，它们没有被完完整整地收录在王世贞文集之中，却又的的确确是他所作，独立于其现存文集之外，具有"散佚"性质，对王世贞文学研究甚至是明代文学研究都具有一定的文献价值。这些原作的情况纷繁复杂，为了保持原作的整体性和原貌性，尊重王世贞的文体观念，本书将所搜集的被修改的原作分为"诗作"和"题跋类"两大类，以便对相关内容进行阐释和考证。

第四章，部分托名之作整理与考辨。由于王世贞久负盛名，其文集深受众人追捧，他成为众多书商和文人谋取利益的对象，这导致有不少托名为王世贞的伪作。因此，在搜集王世贞散佚之作时，有部分标明为王世贞所作的文章不见于《四部稿》《续稿》等王世贞文集，但是在他人文集中却能够找到相应的文章，如乾隆《镇江府志》中标明《望焦山》一诗的作者为王世贞，但其内容却完整地见于明代姑苏顾璘《息园存稿诗》卷八的《望焦山莫至》；还有部分文章明显是在前人基础之上进行的扩写、改编，如崇祯《嘉兴县志》载《明工部右侍郎术泉谈公碑》一文，言王世贞所作，全文有 1000 余字，而明人徐象梅《两浙名贤录》中的《工部右侍郎谈舜贤相》只有 500 余字，且经过细致比对，《明工部右侍郎术泉谈公碑》无疑是在《工部右侍郎谈舜贤相》基础之上的修改；等等。经过详细的考证发现，这些标明作者为"王世贞"的文章均不是王世贞本人所作。然而这些文章却对后人认识王世贞之作或多或少地存在影响，如《王世贞尺牍》，不仅经新安小天籁阁项汉泉、麓云楼汪士元、王祖锡等著名藏家收藏，还被于右任、沈鹏、陈铭等人认为为真，并以此为基础评论王世贞的诗文、书法等观念，从而造成了大量的误读；再如托名为王世贞之作的《望焦山》，已成为当地一些导游词中介绍焦山美丽风景时经常引用的诗作。虽然这些作品完全不属于王世贞散佚文献的概念范围，但是它们的存在会给他人认知王世贞之作带来一定的不便。鉴于此，本书集中对这

---

① 参见贾飞《〈艺苑卮言〉成书考释》，《文献》2016 年第 6 期，第 140~151 页。

类文章进行辑考，在翔实的资料基础之上，证明此类作品实为伪作，从而减少他人对王世贞作品的误读。可见，其价值不亚于对王世贞真作的搜集和考证，是王世贞散佚文献辑考与研究的重要组成部分。由于该章涉及的文章不多，故不像之前三章那样按文体分类，而只是整体地按"诗部"和"文部"来区分。另外，该章还将无法确定真伪的存疑之作单独列为一节。

三　整理与研究的价值

对王世贞散佚文献的整理与研究，是文献学和文学研究的紧密结合，不仅有助于王世贞文学思想、佛道思想等方面的研究，而且对王世贞身体的疾病情况、与友人的交游，以及后七子之间的内部关系的研究也有益处。具体而言，其价值主要体现在以下几个方面。

第一，使王世贞文集更加完整。当下对王世贞的研究，主要的文献依据是《四部稿》《续稿》《弇山堂别集》《弇州史料》等书，到目前为止，尚没有学者专门对王世贞散佚文献进行集中的整理与研究。然而不可否认的是，王世贞的众多文集，只有《四部稿》是经他亲手整理和刊刻的，王世贞晚年虽然对"丙子至庚寅"① 的作品进行了集中整理，但是其刊刻和出版却是王世贞身后之事。并且按照王世贞的编纂习惯，在文集刊刻之前，他会尽可能地修改，甚至对部分文章进行增删，如前面提及的《艺苑卮言》，不同版本的内容不尽相同，《史乘考误》更是逐渐从《艺苑卮言》中脱离出来，由最初的两卷演变为十卷。在文本的变化过程之中，部分文章很可能未被文集收录。再加上在王世贞之后，家族衰落，没有能够完全继承其衣钵的后人，家人对王世贞文集也保管不力、重视不够，如王士骐曾对周章南说，"先君子遗集散落人间，殊自不少，为之后者，何如人耶"②，这就更加导致了王世贞部分书稿的遗失。从目前搜集的散佚文献来看，确认为王世贞所作的有 149 篇。其中，《四部稿》《续稿》等文集未见的文章共有 103 篇，分别为诗作 9 首、墨迹跋 4 篇、记 1 篇、铭 3 篇、书后 45 篇、序 5 篇、时文 4 篇、赞 15 篇、书牍 17 篇；被修改的原作部分

---

① 王世贞：《弇州山人续稿附》卷四《刘绍兴介微》，浙江图书馆藏明刻本，第 15 叶。
② 王士骐：《中弇山人稿》卷五，《四库禁毁书丛刊》集部第 32 册，北京出版社，1997，第 648 页。

则涉及诗作33首、文13篇。散佚文献虽然不是王世贞创作的主体部分，但是它们将使王世贞文集更加完整、全面。

第二，辨析"王世贞之作"的真伪性。王世贞所作的《四部稿》《续稿》《艺苑卮言》等书，自然不用多加考证，但是独立于这些文集之外的散存文献，在搜集和整理的过程中则必须加以详细考证。

其一，确实是王世贞所作的散佚文献，则证明其真实性，以进一步丰富王世贞文集。如《本草纲目序》。在王世贞文集的"序"文中，皆没有发现此作，而在王世贞文集中，则记载着王世贞与李时珍之间的交游信息，据文中所言，李时珍初次去拜访王世贞，为《本草纲目》求一序，不过时机不是很好，因为正值王世贞仙师昙阳子跨龙升天，王世贞为此事忙前忙后，无心为《本草纲目》写序，便让李时珍留饮数日，"楚蕲阳李君东璧，一日过予弇州园谒予，留饮数日"①。王世贞没有心思，便粗阅《本草纲目》，并戏题诗一首，诗曰："李叟维稍直塘树，便睹仙真跨龙去。却出青囊肘后书，似求元晏先生序。华阳真逸临欲仙，误注本草迟十年。何如但附贤郎舄，羊角横抟上九天。"② 十年之后，即万历十八年（1590），李时珍带着第三次修改的《本草纲目》来到南京拜访时任南京刑部尚书的王世贞，虽然王世贞此时疾病缠身，但是在正月十五日，他还是欣然作序。经过详细的考证得出，《本草纲目序》是王世贞所作，这不仅能够进一步认知王世贞与李时珍之间的交游，还能更加客观地认知王世贞当时的文坛地位。

其二，确实不是王世贞所作而署名为王世贞的作品，则证明其伪，以尽量减少他人对王世贞的误读。如前面提及的《王世贞尺牍》，该尺牍共有14通，除了众多古人认为其为王世贞之作，近代以来，多位名人也有共同的认知，于右任在1943年浏览后题跋道："王世贞字元美，明大臣，登第三朝，为七才子之首，著名文学家、书法家。运芳先生新得元美书信，神妙之品，可谓前缘。此信札为晚年笔墨，尤为难得，先生珍秘之。"③

---

① 王世贞：《本草纲目序》，李时珍：《本草纲目》，中国国家图书馆藏明刻本，第1叶。
② 王世贞：《弇州山人续稿》卷十《蕲州李先生见访之夕，即仙师上升时也，寻出所校定本草求叙，戏赠之》，美国普林斯顿大学东亚图书馆藏明刻本，第8叶。
③ 《王世贞尺牍》于右任题跋，《书法》2005年第6期，第67页。

《书法》期刊于 2005 年第 6 期刊登该藏品，胡传海据此认为："王世贞不以书鸣世，而能出此手笔，可见，书法能变化气质，文化能陶冶性灵，故知书道，亦足以恢廓才情，酝酿学问也。"① 且他还介绍道："此本《王世贞尺牍》曾经新安小天籁阁项汉泉、吴荣光、吴平斋、汪士元麓云楼、王祖锡等一些著名藏家收藏，可谓弥足珍贵。"② 沈鹏则在 2014 年夏至时欣赏此品，并题跋道："明代王世贞出身官宦人家……此册尺牍多为致同僚信函……彰显一代文坛盟主之风范。"③ 后来陈铭在《光明日报》上再次介绍此册尺牍，认为："此尺牍是其晚年写给内阁权臣和地方官员的信函，涉及拨发兵饷、月报税银、绸缎织造、河道漕运及惩办土棍等，堪称研究明代政治、经济、军事的第一手资料。册中信函以颜真卿《争座位帖》为底本，运笔率意洒脱，气息刚劲儒雅。"④ 此册尺牍还曾远赴海外展览，以体现王世贞的书法造诣。但是经过详细的考证发现，此作为假，不是出自王世贞之手，其中的直接证据之一是，王世贞为明朝之人，而《王世贞尺牍》中多次提及的"新疆"地名，在明朝时尚没有如此称呼，直到清朝才有。《清史稿》记载："（新疆）古雍州域外西戎之地。顺治四年，哈密内属，吐鲁番亦入贡，惟四卫拉特仍据其地。准噶尔数侵喀尔喀，圣祖三临朔漠征之，噶尔丹走死。……二十七年，设伊犁总统将军及都统、参赞、办事、协办、领队诸大臣，分驻各城，并设阿奇木伯克理回务。"⑤ 也即从此时起，清政府开始"统辖天山南北准部、回部各新疆地方驻防官兵"⑥。因此，学界不能据《王世贞尺牍》对王世贞进行文学、书法等方面的研究，以免造成更多的误读。

其三，将无法确定真伪的作品列入存疑类。在搜集散佚文献的过程中，由于现有资料的欠缺，以及文献本身的信息不全等，部分散佚之作的真伪性考证存在一定难度。如上氏拍卖株式会社 2021 年春季艺术品拍卖会上编号为 0491 的拍卖品署名为王世贞，其内容为"具区南浔女牛临，

---

① 胡传海：《神妙之品——读〈王世贞尺牍〉》，《书法》2005 年第 6 期，第 66 页。
② 胡传海：《神妙之品——读〈王世贞尺牍〉》，《书法》2005 年第 6 期，第 67 页。
③ 转引自陈铭《王世贞尺牍》，《光明日报》2014 年 11 月 18 日，第 12 版。
④ 陈铭：《王世贞尺牍》，《光明日报》2014 年 11 月 18 日，第 12 版。
⑤ 赵尔巽等：《清史稿》卷七十六，中华书局，1977，第 2371~2372 页。
⑥ 谭其骧主编《简明中国历史地图集》，中国地图出版社，1996，第 66 页。

万顷沧波千尺深。白雪虹桥秋滟滟，天低鼍窟昼阴阴。吴王列宴乌栖曲，越女明妆鼓枻吟。客醉向夸湖上乐，一从金马便浮沉。有客携对索题，因书旧作与之。弇山人王世贞"，据王世贞文集，诗作内容在《四部稿》卷三十三中有完整体现，其诗名为《与于鳞诸子即席分赋得怀太湖阴字》①，但是末尾处的"有客携对索题，因书旧作与之。弇山人王世贞"的语句却不见于王世贞文集。这虽然符合王世贞编纂《四部稿》的一贯体例，即只保留诗作内容，去除落款信息，从而以整首诗作的形态出现在文集中，但是拍卖会上的藏品真假难辨，即使在王世贞文集中能够找到相应的内容，也很难确定藏品上的所有文字是王世贞所写。因此，在没有更多的佐证材料来确定真伪的情况下，统一将此类作品列入存疑类。目前已经搜集到 6 篇此类作品，本书中已经逐一列出，可为他人研究提供相关的线索。

第三，推进王世贞文学研究。除对王世贞散佚文献进行搜集与整理之外，对王世贞文学思想的研究是本书的重中之重，由于散佚文献是新见材料，建立在此基础之上的研究必将推动王世贞文学研究的进一步发展。如王世贞曾把李维桢、屠隆、胡应麟等人列入"末五子"，并对李维桢寄予厚望，盛赞"雄飞岂复吾曹事，狎主凭君异日盟"②，但是之前由于王世贞与李维桢交游材料的限制，两人之间内在的文学联系研究不多，而将新发现的《凤洲文抄注释》与现有的《四部稿》《续稿》等王世贞文集进行比对，发现与王世贞文集有出入的文章多达 10 篇，其中 8 篇为佚文。这些散佚文献和《凤洲文抄注释》中的注释，以及《凤洲文抄注释》的选文情况，有利于推进王世贞与李维桢的研究，尤其是李维桢对王世贞文学思想的认知和继承。李维桢对王世贞文学思想的认同主要集中在书牍观、法度观、屈原观等方面。如书牍观，李维桢在《尺牍清裁序》中注释道："此篇首言书之不可废，次言书之用大焉。夫千里寄情，皆在于书中言，

---

① 王世贞：《弇州山人四部稿》卷三十三《与于鳞诸子即席分赋得怀太湖阴字》，美国哈佛大学燕京图书馆藏明刻本，第 11 叶。

② 王世贞：《弇州山人续稿》卷十七《李本宁大参自楚访我弇中纪别二章》其二，美国普林斯顿大学东亚图书馆藏明刻本，第 6 叶。

尺牍清裁之美未结自言，其序适足以供酱瓿耳。"① 此论亦是王世贞喜爱书牍之因，王世贞曾认为书牍具有书写方便、见字如见人等特点，是"最他文"②，李维桢也选中该序，并赞同书牍之最一说。且新发现的书牍也能进一步探究王世贞的书牍观念，还有补于王世贞与友人的交游研究，如他向黄姬水请教，与俞允文提及生活中的苦难，等等。

第四，注重与王世贞文学有关的其他方面研究。在散佚文献中，除诸多文献资料直接体现了王世贞的文学思想之外，其他文献资料还涉及王世贞的佛道思想，以及其疾病之下的文学创作，而这一切，均或多或少与其文学思想有内在联系。如知道身在儒林的王世贞可以批评《诗经》《论语》等经典著作，我们也就可以更好地理解信奉佛道思想的王世贞敢于对佛教经典著作进行直接评论。他直接说道："竺摩所携《四十二章》毋论已，独怪鸠摩何意东来，三藏何意西往，而阙此一梵夹乎？圭峰法门龙象，裴相推之，得三十五祖骨髓，而门科太繁，要指或略，不无叠床增蔓之叹。"③他还认为："《阿弥陀经》一种而四名：曰《无量清净平等觉》者，后汉月支三藏支娄迦谶译；曰《无量寿》者，曹魏康僧铠译；曰《阿弥陀过度人道经》者，孙吴月支支谦译；曰《无量寿庄严》者，宋西天三藏法贤译。……第中间阿阇世王分称其王与太子、五百长者子，后无央数劫，皆当作佛，自现本王经，与净土事绝无干与。且本王弑父之贼，世尊恐其作琉璃王仇释子眷属行径，不得已而以权教摄之。今无故增入，何以示训万世？至于经文，本甚明了，而判分定名与之相间，其语又浅陋不足观，此皆承昭明之误耳。东土学人不宜作此蛇足也。"④ 这是其一贯文风的体现。

综上可知，王世贞博学多才，勤于著述，学界目前对他的研究已经涉及文学、史学、园林、书法等诸多领域，不过，文学研究始终是其核心所

① 李维桢：《重锲凤洲王先生文抄注释》卷三《尺牍清裁序》，《凤洲文抄注释》，美国哈佛大学燕京图书馆藏明刻本，第 11 叶。
② 王世贞：《弇州山人四部稿》卷六十八《凌玄旻赫蹄书序》，美国哈佛大学燕京图书馆藏明刻本，第 6 叶。
③ 王世贞：《弇州山人续稿》卷二十二《俞仲蔚书〈圆觉经〉》，上海图书馆藏明抄本。
④ 王世贞：《弇州山人续稿》卷二十三《〈大阿弥陀经〉后》，上海图书馆藏明抄本。

在，影响到其他方面。王世贞散佚文献独立于其现存文集之外，较少进入现有的研究视野，因此，对王世贞散佚文献进行集中的搜集、整理、研究，有利于推动王世贞研究甚至是明代文学研究的进一步发展，同时还能促进王世贞全集整理工作的进一步完善。当然，在具体的论述中，本书部分论断仅是一家之言，不是学界定论，有待商榷之处，恳请方家多多批评指正。

上编　散佚文献整理与考辨

建立在翔实文献基础之上的研究，才是有源之水、有根之木，才能使后续研究过程中得出来的结论尽量客观、公正。本书的上编，主要是对搜集的散佚文献进行整理与考辨，虽然上编有四章，但是从散佚文献的情况来看，其实分为三类。第一章"诗部"散佚之作整理与考辨以及第二章"文部"散佚之作整理与考辨所涉及的散佚文献算是同一类，其内容是依据王世贞《四部稿》《续稿》中的"诗部""文部"标准，对散佚文献的文体种类进行划分，并对文章进行考辨，以确定其真实性，这类文章也是所搜集散佚文献的主体部分。而第三章被修改的原作整理与考辨，为另一类，是基于各大博物馆、图书馆所存的王世贞真迹，将其内容与《四部稿》《续稿》等王世贞文集中的相应作品进行对比、考辨，揭示王世贞在整理其文集时对相关作品的修改，而被修改的作品没有被收录，具有散佚性质。第四章部分托名之作整理与考辨是证伪，是对目前所存的名为王世贞之作的散佚文献进行整理，并进行细致的考证，证明这些托名之作实为伪作。这类作品虽最终被证明不是王世贞所作，但对其证伪有独特的价值，是为独一类。同时，第四章单列目前无法辨别的存疑之作，以便学界研究。

第一章
"诗部"散佚之作整理与考辨

　　《毛诗序》曾言，"诗者，志之所之也。在心为志，发言为诗。情动于中而形于言"①，即认为诗歌创作是人们内在心志的外在表达，这揭示了诗歌创作与作者自身情感之间的有机联系。王世贞更是主张："诗以陶写性灵，抒纪志事而已。"② 他将诗歌的功能具体化，首先突出了诗歌对作者"性灵"即本真情性的"陶写"，进而"抒纪志事"，发挥其文字记载功能，从而使诗歌成为沟通作者主观世界和外在客观世界的重要桥梁。再加上王世贞一生"多历情变"③，交游广泛，且颇富才情，笔耕不辍，喜为诗，故其诗作数量着实可观，仅就《四部稿》而言，"诗部"中的诗作就有五十二卷之多，共计4524首，涉及三言古、五言绝句、七言排律、杂体、词等18种诗体。在目前所搜集的王世贞散佚之作中，虽然诗作不多，但是自有其价值。如《题毛达和书舍》不仅提供了王世贞游玩江山县的信息，从中还可知他对毛恺的推崇；《甲马营》则透露着王世贞对军营的情感，以及自身对建功立业的认知；《答丁明府》可见王世贞与后进丁应泰的交往情况和他对后进的鼓励；等等。本着尊重王世贞原有的文体观念的原则，将搜集的诗作按文体种类依次排列。需要特别说明的是，在现代的文体观念中，不同的朝代有其不同的代表性文体，如汉赋、唐诗、宋词、元曲、明清小说，"词"是可以和"诗"相媲美的，宋词也是后人不

---

① 孔祥军点校《毛诗传笺》，中华书局，2018，第1页。
② 王世贞：《弇州山人续稿》卷一百六十八《题刘松年大历十才子图》，美国普林斯顿大学东亚图书馆藏明刻本，第13叶。
③ 陈田辑撰《明诗纪事》第4册《己签》卷一，上海古籍出版社，1993，第1880页。

可逾越的一座丰碑，不过在明代，"词"的地位仍然不高，在《四部稿》中，王世贞即将"词"列入"诗部"，其创作的词也有限，不足百首，所以此次搜集的词作就不单独分章陈列，而是统一列入"诗部"散佚之作中。

第一节　五言排律

1. 题毛达和书舍

君卜清溪里，悠然何所期。云中辨越树，花外引桐丝。白鸟青洲路，孤林丛桂枝。下帷千卷足，排阖万言奇。匪借处囊意，聊因捧檄时。披图知郡阁，芳草驻遐思。①

此诗出自康熙《江山县志》卷十四，是五言排律类的明朝第一首，署名为"吴郡王世贞元美"，同治《江山县志》卷十一中有相同内容的记载。诗中所提及的"毛达和"，是指明人毛恺（1506~1570），其为官为民，刚正不阿，素有声名，《明史》有传，言曰：

毛恺，字达和，江山人。嘉靖十四年进士。授行人，擢御史。坐论洗马邹守益不当投散地，为执政所恶，谪宁国推官。历刑部尚书。太监李芳骤谏忤穆宗，命刑部置重辟。恺奏："芳罪状未明，非所以示天下公。"芳乃得贳死。恺赠太子少保，谥端简。②

《本朝分省人物考》卷五十五中亦有类似记载："毛恺，字达和。浙江江山县人。嘉靖十四年进士，由行人选广西道御史，疏留邹守益，忤执政，谪宁国府推官，升南工部主事，累升刑部尚书，疏请致仕。"③虽与

---

① 上海图书馆藏康熙《江山县志》卷十四，第64叶。
② 张廷玉等：《明史》卷二百一十四，中华书局，1974，第5666页。
③ 过庭训：《本朝分省人物考》卷五十五，《续修四库全书》第534册，上海古籍出版社，2002，第529页。

《明史》有详略的不同，但是对毛恺主要生平事迹的介绍则相吻合。

虽然查阅王世贞文集可知，他并没有提及与江山交游相关的事迹，但是对于毛恺，王世贞还是知道其人的，他曾简单地说道："毛恺，浙江江山人。嘉靖乙未进士，四十五年任，改刑部。"[①] "毛恺，浙江江山人。嘉靖乙未进士，隆庆元年推，二年任，四年致仕。"[②] 除了其履任刑部官职与毛恺近似之外，他还在文中提及毛恺，如在《送少宰汶上吴公迁南大宗伯序代太宰公》言："吴公始幡然，起佐御史台，迁为吏部右侍郎，是时江山毛公为左侍郎……隆庆之春正月，毛公迁南京吏部尚书。"[③] 此处江山毛公即为毛恺，王世贞所述毛恺的任职时间亦符合其生平轨迹。

再者，自唐开始，江山地区便属于浙江衢州，王世贞曾在浙江有过一段任职经历，据郑利华《王世贞年谱》所言，王世贞于隆庆三年（1569）任浙江参政，四月赴任，公暇之余便与友人造访浙中诸多名胜，有诗。[④] 且在五月至闰六月间，王世贞率先捐俸五十金以救浙西灾情，作《地方水患恳乞天恩大赐蠲恤以培国本以宽民命疏》向朝廷乞求恩泽，并于"己巳之秋，季月稍魄，余所偕迈者金华、括苍之伯，指桐庐，下建德"[⑤]，还至严州作《严州有感》一诗。从地图上可知，建德西南与衢州相交，严州南部亦与衢州接壤，衢州古城名迹众多。"君卜清溪里，悠然何所期"，即言及毛恺居住在清溪里。这一地名，在浙西仅衢州有，且清溪锁钥古码头是钱塘江上游水陆码头，为古时繁华之地，船舶汇聚，王世贞极有可能与友人一起游玩衢州。

况且，衢州还有王世贞挚友李攀龙的足迹，李攀龙与王世贞的关系无须多言，他隆庆改元起复，出任浙江按察司副使，隆庆三年，诏拜河南按察使。他曾作《赠毛达和高斋》一诗，这首诗后来收录在其文集中，名为

---

① 吕浩校点《弇山堂别集》卷四十七《南京吏部尚书表》，上海古籍出版社，2017，第1150页。

② 吕浩校点《弇山堂别集》卷五十《刑部尚书表》，上海古籍出版社，2017，第1221页。

③ 王世贞：《弇州山人四部稿》卷五十七《送少宰汶上吴公迁南大宗伯序代太宰公》，美国哈佛大学燕京图书馆藏明刻本，第19叶。

④ 郑利华：《王世贞年谱》，复旦大学出版社，1993，第182~186页。

⑤ 王世贞：《弇州山人四部稿》卷一《登钓台赋》，美国哈佛大学燕京图书馆藏明刻本，第14叶。

《毛刺史姑蔑高斋》，诗作内容为："武陵看花处，二仲得相闻。雨白闽天合，山青越徼分。书声散秋瀑，翰墨染春云。府檄何年事？犹余猿鹤群。"① 姑蔑，春秋战国时，江山为姑蔑的一部分；春秋末期则为勾践越国的西境之地；今属浙江衢州。可见李攀龙也对毛恺倍加推崇，这与王世贞一致。

综上所述，《题毛达和书舍》的创作时间很可能是王世贞在浙江任上。

第二节 七言律诗

1. 甲马营

人云宋帝此蓬蒿，未有祠宫荐寂寥。乱后中原余紫气，军前宿将有黄袍。千年鹿逐身俱健，万里龙驱准自高。好为翩翩幽蓟客，莫驰名马竞弓刀。②

此诗出自乾隆《武城县志》卷十四，艺文类七言律诗第五首，署名为"明王世贞"。乾隆《武城县志》，清骆大俊纂修，清乾隆十五年（1750）刊。武城是山东德州西部的一个县，甲马营是一个地名，位于武城县西部。据说，宋太祖赵匡胤起兵路经此地时，曾下马视察兵营，后遂将村名取为"下马营"，后几经沿革，最终命名为"甲马营"，正如诗中所言："人云宋帝此蓬蒿，未有祠宫荐寂寥。"明清时期，甲马营是略小于武城县的一个大镇，其由于临近河道，具有天然的交通运输优势，济宁以南的粮食物资多由陆路运至临清、甲马营、德州等卫运河港口，然后通过卫河和南运河的河道运到通州，因此甲马营成为朝廷的运河重镇和军事重地，明清两朝官府在此设有递运所、水馆驿、巡检司三个衙门，它还是商业重镇，南来北往的官员士子以及商旅络绎不绝。甲马营不仅地理位置优越，还景色宜人，有"小洛阳"之称，春天时万物复苏，百花争放，以至桃李

---

① 李攀龙著，包敬第标校《沧溟先生集》，上海古籍出版社，2014，第165页。
② 上海图书馆藏乾隆《武城县志》卷十四，第65叶。

盛开，芳香袭人，此地还接待南巡的康熙皇帝和乾隆皇帝各四次。可见，甲马营是选择水路时北上德州进而往北以及由北京经德州再往南的必经之地。

虽然王世贞的文集中没有明确提及甲马营，但是他屡次前往德州。如嘉靖三十一年（1552）七月末离京出决江淮狱，后途经德州，作《见德州李帅谈边事有感》《与周叔夜论诗》《过清源李宪使宴作》等诗。隆庆元年丁卯（1567），父冤始申，得以诏复原官，王世贞后途经德州，本想与李攀龙相约于齐河一聚，其言曰："当事者幸哀怜先君子，予故官。不佞兄弟亦始得称人，即以其日归。计取道安德，而进要足下（李攀龙）见于齐河。"① 但王世贞归心甚切，相聚未能成行，作《过德州，不及访于鳞，有寄》诗给李攀龙。万历二年甲戌（1574）十一月，王世贞与魏允中会于德州，相邀同往清源，作诗《魏懋权追践约于德州，至清源而别，书此为赠》，诗曰"席帽西风吹欲欹，冲寒来践故人期"②，可见此次与魏允中的相会是之前就定好的。且王世贞于嘉靖三十六年十月至嘉靖三十八年七月任山东按察司副使，兵备青州，并在任期间的闲暇之时，与友人至东牟、蓬莱、登州、历城、泰安等地游历，作《泰安戏呈徐张二使君索会》《游太山记》等诗文，足迹遍及整个山东。

结合诗中的意境，此诗虽是在古营地抒怀古事，但又寄托着自己对建功立业的渴望，"好为翩翩幽蓟客，莫驰名马竞弓刀"，其中"幽蓟"，即指幽蓟十六州，又称幽云十六州，是幽、蓟、瀛、莫、涿、檀、顺、新、妫、儒、武、云、应、寰、朔、蔚这十六州的总称。幽蓟十六州历来是兵家必争之地，如杜甫在《夏日叹》中感叹道："浩荡想幽蓟，王师安在哉。"③ 该地还曾被后晋的石敬瑭割予契丹，更是成为后人吟诵的对象，如刘克庄"狼烟起幽蓟，鸟道幸岷峨。穆满尚八骏，隆基惟一骡"④，刘永之"白头

---

① 王世贞：《弇州山人四部稿》卷一百一十七《李于鳞》，美国哈佛大学燕京图书馆藏明刻本，第 11 叶。

② 王世贞：《弇州山人四部稿》卷四十二《魏懋权追践约于德州，至清源而别，书此为赠》，美国哈佛大学燕京图书馆藏明刻本，第 18 叶。

③ 谢思炜校注《杜甫集校注》，上海古籍出版社，2015，第 278 页。

④ 刘克庄著，辛更儒校注《刘克庄集笺校·明皇幸蜀图》，中华书局，2011，第 641 页。

书生幽蓟客，不觉涕泪沾膺胸"①。"幽蓟"之名也是王世贞文集中多次出现的，如"去年挽抢扫幽蓟，千村万落无完郭"②，"幽蓟故多洿卤地"③，"翁方将天子命按阅幽蓟储胥之奏"④，而"幽云"之称在其文集中却没有出现过。

嘉靖三十八年五月，王世贞父亲因滦河战事失利被下狱论死，王世贞自劾解官，积极营救其父。此后其心态发生了改变，看透了建功立业以求不朽的虚无以及政治的黑暗，是故此诗创作当早于嘉靖三十八年五月。

2. 镇南楼

> 一上城楼思渺如，薰风披豁爱迂徐。詹牙烂熳依星丽，棼角轩翔接汉虚。挥手江山杯酒下，放怀均郢笑谈余。五云天际呈祥色，一片丹心正欲摅。⑤

此诗出自万历《襄阳府志》卷四十六，"文苑四"中七言律诗的第十二首。署名为"王世贞明"。该卷收录王世贞诗作共三首：其一为《寄送廷尉孙公渡襄北上，时郧镇自公疏开督府申军令，不佞忝继武云》，署名为"王世贞明都御史"，据郑利华《王世贞年谱》所载，万历二年"九月，命（王世贞）以都察院右佥都御史督抚郧阳"⑥；其二为《请太室兄为代而不能俟，赋此寄怀》，署名为"王世贞明"；其三为《镇南楼》，署名为"王世贞明"。其一、其二均收录于《四部稿》卷四十三之中，其三则未见于王世贞《四部稿》《续稿》等文集。

万历《襄阳府志》共计五十一卷，明吴道迩纂修，明万历十二年（1584）

---

① 陈邦彦：《御定历代题画诗类》卷五十七《题金人猎骑图》，《景印文渊阁四库全书》第 1435 册，台湾商务印书馆，1986，第 718 页。

② 王世贞：《弇州山人四部稿》卷十六《送周一之从大将军出塞》，美国哈佛大学燕京图书馆藏明刻本，第 14 叶。

③ 王世贞：《弇州山人续稿》卷二十九《送大中丞理庵蹇公抚三辅序》，美国普林斯顿大学东亚图书馆藏明刻本，第 2 叶。

④ 王世贞：《弇州山人续稿》卷一百八十七《答王司寇》，美国普林斯顿大学东亚图书馆藏明刻本，第 3 叶。

⑤ 上海图书馆藏万历《襄阳府志》卷四十六，第 14 叶。

⑥ 郑利华：《王世贞年谱》，复旦大学出版社，1993，第 238 页。

刊，卷首有序一篇，是刑部右侍郎宜城人胡价在万历甲申（1584）孟秋吉旦时所写，该书整体上有严格的编排原则，凡例17条，书中作品排列以文学文体为先，再按作品书写对象所属的县区地域进行大分类，如襄阳县、宜城县、南漳县等，然后按所书写的对象进行小分类，并依作品出现的前后时间顺序编排。不过对部分收录的诗作编排有点随意，如卷四十六所收录的七言律诗，既没有按照作者的时代排列，在明人何宗贤之后排列宋人胡安国、唐人刘禹锡等人之诗，又没有按同时代人的生卒年排列，如李梦阳（1473~1530）排在了陈文烛（1525~?）之后。

从地图上看，选择水路的话，襄阳是进郧阳的必经之地，王世贞也确曾到达襄阳，如他与友人张佳胤言："弟以前月二十九日抵襄阳，而是时孙中丞以其日走宜城，仅一再相闻耳。"① 即王世贞在万历二年十二月二十九日到达襄阳，并作《寄送廷尉孙公渡襄北上时，郧镇自公疏开督府申军令，不佞忝继武云》一诗，诗中盛赞孙应鳌治理郧阳有方，造福百姓，自己愿意萧规曹随，"萧相规成元画一"②。且第二年的正月初一，王世贞在襄阳度过。在郧阳任上，王世贞"振刷精神，勤于政事。始到任，即惩治墨吏，纠摘贪纵，劾一守一令。于是墨吏望风，多自解绶去"③。可见王世贞对未来还是抱有希望的，郧阳主政一方，是其施展才能的大好时机，后来王世贞在万历四年六月升迁至南京大理寺卿，进入"卿"之列，如《镇南楼》中所言"五云天际呈祥色，一片丹心正欲摅"。

镇南楼为襄阳的著名古楼，历史悠久，最初为纪念昭明太子萧统（501~531）而建，故有昭明台、文选楼之称。随着历史的演变，该楼的名字也几经变更，唐代为山南东道楼，明代则先是更名为钟鼓楼，嘉靖时称镇南楼，万历时又名为昭明楼，直至清顺治重建后定名为昭明台。所以按照万历《襄阳府志》的编排原则，虽然王世贞的诗作有三首，但是第三首《镇南楼》的写作对象和之前的不同，故该诗不与另外两首编排在一

---

① 王世贞：《弇州山人四部稿》卷一百二十《复肖甫》，美国哈佛大学燕京图书馆藏明刻本，第7叶。

② 王世贞：《弇州山人四部稿》卷四十三《寄送廷尉孙公渡襄北上时，郧镇自公疏开督府申军令，不佞忝继武云》，美国哈佛大学燕京图书馆藏明刻本，第1叶。

③ 周颖：《王世贞年谱长编》，上海三联书店，2016，第452页。

起，而是排在了徐学谟（1521~1593）《雨后襄阳郡僚昭明楼作》之后。《镇南楼》一诗中没有明确的创作时间，不过，根据"薰风披豁爱迁徐"中的"薰风"一词，可知该诗创作于夏天，因为夏风素有南风、熏（薰）风、焱风之称，如白居易在《首夏南池独酌》中有"薰风自南至"① 之句，徐渭在《忆潘公》中有"记得当时官舍里，熏风已过荔枝红"② 之语。再结合王世贞在郧阳的任职时间，可知该诗很可能创作于万历四年夏，因为该年夏天，王世贞还曾与其弟同游临近襄阳的太和山。而万历三年（1575）四月，王世贞治兵显著，五月不堪郧阳之热，并在当月因为郧阳多处地震向朝廷上《地震疏》，六月仍忙于郧阳政事，为前代治郧有功之臣请谥，是故王世贞在这年夏天没有时间和心情前往襄阳游历。

3. 夏镇

一片云飞护夏阳，人传帝子大风乡。波分沂泗争天堑，沟号胭脂带汉妆。碧树断香销艳舞，青村含景入斜阳。年年飞挽趋京洛，王气犹经水一方。③

此诗出自民国《沛县志》卷六的古迹志，署名为"王世贞"。民国《沛县志》共十七卷，其中《沛县志》为卷一至十六，卷十七为《沛县民国新志》，有四序，分别为于书云民国九年的《续修沛县志序》、赵锡蕃民国九年的《续修沛县志序》、侯绍瀛光绪十六年的《光绪旧志序》、李棠乾隆五年的《乾隆旧志序》。书中在介绍沛县的"夏镇西城"后，附诗三首。第一首为王世贞的《夏镇》，第二首为宋思仁的《过夏镇》，第三首为万寿祺的《过夏阳》。

夏镇，著名古城，由广戚、部城（西城）和夏镇寨（东城）三部分组成。一河两分城的夏镇原名夏村，也叫夏阳，明嘉靖末期，朝廷新开夏镇至南阳的运河通道，夏村便成为漕运的沿运码头，商业随之兴起。隆庆

---

① 中华书局编辑部点校《全唐诗》（增订本），中华书局，1999，第5246页。
② 徐渭：《徐文长文集》卷十一，明刻本。
③ 民国《沛县志》，《中国地方志集成·江苏府县志辑》第63册，江苏古籍出版社，1991，第73页。

三年（1569），夏村改为夏镇，同时，工部、户部分司自沽头城（今江苏省沛县码头村）移驻夏镇。后朝廷自万历十六年（1588）起，历时两年，筑四面土墙，建成四座城楼，其中东名"见泰"（后称"安澜"），西名"瞻华"，南名"延庆"，北名"拱极"。在明清时期，夏镇连接苏鲁两大省，并作为两省的分界点之一，夏镇的镇北属山东滕县，镇南则属于江苏沛县，是故在山东府县志和江苏府县志中都能看到关于夏镇的记载。

"夏镇"一语虽然没有出现在王世贞文集中，但是王世贞家在吴中地区，并且曾任职于京城和山东，故王世贞需要多次往返苏鲁地区。再加上夏镇在嘉隆年间即为新开运河通道的重要沿运码头，所以王世贞如果选择水路往返，则夏镇是其必经之地。事实也确实如此，《山东通志》卷三十五之一下有王世贞诗作两首，一为《题瓮口岭即古夹谷》，一为《过故滕城》，其中《过故滕城》全文为："齐楚今何在？滕犹旧日名。浮云双战地，落日一空城。野旷仍堪井，山贫自不争。遗编二策在，终是鲁诸生。"[①] 此诗在《四部稿》卷二十八中有相应之作，名为《滕县作》，根据诗在《四部稿》的位置，及王世贞按照诗作年份进行先后排列的体例，此诗应作于隆庆元年，是年王世贞第二次路过德州，与王世懋共赴京城申诉父冤。诗曰："齐楚今何在？滕犹旧日名。浮云双战地，落日一空城。野旷犹堪井，山贫自不争。遗编二策在，终是鲁书生。"[②] 两首诗内容只有"野旷仍堪井""终是鲁诸生"和"野旷犹堪井""终是鲁书生"的出入，可见这两首诗实为同一首，其诗名的改变很可能是王世贞在编订《四部稿》时所为，如《题瓮口岭即古夹谷》改成了《自夹山趣颜神感古》，《滕县作》是王世贞到达滕县的铁证，王世贞行经水路，亦可证明他曾到达夏镇，两地约距40公里。

《夏镇》诗体现了王世贞对夏镇人文历史和自然环境的推崇，"一片云飞护夏阳，人传帝子大风乡"肯定其地具有帝王之气，"波分沂泗争天堑，沟号胭脂带汉妆。碧树断香销艳舞，青村含景入斜阳"则是对夏镇微

---

① 杜诏等编纂《山东通志》卷三十五，《景印文渊阁四库全书》第 541 册，台湾商务印书馆，1986，第 239 页。

② 王世贞：《弇州山人四部稿》卷二十八《滕县作》，美国哈佛大学燕京图书馆藏明刻本，第 10 叶。

山湖荷花的赞赏。此时王世贞的心情也不是初经父难时的悲伤，而是随着严嵩下台，有为父亲申冤的希望，从而使诗歌在整体较为萧条的景色中尚有一种暖色。

4. 国朝名公诗翰后卷（凝霞鉴藏）

　　柴门寂寂掩青芜，空谷音微听欲无。一水故人通尺鲤，九霄仙令拥双兔。河南宅有登龙句，郢里人归和雪孤。早晚课书传画省，于今淑问满新都。

《答丁明府》王世贞①

此诗见于明人汪砢玉的《珊瑚网》卷十八"法书题跋"，清人卞永誉《式古堂书画汇考》卷三十和清人倪涛《六艺之一录》卷三百九十一皆有相同内容的记载。该作是凝霞阁鉴藏明朝众多名公诗翰合卷中的一首，作品名称虽为书法题跋，但是其内容形式为七言律诗，按王世贞的文体观念，笔者将此散佚之作存于"诗部"，而非"文部"书画题跋类，如《四部稿》《续稿》"诗部"有《题怀素千文真迹后》《题故孟光禄怡老园》等诗作。

"丁明府"具体为何人，在王世贞文集中，只有一处明确提及，他写信给汪道昆时说道："弟自亡弟变后……丁明府自是佳令，又能以文雅饰之，大计当在高第选。弟向滞人股掌间，安能为力，此间大有断断者，当不足相害也。"② 王世贞之弟王世懋于万历十六年（1588）去世，再者，"明府"自唐后为"县令"的别称，从中可知丁明府为晚辈，且供职于朝廷。翻阅汪道昆文集，有"同郭次甫、潘景升、舍弟仲淹仲嘉过海阳客丁明府"③ 之语，且有《首春招丁明府入社》《送丁明府入朝三十六韵》等诗作，而诗社为汪道昆主持的白榆社，丁明府为丁应泰。

---

① 汪砢玉：《珊瑚网》，《景印文渊阁四库全书》第 818 册，台湾商务印书馆，1986，第277 页。

② 王世贞：《弇州山人续稿》卷一百八十五《汪司马》，美国普林斯顿大学东亚图书馆藏明刻本，第 21 叶。

③ 汪道昆：《太函集》卷一百一十六，黄山书社，2004，第 2607 页。

丁应泰，字元父，湖广武昌人，万历八年，应汪道昆之约结成白榆社，多有诗文唱和，万历十一年进士，官至休宁县知县。丁应泰深受汪道昆的赏识，汪道昆曾说道："余独多元父，非直以论文取友见奇，其神王，如出楚之珩、剖荆之璞，目不及睰，英英乎白虹之属天；其神爽，如楚兰台之雄风，起鄂渚，涌云梦，激洞庭，循扶摇羊角以上；其神骏，如楚之驷，驯驭即国步，无留行，历块过都，一举千里。其斯国士之隽，何论楚材？"① 其评论不可谓不高，甚至到了无以复加的地步。又因为王世贞和汪道昆的密切关系，汪道昆便将丁应泰推荐给王世贞。故王世贞与丁应泰的交往是先闻其人，之后才有直接接触。如王世贞在《尹赵同声录序》中说道："又闻之潘令之与休宁丁令元甫皆有诗，诗皆佳，不下禹玉、景仁。"② 王世贞当时为文坛盟主，丁应泰曾向王世贞求序，王世贞序曰："休宁故为徽最岩邑，其人多富饶，行贾遍天下，于三吴尤盛。以故今令丁元甫之贤，数入吾耳。夏之孟，汪司马伯玉昆弟，偕故徽司理龙元善过余，则交口而诵元甫之政声……乞一言之贺。"③ 后来王世贞还在万历十六年作《丁休宁以棘事过金陵，见枉，有内子之戚，思归，慰留之》一诗。

从《答丁明府》的内容来看，此诗应为王世贞和丁应泰初次的书信往来，如"尺鲤"指书信，典出古乐府诗《饮马长城窟行》，诗曰："呼儿烹鲤鱼，中有尺素书。"④ "一水故人通尺鲤"则是说汪道昆曾向自己推荐丁应泰之事。"双凫"为做地方官的代称，典出《后汉书》中的王乔县令一事，言曰："密令太史伺望之。言其临至，辄有双凫从东南飞来。"⑤ 苏轼在《次韵陈海州书怀》中有诗言道："酒醒却忆儿童事，长恨双凫去莫攀。"⑥ 这符合丁应泰当时休宁县令的身份。"登龙"有登龙门、升迁之意，苏辙在《欧阳太师挽词三首》中有"推毂诚多士，登龙盛一时"⑦ 的

① 汪道昆：《太函集》卷八《海阳丁令君入计序》，黄山书社，2004，第163页。
② 王世贞：《弇州山人续稿》卷五十二《尹赵同声录序》，美国普林斯顿大学东亚图书馆藏明刻本，第22叶。
③ 王世贞：《弇州山人续稿》卷二十九《赠休宁丁令君元甫奏绩序》，美国普林斯顿大学东亚图书馆藏明刻本，第12叶。
④ 郭茂倩编撰，聂世美、仓阳卿校《乐府诗集》，上海古籍出版社，2016，第498页。
⑤ 范晔：《后汉书》卷八十二《王乔传》，中华书局，1965，第2712页。
⑥ 王文诰辑注，孔凡礼点校《苏轼诗集》，中华书局，1982，第594页。
⑦ 苏辙著，曾枣庄、马德富校点《栾城集》，上海古籍出版社，2009，第86页。

诗句，王世贞此处是对丁应泰未来的期望和肯定。"淑问"有美名之意，典出《汉书·匡衡传》，文中言及匡衡"道德弘于京师，淑问扬乎疆外"①。由于汪道昆的提携，丁应泰早有声名，以至"于今淑问满新都"。从整体上看，王世贞的态度较为谦卑，也同时赞赏了丁应泰。通过该诗，我们也可以进一步知道王世贞对后进的提携。

第三节 七言绝句

1. 驿壁

　　二十年前官柳条，春风绿遍德州桥。于今秃尽如僧老，怪得行人鬓易凋。②

此诗出自道光《济南府志》卷七十"艺文六"，署名为"明刑部尚书王世贞元美"。道光《济南府志》共有七十二卷，180 余万字，由清人王赠芳、王镇主修，清人成瓘、冷烜编纂，清道光二十年（1840）刊。

诗中明确提及的"德州桥"，属于德州，据《德州市志》载，明洪武三十年（1397）在德州城区广川门（小西门）建广川桥。后来经过修建，且有永乐年间的《德州浮桥口墩基》为证，此浮桥名为广川桥，也叫德州桥，可见此诗作于南北往返路过的德州。

郑利华认为，王世贞经过德州的次数，有明确文字记载的最少三次③，嘉靖三十七年至万历二年，有十六年之久。而在嘉靖三十七年之前，王世贞在嘉靖二十六年中进士，被授予刑部主事一职，他已经有由南往北的游历，且在万历二年后，由于官职变动和家庭琐事等原因，他基本没有再次经过德州，如此推算，他路过德州的前后时间差可能有二十七年。诗中所言"二十年前"的时间概念也可能只是一个大约时间，非精准时间。"柳

---

① 班固：《汉书》，中华书局，1962，第 3337 页。
② 道光《济南府志》（三），《中国地方志集成·山东府县志辑》第 3 册，江苏古籍出版社，1991，第 569 页。
③ 郑利华：《王世贞年谱》，复旦大学出版社，1993，第 113 页。

条""春风"显示的季节是春天,此时万物复苏,有无限生机。而"于今秃尽如僧老,怪得行人鬓易凋",不仅自然环境是一片衰败景象,诗人本身也是年老之态,与之密切相关的季节则是冬天。王世贞万历二年在北京任太仆寺卿,该年九月升都察院右佥都御史,督抚郧阳,随后启程南还,十一月到达德州,并与魏允中相会,两人"同往清源,居十日而别,作《清源杂咏》以纪事"①。十一月为冬天,万历二年王世贞49岁,快到知天命之年,再加上王世贞一生多历情变,身体多疾,更增加了他对生命的感悟,如《将抵浔阳戏作短歌》有"男儿三十兴阑悬赤茅,及至之官垂五十。欲辞白发头不能,纵脱青衫泪堪湿"②,《初春偶成自嘲》有"五十俄加一,萧然两鬓丝"③ 之句,等等。这符合诗中所叙,因此《驿壁》很可能作于万历二年。

《驿壁》短短四句,春天和冬天形成鲜明的对比,亦是王世贞自身人生感悟的写照,其年少成名,对未来抱有极大希望,渴求达成建功立业的梦想,但是他得罪了严嵩,父亲被冤杀,自己在京城所见也与原有信念相冲突,故而早年的意气风发逐渐变成了晚年的心灰意懒,恰如诗中的季节演变一般。

2. 河梁话别图

铁石心宁随境改?君臣义自与天通。忠怀慷慨操穷节,一任时穷道不穷。④

琅琊王世贞

此诗见于明人汪砢玉《珊瑚网》卷三十九"名画题跋十五",清人卞永誉《式古堂书画汇考》卷五十八有相同内容的记载。《河梁话别图》是

---

① 周颖:《王世贞年谱长编》,上海三联书店,2016,第448页。
② 王世贞:《弇州山人四部稿》卷二十一《将抵浔阳戏作短歌》,美国哈佛大学燕京图书馆藏明刻本,第19叶。
③ 王世贞:《弇州山人四部稿》卷三十《初春偶成自嘲》,美国哈佛大学燕京图书馆藏明刻本,第5叶。
④ 汪砢玉:《珊瑚网》,《景印文渊阁四库全书》第818册,台湾商务印书馆,1986,第737页。

文徵明的画作，此图现在无法查询到相关的收藏信息，图后有诗作三首，一为文徵明的自题诗，另外两首分别为昆山黄云和琅琊王世贞的题画诗。而根据昆山黄云所言的右题《苏武别李陵图》可知，《河梁话别图》的内容是苏武和李陵两人之间的离别。且在黄云的《丹岩集》中能够找到其诗作。

王世贞在年幼时就知道享有盛名的文徵明，如其言："夫余自燥发时，则知吾吴中有文先生。"① 再加上两人同在吴中地区，王世贞和文徵明早就有所往来。嘉靖二十三年（1544），文徵明曾过访，王世贞便出唐人墨迹示之，又请其书前后《出师表》②，这恐怕是王世贞和文徵明最早的以书画为媒介的交往。其后嘉靖三十二年，王世贞升迁为刑部郎中要返京时，文徵明便有画作相赠，如王世贞说道："右扇卷甲之六，皆徵仲画也，凡二十面，前一面乃癸丑秋送余北上者。时年八十四矣，尚能作蝇头小楷，题七言见赠。彭孔嘉以排律继之。"③ 文徵明卒于嘉靖三十八年，七年后，王世贞看文徵明昔日所题诗画卷，乃慨然有感，他曾说："今日偶理散帙，得此卷出之，墨色尚如新，而太史游道山已七易寒暑矣，为之泫然一慨。"④ 王世贞也曾屡次题跋文徵明的书画，如《四部稿》卷一百三十二中有《文太史书进学解后》《文太史三体书》等文，卷一百三十八中有《文徵仲杂画后》《文太史云山画卷后》《文徵仲劝农图祝希哲记》等文，《续稿》卷二十四有诗作《题文太史画别介徵户部》。王世贞非常赞赏文徵明的书画成就，如其言："文太史画闲窗散笔，在有意无意间，是以饶意；其书在中年，是以饶姿；诗不作应酬语，是以饶韵。此十帧，可谓文氏碎金，置山房中，敌吾家琳琅矣。"⑤

至于苏武和李陵，王世贞肯定庾信之论："屈平、宋玉，始于哀怨之

---

① 王世贞：《弇州山人四部稿》卷八十三《文先生传》，美国哈佛大学燕京图书馆藏明刻本，第 5 叶。
② 周颖：《王世贞年谱长编》，上海三联书店，2016，第 75 页。
③ 王世贞：《弇州山人四部稿》卷一百三十八《画扇卷甲之六》，美国哈佛大学燕京图书馆藏明刻本，第 14 叶。
④ 王世贞：《弇州山人四部稿》卷一百三十八《衡翁诗画卷》，美国哈佛大学燕京图书馆藏明刻本，第 12 叶。
⑤ 王世贞：《弇州山人四部稿》卷一百三十八《文徵仲杂画后》，美国哈佛大学燕京图书馆藏明刻本，第 12 叶。

深；苏武、李陵，生于别离之代。"① 即认为苏武和李陵的离别体现了各自的情义，让两人名垂青史。王世贞还曾以苏武自寓，在《初入朝，屈指去国十九年矣，有惊予鬈白者，聊以自嘲》中言："秃节渔阳去不还，当时无梦更朝天。莫惊容鬓如苏武，若个能禁十九年？"② 苏武作为汉朝使节出使匈奴而被扣押，然而他始终牢记自己的使命，在极端恶劣的环境之下，历时十九年而不屈节，"铁石心宁随境改？君臣义自与天通"，这不仅是对苏武的推崇，同时也是自我心志的表达。王世贞年少得志，父亲因为得罪权臣严嵩招来了杀身之祸，以致自己屡遭压制，不过他没有屈服，始终保持其独立人格。"忠怀慷慨操穷节，一任时穷道不穷"，王世贞也如苏武一般，对朝廷尽忠，厄境不能改变他们对"道"的恪守。可见《河梁话别图》的写作与王世贞自身的节气具有内在一致性，不过由于王世贞早年和晚年皆对文徵明的书画进行了题跋，受限于资料内容，该诗的具体写作时间难以考证。

第四节 词

1. ［酹江月］追吊孝烈徐元娘

西湖明圣，正钟灵，闺秀元娘尤绝。作赋题诗，皆仅事，凛凛偏怀忠烈。十六芳龄，九天仙女，未绾尘缘结。生逢世变，不堪回首家国。 甘蹈烈火焚身，银瓶堕井，却从容完节。粉堕香销，千载下，尚见裁冰剪雪。报国精忠，酬亲纯孝，都付真心洁。我来恭吊，一樽还酹江月。③

此词出自康熙《江山县志》卷十四，艺文词类明朝部分的最后一首。署名为"太仓王世贞元美"，同治《江山县志》卷十一中有相同内容的记

---

① 王世贞：《艺苑卮言》，凤凰出版社，2009，第5页。
② 王世贞：《弇州山人四部稿》卷五十二《初入朝，屈指去国十九年矣，有惊予鬈白者，聊以自嘲》，美国哈佛大学燕京图书馆藏明刻本，第12叶。
③ 上海图书馆藏康熙《江山县志》卷十四，第82叶。

载。文中所言的徐元娘，应为徐应镳之女，因宋亡而最终投井自杀，此事在康熙《江山县志》卷九《列女传》中有明确的记载："徐元娘，应镳女也。伯颜次临安。同其兄琦崧作自悼诗二首，随父登梯云楼纵火自焚，以救免，翌日投井死。明正德时，从郡守梁材之请旌为孝烈。"① 《明一统志》《浙江通志》也有相关记载。历来歌颂徐元娘的文人不在少数，如商辂《宋孝女徐元娘像赞》、陈文述《梯云楼咏徐元娘》等。如前面在《题毛达和书舍》中所论，王世贞很可能到达江山游玩，并有诗作，此词当作于王世贞浙江任上。

2. 王元美题唐六如《花阵六奇》，调《玉烛新》（余卷有六如自题词）

　　吴宫新宴起。唤两队娇羞，粉营红垒。阿平轻掉，苏家舌，旋把灵犀参透。兵符半纸，偷送得，君王春睡。云梦杳，小网流苏，淮阴霭时拈系。　荥阳断送重瞳，更七日平城，总亏佳丽。貂围翠绕，胡儿梦，还滞汉家罗绮。丹青妙理，描写尽，六番阴计。云台后，须与封侯，温柔国里。

　　扫愁将军都督华胥以西诸军事，领长乐少府醉乡侯，食糟丘五百户天弢居士书。②

此词收录在明人汪砢玉《珊瑚网》卷四十"名画题跋十六"，明人郁逢庆《书画题跋记》卷十、清人卞永誉《式古堂书画汇考》卷五十七中均有相同内容的记载。《玉烛新》为词牌名，天弢居士是王世贞藏书的印名。

唐六如，即唐寅，其才华横溢，生性风流倜傥，常出入青楼场所，《珊瑚网》中收录了唐寅画《孟蜀宫妓图》题跋，陈继儒言曰："唐伯虎有《风流遁》，数千言，皆青楼中游戏语也。"③ 唐寅也自道："头插花枝手把杯，听罢歌童看舞女；食色性也古人言，今人乃以之为耻。"④ 这说

---

① 上海图书馆藏康熙《江山县志》卷九，第46叶。

② 汪砢玉：《珊瑚网》，《景印文渊阁四库全书》第818册，台湾商务印书馆，1986，第749页。

③ 陈继儒：《太平清话》，商务印书馆，1936，第73页。

④ 唐寅著，周道振、张月尊辑校《唐伯虎全集》卷一《默坐自省歌》，中国美术学院出版社，2002，第27页。

明唐寅颇不在意世人的冷眼，认为"食色性也"乃是人性的本质体现。是故他和祝允明在县尹处以玄妙观葺观费之名骗得金钱后，"乃悉召诸妓及所与游者，畅饮数日而尽"①。而唐寅为了迎合当时市场的需求，更是画了大量的春宫图，《花阵六奇》即其一，此画现在已不可见，不过《鸳鸯秘谱》中曾提及"六奇"画作，这或许是指代《花阵六奇》。② 在唐寅的诗文之外，王世贞认为他"少嗜声色，既坐废，见以为不复收，益放浪名教外"③，此为确论。

对于唐寅的画作，王世贞颇为推崇，他认为："吴中人于诗述徐祯卿，书述祝允明，画则唐寅伯虎，彼自以专技精诣哉。"④ 因此，王世贞对唐寅的画作青睐有加，屡次题跋，如《续稿》卷一百六十九有《唐伯虎画梅谷卷》《唐伯虎赤壁图》《唐伯虎画宾鹤图跋》等文，《续稿》卷五有诗作《唐伯虎画牡丹下睡猫，题者不甚快意，因戏为作之》。

从王元美题唐六如《花阵六奇》来看，虽然《花阵六奇》为著名的春宫图，但是词作却没有低俗的艳情表达。有对宫闱生活的刻画，如"吴宫新宴起。唤两队娇羞，粉营红垒"；有对历史上建功立业之人的评论，如"荥阳断送重瞳，更七日平城，总亏佳丽"；还有对未来安逸生活的追求，如"须与封侯，温柔国里"。落款处的"扫愁将军都督华胥以西诸军事，领长乐少府醉乡侯，食糟丘五百户"似乎是多余之笔，实则不然，这是词作主题的延伸，颇有游戏意味。历史上没有"扫愁将军"之称，而"华胥"则可指代陕西省西安市蓝田县华胥镇，但也称华胥氏，是中国上古时期华胥国的女首领，华胥氏之国在弇州之西，台州之北，是一处人间乐土，王世贞又恰号"弇州山人"。另外，"长乐少府"为两汉太后宫之少府；"醉乡侯"则有对嗜酒者的戏称，也有对当下的不满之情，并且醉乡侯一词屡次出现在王世贞的诗作之中，是其常用意象，如"他日邯郸解

① 梁维枢：《玉剑尊闻》，上海古籍出版社，1986，第673~674页。
② 刘伟：《唐寅及其诗歌创作研究》，安徽大学硕士学位论文，2009，第10页。
③ 王世贞：《弇州山人续稿》卷一百四十八《像赞》，美国普林斯顿大学东亚图书馆藏明刻本，第7叶。
④ 王世贞：《弇州山人四部稿》卷八十三《文先生传》，美国哈佛大学燕京图书馆藏明刻本，第10叶。

围后，与官求作醉乡侯"① "解使玺书今夜至，不教封作醉乡侯"② "倘读里人王绩记，与公移作醉乡侯"③ "君自不封如李广，野夫时号醉乡侯"④等，与词作所表达的"醉乡侯"之意颇为一致。结合王世贞的人生经历，他由积极入世转为恬淡自然，发掘自我之性灵，故此词当作于其中晚年时期，而非早年。

① 王世贞：《弇州山人四部稿》卷四十九《酒品前后二十绝》其六，美国哈佛大学燕京图书馆藏明刻本，第15叶。

② 王世贞：《弇州山人四部稿》卷五十《行抵平原而酒忽浊，作此自嘲》，美国哈佛大学燕京图书馆藏明刻本，第15叶。

③ 王世贞：《弇州山人四部稿》卷四十一《奉寄致政太宰杨公六首》其二，美国哈佛大学燕京图书馆藏明刻本，第1叶。

④ 王世贞：《弇州山人续稿》卷十四《方与客谈园池之乐，而有索书戚大将军者，因纵笔戏赠》，美国普林斯顿大学东亚图书馆藏明刻本，第14叶。

第二章

"文部"散佚之作整理与考辨

　　王世贞文集以其独特的"四部"形式命名，分为赋部、诗部、文部、说部，在其文集体量中，尤以"文部"最著，《四部稿》虽有174卷和180卷等版本之别，但是卷五十五至卷一百三十八都为"文部"①，《续稿》则更进一步，共有207卷，卷二十六至卷二百零七全为"文部"。"文部"所包含的文体众多，如《四部稿》的"文部"有文章1461篇，包括表、策、行状、书牍、墨迹跋、记、奏疏、序、史论、祭文、墓表等39种文体，虽然《读书后》《古今法书苑》《尺牍清裁》等书曾单行刊刻，但是按照王世贞的文体观念，它们皆属于"文部"。在此次搜集的散佚之作中，从作品所属的文体种类来看，也是以属于"文部"的文体为主，这些对王世贞及相关人物的文学观念、佛道观念、书法观念等研究具有重要价值。如《金字〈心经〉后》《题文待诏小楷〈心经〉后》《题〈心经〉性命临迹后》等篇，不仅可以集中了解王世贞对《心经》的看法，还能进一步认知他和昙阳子的交往情况；《绿野堂集序》中提到的"诗词之道，本乎性情，尤关于学养之深邃"之论，则可以知道王世贞文学创作的基本理念；《褚河南书〈枯树赋〉真迹》中所言的"正不当以时代论也"，可知王世贞评论书画之作时所秉持的原则。同样本着尊重王世贞文体观念的原则，将所搜集的散佚之作按文体进行分类整理，而不以内容为准。

　　由于本章涉及的散佚之作颇多，且种类繁杂，而部分文章已经确定是

---

① 　王世贞《弇州山人四部稿》版本众多，有174卷和180卷这两种常见版本，据美国哈佛大学燕京图书馆所藏明刻本进行对比，180卷本比174卷本所多出来的6卷皆在"说部"，并且有其内容上的独立性，因此不影响"文部"文章的相关统计与比较分析。

王世贞稀见抄本中不见于其现有文集的散佚之作，笔者对此类文章不再进行详细考证。如藏于上海图书馆的明代抄本《弇州山人续稿》，是王世贞《续稿》编订时的底本之一，明抄本《弇州山人续稿》所载文章也全为王世贞所作，至于明抄本《弇州山人续稿》与《续稿》之间的关系，魏宏远《上海图书馆明钞本〈弇州山人续稿〉考》和徐美洁《明钞本〈弇州山人续稿〉的辑佚与校勘》中已经明确提及。魏宏远认为："可以断定明钞本《续稿》作为王世贞手稿誊清稿，保留了王世贞手稿卷次、篇次等基本情况，故有极高版本文献价值。此外，还可以说明明刻本《续稿》在原稿基础上做了一些删改，已非王世贞原稿之貌。"① 徐美洁说道："从钞本避王世贞家讳，避王世贞所师昙阳子讳来看，当为其生前手自编定的稿本，为刊刻《弇州山人续稿》所用。"② 鉴于前人对明抄本《弇州山人续稿》已进行细致考证，笔者就不再论述此版本与明刻本《续稿》的关系。不过，与他们所做的版本考证不同，笔者的重点是对散佚之作进行整理与研究③。如经过细致的版本比对发现，明抄本《弇州山人续稿》中的《陆氏女血指书〈法华经〉后》《俞仲蔚书〈圆觉经〉》《仙师批注〈维摩诘经〉下卷》等文均不见于《四部稿》《续稿》等文集。是故在此做一集中说明，在随后具体散佚之作的辑考过程中就不再一一阐释，只标明文章的出处。

第一节　墨迹跋

1. 褚河南书《枯树赋》真迹（赵松雪补图赋镌戏鸿堂）

庾子山《枯树赋》有盛声于江左，如许小公辈皆习之。褚河南书

---

① 魏宏远：《上海图书馆明钞本〈弇州山人续稿〉考》，《图书馆杂志》2009 年第 11 期，第 77 页。
② 徐美洁：《明钞本〈弇州山人续稿〉的辑佚与校勘》，《中国典籍与文化》2014 年第 3 期，第 105 页。
③ 目前只见于上海图书馆的明抄本《弇州山人续稿》有三十二卷，虽然此本为稀见的王世贞文稿，不是单篇的散佚文献，但是此本作为编纂《弇州山人续稿》207 卷本的底本之一，大部分文章最终随之刊刻，小部分文章则没有，再者，明抄本《弇州山人续稿》并不是刊刻本，而是由多人抄写而成，这与刊刻成书的《弇州山人四部稿》《弇州山人续稿》等文集还是有所区别。因此，未曾刊刻的文章不见于王世贞现有文集，具有"散佚"性质，也有整理和研究的必要。

此赋，掩映斐亹，极有好致。武延秀集右军、大令墨迹于屏，以此书装脚，其见重若此。真迹在无锡华户部处，尝命许元复双钩垂入石，而户部物故真迹落盗手。余所有赵吴兴临本，亦一时妙品，因请于华户部之子明伯乞许本入石，而赵本则周公瑕所钩也。褚书既极秀逸，有美女婵娟不胜罗绮之态，赵则稳密端润，往往得笔外意，俱在山阴堂室间，正不当以时代论也。元复、公瑕俱名能临池者，故不啻作定武家嫡耳。

隆庆改元八月天弢居士王世贞识①

此文见于明人汪砢玉《珊瑚网》卷一，并在清人卞永誉《式古堂书画汇考》卷七十七、清人倪涛《六艺之一录》卷三百二十五中有相同内容的记载。

《枯树赋》是庾信的名作之一，此赋为庾信羁留北方时所作，赋中抒写了自己对故乡的思念以及对身世的感伤。后世褚遂良、赵孟頫、董其昌等众多书法家皆以此赋进行书法创作，从而进一步促进了《枯树赋》的历史传播。

王世贞喜好书法，藏有《枯树赋》，并将其视为至宝，如他说道："余所有《枯树赋》双钩及刻《圣教序》。"② 他还曾说："赵吴兴书《归去来辞》极多，独此为第一本，妙在藏锋，不但取态，往往笔尽意不尽，与余所宝《枯树赋》结法相甲乙。"③ 更为可贵的是，王世贞有多个版本的《枯树赋》，并附有题跋，如其对赵子昂《枯树赋》真迹便有两次题跋，内容分别是：

褚河南《枯树赋》为武延秀差作二王屏风脚，欧虞之迹不与焉，其在当时珍贵可知。赵吴兴更取二王结法临之，茂密秀润，视真迹，不知孰叩山阴堂室耳。画树全得古籀法，真吾山房中二绝也。（其一）

---

① 汪砢玉：《珊瑚网》，《景印文渊阁四库全书》第 818 册，台湾商务印书馆，1986，第 15 页。
② 王世贞：《弇州山人四部稿》卷一百三十《又题哀册文后》，美国哈佛大学燕京图书馆藏明刻本，第 5 叶。
③ 王世贞：《弇州山人续稿》卷一百六十二《赵松雪书归去来辞》，美国普林斯顿大学东亚图书馆藏明刻本，第 2 叶。

昔人谓临书如双雕摩天，各极飞动之势。余得褚河南双钩真迹，与此卷对之，虽形模大小不甚异，而中间行笔绝不同。褚妙在取态，赵贵主藏锋。褚风韵遒逸飞动，真所谓谢夫人有林下风气；赵则结构精密，肉骨匀和，顾家妇清心玉映，自是闺房之秀也。若买褚得赵，当亦不失所望矣。（其二）①

从题跋中所言的"真吾山房中二绝也""余得褚河南双钩真迹，与此卷对之，虽形模大小不甚异，而中间行笔绝不同"可知，王世贞藏有褚遂良和赵孟頫二人的《枯树赋》，并且都是真迹。然而在王世贞文集中只见赵子昂《枯树赋》真迹的题跋，却不见有关褚遂良《枯树赋》真迹的题跋。再者，王世贞对赵子昂《枯树赋》真迹的两次题跋均收录在《四部稿》中，依王世贞所言，《续稿》收集的文章为"丙子至庚寅"② 的作品，即万历四年（1576）至万历十八年（1590），《四部稿》则主要在万历四年之前。散佚之作的落款为"隆庆改元八月"，该年为隆庆元年（1567），且文中所言的"武延秀集右军、大令墨迹于屏，以此书装脚""褚书既极秀逸，有美女婵娟不胜罗绮之态，赵则稳密端润，往往得笔外意，俱在山阴堂室间"，与《赵子昂〈枯树赋〉真迹》中的言论有相似之处。由此可见，由于种种原因，王世贞对褚遂良《枯树赋》的题跋没有收录在《四部稿》《续稿》等文集之中，是为散佚。

另外，汪砢玉曾自述游玩王世贞园林时的经历，如其言：

崇祯辛酉春仲，访友玉峰娄水间，花生日，与成渊儿过东仓杨棘丞汝迈，携游王氏杂花林，返饮深柳堂，会其舅吴庭坚出墨迹三卷，为褚河南书《哀册》及《枯树赋》，子昂书《归去来辞》，又出古佩玦种种，内有汉玉天马，羊脂美质沁血，缕缕成细毛，真奇物也。然当年属先君，价只五十金，今云百镒矣。归蓬偶阅《唐语林》，以褚遂良为太宗《哀册文》，自朝还，马误入人家而不觉，是其搞词工苦，

① 王世贞：《弇州山人四部稿》卷一百三十一《赵子昂〈枯树赋〉真迹》，美国哈佛大学燕京图书馆藏明刻本，第1~2叶。

② 王世贞：《弇州山人续稿附》卷四《刘绍兴介徵》，浙江图书馆藏明刻本，第15叶。

非独书法擅绝也。①

这是汪砢玉在偶然之机下识得"褚河南书《哀册》及《枯树赋》，子昂书《归去来辞》"，亦可旁证王世贞当年所藏之事为真。

综上可知，《褚河南书〈枯树赋〉真迹》应为王世贞散佚之作，该文与《赵子昂〈枯树赋〉真迹》一起，才是王世贞对自己所藏《枯树赋》的完整题跋。

2. 宋拓《圣教序》（玄奘求法事与品题刻王元美集中）

> 右军诸帖，惟《圣教序》在行草间，极有益学者。近世文太史书法多出此，世争购之。无奈残阙失真，而全瓦始出，至不可辨。此本鉴定宋拓无疑，为唐君少夷家物，具见博雅。
>
> 王世贞②

此文见于明人汪砢玉《珊瑚网》卷二十，明人郁逢庆《书画题跋记》卷十二有相同内容的记载。

《圣教序》是《大唐三藏圣教序》的简称，唐太宗所作，是为了表彰玄奘法师赴西域各国求取佛经，以造福大众，并在回国后翻译三藏要籍而写的。最早由唐初褚遂良所书，称为《雁塔圣教序》，后由沙门怀仁用集字之法，从王羲之所有的书法作品中选字，行文由楷、行、草等书法字体间隔组成，并刻成碑文，称《唐集右军圣教序并记》，亦有《怀仁集王羲之书圣教序》之称，因在碑首横刻七尊佛像，故又称《七佛圣教序》。

王世贞藏有《圣教序》，并屡屡提及，如他与吴国伦说道："偶从书肆得豚儿两笙蹄，今封去，或可佐千虑之一恶。诗书扇并宋拓《圣教序》，

---

① 汪砢玉：《珊瑚网》，《景印文渊阁四库全书》第818册，台湾商务印书馆，1986，第15~16页。
② 汪砢玉：《珊瑚网》，《景印文渊阁四库全书》第818册，台湾商务印书馆，1986，第307页。

充书室清玩。"① 将《圣教序》作为书室清玩，可见王世贞对其非常喜爱。且对于该书法作品，王世贞曾连作两序，如其言：

> 《圣教序》虽沙门怀仁所集书，然从高宗内府借右军行笔摹出，备极八法之妙，真墨池之龙象，《兰亭》之羽翼也。余平生所见凡数十百本，无逾于此者。其波拂钩磔，妙处与真迹无两，当是唐时拓本耳。去岁嘉平猎得此本，今年伏中复得定武《兰亭》，为自快自赏者久之。穷措大余生一何多幸耶。②

> 《圣教序》未裂本，余往往得之，多为人乞去，而留其颇佳者，此亦其一也。怀仁既善书，又从文皇借得真迹摹出，以故虽不无偏旁辏合，而不失意。他集右军书者，未尽尔也。③

如王世贞所言，《圣教序》虽非王羲之亲笔所作，有"偏旁辏合"之病，但能羽翼《兰亭》，不失王羲之书法之精妙处，并且"他集右军书者，未尽尔也"，是故《圣教序》成为后人学习的对象。可贵的是王世贞不仅乐得《圣教序》，还大度地借给他人观赏，"多为人乞去"。在此之前，王世贞在欣赏完文徵明的《进学解》后认为："此文虽跌宕，终不能如东方、子云雅质而饶古意，文待诏书法出《圣教序》亦然。"④ 这与散佚之作中所言的"近世文太史书法多出此"之论完全一致。且从王世贞对《圣教序》宋拓本的版本考证中可知，散佚之作所作时间在王世贞获取宋拓本之前，因此，散佚之作非王世贞晚年之作。

另外，散佚之作中言及"玄奕求法事与品题刻王元美集中"，历史上

---

① 王世贞：《弇州山人续稿》卷一百九十二《吴明卿》，美国普林斯顿大学东亚图书馆藏明刻本，第 11 叶。
② 王世贞：《弇州山人续稿》卷一百六十六《宋拓圣教序》，美国普林斯顿大学东亚图书馆藏明刻本，第 7 叶。
③ 王世贞：《弇州山人续稿》卷一百六十六《又圣教序》，美国普林斯顿大学东亚图书馆藏明刻本，第 7~8 叶。
④ 王世贞：《弇州山人四部稿》卷一百三十二《文太史书进学解后》，美国哈佛大学燕京图书馆藏明刻本，第 8 叶。

无"玄奕"求法事的记载，应为"玄奘"之误，《圣教序》之由来即与历史上玄奘远赴天竺求取大乘佛教的经典著作有关。在王世贞文集中，虽然没有专门的文章提及玄奘求法事与品题，但王世贞曾在《圣教序》的题跋中说道："集右军书《圣教序·心经》，余前后阅数十本，独此旧拓本不失笔意，最佳耳。此序为唐文皇、记为高宗作，今以冠藏经，盖叙记僧玄奘求法事也。始奘于武德末乞往西佛地取经，不许，乃私从一贾胡阑出边，亡何，胡弃之去，几死，独身越五烽谒高昌王……奘既托之文皇，怀仁又托之右军，以不朽其业。"① 此题跋详细言及玄奘求法事，并肯定他和怀仁的不朽事迹，这符合散佚作品之言。

综上可知，《宋拓〈圣教序〉》应为王世贞散佚之作。

3. 送春赋跋

> 云卿此赋可谓文生于情，云卿此书可谓笔外有意，览之令人于翰墨外有章台走马兴，几欲夺之，抑情而止。

王世贞

此文见于中国国家图书馆藏《送春赋跋》，拓本，索书号为"法帖38-128之一"。据王世贞的交游对象可知，文中所言的"云卿"是莫是龙（1537~1587），其字云卿，后以字行，更字廷韩，号秋水，又号后明、玉关山人、虚舟子等，南直隶松江府华亭（今上海松江）人，莫如忠长子。不喜科举业，以贡生而终，好古文辞、书法、绘画，著有《石秀斋集》《画说》等文集。

莫是龙与王世贞同时代，且地域上很近，两人又有共同的喜好，故交游较多。王世贞在文集中多次提及莫是龙，如王世贞在对吴中地区名人楷法进行评定时认为："袁鲁望十五章，莫云卿十四章，王舜华十二章，吾所不敢深论，若鲁望之流利，云卿之浓婉，舜华之轻俊，皆菰芦中翘楚者也。"②

---

① 王世贞：《弇州山人四部稿》卷一百三十四《圣教序》，美国哈佛大学燕京图书馆藏明刻本，第16~17叶。

② 王世贞：《弇州山人四部稿》卷一百三十一《三吴楷法十册》，美国哈佛大学燕京图书馆藏明刻本，第20叶。

在评论宋拓本《兰亭序》时，他更是引用莫是龙之评价："莫云卿甚爱吾此本，以为在定武上。"① 并且鉴于莫是龙的书法造诣，王世贞还请求他帮忙写书法作品，王世贞说道："白学士歌绵丽详缛，宛然开元宫中韶景。履吉以行草书之，艳冶之极，并得玉真情态。余乃乞莫云卿书陈鸿小传，家弟书手删外传，俱小楷补之，翩然有晋人意。"②

而此次题跋，虽然在王世贞文集中没有与之对应的文章，但是王世贞明确言及他曾经对莫是龙《送春赋》进行过题跋："余尝为云卿题《送春赋》，云卿绝爱之，称于人，不记作何语。甲戌秋日，复睹此于友生所，恍若阿娇长门，小玉枕臂，掩抑睌盼，殊不胜情。书法艳冶，有瑶台罗绮之态，然勿令少年见之，见则魂佚矣，莫怪老颠杀风景也。"③ 甲戌为1574年，即万历二年，而《四部稿》成书于万历四年，此内容和散佚之作内容相得益彰，均肯定莫是龙书法之妙——具有"抑情而止"之效。

综上可知，《送春赋跋》确实是王世贞所作。

4. 跋《吴文定公诗稿》

> 眉山小样见青冰，雁塔高题最上层。今日墨池无限色，春波一派到江陵。
>
> 吴文定小楷诗一册，为题寄江陵张先辈。此公礼部、廷试皆第一也，勉之勉之。
>
> 吴人王世贞

此文见于中国国家图书馆藏古籍善本《吴文定公诗稿》，一册，索书号为12229，该书曾列入中国国家图书馆的"中华再造善本"，由国家图书馆出版社在2010年编辑出版。这篇王世贞题跋，并不是笔者在查阅资

---

① 王世贞：《弇州山人四部稿》卷一百三十四《〈宋拓兰亭帖〉又》，美国哈佛大学燕京图书馆藏明刻本，第9叶。

② 王世贞：《弇州山人四部稿》卷一百三十二《王雅宜长恨歌后》，美国哈佛大学燕京图书馆藏明刻本，第8叶。

③ 王世贞：《弇州山人四部稿》卷一百二十九《题莫云卿送春赋》，美国哈佛大学燕京图书馆藏明刻本，第14叶。

料后所得，而是在本课题提交结项时，专家提供了这篇散佚文献的线索，在此表示感谢。① 关于此文的真伪性，廖虹虹在《国图藏吴宽手稿本〈吴文定公诗稿〉藏书题跋考释》（《文献》2012 年第 3 期）一文中已经做了细致阐释，笔者就不再过多辨别，同意其论，即该文不见于王世贞文集，视为散佚之作。不过，需要进一步阐释的是"此公礼部、廷试皆第一也"之语，这是指吴宽在会试、廷试中均获第一，是明朝苏州第二位状元，王世贞以此勉励张居正的子侄辈。然后才是如廖虹虹所言的万历八年（1580）张懋修"会试、廷试皆第一，获得'状元'的殊荣，正符合王世贞祝愿"②，而不是直接指张懋修其人，因为紧跟王世贞题跋的文嘉题跋，明确言及其创作时间是万历丙子八月四日，该年为万历四年（1576），因此王世贞题跋应早于此时。

第二节　记

1. 南陔草堂记

曩余薄游槜李，南过横塘，郊墟幽旷，竹树蓊蔚，余甚爱之，问之舟人，曰："苎村也，疑有真人在焉。"一日，郡大夫沈公执甫以陆士仁所绘图进，余恍惚久之。大夫曰："此苎村所构《南陔草堂图》也，始祖南园公栖隐东皋，构有草亭，已治圃于水南。叔子静庵公世济其美，吟啸泉石，诸名公从之游，晚得夏太常景图，其亭胜，并颜'东郭草亭'四字，镌石以传。以不问生产，所遗十不存一。历四传而得先大夫南野公，家益旁落，所遗百不存一。曩昔园亭之胜，已付之广莫之野，仅存太常二石卧荆棘中耳。先大夫叨有薄秩，性恬退，不乐仕进，日与里人纵酒六博，且曰：'南园湮没已久，野固在，我与若辈同之，已卜筑于苎村。'余髫时诵读其中，凡五迁，复傍南园

---

① 由于课题结项的评审是通过在线系统提交，且专家是匿名评审，系统只有意见反馈，不告知专家姓名，故不知是哪位专家的好心指点，颇有遗憾。

② 廖虹虹：《国图藏吴宽手稿本〈吴文定公诗稿〉藏书题跋考释》，《文献》2012 年第 3 期，第 100 页。

公遗址，构有数椽，后圃仍构草亭，白苎山居，正当新构之南。近稍增葺二十余楹，南对淇园，绿阴当户，迤东短篱曲径，松篁夹道。折而北，又折而西，过钓矶，北逾小桥，则草堂在焉。堂四面植梅，傍桥植柳，桥西为水屋，中容小舠，南楼三楹，扁曰'苎村烟雨'，盖嘉禾之最胜处。西瞰滮湖，与烟雨楼相望，树杪湖光如练，帆影出没，真如、华严两浮图，摩空而献奇。又西为望湖亭，亭西为渡口，则主人送客处也。总园之木以百计，竹以千计，药苗杂卉不计其数。而园之外，田可一顷，秫得其六，秔得其二，苎、蔬各得其一。水际田旁，环以萧苇、菱芡之属。大都园以野胜，野以园胜，履园思园，履野思野，两南公风雅洋洋，如在其目，故堂以'南陔'名，志思也，子盍为我记之。"王子曰："唯唯。"古者乡饮礼，鼓瑟歌《鹿鸣》毕，笙乃入奏《南陔》，人子思亲之诗。诗亡，有其声，而无其词。今大夫方拥大篆，建牙海上，弘《天保》《采薇》之业，异日解组以归郡，父老子弟于堂行乡饮礼，笙歌迭奏，与松涛、篁韵互答响应，信可乐也。且吴越中固多胜地，兰亭，修禊事也，亭林，修舆志也，犹千百年不没，而大夫系思《南陔》。《诗》云："永言孝思，孝思维则。"大夫有焉，岂流连光景者比哉！大夫名尧中，万历庚辰进士。[①]

此文见于《万历嘉兴府志》卷二十六"艺文"类中的《嘉兴县》。《万历嘉兴府志》共计三十二卷，明代刘应钶修，沈尧中纂，万历二十八年（1600）刊，有刘应钶所作之序。明朝中后期，南湖附近出现了许多私家园林，如以海棠花著称的颜家园、以桂花闻名的包氏园、杨公辅的水西草堂等，而其中最为著名的是沈尧中的南陔草堂。据文中"大夫名尧中，万历庚辰进士"可知，此文为沈尧中向王世贞求作的有关南陔草堂的"记"。

沈尧中，字执甫，号瀛台，浙江嘉兴人。明万历八年（1580）进士，

---

① 刘应钶修，沈尧中纂《万历嘉兴府志》卷二十六，上海古籍出版社，2013，第455~456页。

先后任南陵知县、苏州府丞，累官至南京刑部尚书。沈尧中精通经学，著述多达十五种，《古文大学集注》《春秋本义》《沈氏学韬》等书被世人所推崇。虽然沈尧中中进士后为南陵知县时王世贞已经 55 岁，但是在这之前，王世贞与沈尧中素有往来，如王世贞在隆庆三年（1569）赴任山西按察使之前，与友人离别，曾作《移晋枭，将发，寄别黄使君、执甫及诸僚友》一诗，诗曰："乍闻移晋事还真，虚说句宣长吏民。抗疏未能宽白屋，除书终自忝朱轮。腰间磬折官无改，眼底流亡泪转新。努力群贤须好在，古来长孺是何人。"①

另外，文中还明确提及陆士仁，沈尧中是持陆士仁所绘图来求王世贞之作的。陆士仁，字文近，号澄湖，一作承湖，长洲（今江苏苏州）人，陆师道之子。其工书善画，山水笔法雅洁，大有父风，不失文徵明遗意。相对于王世贞而言，陆士仁是晚辈，据凌利中考证，陆士仁的生卒年大约为 1550 年至 1621 年②，但是他年少成名，很早便得到了王世贞的肯定，如王世贞曾在 1573 年为陆士仁的父亲陆师道死后作赞时说道："二子士谦、士仁，皆有名士风。"③

此文开头言"曩余薄游槜李，南过横塘"，槜李和横塘，在王世贞文集中屡次出现，如《闻警》其五诗曰："寇却余皇上，师逢槜李伤。海波吹欲立，云日照俱苍。"④ 与俞允文的书信中有"北风甚劲，南幕多乌，又闻槜李有数余皇"⑤ 之语，与汪道昆的书信中有"六月为期，期之吴阊。今及秋矣，能不神爽先驰于槜李、越来间也"⑥ 之言。再如，《席上

① 王世贞：《弇州山人四部稿》卷四十《移晋枭，将发，寄别黄使君、执甫及诸僚友》，美国哈佛大学燕京图书馆藏明刻本，第 14 叶。

② 凌利中：《文徵明散考》，《上海博物馆集刊》第 11 期，上海书画出版社，2008，第 100 页。

③ 王世贞：《弇州山人续稿》卷七十六《陆子传先生赞》，美国普林斯顿大学东亚图书馆藏明刻本，第 14 叶。

④ 王世贞：《弇州山人四部稿》卷二十五《闻警》，美国哈佛大学燕京图书馆藏明刻本，第 3 叶。

⑤ 王世贞：《弇州山人四部稿》卷一百二十七《俞仲蔚》，美国哈佛大学燕京图书馆藏明刻本，第 4 叶。

⑥ 王世贞：《弇州山人四部稿》卷一百一十九《汪伯玉》，美国哈佛大学燕京图书馆藏明刻本，第 5 叶。

探赠得鲁望》诗曰："春风木兰楫,遇尔阖闾城。西出横塘晓,寒花千树明。"① 王世贞于嘉靖四十三年（1564）与友人多次游玩吴中名胜之地,有《与周公瑕、袁鲁望、张伯起、舍弟访要离墓,分韵得幽字》《横塘春泛,得余字》《虎山桥同鲁望、公瑕、子求、道振、子念、舍弟作,得然字》等作;王世贞还在隆庆六年（1572）九月与王世懋、王世望、曹昌先、张生、周天球等人出游太湖、洞庭等地,并"由横塘历枫桥,呼陆丈叔平与载"②,"陆丈叔平"即陆治。《南陔草堂记》的具体创作时间难以考证,不过从沈尧中的进士信息可知,此文肯定是作于万历八年后,而上述王世贞文集中的檇李和横塘,均存在于《四部稿》中,《四部稿》在万历四年就进行了刊刻,这与文中所言的往昔游玩檇李、横塘之事吻合。

再者,"王子"之称,是王世贞在多种场合对自己的惯用称呼。如王世贞自述自身之事时曾说:"《弇山堂别集》者何？王子所自纂也……王子弱冠登朝,即好访问朝家故典与阀阅琐琐之详,盖三十年一日矣。"③ 在自述家庭之事时说道:"嘉靖乙卯冬十月,王子之妻魏安人举一子,家大人喜。"④"家大人之难作。王子弃其官,将上书北阙下,以代请。"⑤ 在为各类文集写序时言道:"王子曰:盖隆庆间有淮阳守陈君玉叔云。余不识玉叔,识玉叔之父宪大夫公,博雅长者也。"⑥"何以称谈笔语也？王子曰:'余于《少阳丛谈》,有志焉,有辩焉,稍进于识矣,然而弗敢传也。'积之凡二十卷,因纪其次。"⑦ 可见,《南陔草堂记》中的"王子"

① 王世贞:《弇州山人四部稿》卷二十七《席上探赠得鲁望》,美国哈佛大学燕京图书馆藏明刻本,第9叶。

② 王世贞:《弇州山人四部稿》卷七十三《泛太湖游洞庭两山记》,美国哈佛大学燕京图书馆藏明刻本,第1叶。

③ 王世贞:《弇州山人续稿》卷五十四《弇山堂别集小序》,美国普林斯顿大学东亚图书馆藏明刻本,第20叶。

④ 王世贞:《弇州山人四部稿》卷九十三《亡儿女埋志铭》,美国哈佛大学燕京图书馆藏明刻本,第20叶。

⑤ 王世贞:《弇州山人四部稿》卷七十一《幽忧集序》,美国哈佛大学燕京图书馆藏明刻本,第9叶。

⑥ 王世贞:《弇州山人四部稿》卷六十七《五岳山房文稿序》,美国哈佛大学燕京图书馆藏明刻本,第16叶。

⑦ 王世贞:《弇州山人四部稿》卷七十一《少阳丛谈序》,美国哈佛大学燕京图书馆藏明刻本,第14叶。

符合王世贞的一贯自称。

综上可知，《南陔草堂记》应该是王世贞万历八年之后所作，是其散佚之作。

第三节　铭

1. 来一窝铭

　　修不盈寻，广仅逾尺。卧则露胫，屈亦啮膝。危坐乃可，聊以调息。中何所有，一蒲团席。吾师诲焉，标以来一。一之为物，宁此席兮。谓为我身，似矣而非。五行未合，此一先之。四大既离，此一无亏。来为我主，而我不知。我既不知，依我何为？

此文见于明抄本《弇州山人续稿》卷十四，为王世贞《四部稿》《续稿》等文集所不载。

2. 方氏墨铭

　　黝而泽，致而黑，桐自峰。燴厥液，光可晰，坚于璧。置之水，久弗蚀。是惟禹锡，而妃以帝鸿氏之石，曰仲将，祢庭珪，嫡尔方世，世卿子墨。

此文见于明抄本《弇州山人续稿》卷十四，为王世贞《四部稿》《续稿》等文集所不载。

3. 病竹杖赞铭

　　有病竹一枝，促节而瘿首，其状殊陋。贞吉取以为杖，则甚雅。固铭之。

　　铭曰：厥形筱然，而质樗然。枉则直，曲则全。佚尔劳，持尔颠，无用之用也专。

此文见于明抄本《弇州山人续稿》卷十四，为王世贞《四部稿》《续稿》等文集所不载。

第四节　书后

1. 金字《心经》后

仙师昙阳子以手书天篆《般若心经》见贻，首尾二百八十二字，诸体可三十余，而所谓天圆地方、采阳玄玄，古今文之所不载者皆具焉。其蒸云错宿、腾龙翔凤之势，亦非世眼所经见，余于别记已详言之。窃谓佛说法四十九年，阿难所总持，鸠摩、玄奘辈之所译，华梵诸尊宿之所结撰，合五千四百卷。而寿法师以宗镜百卷括之，不若观自在大士以二百六十二字括之也。夫心一而已，百卷固赘也，二百六十二字亦赘也。虽然，由一而为二百六十二字可也，由二百六十二字而为百卷可也，又由百卷而为五千四百卷可也。经中色、受、想、行、识，盖一遇色，则欲境接而受随之，不及分别成识也。既行之后，而分别以为美，而幻识成矣。宋景濂氏乃欲乱经文之次，而谓识先色者，何也？解色即是空易，解空即是色难。谓幻心、照心，非二心也。沍水为冰，冰融复为水。铸金为钗钏，钗钏镕复为金。喻精矣，于本文犹未满也。谓色，幻色也，必不碍空；空，真空也，必不妨色。妨色者，断空也，非真空也；碍空者，实色也，非幻色也。理圆矣，于本文犹自遥也。乃至复有三释者，何也？不生不灭云云者，诸法既空，则此湛然之心，无有生灭、垢净、增减。乃至灭为凡夫位，垢净为菩萨位，增减为佛果位，又何也？援证纵有之，抑何葛藤枝蔓也？宗门舍经而经明，诸宿释经而经晦。甚矣！注疏之为累也，夫岂独吾六经然？抑我师所受道，天下知以为玄，而时时书《心经》示人，至于批注《金刚》《楞严》《维摩》，往往得无师之智，而上抉如来大士之奥。昙乎！昙乎！氏而得昙，夫岂偶然已哉！独念世贞以含识之贱，一旦骈获佛语仙篆而奉持之，其幸当何如也！敬志于尾。

此文见于明抄本《弇州山人续稿》卷二十二，为王世贞《四部稿》《续稿》等文集所不载。

2. 题文待诏小楷《心经》后

余旧得赵承旨子昂为吴兴僧写《心经》，而乞新茶润笔，其结语云：一包茶叶未为多。当时名胜如邓文肃诸公，往往倚韵以和，而独轶所写《心经》，文待诏微仲以小楷补之。不三岁，偶于吴肆得一纸，即承旨所写，其称号印识正同，乃大喜，萃而成卷。一时诸君子争相诧，以不减延津之合。而亡何为执友持去，独遗待诏一纸，亡所归。今年夏，昙阳师见贻金字《心经》，皆天书玉篆，非素习其文者不能识，因附于后，以比于切音译书之例。待诏年九十，犹能作蝇头楷，为人写志铭，掷笔而化，庶几证须陀洹者。若不生不灭之理，则惟昙阳子超然独诣，待诏乃瞠乎后矣。虽然，匹之左丘明传《春秋》、郦道元注《水经》，故不辱也。

此文见于明抄本《弇州山人续稿》卷二十二，为王世贞《四部稿》《续稿》等文集所不载。

3. 题《心经》性命临迹后

仙师昙阳子尝为贞篆书《心经》及性命各三十六字，字各一体，备极龙腾凤骞之势。贞宝爱过于头目，而会故人张肖甫司马书来，请得一纵观，乃乞章生藻临摹一通，装潢成卷，以贻肖甫。章生善八法，虽不能尽得其妙，然亦可以蹻斯挟籥，从容鸟迹螺匾间矣。今儒者言心言性言命，唯西竺、苦县亦言之，其概若小抵牾，而精微要妙之地无不妙契者。拘方之士乃强岐而三之，至谓西竺修性不修命，苦县修命不修性，何偏浅耶！要之，即心而性命依之矣，举一而二教融之矣。斯理也，紫阳、重阳其嚆矢焉，至我昙阳师而大显。肖甫故蜀人，如以为疑，异日请就绵竹靖而质焉。

此文见于明抄本《弇州山人续稿》卷二十二，为王世贞《四部稿》《续稿》等文集所不载。

4. 摹刻《心经》临迹后

　　三藏玄奘法师于西天竺求佛法，至凉州，道遇一僧，以此授之持诵。自后穹沙大荒，连阴中暮，人迹断绝。遇祆神胡鬼阻道者，诵诸经咒，皆不能却。此经一出口，旋即避遁。（玄）奘法师恒宝持之。弟子怀仁遂集王逸少行书，附之《圣教序记》，而道俗无不知有此经矣。我先师昙阳子道成之后，用篆法三十余体书以见赠。云间徐孟孺，余善居，恒自恨不及事先师，供扫除之役。勤求圣迹，不下王灵。期间出示之，顶礼绝叫弥日。手摹一通，刻之乐石，冀垂永永。或谓《心经》是如来上乘语，昙阳子书是元始灵真笔，非若逸少廛廛人间手迹，以此诚足相当。弟得无伤于泄且亵乎？是不然。大道如日丽天，且我古先生不惜语，我先师又何惜书也？所虑中士而下，只爱字画，不爱字义。如先师所以责余者，则其识乃不如祆神胡鬼耳。徐生其慎施之。

此文见于明抄本《弇州山人续稿》卷二十二，为王世贞《四部稿》《续稿》等文集所不载。

5. 仙师《心经》金字摹迹

　　昙阳仙师手书三十六篆体金字《般若心经》以赐世贞，宝而秘之久矣。去岁冬，始为张肖甫司马所恳，托郡人章藻临一本授之。春三月，曹子念欲谒王阳德大参，复乞章生开余青绸筍、粉黄金，对临一本为赞。章生素善籀、斯诸家法，而又负张翼、米芾之技，其精工之极，几于乱真不可辨。阳德邺架中墨宝故多，当让此法宝第一矣。世贞却欲下小转语，观自在此经三百六十字，坐断狮子座古佛舌头，然彻后片语亦赘。昙阳师此篆三十六体，括尽龙汉以来三元八会指法，然证了一画皆空。如其不尔，虽道副比丘所陈，仅得吾皮耳。愿与阳德共识之。

此文见于明抄本《弇州山人续稿》卷二十二，为王世贞《四部稿》《续稿》等文集所不载。

6. 题所书《心经》后

《心经》者，观自在菩萨所说也，以说佛旨故，即称佛说也。佛说般若六百卷，菩萨以二百八十字括之。菩萨说二百八十字，而心一字括之。觅心了不可得，即一字亦赘矣。潭上人世寿百七年，僧腊亦九十年，早晚诵弥陀数百亿遍，而有贻以内局龙笺者，乞余书此经，曰：吾以为西归公案也。上人舍数百亿弥陀，而执此二百八十字为公案，得无为莲花会中人所笑耶？第玄奘法师自西天五译而入中国，其上足怀仁集右军书而行之。今以余恶札西归，则又大可笑矣。

此文见于明抄本《弇州山人续稿》卷二十二，为王世贞《四部稿》《续稿》等文集所不载。

7. 俞仲蔚书《金刚经》后

俞仲蔚为余书《金刚经》，皆作蝇头楷，而精劲有法，真不愧古人。其分二十七疑，乃无著登兜率天，叩慈氏菩萨，以授其弟天亲者。最后昭明太子所定三十二分行，而二十七疑稍屈矣。眉山氏书不分，分最古，此当为第二本。而王履吉所书三十二分，当为第三本。亡论第须菩提，世尊上足也。良马见鞭影而行，何以有二十七疑？是非真疑也，假疑以发世尊之蕴也。世尊之反覆辩证详矣。然其大指，以心不住境为宗。住境则境为实而心死，不住境则境为空而心生。心境俱泯，一真湛如。我相不作，诸相俱幻。第经中三称四句偈，读诵演说。今以最后文势，推一切有为法，则所谓如梦幻泡影，如露复如电，亦作如是观者是也。主峰不之取，而谓偈云：受持法及说不空，于福德菩提，二能趣菩提。又以"凡所有相，皆是虚妄。若见诸相非相，即见如来"为妙。恐亦只是推测之辞耳。鄙意则谓经文可奉持者，殆不止此。若如是生清净心，不应住色生心，不应住声香味触法生心，应无所住而生其心。又云：以色求我，以音声求我，是人行邪道，不能见如来。皆四句也，何不可之有？或谓世尊非有所指也，盖泛言耳。泛言之，则何不云一句二句，而独云四句耶？觉得无著入火光定时，少此一间。

此文见于明抄本《弇州山人续稿》卷二十二，为王世贞《四部稿》《续稿》等文集所不载。

8. 王履吉书《金刚经》

《金刚经》是瞿昙老师心印，卢行者得应无所住而生其心一语，便绍祖位。然为刘汉仲以易道屡迁解之，被大慧和尚骂杀。又有徐士英者用岭南果树解波罗密而废正译，彼岸到乃知宋头巾村气，盖不止介甫释三昧也。此经为吾王履吉小楷书之，骎骎直逼虞永兴，使佛宝增重。履吉精彩照映一代，仅四十而夭，采此缘将无在慈氏内院听正法耶！

此文见于明抄本《弇州山人续稿》卷二十二，为王世贞《四部稿》《续稿》等文集所不载。

9. 三十二篆金书《金刚经》后

余自奉先师昙师子手书仙篆《心经》及性命三十六体七十二字，因为记以纪之。而昙阳子见诮以不重文理而重文字，自是见辄涩然，不敢以妙迹继请，亦不能分别所由出以为恨。索居无事，偶有以刻《金刚般若经》见示者，乃比丘道肯集古篆为之，凡判三十二分，则为三十二体。其目有所谓玉箸者、奇字者、小篆①、小篆者、上方者、坟书者、穗书者、倒薤者、柳叶者、芝英者、转宿者、垂露者、垂云者、碧落者、龙爪者、鸟迹者、雕虫者、科斗者、鸟篆者、鹄头者、麟书者、鸾凤者、龟书者、龙书者、剪刀者、璎珞者、悬斜者、

---

① 原文为"小篆"，按文章意义，此处疑似应为"大篆者"，这样才不与后面的"小篆者"相重复。

飞白者、殳篆者、金错者、刻符者、钟鼎者,以仿于吾师之迹,虽不能尽符,而十亦得其五六矣。独其用笔粗拙,转刻讹舛,大有遗憾。时吴人章藻精八法,因乞屑金缩小为之,则既斐然焕然矣。窃谓《金刚》与《心经》相表里,而此三十二篆复与吾师书相表里,能悟字字皆真如,画画皆般若。持以谒我师于靖庐而印证之,庶几首肯哉!不然,恐复作前日诮,何以应也?

此文见于明抄本《弇州山人续稿》卷二十二,为王世贞《四部稿》《续稿》等文集所不载。

10. 宋人金书《无量义》《法华》《普贤行》经后

金徒处,恬憺观之两月许,而印上人以淮云古刹所藏宋人金书《妙法莲华经》来售者,其字大来不过粟许,而备有欧、颜结构,上下左右,整若画一,诸杀青泥金之法,皆不复目中所睹,时以橐涩听所往。又三月复来,适州司致台币,辍而请之,作斋室供。第此经前有大乘《无量义》,而后有《观普贤行法》二经,初不知所以。考之《法华》序品,称世尊四众围绕,供养恭敬,尊重赞叹,为诸菩萨说此《无量义经》已,结跏趺坐,入义三昧,而后慈氏以此因缘问妙吉祥而启之。至二十八品,则此《无量义》者,固《法华》之所繇以成始者也。第二十八品,以普县自东来受佛嘱累,而许为守护安隐,作陀罗尼咒。迨佛在毗舍离国前般涅槃之三月,而为慈氏大饮,光、庆、喜三大士说普贤净妙国因缘,而令众生作释迦及多宝佛想者,唯普贤之是持。则此《普贤行法》者,固《法华》之所以成终者也。末法中诸僧俗诵《法华》而不诵此二经者,不为全文也。考之《无量义经》,有萧齐时而南阳刘虬序。虬字灵预,抗节好学,以当阳令弃官,常服鹿皮、断谷饭、术及胡麻,精信释氏。将卒日,白云徘徊檐户,又闻香气及磬声。序辞虽不甚精畅,而能敷演大乘,又序所以传译之繇甚详,因乞净人童生作小楷金书弁之,配宣律师之序《法华》者。

　　此文见于明抄本《弇州山人续稿》卷二十二，为王世贞《四部稿》《续稿》等文集所不载。

　　11. 又书章藻书《无量义经》后

　　余每阅《法华经》至序品，世尊为人天大众说《无量义经》，而后入无量义三昧，慈氏始与妙吉祥相征问，以弘大法，每欲睹所谓《无量义经》者而不可得。偶于淮云僧处请得宋人金书小本，喜而识之，以为连城照乘之遇也。会章藻响拓承旨《法华》七卷毕，结法骤进，因令补书此一卷，以完《法华》全用。考我世尊自菩提树下端坐六年成道，为人天说法，至是七十余矣。自谓缘众生性欲同种种说法，以方便力四十余年未显真实，是故众生得道差别，不得疾成无上菩提。然又谓得道初起以至今日，未曾不说苦、空，无常、无我，非真、非假，非大、非小，本来不生、今亦不灭，一相无相，法相法性，不来不去，则佛说无不真实，而众生听受不无浅深耳。第此经与《法华》同一刹那，顷而此经则观世音位第十一，而《法华》位第二，《法华》菩萨十八，而此则二十九，此经大弟子舍利弗位第一，而《法华》位第六，岂各有所表重耶？至二经内听法，各有大小转轮王、金银转王，大释迦以七日内不作轮王而作佛，世无轮王久矣。金轮八万四千岁王四天下，银轮四万岁王三天下，五浊百年之世现前。且人也，非天也，宁有是理与是事哉？要之，寓言之始，若庄氏鲲鹏，盖不必多宝药王涌出诸品而后见已。

　　此文见于明抄本《弇州山人续稿》卷二十二，为王世贞《四部稿》《续稿》等文集所不载。

　　12. 再书童生响拓赵文敏《法华经》后

　　赵文敏书《法华经》，妙极八法，为家弟懋所宝藏，贞尝略窥其意而跋之。今年复请善知识章生藻以槌薄纸响拓一部，以便奉持，而窃志蛙黾之见于后。按序品谓日月灯明佛说大乘经，名《无量义教菩萨法》，说已，结口趺坐，从三昧起。因妙光菩萨说大乘经，名《妙法莲华教菩萨法》，六十小劫不起于坐，时会听者亦坐一处。六十小劫身心不动，一小劫谓之小，堪知为十二万年，是当为七百二十万年也。一讲《莲华经》至六十小劫趺坐，复当六十小劫说《无量义经》，顷刻间为一百八十小劫也。然佛灯住世，当说几十百种经，其安居自恣，约略相等，当为巨万万劫，一时人寿亦当为巨万万劫也。文殊师利既教八王子皆成佛，而八百弟子中求名菩萨，乃其最劣者。今与文殊比肩事释迦，恐无此理。方便品授，记舍利弗于未来世过无量无边不可思议劫，当得作佛，名华光如来，寿十二小劫。其国人民寿八小劫，则舍利弗虽许作佛，殊渺渺未有期也。十二小劫寿矣，然不过得日月灯明佛说《莲华经》二品暨耳，其人民听经当不能满二品也。授记品谓摩诃迦叶成佛，名光明如来，寿亦如之。然迦叶供三百万亿佛，而舍利弗供千万亿佛，是舍利弗又后成于迦叶也。及大目犍连等各恳请而后许之，然须菩提大迦旃延佛寿亦十二劫，大目犍连寿倍之。最后富楼那弥多罗子恳请而复许之，其寿命乃无量阿僧祇劫，是又优于大目犍连也。小弟阿难法子罗睺罗恳请而复许之，其寿命又无量千万亿阿僧祇劫，是又优于富楼那弥多罗子也。乃至五百阿罗汉欲作佛，则俱授记曰普明；见学无学二千人欲作佛，则又俱授记曰宝相。夫求名稍怠，世尊以精进而顿超之，岂有二千五百人俱作佛而无进退也？令其间有如文殊、观音、普贤三大士当成佛而不遽取佛者，又将何如授记也？且舍利弗，迦叶最胜弟子也，乃其庄严寿数不及阿难、罗睺罗之万一者，何也？岂佛以道成无二，顺缘为化，丈六不为短，八万四千亿由旬不为长，八十不为夭，无量千万亿阿僧祇劫不为寿耶？百亿化身，佛坐莲花，坐高五旬由（由旬）为五百十里矣。而多宝佛塔高五百由旬，为万五千里，彼此酬对，不相称也。文殊师利从龙宫而来，坐千叶莲花，益又不相称也。净花庄严妙音菩萨高四万二千由旬，当为一百二十六万里，已无量矣。而净华宿王智如来乃高六百八十万由旬，则当为二万四十万里。妙音菩萨尚不能及，足背何以相酬对也？且作如此大身何益也？喜见菩萨始于日月净明德佛前，然身千二百岁而后命终，命终之后复生本国净德王家，而佛尚在。及佛灭度，即复然臂七万二千岁供养。夫所谓七万二千岁及千二百岁，实耶？其犹弹指顷耶？将痛耶？不痛耶？痛与实则不情，不痛与弹指顷则不真。今使愚者弃其命，而狡与愚错者残其躯，何也？且不过以表供养布施之诚与幻躯之不足惜耳。中间又谓佛说此经时，宴坐之际忽成一小劫。夫佛住世八十年，至于今仅二千五百年耳。双林示灭，去说经时几何？信尔，则至今犹在《法华》会也。夫以万千岁为弹指顷，语往则无验，征来则不核，今缁袍之流执以为实然，而青衿之士骇而不敢信，或致谤者抑未审其多寓言也。昔日僧法达诵之，经成三千卷而六祖不尝习一句，第令诵之，仅至譬喻品而即止，断以因缘出世为宗而已。止之而止，即有种种变幻权摄，谁能衔焉？故其偈曰：心迷《法华》转，心悟转《法华》。诵经久不明，与义作仇家。且夫羊鹿白牛车之说，至浅实也。唯一佛乘，无有余乘片语柱之，而况于受记实塔之类！长大数万由旬，寿命阿僧祇劫，又宁足致究也？法达悟矣，故其报偈曰"经诵三千部，曹溪一句亡"之语也。缁袍之信，青衿之疑，可以两融而无所诤也已。

此文见于明抄本《弇州山人续稿》卷二十二，为王世贞《四部稿》《续稿》等文集所不载。

13. 陆氏女血指书《法华经》后

陆太学以宁言，有寡姊了一，为张中丞子妇，尝刺臂血书《妙法莲花经》七卷，出以见示。笔法精谨，甚居然永兴庙堂碑遗意。血色殷鲜，如钵特摩，不觉合掌赞叹。寻以宁谓不佞宜有一言之纪。不佞窃聆佛诲，一切经典，受持读诵，即施三千大千世界身及七宝不啻，而况为人传写？而况于刺血为墨，如佛行、菩萨行故事？又况《法华》为诸大部之王，其功德岂不超胜万万哉？异日方丈前必产绿茎紫盖芝，自然甘露汁作饮。不登七宝台，皈净土，则应帝释请，却修罗怨刃，慈氏授记，毋下姨母憍昙弥矣。第法达诵此经三千部，见曹溪一句都亡，而新繁荀书生书空数卷，至今不沾霹雳，同泰、永泰之护持不若也。岂非有为之迹，犹属有漏之因耶？诸相非相，即见如来。勉之！芥子中勿着此段相，却以余功德回施含识可也。了一得法于乃父宗伯公，何减庞居士家灵照团栾说无生时相为首肯否？

此文见于明抄本《弇州山人续稿》卷二十二，为王世贞《四部稿》《续稿》等文集所不载。

14.《妙法莲华经·观世音菩萨普门品》后

窃睹此经，乃《妙法莲华经》第七卷第二十七品。前有妙音菩萨，乃东方百八万亿那由他恒河沙等诸佛界外，净光庄严国净华宿王智如来之上足也。其宿植根因，愿力成就，种种现身应化，俱与我观世音若契。夫妙音之百千万亿化身，自东而游西土，观世音之百千万亿化身，自西而游东土，不知其一人耶？将二人耶？又安知净华宿王智之不为无量寿，而无量寿之不为净华宿王智耶？惟吾儒亦有之，曰：东海有圣人出焉，此心同也，此理同也；西海有圣人出焉，此心同也，此理同也。其斯之谓矣。

又窃考此经文后，无尽意观世音菩萨有如是自在神力，游于娑婆世界，乃是佛答。无尽意云何游此娑婆世界？云何而为众生说法方便之力？其事云何？语当在是。故此娑婆世界皆号之为施、为畏者。后今以次观世音，受其璎珞，分作二分：一分奉释迦牟尼，一分奉多宝佛。前后皆无佛语，殊为不伦。又偈内所谓：诤讼经官处，怖畏军阵中。念彼观音力，众怨悉退散。其文义尤宜在前十二念内，而此于前后语尤为不伦。即欲改正，缘自来所得善本，皆因仍谬误，无有异闻。昔圭峰禅师改《圆觉经》，一切众生皆证《圆觉》为具。《圆觉》受泐潭和尚恣口大骂，大慧又复因之，谓清凉注《华严》脱落，止是书之经尾。以故仅授此例，识于末诵者。虽因故文，而标明其义，乃所望也。

此文见于明抄本《弇州山人续稿》卷二十二，为王世贞《四部稿》《续稿》等文集所不载。

15. 又《法华·提婆达多品》

此经提婆达多品，谓世尊于过去无量劫中，为求大乘法，得阿私仙。我有《妙法莲华》一语，舍王位，奉侍供养，千岁不倦。佛既于贤劫中证菩提，而阿私仙亦于当来世成佛，号曰天王，度众无央数。阿私仙者，即提婆达多也。生为火轮，拥入地狱久矣。考之大藏诸经，世世为世尊怨偶，或兢妻子，或夺国，或诅，或毒，或破法，不可数计。当其生，推巨山，纵醉象，欲害世尊而不得，犹之可也。手击华色比丘尼晴出至死，犹之可也。至教阿阇世弑父囚母，坏佛教，有一事不阿鼻种哉？而乃许之成佛，何也？岂欲委曲以固阿阇世之善心，而不必非诳耶？前辈尊宿，谓大道之成，必有顺有逆。顺则为释迦，逆则为提婆达多。又谓提婆达多在地狱，世尊遣阿难往问苦恼，不则此云不减四禅天乐。又问何时得出，曰：待世尊入即出也。云：彼三界大师，何有入理？曰：彼既无入理，我岂有出理？此虽游戏支吾语，然非有定力者不能到也。龙女成佛，事权文学，疑以少选之间，若其真者，佛道甚易，云何勤苦无量，方得成佛也？如其化者，化是不实，岂以不实化群生也？佛无不实语，何为若斯哉？且文殊乃然灯之师，释迦又然灯之弟子。文殊既为诸佛之母，应成佛在然灯之前。况弥勒未通，文殊已悟：龙女成佛，文殊之力。今龙女成佛于前，弥勒成佛于后，而文殊不成，安能无惑？僧复礼答以龙女虽身在五道，而位光十地；文殊虽名称菩萨，而实是如来。经文：龙女八岁，智慧利善，知众生诸根成业，乃至辨才无碍，能至菩提。详夫智慧利根者，非下趣之所有也；知智根行业者，非小乘之事也；辨才无碍者，十善之地也；能至菩提者，等觉之道也。斯则三祇功毕，十度因圆。献宝珠而转女形，坐莲华而升觉位。义殊早证，事同俯拾。惑者见龙王女，即谓是三涂而婴五障；闻发心，即谓是凡位而希圣果。殊不知五道有示生之义，四发有补处之文。智积所以怀疑，身子由其致诘。莲之心也，何其曲哉！文殊智色权实，体兼真应。或道先劫，已为龙种之尊；或流形此界，尚号法王之子；或正位北方，久名宝种；或授记来劫，将称普见。变化十方而无碍，周行三际而不动。无取无得而成果，不去不来而见身。岂可以一相求？未可以一名定。故遇然灯而函丈，逢释迦而避度。慈氏造之以决疑，龙女师之而进道。然龙女自垢身而明速疾，诱物持经；文殊处因位而示淹留，劝人后已。并曲成方便，实为利益。详复礼兹言，辨则辨矣。文殊古佛现佛，或谓愿力深远，不取菩提；或谓世无二尊，降迹助化。理皆有之。若谓龙女以十地菩萨刹那成佛，则断断乎无是理也。夫是穷劫以来，偏数千里，未有佛方弘化，而函丈之内，复有成佛者？况贤劫千尊，不记龙女成道之后，世尊不明宿因，不表见果，以释迦古佛行菩萨道，历阿僧祇劫，犹且降自兜率，苦行雪山而后成。既成之际，百万天子，以至万量八部，为之明明。又有魔王波旬，为之娆乱。而此龙女成佛，抑何草草若是？愚窃以为，十地菩萨，寓形小女，佛助以威神，假以化迹，欲使人人自见佛性，如孟子舆氏所云人皆可以为尧舜耳，不必真八岁女，不必真成佛也。

此文见于明抄本《弇州山人续稿》卷二十二，为王世贞《四部稿》《续稿》等文集所不载。

16. 俞仲蔚书《圆觉经》

《大方广圆觉修多罗了义经》者，如来与诸大菩萨所说法也。至唐长寿二年，罽宾僧佛陀多罗持至东都白马寺，译为两卷，而最后圭峰禅师宗密始为之疏解。诸经约则《波罗密多心》，大则《楞严》，以至《金刚》《维摩》，与此皆明性要，探心源，若与瞿昙老师对语者。第《心经》词简而旨深，《楞严》词浩而旨广，《金刚》理精而文蔓，《维摩》文奇而理旷，能兼有其妙者，独《圆觉》乎！所论循性差别，三种方便，如奢摩他、三摩钵提、禅那，大约尽之。若二十五种定轮及三七标记，随手结取，依结开示，便知顿渐，恐为初地学人指示。大乘菩萨求无上法门，便须于咽喉下着刃，似不必尔也。禅那之病，千载悬的，旨哉！竺摩所携《四十二章》毋论已，独怪鸠摩何意东来，三藏何意西往，而阙此一梵夹乎？圭峰法门龙象，裴相推之，得三十五祖骨髓，而门科太繁，要指或略，不无叠床增蔓之叹。

仲蔚为余小楷经文一卷，更觉洒然，若其结法之精密，固不待赞也。

此文见于明抄本《弇州山人续稿》卷二十二，为王世贞《四部稿》《续稿》等文集所不载。

17. 四十二章经

《四十二章经》者，汉永平中梵僧摩腾、法兰携贝叶文至洛阳而译之，是为震旦第一经也。当是时，天子、诸侯王皆笃好其语，流传至后世，诸经典复荐来。而兼权实者，《法华》《华严》《楞严》之宏肆；明性相者，《金刚》《楞伽》《圆觉》之精约。乃宗门者宿，又一切扫而空之，而有能举《四十二章》者鲜矣。宋儒诸先生则谓《四十二章》最初来者，皆平易肤浅语，而中国敏黠藻丽之徒，与梵僧比而造《法华》诸经，又大可笑也。夫《四十二章》，佛最始言之，为西竺初地学人诲也。摩腾、法兰最始传之，亦为震旦初地学人诲也。是《四十二章》者，佛语也。《法华》诸经，亦佛语也。佛语谁能饰之？谁能废之？且也不见夫人善知识言哉？诸恶莫作，诸善奉行。人谓三岁儿能举之，不知三岁儿能举之，八十老人不能行之。夫能体是《四十二章》而不入佛域者，鲜矣。其窃伏膺其旨，而深有感于所谓二十难者。会诸生王应宾工小楷，遂乞书一卷，而敬志于后。

此文见于明抄本《弇州山人续稿》卷二十二，为王世贞《四部稿》《续稿》等文集所不载。

18. 章仲玉书《楞严经》

俞仲蔚为余精书《金刚》《圆觉》《维摩》三经，而独《楞严》以卷帙繁，未敢请。亡何，仲蔚死矣。郡中章藻仲玉为余书此十卷，掩暎斐亹，大得吴兴三昧，令人不深仲蔚想也。大抵世尊双林以来，五时启化，无非为一大事因缘，中间破七处攀缘，别二种根本，权显正显，咸此心焉括之矣。余独爱阿难大师假凡以明大道，二十四圣示劣以昭圆通。又世尊所辨，粗而十习、六报、三业，细而十种禅那现境受阴虚妙，禅那狂解识阴用心，交互广大精悉，于学人朗朗若明鉴焉。於乎！应伦休征，吾庶几免矣，其若十仙、十八天趣何？按此经至武后长安中，般刺密帝三藏始携梵本至，广与弥伽释迦释，而房融相公受之，不知前是鸠摩罗什、玄奘作何生活也，可谓空手出宝山矣。余兹以仲玉及仲蔚所书经合为一梵夹，供奉之而未能读也。第子瞻学士云：山中老宿依然在，案上《楞严》久不看。亦以别有旨志，以代余解嘲。

此文见于明抄本《弇州山人续稿》卷二十二，为王世贞《四部稿》《续稿》等文集所不载。

19. 俞仲蔚书《维摩诘所说经》

昔人以维摩诘比庄子，谓其多寓言，且文字雄爽，不可穷也。维摩诘是佛地位人而行菩萨道者，其游戏三昧，辨才无碍，若大菩萨如弥勒持世光严童子辈，大弟子如舍利弗、大目犍连、大迦叶、须菩提、富楼那弥多罗尼子、罗睺罗、阿难辈，皆连挂其口而不敢往问疾。能与之旗鼓相当者，独文殊师利耳。其往返征诘，如普现色身，以至诸自在德身不晌。凡三十菩萨，所论不二法门，往往各极其见而不能得。文殊师利以无言说无示无识，离诸所见对焉，可谓得之而未尽。独维摩诘默然无言，为文殊之所叹伏，以为真不二法门。譬之世尊临涅槃时，文殊请再转法转，世尊咄之曰：谓吾再转法轮，是吾曾轮法轮耶？所谓四十九年说法，无一法可说者，皆此意也。夫文殊非不知也，故为难，欲以发一佛一大士之深旨也。坡老识之曰：殷勤致问维摩诘，不二如何是法门？弹指未终千偈了，对人还道本无言。可谓游戏中游戏矣。若经内须弥世界三万二千狮子座，俱高八万四千由旬，一时入丈室而不隘，顷刻度四十二恒河沙界至香积国化钵饭施诸百亿众而不悭，以右掌置三万二千狮子座及九百万菩萨而不重，又以右手断取妙喜佛世界置世尊前而不堕，此则寓言之极，而漆园叟闻之，固当目瞪舌出而无可对也。不佞昔好其语，欲别作一帙供奉，偶一及之仲蔚，未敢请。仲蔚欣然曰：吾为子书之。仅阅岁而见赠，凡三卷，二万余言，结构尤精密遒劲，上可追诚悬《度人经》，下不失子昂《法华》。仲蔚今虽物故，能据此经作津梁，不妨于龙山会上黏天女花矣。

此文见于明抄本《弇州山人续稿》卷二十二，为王世贞《四部稿》《续稿》等文集所不载。

20. 又《维摩经》

余既书一跋于仲蔚所写《维摩诘经》后，偶阅大藏，有权文学者致疑，见如来品，谓十地之观，如来尚隔罗縠，如何一掌之内能擎十号之尊乎！非惟以卑降尊，于理非顺，实亦佛与菩萨岂无等差？如有等差，安能运佛？如无等差，何须成佛也？此犹作春秋天王狩于河阳，见僧复礼，答以诸佛平等誓愿，时乘利物，菩萨游戏神通，坐忘致远，递相影响，咸赴机缘。其余感应之故，似得之然。人知居士神力能举佛世界于一手掌，而不知佛神力能举世界于居士一手掌也。芥子纳须弥，芥子固不碍矣，当由须弥亦不碍也。第本经文谓彼土声闻及诸菩萨人天大众得天眼者，咸生恐怖，发声言：谁将我去？谁将我去？佛以因缘喻之而止。余谓彼土既称清净妙善无量功德，合成彼佛，又号无动，其不具天眼者必不觉，具天眼者必不恐怖也。香积国一事尤奇，岂即所谓以饮食作佛事耶？但饱食终日，无所用心耶？证菩提又何必于莲华上朝夕参请也？维摩诘，梵语也，译当曰净名三藏，复译之曰无垢称，然则净名语亦梵耶。

此文见于明抄本《弇州山人续稿》卷二十二，为王世贞《四部稿》《续稿》等文集所不载。

21. 仙师批注《维摩诘经》下卷

我昙阳师尝手笔圈点《维摩诘所说经》下卷，以示僧无心有，内什、肇、生三公所注有合者，亦时及之，而间以意作数语。盖不规规于章，故而超然独有契于二教之表，若水乳之谐而泯其色，至于蒲团得力处，往往有露德机者，要非三公之所敢望。而有上人颇漫视之，而不能持本。今落骐儿手，因乞师之父炳喆道人，据其铅椠（槧）之所及者，录之而加丹，以备朝夕捧诵。宝此不死药，会令下咽，但不知用何汤液佐之。异日再拜而趋下风，师必不我蕲也。

此文见于明抄本《弇州山人续稿》卷二十二，为王世贞《四部稿》《续稿》等文集所不载。

22. 题《华严经》后

《华严经》八十一卷，积六十余万言。佛灭后五百余年，而龙树尊者于龙宫得之。自晋而入，其译者仅四十卷。自唐而入，其译者卷乃如前《太玄》数，而犹未为全文也。为偈故十万，今其存者仅四万八千耳。自世主妙严以致入法界之二，为品三十有九，卷六十，而世尊所说仅二十之一，普贤十之一，余皆诸大菩萨所称颂辨说，及天龙八部神王亦时时有之，记者之辞则独十之二。若善财品为卷二十，而文殊、普贤、弥勒以及诸圣贤之辨论皆在，记者之辞略，亦如前诸品等。按首品诸天所颂，亡论已积金刚身、众足行、主道场、主城、主地、主山、主林、主药、主河、主海、主水、主火、主风、主空、主方、主夜、主昼者，仅神耳。又所主皆各局一而不偏，通者修罗、迦楼罗、紧那罗、摩睺罗迦、夜叉诸龙，鸠盘茶、乾闼诸王，则俱负大垢业者也。何以能识佛地，得解脱门若摩诃萨等也？是非虚设名衔，则亦菩萨权位，固非真有所谓诸神王也。审详神王能尔者，世尊它经所说皆诋耶！善财之会五十四，而所参善知识杀其一。善知识虽广，大约不过二十（十九）种：曰菩萨，曰比丘，曰比丘尼，曰优婆塞，曰优婆夷，曰童男子，曰童女，曰天女，曰外道，曰婆罗门，曰长者，曰先生，曰医人，曰船师，曰国王，曰仙人，曰佛母，曰佛夫人，曰诸神而已。语有之：学无常师，主善为师。庶几哉！疑亦我世尊以幻迹托化故，不然瞿沙一鹿皮叟耳，岂能为善财握手间，便见无量佛刹；依舍一优婆夷耳，佛世且不许入道，何一具大庄严供养如莲花藏胜热炙火，宁异尼乾，而能震动魔宫，宽息地狱，具足优婆夷人间食耳。宁至上同者、积食者，尽证佛果靡耶？位止忉利瞿夷，尚是学人，而即其悟解，远同十地。审尔，世尊涅槃，何必下临听法，躄踊悲恸？且所谓无厌足王者，人耶？天耶？所谓借幻行法者，久耶？暂耶？不闻净饭波斯匿世有此国也。愚见肤昧，窃意善财之五十三参，龙女之立地成佛，疑亦南华寓言之伦，表明圣化耳。不然，何必赫赫若此，寥寥若彼也？寻佛不起法座，上登天宫，即诸大菩萨尚未及虑。至三十八品，始现声闻。更二十年，阿难入道，谁为说之？谁为纪之？考之《报恩经》云：阿难所不闻经，从诸比丘边闻，或有诸天向阿难说。又云：阿难请求三愿，其三所未闻法，更请重说。《涅槃经》云：我涅槃后，阿难所未闻者，弘广菩萨，当为流布。阿难所闻，自能宣通。则此经非最后说之，当有曼殊、普贤二大士流布耳。第既为二大士流布，阿难结集贝叶百卷，宁能尽掩人目？何至并其名尽阙之，至龙树而始出之海藏也？若其道理之广大精深，文辞之博辨宏丽，则尽五千四百卷，毋有与之抗衡者。《法华》之示权，《楞严》之拆（析）理，亦瞠乎后矣。王学士藏本，乃永乐初刻，以宫绣作装，佳甚。又中有诸真标写，真无上法宝。礼诵之余，聊识于末。

此文见于明抄本《弇州山人续稿》卷二十三，为王世贞《四部稿》《续稿》等文集所不载。

23.（题《华严经》后）又

《华严经》结集，恐不自迦叶、阿难二尊者云。龙树菩萨自龙宫出之，凡十万偈。今见存者，仅四万八千偈而已，当未为全文也。考唐开元中，有李长者作《合论》，虽不必若清凉之精，而辨难爽俊，援引该博，于护法阐教，尤为义中师子。于《法华》《维摩诘》《无量寿》《大涅槃》等诸经，或权或实，靡所不披驳。独推此经以为无上，而天台诸宿，至据《法华》相低昂，而分门所由起矣。白日丽天，众流归海，况皆世尊证道之微旨，法王维世之盛心，无假推而自尊，亦非抑所能下。窃详长者神迹瑰奇，来因秘匿，得非再来之龙树，以绍明自任者耶？自迦叶而后，以至能公，凡三十二祖，而独龙树事甚奇，因附记之。考《传灯录》，谓十三祖迦毗摩罗尊者，至西印度，游城北石窟，化度蟒身比丘。问：此山复有何人居止？对：更北十里，有大树焉，庇五百余丈。其树王曰龙树，领龙众五百，说外道法。尊者挫而伏之，遂传衣钵，为第十四祖。及考西土所译《龙树传》，则云：师少而英俊，多技能。当与其同侣二人，学隐形法。即入国王宫，恣情淫秽，后宫往往有不御而孕者，王怪之，乃令散灰布地，验有履迹。使壮士百人，以白刃挥之，其三人皆糜碎矣。国法刃所及，王左右前后各七尺而止，师匿王之袂傍得免。出而匿迹，盖习诸技，为外道师。《传灯录》又谓：师既得迦那提婆授衣钵，即于高坐现自在身，满月轮。说偈已，入月轮三昧，广现神变，凝然归寂。时秦始皇之三十五年庚辰岁也。后读《玄奘西域记》，谓：憍萨罗王供养龙树，善药术摄生，年数百岁不死。王得龙树药，亦如之。凡数立世子，辄夭，不待其最后子，与母谋，夜入龙树室，劫而乞其首为施，龙树欣然许之。徘徊顾求白刃不得，取壁间干茅自刿，即《殊与录》中所载大不类。龙树之弟子迦那提婆，据《传灯》谓：以偈示上足罗睺罗多，而付法眼已，入奋迅定身，放八光归灭，学人兴塔供养，时汉文帝之十九年庚辰岁也。《传》则谓提婆因南天竺王信邪道，屏绝释子不得见。提婆自诡，应募宿卫，以善部勤得幸，遂请于大都四衢敷高座，立三论摧挫，诸邪道悉伏。三月中，受披剃（剃）者百余万人，王四事供给，出就闲林，造《百论》二十品，又造四百论，而邪道之弟子凶顽者乘间劫之，曰：汝以口破我师，我以刃破汝腹。遂决提婆腹，五藏涂地。未绝命间，却悯此劫，诲以祛障释罪，指示去路，及授之三衣钵盂。寻弟子至，戒令不必讨贼，云：诸法之实，实无受者，亦无害者，谁亲谁怨，谁贼谁害？语毕，脱然而逝。按：此二传俱奘公所译，其来甚远。岂录《传灯》者未及睹此，将睹此而有所讳耶？其录中所载偈，后先如出一手，又不合华梵俱就四声，恐有附会，聊纪于此。余于《大藏经》时作小乘识，舍理征事，故当不满宗门一庐。胡然于此中少从南董后掊折虚妄，恐亦总持所不弃也。祖华梵三十二，其称了业责者，人知有二人，曰师子，曰慧可，而不知有龙树、迦耶、提婆。龙树一曰龙胜，奘公定为龙猛。

此文见于明抄本《弇州山人续稿》卷二十三，为王世贞《四部稿》《续稿》等文集所不载。

24.（题《华严经》后）又

　　此经世尊于摩竭提国阿兰若法菩提场中，不起于坐，而上升十八界诸天。诸天帝大菩萨俱称世尊为毗庐遮那如来，毗庐遮那者，偏一切处也。又云：毗者，遍也。庐遮那者，光明照也。考他经亦有之，又云庐舍那。庐舍那者，光明遍照也，又净满也，所谓释迦牟尼者，能仁寂默也。盖一世尊而三表其德，如观世音之为观自在，妙德之为妙吉祥也。考《法华经》，世尊于多宝佛塔会诸化身，十方各五百万亿那，由它洹（恒）河沙国土释迦而后说法，则此娑婆界之世尊为主，而彼化佛为客也。又考《梵网经》，释迦佛在第四禅地中摩醯首罗天宫，身放慧光，以玄通华光主诸菩萨问故，接此世界大众，至莲华台藏世界，见庐舍那佛坐百万亿莲华光明座上，释迦及诸大众一时礼敬庐舍那佛足下。释迦问言：为何因缘菩萨得成十地果？为何等相？如佛性本源品中广问一切菩萨种子。尔时庐舍那佛大喜，示莲花千叶为千世界，一世界有一释迦，一释迦各现千百亿。释迦而后为此千佛演说十发趣心、十长养心、十金刚心、十地向果、四十法门品、四十八戒。释迦偈内所谓诵我本师戒，一重四十八，是庐舍那诵，我亦如是诵，则庐舍那为主，而化释迦与诸化释迦皆客也。以故诸西土耆宿之说曰：清净法身，佛性也。圆满报身，则千丈庐舍那，即毗庐遮那也。千百亿化身，则释迦牟尼也。而此娑婆世界之释迦，则化身之至劣者。譬影之在水，清则现，浊则昏，洄则隐。所谓劣者，以缘故劣也，非真劣也。又云：庐舍那于色究竟天成佛。审尔，所谓自兜率天托生净饭者，庐舍那耶？释迦耶？四月八日出腋之际，与明星成道之夕，庐舍那耶？释迦耶？《法华》所说成佛无始，又与阿閦弥陀共作十六王子，及无央教劫位轮王修菩萨行者，庐舍那耶？释迦耶？肯于五浊恶世成佛者，庐舍那耶？释迦耶？以精进超弥勒六劫者，庐舍那耶？释迦耶？当释迦说法之际，庐舍那者将寂而已耶，抑亦说法耶？果说法也，文殊、普贤诸大菩萨为在彼耶？为不在此耶？孰真耶？孰化耶？其卢舍那与诸化佛之弟子即舍利佛辈耶？否耶？又不知双林示灭之际，卢舍那与诸化佛亦示灭否？不灭则与过去如来之说小牾，俱灭则与随缘现影之义复违。且减劫小身，恐只是此娑婆世界然耳。它世界佛既不同此小身，必不同此灭数也。又不知释迦灭后，其不灭者自成一法性否？归之卢舍那身否？其随感随应如多宝如来者，从卢舍那身出否？将自成法性中出否？若以娑婆释迦为化身，而千百亿释迦皆属之化毗卢遮那、卢舍那，于二经之旨不悖。第凡夫疑见，殆有甚于疑《梵网》者，聊志之以俟异日。

此文见于明抄本《弇州山人续稿》卷二十三，为王世贞《四部稿》《续稿》等文集所不载。

25. 《大阿弥陀经》后

《阿弥陀经》一种而四名：曰《无量清净平等觉》者，后汉月支三藏支娄迦谶译；曰《无量寿》者，曹魏康僧铠译；曰《阿弥陀过度人道经》者，孙吴月支支谦译；曰《无量寿庄严》者，宋西天三藏法贤译。其文简复不同，辞事多迕。于是龙舒王日休取而订正之，仍判为五十六分，名之曰《大阿弥陀经》，而四经之旨合而灿然可诵矣。第中间阿阇世王分称其王与太子、五百长者子，后无央数劫，皆当作佛，自现本王经，与净土事绝无干与。且本王弑父之贼，世尊恐其作琉璃王仇释子眷属行径，不得已而以权教摄之。今无故增入，何以示训万世？至于经文，本甚明了，而判分定名与之相间，其语又浅陋不足观，此皆承昭明之误耳。东土学人不宜作此蛇足也。今谨去之，以与《十观经》《法华·宝城品》并传，而净土之事略备。夫龙舒非僭经者，某非敢僭龙舒者，要亦于西归共效一津力而已。

此文见于明抄本《弇州山人续稿》卷二十三，为王世贞《四部稿》《续稿》等文集所不载。

26. 跋《大涅槃经》后

佛在拘尸那城①力士生地阿刹罗跋提河边婆罗双树②，二月十五日临涅槃时，出大音声遍满，普告众生：大觉世尊，的③欲涅槃。于是有八十百千比丘、六十亿比丘尼，二、恒河沙等诸优婆塞，三、恒河沙优婆夷，四、恒河沙毗耶离城诸离车，五、恒河沙大臣长者，六、恒河沙毗舍离王及其后宫夫人眷属，七、恒河沙王夫人夫菩萨、天龙、鬼神、金翅鸟、阿修罗之伦。亡论已，此八者皆人耳。既称有恒河沙数，其相去道理，由旬距止，阿僧祇不可说，纵佛神力能顷刻而悉示之知，彼岂能顷刻而悉聚双树之下？又各能具八万四千宝车，牛头旃檀诸香，五色诸宝象，有六牙马疾如风诸玉，宝盖小者周匝八由旬，宝幡短者十六由旬，宝幢卑者三十六由旬。而王夫人却又倍之，宝盖小者周匝十六由旬，幡短者三十六由旬，宝幢卑者六十八由旬。若是耶，又诸王夫人多而人民少。若是，其自相矛盾，不待智者能办之。噫！此固非佛言与三界外事也。迦叶、阿难之总持结集，能无末法人笑哉？

常乐我净，此我者，真我也，与我相之我字同，而义若天渊。无我者，生死也，与无我相之无我语同，而旨则胡越。

佛所嘱传法者，大迦叶也。而所嘱护持流行者，又一大迦叶也。此大迦叶称菩萨摩诃萨，而实是多罗聚落婆罗门种，疑即所谓苦县老子前身也。迦叶幼而纯陀贱，二师不见前，不见后，恐亦佛所化。

世尊语迦叶：示现于阎浮提女身成佛。众人皆言：甚奇！女人能成阿耨多罗三藐三菩提。如来毕竟不受女身，为欲调伏无量众生故现女像，怜愍一切众生故而复示现种种色像。遍考诸经典，无释迦化女身成佛事，然则《法华》所云龙女立地成佛，非释迦分身示现而何？前辈耆宿俱不曾拈出，今日始了此一段公案。

迦叶菩萨云：如来至处为无有尽处，若无尽，尽之矣。若，或当

---

① 按照经文原文，此处"城"字应为"国"字。
② 按照经文原文，此处"树"字应为"树间"两字。
③ 按照经文原文，此处"的"字应为"将"字。

作实。

佛极言女人淫欲难足，如蚊子尿，不能令此大地润洽。又男子数如恒沙，与一女人共为欲事，犹不能足。此非三男一女之地耶？然一净饭王至有八万彩女，何也？东震旦殊不尔。

佛云：见泛兜率，下乘白象降白胎，以至生时，神灵种种，六年苦行，成四菩提道。于波罗奈初转法轮，至拘尸那城入般涅槃，此见名声闻、缘觉曲见，谛知无量劫来不能兜率降母胎，乃至拘尸那城入般涅槃，是名菩萨正真之见。此语大有致然，终是为数短解嘲。佛戒：投渊坠火，自坠高岩。若行乞食，限从一家。主若言无，即便舍去。百千亿华，供养诸天。如是等法，无有是处。此可为后世戒。

大愚云：智人治心不治身，愚人治身不治心。此语亦大漏。佛谓菩萨常当护身，若不护身，命则不全。如欲渡者，应善护筏；临路之人，善护良马。

善星比丘，谤道叶重，恐不能过。阿阇世王大雄，于此处不得不用权教耳。封齿斩丁，亦是遗意，人固有幸有不幸哉！

第三十四卷：如来种种说法，皆是以药救病，病去而弟子执药以为方，则误矣。是以谆谆叠叠，复用药救，药病此段，殊见苦心，然是五浊恶世，人病深，故药亦太瞑眩。

西方咒术婆罗门诚可畏，如增减大海咸味，磨延罗山十二年中恒河之水停变，已作释身，释身作羝羊形①，千女根在释身，迦罗富城作卤土，如此谲怪，种种皆大道。然则唐世捏土龙祚雨缸中生金莲花之类，非世尊本教可知矣。

此文见于明抄本《弇州山人续稿》卷二十三，为王世贞《四部稿》《续稿》等文集所不载。

27. 五部经要语后

余所尝奉《心经》《金刚》《圆觉》《楞严》《维摩》等经，仅二

---

① 按照经文和句意，此处"形"字应为"形作"两字。

十卷耳，而犹苦其日力、目力之短，因即其会心者手录之。而是时，故人章藻、王应宾、周□□皆以楷法名，更乞重作精书一通而识其后。或谓：大藏三乘部半皆出如来口、阿难陀手，谁得而去留之？又谁任笔？某窃以为不然。夫大明丽天，无所不烛，分隙者适目而已；江河行地，无所不贯，资渴者饱量而已。魔天半偈，足证菩提；伽陀一句，何妨罗汉。一切酪乳中，醍醐必具，惜非易牙、符朗，无由辨其至味耳。又某每览诸经，自前所奉及《法华》《华严》等诸大部外，若剪裁未至，则伤猥杂；润色鲜工，则多鄙陋。以至晋谭则类晋，宋齐译则类宋齐，南或巧而轻，北或木而重，罗什、流志之流，实宰工拙矣。昔人所谓二杨之优劣，乃裴、乐之优劣也。后又览释彦悰所引道安绪论，谓译梵为秦，有失本，有不易。其谓失本者，谓梵尽倒语，而秦改之从顺。梵经尚质，秦人好文，传可众心，非文不合。梵经委悉，叹咏丁宁，至于反复三四，而秦多所载斥。梵有义说，正似乱辞，或一千，或五百，今并刈而不存。事以合成，将更傍及，反腾前辞，已乃后说，今亦除而去之。其谓不易者，谓圣必因时，时俗有易，而欲删古以适今。愚智天隔，圣人叵偕，而欲以千古之微言，合百代之末意。又阿难去佛未久，迦叶令五百六通迭察迭书，今离千年，而以近意量裁。彼阿罗汉而兢兢若此，今欲界人而易易若此，可不慎乎？寻安此语，可谓得之。什公所以取验于舌本，宣师所以求证于天花，尽有由也。彼大慧者，使气詈人，无辨自折，其取节也，何疑之有？

此文见于明抄本《弇州山人续稿》卷二十三，为王世贞《四部稿》《续稿》等文集所不载。

28. 西山石刻佛经后

近有于京西诸山中拓得佛经数十种示余者，虽不能抗衡永询，而亦备有其法。按其地名石经峪，正德末，都督朱宁于是创造寺刹，极土木之华，武庙为之临幸，而不知所缘始。偶读《神僧传》，所谓知苑者，隋大业中，发心于幽州西山凿岩为石室，磨四壁以写经，又取方石别更磨写，藏诸室内。每一室满，即以石塞门，镕铁锢之。时萧皇后之弟内史侍郎瑀白于后，施绢千匹，瑀亦施五百匹。朝野闻之，争共舍施，故得成功。满七室而后卒，弟子继焉。然则此即其遗迹也。考之《佛授记》云：末法后，经典悉藏之娑竭龙宫中。审尔，不无大费龙王负戴力耶？

此文见于明抄本《弇州山人续稿》卷二十三，为王世贞《四部稿》《续稿》等文集所不载。

29. 书浦生所写宗门要语后

释门之有禅宗，其在中国，自菩提达磨始。禅之有录，自景德禅宗始。其后续之者凡四，总而会之者凡五，以至宋元之际，宗门耆宿，人自为语，语自为录，而合之者曰评，曰唱，曰公案，不可胜纪。余以暇日手录，不能百之一二，非敢有去取于其间，譬之小儿取果，取其中口者而已。会友人瞿汝稷出所刻《梵网经》，乃无锡浦生笔，清妍有雅趣，因托瞿子请浦重录一过，而释于后。自释迦出世，以三乘接三机，权实并行，理事兼畅。东京之始，摩腾西来，像法日著。至于北魏、南梁，显贵者迷向于罪福，慧利者牵识于文义，而古先生之意微矣。达磨二十八祖，舍王宫而师璎珞，已又捐西祖而来东夏，圣谛一义，不伸于冠。达而北栖少林，受具虽多，得髓者仅可大师而已。一花五叶，相果相继，旁出之嗣犹尚赓赓，岂非元气犹郁，太朴未雕，虽小惭可大，无妨可久耶？六祖开无师之智，乘缘辟统天下，云会景从，尽抉真秘，无复余蓄。而西天马驹，不得不递用三语，以踏天下人。然六祖之明心，惭近什公嚼饭之说；而马师之即心非心三语，又堕宗门落草之讥。以故不得已而间出一长句于或有或无间，如其彻者，便成针芥。不尔，则且沉思积力，忽然而悟，以至或棒或唱，或竖拂或张弓，屡新屡陈，大非得已。循是久之，不唯请益者积习为例，而登坐者伎俩亦穷。兹日宗门之衰，盖不得不衰也。且禅家最忌讲解，不烦卜度。而今比事属辞，具成两造，一评一唱，曰谦曰剖，岂所谓西来意也耶？瞿子得观音院意，参方不少，俟其至而质之。

此文见于明抄本《弇州山人续稿》卷二十三，为王世贞《四部稿》《续稿》等文集所不载。

30. 书《乐邦文类》后

暇日，忽有一僧以此经相遗者，阅其名，大骇之。既终卷，而知为宋沙门宗晓纠次释经典及开士名公赞咏净土之作，大小咸备焉。曰乐邦，曰文，曰类。宋人生有俗骨，虽衣缁、啖蔬荀（笋）、诵般若者，犹不免巾裾气。然其意则可取，盖欲普摄有情之类，毋论上中下机，悉归极西方而后已。然考之《法华经》，则谓大通智胜佛未出家时，有十六子，俱究大乘，世世说法度人，而第九子为阿弥陀佛，第十六子为释迦牟尼佛。《楞严经》则谓观世音菩萨于观世音如来出世时，发菩提心而得道，大势至法王子于无量光如来出世时，以念佛心入无生忍而得道。《悲华经》则谓转轮无诤念王时，有大臣子成佛，曰宝藏如来，王发深愿，蒙如来授记于西方安乐世界，作无量寿佛。无量寿，梵音阿弥陀也。王之长子曰不眴，为观世音，左辅阿弥陀，而后代之曰遍出一切光明功德山王。佛第二子曰尼摩，为大势至，右翊阿弥陀，寻佐观世音，而后代之曰善住珍宝山王。如来出生，《菩萨经》则谓宝功德威宿劫王佛出世时，轮王持火，有太子名不思议，胜功德者十六求道，今为阿弥陀。《弥陀偈经》则谓世饶王时，有惟念法比丘者发深愿，今为阿弥陀。盖五观而五不同，若有相抵牾者，不知此亿千万恒河沙劫中之一劫缘耳。若《鼓音王经》所谓父曰日①月上转轮圣王，母曰殊胜妙颜，子曰月明者，当为最后成佛事也。远公白莲社乃合道俗百十八人而诵弥陀，求证西方，遂开千古净土之宗。然必欲要陶元亮、范宁预之，未免为名使也。作市仿雁门以寓并州之思，未免为情使也。若远公者，可谓之好道，未可谓之成道也。盖自达磨之至自西域，以不求小果为宗，六祖衍之，马祖益精微之，即心即佛且犹屈，而况持诵之粗与希觊之小耶？然此事实不无，此理

---

① 按照经文和句意，此处"日"字可能是多余之字。

实不可废。若示居士服而能证此理者，毋过杨提刑杰，其次王龙舒日休、马侍郎玙而已，他不尽尔也。彼谢康乐之入社，何补躁心？杨学士之谈禅，未谶（纤）绮语。王侍中比元平章而生侫佛，张丞相攻元祐诸贤而名护法，纵入莲花九层中，亦当为风吹堕，况尚在疑城以东数亿万里耶？故为撮其要而识之，欲使志净土者净此心而已。

此文见于明抄本《弇州山人续稿》卷二十三，为王世贞《四部稿》《续稿》等文集所不载。

31. 神僧传

《神佛传》绪自永乐，而皆得之《高僧传》《法苑珠林》《太平广记》，如佛图澄、宝志、杯渡、东阳、僧伽、万回之类，往往自菩萨显化，欲以权奇傲傥之迹警悟眼耳。胜残去杀，自大鉴之化行，而大寂继之，一切斥以为幻，而其说渐绌，其人与事亦渐稀矣。要之，禅宗可以启上智，而不可以摄中下根；神通可以摄中下根，而不可以启上智。乃《圆觉》所称三摩钵提，与禅那并修，夫岂二道也？蘗、赵、伪、仰之外，坐狮子、坐握尘（麈）尾者，固不重神通，能少现一神通否耶？能不示疾而倏化者几何人耶？去而复来者又几何人耶？宜乎法堂之草深一丈也。

此文见于明抄本《弇州山人续稿》卷二十四，为王世贞《四部稿》《续稿》等文集所不载。

32. 普闻法师传

普闻称为唐僖宗第三子，生而吉祥，眉目风骨，清真如画，僖宗钟爱之，然以其无经世意，百计陶写不可回。中和元年，僖宗避乱幸蜀，因出亡断发，游谒石霜诸得度，后游昭武大乾山，立大禅刹，有救行雨龙事。住山三十年，骑虎至信州不返，可谓神足第一矣。第考《唐史》，僖宗仅二子，曰建王震，以中和元年王，益王升，以光启三年王，不言有第三子也。又僖宗访落之岁，仅二十七，为文德元年戊申，若中和元年，则辛丑，仅十九年，普闻于此时不一二龄，不应便能出亡，又能削发也，岂宣之昭或懿之穆耶？夫以十六宅诸王，悉死韩建手，无一存者，而普闻独超然物外，抑何相径庭也？抑不特十六王尔。宣宗为僧不终而作天子，普闻为王不终而作僧，吾亦不以此而易彼也。

此文见于明抄本《弇州山人续稿》卷二十四，为王世贞《四部稿》《续稿》等文集所不载。

33. 书所写《传灯录》达磨大师纪后

菩提达磨大师虽以代祀为西竺二十八祖，实上握七佛之密印，下开万世之慧灯，可谓立极开天，光前绝后者也，若乃宝珠辨施，二昆荡其狐疑；金篦指迷，六宗祛其牛踪。印度诸境，蔼若云从；异见一王，恍如雾豁。及乎汛南溟，谒梁主，贬有漏之因，功德非实；标圣谛之义，廓然无圣。虽机缘未契，而至教远垂。北届嵩洛而壁（面壁）少林，得可大师而授之中土大法，若超鹿苑鸡园而上矣。偶一学士见之，尚致微疑，谓只履西归，翩翩独逝，去留无碍若此，何至东来附商舶，泛溟海，三周寒暑也？且师既具天眼，得他心通，当预知梁武之非法器，何缘面质至再不合？既审中州郁郁有大乘气象，何不道葱岭由王门而东，乃至迂回泛溟海也？夫至圣真机，故非凡情可测。缘缘而至，以渐从凡；缘毕而归，用顿显圣。梁武果位中人也，令世尊而在，固所不弃。即其撰碑寓思，要亦自有密证者矣。又谓宝志在南，遥赞达磨，以为观音大士化身，而《耆宿传》证，谓志公亦观音化身为怪。要之，迹虽抵牾，而理实圆通。盖大士以宿愿弘力，顷刻亿变，真体自如。南北遥赞，权实并显，殊非虚也。偶阅宋学士所撰日本国寺碑云：唐世国王、太子出游，见一梵相病僧而异之。要之，宫中遂显灵异，发明顿宗，其教大兴。化后，得中土达磨像而礼之，毫发无爽。乃知观音、达磨为佛为祖，前后若契，此可与识者道耳。宋公所叙事，内典亦不及载，聊附于此。

此文见于明抄本《弇州山人续稿》卷二十四，为王世贞《四部稿》《续稿》等文集所不载。

34. (书所写《传灯录》达磨大师纪后) 又

余既乞章生书《初祖达磨大师传》，而考之《续高僧传》，却微有抵牾者，为略记于后以俟考。按《菩提流支传》称：北天竺来，遍通三藏，妙入总持。宣武处之永宁大寺，将给七百梵僧，而流支独为译经元匠。凡二十年，所出经三十九部一百二十七卷，又称其神悟聪敏，洞善方言，兼工咒术。然惧惑世人，遂秘不传。及昙鸾大师传流支以《十六观经》得生净土，而《传灯录》则谓流支观师演道，斥相指心，专与论议，是非蜂起，师遐振玄风，普施法雨，而褊局之量，自不堪任。数加毒药，至第六度，遂不复救之，端坐而逝。夫按流支操行果尔，当遂浮调达生入无间，岂得复滥高名，污宣律师笔札耶？将无门徒诤毒，本师无心，若秀公之于六祖也？然宣师著述，殊不核精。如初祖神解精蕴，全属往复梁武数语，而今皆不载，止云初达宋境。南越末，又北度至魏，随其所止，诲以禅教。自言年一百五十余岁，不知所终。通不举嵩山、少林之迹，只履流沙之事，绝似别纪一西来比丘。且于梁武撰碑，可师证录，都未曾见。如此孟浪，何以立言？

此文见于明抄本《弇州山人续稿》卷二十四，为王世贞《四部稿》《续稿》等文集所不载。

35. 二祖传后

第二祖慧可大师，据《传灯录》谓：可初名神光，参侍达磨大师既久，立雪没膝，始闻诲励。因而自断左臂，置于师前，乃易今名，授以道要。而宣作传，则谓遭贼斫臂，以法御心，不觉痛苦。同侣林法师亦被贼斫臂，叫号通夕。可为治裹，乞食供林。林怪可手不便，怒之。可曰："饼食在前，何不自裹？"林曰："我无臂也，可不知耶？"可曰："我亦无臂，复何可怒？"二纪之抵牾若此。宣又不能寻祖授璨大师衣钵，及后委顺酬责一段因缘，则当更以《传灯》为据可也。

此文见于明抄本《弇州山人续稿》卷二十四，为王世贞《四部稿》《续稿》等文集所不载。

36. 五祖传后

偶阅禅宗正脉五祖颂云：先为破头山中栽松道者，尝谓于四祖曰："道可闻乎？"祖曰："若老矣，脱有闻，其能广化耶？若能再来，尚可迟汝。"乃行，遇一女子浣衣，求曰寄宿，亡何卒。而女子周氏子也，寻有娠，父母大恶，逐之。女乃为人佣纺自给，寄宿空馆。已举一子，以为不祥，弃之水。明日溯流而上，气色鲜明，异而收之。后从母乞食，里中呼为无姓儿。七岁遇四祖，得度。夫玄鸟生商，空桑寄尹，儒道亦自有之，而况六经三界之表，固不足怪。第考之齐己所著，有《宋高僧传》则云：祖姓周氏，浔阳人，一云黄梅人也。王父暨考，皆贵丘园，其母始娠，移月而光照庭室。其生也，灼烁如初，异香袭人。厥父偏爱，不应与正脉所载抵牾乃尔，岂己公之传多据碑铭耶？或有所讳耶？然《传灯录》亦不及栽松道者事，第谓四世往黄梅，路逢小儿，骨相奇秀，问曰：子何姓？答曰：姓即有，不是常姓。祖曰：是何姓？答曰：是佛性。祖曰：汝无性耶？答曰：性空。故祖默识其法器，即俾侍者至其父母所，乞令出家。父母以宿缘殊无，难色舍为弟子，则五祖之有父明矣。意者无性儿之说，出于遇四祖时一语；栽松道者之说，又成于无姓儿一语。好奇傅会，种种若此。后考四祖以永徽辛亥灭，寿七十二；而五祖以上元乙亥灭，寿七十四。四祖仅长二十二年，则五祖托生之时，五祖年仅二十，岂遽登坛为人度脱？栽松诞说，不辨而明，故记之。

此文见于明抄本《弇州山人续稿》卷二十四，为王世贞《四部稿》《续稿》等文集所不载。

37. 书所写《坛经》后

六祖能大师，得无师之智，悟无文之理，直接达磨，远契如来。譬之黄河一派，泻自天汉，东流到海。窃考《坛经》内警策三段语，第一，偈云："菩提本非树，明镜亦非台。本来无一物，何处惹尘埃。"为捷取衣钵最大机。第二，又有偈云："慧能没伎俩，不断百思想。对镜心数起，菩提作么长。"为对治执着最妙药，然亦神秀卧轮，自纳破缺，有以成之，如两局相持，拙者先而瑕，巧者后而入，固势也。第三，有二僧见幡动，一曰幡动，一曰风动，虽各有少趣，然亦何关人事，是以祖复得而入之曰："非幡动风动，仁者心动耳。"遂为开山最首缘。然是三者，总一机也。心动之说，要在断二僧之诤念，而实未了风幡之公案。宋时僧有一转语曰："若言声在琴弦内，放在匣中何不鸣？若言不在琴弦内，何不于君指上听？"即风幡义也。且西竺第十八祖伽耶舍多，已有风铃之论，与此无别。使六祖能识人间字，记满藏经，当不直一钱耳。余偈有数语题秀禅师曰："陈余佐赵，将印若斗。狂而让耳，耳胡不受。出奔大泽，其徒愤诟。咄咄秀师，插标卖首。天与不取，反受其咎。"聊附记于此，意忌其辞之陋也。

此文见于明抄本《弇州山人续稿》卷二十四，为王世贞《四部稿》《续稿》等文集所不载。

38. 传灯诸录后

《传灯录》最为有功佛门，而中有不可人意者二。如二十七祖以前，临化留偈，俱作五七言，而皆有韵。此皆梵语也，裁作五七言犹可，委之经典有故事，乃至作东土韵，何也？至般若多罗授偈示达磨，虽谶语而宛然唐人绝句，此不过后人以达磨西来后事附会成之耳。又诸祖化迹，考之西土教典，与玄奘所记闻多不合，一也。唐宋以来，三家村庵院一僧住持，或拾残言长语以支吾问者，或构撰上堂一二章博檀越物，而今必一一尽收之，二也。什公有云：淤泥中莲花，但采莲花，勿问淤泥。可为读兹录者法。

见道无深浅，机用稍殊。清源南岳让当称仲，石头江西似居长，然二弟子俱有出蓝之色。

秀公徒众讥能大师：不识一字何所长？秀曰：它（他）得无师之智，深悟上乘，吾不如也。所恨不能远去亲近，虚受国恩。汝等诸人，无滞于此，可往曹溪质疑。寻秀此言，可谓豁达无我。第但晓利人，不晓自利，何哉？当时闻偈而即悟，求之此心，上也。尽去所蓄，回向忍师，以求解脱，次也。不惮折节，追礼能公，又次也。惜乎晚矣！道明、志彻二师，既得免劫物杀人罪，复蒙指证，真大幸也。虽然，恐亦是暂时岐路耳。

普化佐临济行化日，纯似寒山、拾得之流，不知所从来者，却曾于宝积座下打筋斗，受印记，不宜作此伎俩。

泗州僧伽大师于荐福寺示灭，敕就本寺全身起塔，忽臭气满城，帝乃祝送归临淮旧刹，香气馥郁。又无了禅师化后二十年，全身为水浮出，闽主升为府庭供养，臭气远闻，主焚香祝还龟洋旧址，即异香馥郁。当是护法神所为耳，若二师不应沾恋此皮骨。

傅大士为慈氏化身，或有之，何也？以其有求名菩萨家风，布袋和尚，只有布袋和尚偶拈慈氏一句耳，今世便以为慈氏像却大醪。

南泉之于赵州，虽分等在三，而机技若一，俱入游戏三昧，不见其苦。若伪山之有寂公，夹山之有岁老，机锋所及，不让于师，旗鼓相当，得利则进，良可畏也。

唤心为明镜台，坐失衣钵，指净缸不作木桉，立输为山，如此见解，不得不在能祐下。所谓沛公死，天下其无沛公乎？

仰山开堂后，有梵僧从空而至，礼师，呼为小释迦。又一僧问法，受印可，复凌空而去，皆西天罗汉也。不知是两事或一事。又其徒文喜方斋，有异僧乞食，喜减己分与之。山已知，谓曰：乞食者果位人，汝大利益。已前如鉴、寂二大师，不闻有此奇特。是缘是偶，然不可知，恐终属捏怪。

无著文喜往五台山，至金刚窟，为牵牛老翁引入华严寺，与论佛法。久之，令童子送出，始悟此老翁为文殊师利，却后于仰山下得法。文殊尝现于粥镬上，喜拈搅粥篦便打，曰：文殊自文殊，文喜自文喜。殊乃说偈而去。文殊直恁老婆心，若以迹言，始也见文殊而不识，终也文殊见而不荐，是有缘将无缘否？千里相会，觌面不逢。

仰山谓僧：石头是真金铺，我是杂货铺，有人来觅鼠粪，我亦拈与；觅真金，我亦拈与。僧请和尚真金。师曰：索唤则有交易，不索唤则无。因悟孔子叩两端而竭，又云：举一隅不以三隅反，则不复也。又与洪钟未尝有声，因叩乃有声意同。

孚禅师不出关，于庄上吃油糍，明是播弄阳神，如何瞒得？

岩头专得后末句，力与德山师说，不与雪峰弟说，皆得悟其谶。德山止住三年，证谶与雪峰不同条，死亦证。

慧朗问明彦：一人发真，十方虚空悉皆消殒，今天台山巍然，如何得消殒？彦不知所措。余谓彦自根钝耳，当得却举佛说法时，娑婆世界坑坎平正，皆成七宝琉璃，声闻以下见之，依然娑婆世界。今汝眼中自有天台山耳，苟能解一切空，天台山何尝不消殒？

三圣云：我逢人则出，出则不为人。兴化云：我逢人则不出，出则为人。读至此，不觉失笑。诸贤不为人所以出，我不能不为人所以不出。

欧九不唯不达禅理，信是不读书，被浮山法远于围棋傍作一番打诨语，赢得耳聋目瞆，啧啧不容口。退之尤可笑，不是佛骨表，何缘肯见大颠？见大颠时，佛骨表豪气安在？见大颠后，何缘仕宦不已，服硫黄鸡，御少艾？退之不重佛骨，灼然不错，第非退之所当言耳。释迦降生时，指天指地，云门尚欲一棒打杀，喂狗子吃，何况遗骨？奔走溷乱，一阐提众。

宣律师受天神供，以三车菩萨在寺，则不敢供。云居膺受天神供，以洞山启授，不思善恶法语，宴坐三日，则不得见。牛头融受，百鸟衔花，山猿献果，四祖默化，后则不然，始信佛理之大，匪夷所思。

夏英公竦憸忮险狡，不惟为正论所仇，至于多服钟乳，以御姬媵，奢淫好杀，尤教法之罪人也，乃谓得悟。杨岐后呈所证偈于蓝溥，殊亦了了，赖溥公一句判之曰：是弄精魂，第不知此判于言下见、言外见耳。王观文韶刺洪日，与晦堂谈道有悟，述投机颂，大为晦所深肯。不知此公迎合金陵，开边隍陇之间，暴骨无数，作颂之未几，疽发背，不敢开眼。人问之，辄曰：眼前斩头穴胸人无数，如何开得？亡论地狱如箭射，不知于此时得偈力否？晦公之视蓝溥，却少具只眼。

得佛法人，灼然无大臣名儒，彼皆有所负挟，有所避讳故也。杨大年差强人，亦不免好酒作绮语。裴相国之庸、张相国之憸、丁晋公之奸，与夏王之为怭，乃皆有所证悟。意彼岂真有所证悟哉？大概以聪明窥测，得之暂时岐路耳。或以忧畏果报而或入，以侘傺失志而入，亦非真信也。

俱胝和尚见天龙竖一指示之，当下大悟，自此凡有参请，唯举一指，无别提唱。有一童子于外被人诘曰：和尚说何法要？童子竖起指头归，而举似归。归以刀割断其指，童子叫唤走出。师召一声，童子回首，师却竖起指头，童子豁然领解。后览宗门提唱，乃谓童子亦惯以竖指答人问，师诱而断其指，童子大唤走出。师忽召而问之，童子欲竖指，则已无之，于此领悟，似小不同。余戏曰：此童子虽得悟，将何示人？又曰：俱胝只许天下一指。

临济为黄檗三度毒打，以后还黄檗一掌，复于锄菜处接杖推倒。辞行日，授杖呼瞎汉，可谓无德不报。

丹霞烧木佛，自是一段俊话。若院主眉毛落，故不由此。

药山于山顶月下大笑一声，应澧阳东九十里，居民尽闻岩头受贼刃。大呼一声，数十里内悉闻，然不能使闻者从耳根入道，可惜一笑一呼，大用不得力。

疏山不肯，香岩师兄受伊礼拜，方才举语。香岩曰：饶汝恁么，也须三十年倒病。设住山无柴烧，近水无水吃。疏山后住山，一如岩记。至二十七年病愈。自云：香岩师兄记我三十年倒病，今少三年在。每至食毕，以手抶而吐之，以应前记。岩头不肯，德山不答。雪峰语于堂中抚掌，德山密问之，乃为启其意。次日，德山上堂垂语，迥异常日，岩头抚掌大笑曰：且喜得堂头老汉会末后句，天下人不奈何。虽然如是，也只得三年。三年后，德山果迁化。按：此二则在香岩以不胜而愤薄于咀弟，岩头以胜而骄傲于报师。德山之迁化，固出自然，而疏山之抶食，得无捏怪？以此为悬记，吾不取也。

玄沙与韦监军吃果子，韦问：如何是日用而不知？师拈起果子曰：吃。韦吃果子了，再问。师曰：只这是日用而不知。黄龙晦堂见黄鲁直，说：吾无隐乎尔。不肯之。鲁直却问。时桂花香发。晦堂曰：闻乎？曰：闻。曰：吾无隐乎尔。禅门讲儒书，快爽若此，何得不令人服？虽然，终涉落草。

慧棱云：我若纯举唱宗乘，须闭却法堂门，所以尽法，无民窃代。对曰：不然，法久人玩。又一师曰：我若举唱宗风，法堂前草深一丈。此皆实情招伏。所以赵州大慧，只是一句撞塞来者。又不得已，施棒喝。

世尊于第六天说法，令四天王飞热铁轮追集狞恶鬼神，悉至，各发弘誓，拥护正法。惟有一魔王谓世尊曰：瞿昙，我待一切众生成佛尽，众生界空，无有众生名字，我乃发菩提心。禅那举此以为奇特大丈夫事，而妙喜又代世尊答：几乎唤汝作魔王。按，世尊命阿难陀于火轮狱劳苦，提婆达多答云：不减三禅天乐。问：还求出否？答云：待世尊来，我即出。难云：世尊是三界大师，岂有入地狱理？答云：世尊既无入理，我岂有出理？此亦一奇特大丈夫也。只二语括之：宁可永劫受沉沦，不从贤圣求解脱。

去而不来者，石霜首座也；去而能来者，纸衣道者也。其一人不得肯，一人不得全肯，试论末世见此人否？自世尊入灭后，迦叶、阿难以下二十七祖，必依止国王，受大供养，创立招提，聚众说法，法入东夏，亦往往因之。禅那教行，始散处郡县，栖托山林，乃至四祖引颈待刃，汾阳应期入灭。而黄梅、曹溪、清源、南岳、牛头、永嘉、马祖、迁师，以至百丈、黄蘗、沩仰、德药、洞曹、云眼之辈，凡矫矫焯焯者，足迹不入京辇。至于受天子供，与国戚、中贵、宰官往返者，仅北宗之秀敛与慧忠以下耳，此其故可推也。西土犷悍，多尼乾外道，不得不伏人王之重以摄之。人王所病，在贪、淫、酗、杀种种方便，劝谕减节，便足功德。若东夏之人，一切善知识多自民间，不必王族。释种天子，尊极无上，大臣分治，国有常经。借令宝座听法，金钵送供，其利益不过多创几寺、多度几僧而已。法王之体既杀，致敬之仪遂伸，所以大乘国宝不在市朝，灼然非异也。

黄蘖好打人三次，与临济六十棒以后，从大愚得悟，归称弟子仅打宣宗三掌，以后于会昌得位，几致叵测。黄蘖故黄蘖也，可知人王不如法王之大。

此文见于明抄本《弇州山人续稿》卷二十四，为王世贞《四部稿》《续稿》等文集所不载。

39. 题《正法眼藏》后

大慧和尚诠《正法眼藏》，对付语则庭前柏树子，狗子无佛性，干屎橛，麻三斤，栁栗木柱杖，窠八布衫，枯椿非枯椿，解打鼓，狗子吃牛奶。伏惟上飨赤土尽播籤，眼里瞳人吹木笛。其对付法，曰棒，曰喝，曰踏，曰掴，曰举拂，曰张弓，曰趁出不肯语，曰不快漆桶，曰尿床子，曰驴年去，曰担枷锁汉。如是之类，不可胜纪。大约以无迹可寻为贵，以无门可入为真，机熟则一字针芥，根钝则终身枘凿，解脱者固多，腌杀者亦不少。且锋刃既接，旗鼓相当。或以先发取负，或以闪赚藏拙，大类滑稽，不堪咀味。遂使宋季方袍，群口得志，慧忠已为落草，大鉴宁免拖泥。禅门之衰，固有由也。今夫即心即佛者，《正法眼藏》也。非心非佛者，即心即佛之药也。不是心，不是佛，不是物者，非心非佛之药也。即令无即心即佛为之先，则所谓非心非佛者，何语也？今宗门之所谓话头，即教典之所谓权欲，假虚以归之实耳，而概谓之《正法眼藏》，可乎哉？

杨岐骂杀世间禅和真净，贬剥法门宗师，及要显出自己《正法眼藏》，却又藏头埋尾，作一谜子而已。大慧得此段力，故引证亘亘。

初读大慧所诠《正法眼藏》，不能不致疑。以大道无言，多闻损悟，一指头禅，使人终身用之不尽，何以泛滥乃尔。至其自撰示众，括古先智识，于所得滋味，为窠臼丛林老宿意想，卜度法语，为业识痴团。至云此曹子便谓无因果，无报应，亦无人，亦无佛，饮酒食肉，不碍菩提，行盗行淫，无妨般若。如此之流，正是师子身中虫，自食师子身中肉，抑何其恳切痛快也。迹来东越岭南之教，弊而不顾实行，乃有借此窜入佛门者。大海虽广，不容秽尸，当录一通示之。

能改则已，不改则打三十棒趁出。

此文见于明抄本《弇州山人续稿》卷二十四，为王世贞《四部稿》《续稿》等文集所不载。

40. 黄蘗心要

断际禅师所以告裴相国者数千言，大要不出四祖之告懒融，而于本来地加发明，取舍中加痛切。今年春有所感，于大事小，若了了而不免爱死趣，作生趣，得此而解，不敢忘也。若谓此公老婆心切，拖泥带水，则非吾所知矣。

智人治心不治身，愚人治身不治心。治身之为愚，殆示服饵延年者戒也。然此语亦未甚圆。夫色即是空，空即是色，一悟便了，何烦治哉！至于四大，亦不可不一照管。毋论大道要此身担当，即使风邪、瘴蛊、痰壅，此心急切把捉不住。道苟未成，宁不有误？

此文见于明抄本《弇州山人续稿》卷二十四，为王世贞《四部稿》《续稿》等文集所不载。

41. 牛头融禅师传

《传灯录》载四祖化牛头法融事，其谈理最为警策，余绝爱诵之。及考《续高僧传》，载融于贞观十七年，于牛头山幽栖寺北岩下，别立茅茨禅室，日夕思择，无缺寸阴。数年中，息心之众，百有余人。永徽三年，邑宰请出建初，讲扬大品，至显庆二年告卒。中间叙致，感应灵奇，且与亘、善二耆宿，控引玄宗，声闻遐迩，而都不言得道之繇。与四祖点化语，又列祖传于后。岂融师道行岳岳，门徒讳之，而自立宗祖耶？观融之告智岩，谓受信大师真诀，所得都亡，设有一法，胜过涅槃。吾说亦如梦幻，斯言也。其为黄梅之庶长，确然矣。

此文见于明抄本《弇州山人续稿》卷二十四，为王世贞《四部稿》《续稿》等文集所不载。

42. 黄蘗禅师传

　　黄蘗示众，谓大唐国里无禅师。僧问：诸方尊宿聚徒阐化作么生？师曰：不道无禅，只是无师。岂不见马大师座下出八十四人坐大道场，得大师正眼者止三两人而已，归宗其一也。又云：牛头融大师横说竖说，犹不知向上关捩子。当时闻蘗此语，莫不怪叹，以为蘗得法于百丈，而所举仅复一归宗，则南泉、大珠、西堂、药山、汾阳、丹霞之类，亦炰炰矣。以近事验之，蘗亦未可尽非。大抵当时开法堂，据狮子坐者，不可谓之非悟，特不可尽谓之彻耳。融师后境固未可测，第如蘗言，当自有故。虽然，蘗将为二三人之人耶？八十四人之人耶？非裴相国几为开成勘破，即毋论诸父行，沩山、赵州在，蘗故不能不兄事之也。

　　此文见于明抄本《弇州山人续稿》卷二十四，为王世贞《四部稿》《续稿》等文集所不载。

43. 大颠禅师传

　　大颠石头高足，其能使韩退之心服，盖以机锋软语动之。缘退之生平所未闻，故不觉其自入也。而好事者乃作大颠，责数退之讦上书封禅一事为佛骨报。退之强悍人也，岂不能以刺史三木囊大颠颅耶？且其辞粗浅甚审，尔何以为大颠？彼念常者笔之于释史，无识甚矣。

　　此文见于明抄本《弇州山人续稿》卷二十四，为王世贞《四部稿》《续稿》等文集所不载。

44. 两慧忠传后

　　代宗之八年己酉，牛头慧忠禅师示寂。师姓王氏，润州上元人也。嗣牛头融之第六世，居山灵显甚夥，俗腊八十有七。又六年，而南阳慧忠国师示寂。师越州诸暨人也，得法于六祖，与清源南岳雁行，晚受天子供养，俗腊且百岁。南阳之慧忠，视牛头曾大父行而实同时，其道行约略相埒，而南阳之遗言著矣。僧念常为黄蘗，不肯牛头融，特举六世之灵显张之，已堕牛迹，而复引大耳三藏之不能通心为证，又似以南阳忠为牛头忠也。特识于此。

此文见于明抄本《弇州山人续稿》卷二十四，为王世贞《四部稿》《续稿》等文集所不载。

45. 书李西涯古乐府后

吾向者妄谓乐府发自性情，规沿风雅，大篇贵朴，天然浑成，小语虽巧，勿离本色。以故于李宾之先生拟古乐府，病其太涉论议，过尔抑剪，以为十不得一。自今观之，亦何可少？夫其奇旨创造，名语叠出，纵不可被之管弦，自是天地间一种文字。若使字字求谐于房中，铙吹之调，取其聱诘断烂者而模仿之，以为乐府在是，毋亦西子之颦、邯郸之步而已哉。当余学《艺苑卮言》时，年未四十，方与于鳞辈是古非今，此长彼短，以故未为定论。至于戏学《世说》，比拟形肖，既不甚切，而伤狷轻。第行世已久，不能复秘，姑随事改正，勿令误人而已。

此文见于明抄本《弇州山人续稿》卷二十一，不见于王世贞《四部稿》《续稿》，而见于《读书后》卷四的此文，虽然题目也为《书李西涯古乐府后》，但文章内容却只有"吾向者妄谓"到"邯郸之步而已"，且两者的具体文字表述有所出入，该文中的"聱诘"一语在《读书后》中为"声语"。鉴于此文对于研究王世贞晚年思想的重要性，特收录于此。至于文本之间内容的不同，在后面的研究中，将会具体论及。

第五节 序

1. 本草纲目序

《纪》称，望龙光，知古剑，觇宝气，辩明珠，故萍实商羊，非天明莫洞。厥后博物称华，辨字称康，析宝玉称倚（猗）顿，亦仅仅晨星耳。楚蕲阳李君东璧，一日过予弇山园谒予，留饮数日。予窥其人，晬然貌也，癯然身也，津津然谭议也，真北斗以南一人。解其装，无长物，有《本草纲目》数十卷。谓予曰："时珍，荆楚鄙人也，幼多羸疾，质成钝椎，长耽典籍，若啖蔗饴。遂渔猎群书，搜罗百氏。凡子史经传，声韵农圃，医卜星相，乐府诸家，稍有得处，辄著数言。古有《本草》一书，自炎皇及汉、梁、唐、宋，下迨国朝，注解群氏旧矣。第其中舛缪、差讹、遗漏，不可枚数。乃敢奋编摩之志，僭篡述之权。岁历三十稔，书考八百余家，稿凡三易。复者芟之，阙者缉之，讹者绳之。旧本一千五百一十八种，今增药三百七十四种，分为一十六部，著成五十二卷，虽非集成，亦粗大备，僭名曰《本草纲目》，愿乞一言以托不朽。"予开卷细玩，每药标正名为纲，附释名为目，正始也。次以集解、辩疑、正误，详其土产形状也。次以气味、主治、附方，著其体用也。上自坟典，下及传奇，凡有相关，靡不备采。如入金谷之园，种色夺目；如登龙君之宫，宝藏悉陈；如对冰壶玉鉴，毛发可指数也。博而不繁，详而有要，综核究竟，直窥渊海，兹岂仅以医书觏哉。实性理之精微，格物之通典，帝王之秘篆，臣民之重宝也。李君用心加惠何勤哉。噫！碔玉莫剖，朱紫相倾，弊也久矣。故辩专车之骨，必俟鲁儒；博支机之石，必访卖卜。予方著《弇州卮言》，恚博古如《丹铅卮言》后乏人也，何幸睹兹集哉。兹集也，藏之深山石室无当，盍锲之，以共天下后世味《太玄》如子云者。时万历岁庚寅春上元日，弇州山人凤洲王世贞拜撰①

此文见于中国国家图书馆所展出"金陵本"《本草纲目》。"金陵本"之称，源于金陵胡承龙于万历二十一年（1593）刊刻的《本草纲目》，该本《本草纲目序》后附图二卷。上卷题衔为"本草纲目附图卷之上"，"阶文林郎蓬溪知县男李建中辑，府学生男李建元图，州学生孙李树宗校"，"卷之下"则为李建木图，李建声校。这是目前所见最早的《本草

① 王世贞：《本草纲目序》，李时珍：《本草纲目》，国家图书馆藏明刻本，第 1~3 叶。

纲目》刻本,其后有江西本、钱本、张本等诸多版本,但《本草纲目序》的内容并没有出入。

李时珍(1518~1593),字东璧,晚年自号濒湖山人,湖北蕲春人,明代著名医药学家。他曾前往湖广、安徽、河南、河北等地搜集药物标本和处方,以《证类本草》为蓝本,编写《本草纲目》,前后历经27个寒暑,三易其稿,于明万历十八年最终完成了192万字的《本草纲目》。《本草纲目序》虽然不见于王世贞《四部稿》《续稿》等文集,但是在王世贞文集中,王世贞交代了他与李时珍的交往过程,并言明了创作《本草纲目序》的缘由。

万历八年九月,王世贞和李时珍第一次正式会面,不过这是李时珍处于困境时的无奈选择。因为李时珍在完成《本草纲目》的初稿时,在湖广地区找不到愿意刊刻的书商,限于刊刻费用之巨,李时珍也没有能力独自刊刻。他便于万历七年秋天到达当时书商云集的南京,然而在遍访众多书商后,由于《本草纲目》无名家之序,李时珍在南京也没有一定的知名度,且该书是对前人《本草》的修正与补充,无人愿意刊刻《本草纲目》。于是李时珍抱着最后的期望,前去拜访王世贞,恳求其为书稿作序。不过李时珍这次去拜访王世贞的时机不是很好,因为正值王世贞仙师昙阳子跨龙升天,王世贞为此事忙前忙后,无心为《本草纲目》写序,他便让李时珍留饮数日,"楚蕲阳李君东璧,一日过予弇州园谒予,留饮数日"。不过王世贞对此事并没有置之不理,他曾粗阅《本草纲目》,并戏题诗作一首,诗曰:"李叟维稍直塘树,便睹仙真跨龙去。却出青囊肘后书,似求元晏先生序。华阳真逸临欲仙,误注本草迟十年。何如但附贤郎乌,羊角横抟上九天。"[①] 此诗虽为戏题之作,但是王世贞委婉地向李时珍道出此书尚有许多错误之处有待修正,从而打消了李时珍当时急于刊刻《本草纲目》的想法,于是李时珍几天后重回蕲州,对书稿进行再次修改。后来也证明了王世贞此举的正确性,如清人赵学敏就曾写《本草纲目拾遗》一书,共十卷,以拾《本草纲目》之遗为目的,此书载药921种,其中

---

① 王世贞:《弇州山人续稿》卷十《蕲州李先生见访之夕,即仙师上升时也,寻出所校定本草求叙,戏赠之》,美国普林斯顿大学东亚图书馆藏明刻本,第8叶。

《本草纲目》未收载的便有 716 种之多，同时还对《本草纲目》的错误处给予修正。

十年之后，即万历十八年，李时珍带着第三次修改的《本草纲目》来到南京，拜访时任南京刑部尚书的王世贞，虽然王世贞此时疾病缠身，性命堪忧，但是在正月十五日，他还是欣然为李时珍《本草纲目》作序，并推崇其书"上自坟典，下及传奇，凡有相关，靡不备采。如入金谷之园，种色夺目；如登龙君之宫，宝藏悉陈；如对冰壶玉鉴，毛发可指数也。博而不繁，详而有要，综核究竟，直窥渊海"。有了王世贞的序作后，《本草纲目》的价值也有所增加，书商胡承龙便同意出资为李时珍刊行《本草纲目》，不过颇为遗憾的是，王世贞和李时珍生前均没有看到此书的完整刻本。

综上可知，李时珍《本草纲目》的编写动机、写作过程、刊刻艰辛等，与王世贞《本草纲目序》及《续稿》中所言及的李时珍生平经历完全吻合，因此可以肯定《本草纲目序》是王世贞所作。

2. 绿野堂集序

> 五岭以南，夙称风雅之薮。以予所交，欧桢伯、梁君实皆学识渊粹，才华秀拔，常欲叩庚关、溯珠海，庶几尽与彼都人士把臂入林，共继旗亭逸兴，而驰驱王事未暇也。岁乙丑奉命抚楚，逾年春雪弥漫，率同僚三事登城台眺赏，为诗八韵。群属和之，咸推郧阳司理吴君为最。夫君之为郧阳也，狱允刑平，民夷顺治。政既成矣，余向第以循吏目君，今乃始识其文彩风流也。诗词之道，本乎性情，尤关于学养之深邃。其发高华，顾海内寥寥不可数。觌今得吴君，曷怪神交心折耶。亟征全稿，付之梓人。南海之游，不知何日，诵君诗，不啻嗅梅花而挹珠光矣。①

此文见于咸丰《顺德县志》卷十八。咸丰《顺德县志》共三十二卷，清人郭汝诚修，清人冯奉初纂，清咸丰三年（1853）刊，有郭汝诚所作之序。王世贞序之后还有一篇清人庄有恭的序。

---

① 上海图书馆藏咸丰《顺德县志》卷十八，第 10 叶。

《绿野堂集》，应为《绿墅堂集》之误。因为《绿野堂集》的作者为俞价，该书已经散佚。俞价字维藩，号忠轩，山东海宁人，万历十七年（1589）己丑科进士，授中书舍人，万历二十三年擢河南道监察御史，万历三十五年任河南巩县知县，累官至兵部车驾司郎中，万历四十七年卒。从俞价的生平经历来看，其中进士时，王世贞已经64岁，且在次年去世，故俞价和王世贞应该没有往来。

另外，"绿野堂"之称，在历史中也确实是存在的，只不过这是唐代裴度曾经的住所，故址在今河南省洛阳市南，裴度为唐宪宗时的宰相，平定藩镇叛乱有功，晚年因为宦官专权，遂辞官退居洛阳。《旧唐书》记载道："（裴度）又于午桥创别墅，花木万株，中起凉台暑馆，名曰绿野堂。"① 其非明人居室，因此不是王世贞及其友人所居之地的代称。

吴誉闻，虽然《明史》未有其传，但是其生平经历散见于各地方志及其他文人文集之中，如康熙《湖广郧阳府志》记载："吴誉闻，字少修，广东顺德□□人，万历年理郧，识讼多平，刑狱无私，奉委清理屯卫，秩秩有叙，卒伍欢腾。"② 其具体的生卒年不可考，为明世宗嘉靖三十七年（1558）举人，四十四年乙榜进士，万历三年任郧阳府推官，著有《绿墅堂集》。③

因此，结合吴誉闻的个人经历，以及历史中有关"绿野堂"的文献资料，王世贞之序应该是为吴誉闻的《绿墅堂集》所作。且王世贞于万历二年九月升都察院右佥都御史，任郧阳巡抚，并于万历四年六月擢南京大理寺卿。吴誉闻的任职经历和王世贞有重合之处，王世贞在文集中也多次提及，如"推官吴誉闻、知州陈文、知县李应辰等精心拮据，筚路胼胝"④"中岁以经术行教授，归得少修脯资以授陈，陈不为私置"⑤。再者，王世

---

① 刘昫等：《旧唐书》卷一百七十《裴度传》，中华书局，1975，第4432页。
② 上海图书馆藏康熙《湖广郧阳府志》卷十七，第19叶。
③ 上海图书馆藏咸丰《顺德县志》卷二十四，第9叶。
④ 王世贞：《弇州山人四部稿》卷一百零六《申明地方职守事宜疏》，美国哈佛大学燕京图书馆藏明刻本，第26叶。
⑤ 王世贞：《弇州山人续稿》卷七十九《沈淑媛陈传》，美国普林斯顿大学东亚图书馆藏明刻本，第10叶。

贞还对吴誉闻进行了举荐和评价，他说道："题臣待罪郧阳抚治履任以来，诹询民瘼，辨论事邪，或因事奏移，或据实纠察，先后俱蒙允行，兹以升任交代例，当举劾敢即见闻之真者，为陛下陈之……郧阳府推官吴誉闻金玉其相，冰霜自励，听谳而折衷情法，有哀矜勿喜之心，理屯而调剂兵民，得大庖不盈之意，仕学固其优事，艺文亦足名家。"① 可见，王世贞不仅肯定吴誉闻的仕宦能力，还欣赏其艺文创作，这也符合该序中所言的"余向第以循吏目君，今乃始识其文彩风流也"，王世贞对吴誉闻的评价与后人的一致。

文中提及的"以予所交，欧桢伯、梁君实皆学识渊粹"，与王世贞交友实际情况吻合，他们皆为王世贞挚友。而"岁乙丑奉命抚楚，逾年春雪弥漫，率同僚三事登城台眺赏"一事，则应该是王世贞记忆有误，乙丑年为嘉靖四十四年（1565），王世贞40岁，因为父难丁忧，尚里居太仓。王世贞"奉命抚楚"虽为万历二年（1574）九月之事，但他当时并没有马上启程赴任，而是直到万历三年正月十五日夜才正式到达郧阳，如他在与赵良弼的书信中说道："随趣谒郢陵，归，用望夕入郧。"② 一年后的万历四年正月初八，王世贞和友人一起登郧城东北门楼，当时大雪纷飞，故题楼名曰"春雪"，有《谷日登郧城东北门楼，时四山雪霁，因题曰春雪楼，而系以二律，用示郡僚》诗作为证，颇为遗憾的是王世贞并没有明确郡僚的具体名字。

至于"诗词之道，本乎性情"之论，非常符合王世贞的诗学主张。王世贞在复古之余，性灵常在，如其在《艺苑卮言》中认为："王武子读孙子荆诗而云：'未知文生于情，情生于文？'此语极有致。文生于情，世所恒晓；情生于文，则未易论，盖有出之者偶然，而览之者实际也。吾平生时遇此境，亦见同调中有此。又庚子嵩作《意赋》成，为文康所难，而云：'正在有意无意之间。'此是遁辞，料子嵩文必不能佳。然有意无意之

---

① 王世贞：《弇州山人四部稿》卷一百零八《举劾有司官员疏》，美国哈佛大学燕京图书馆藏明刻本，第24~25叶。

② 王世贞：《弇州山人四部稿》卷一百二十四《答赵中丞良弼》，美国哈佛大学燕京图书馆藏明刻本，第16叶。

间，却是文章妙用。"①

综上可知，《绿野堂集序》应为《绿墅堂集序》，其序应为王世贞所作。从中可见他与吴誉闻的交游情况，并可进而分析其诗文主张。

3. 赠石洲张君擢守建宁序

夫仕宦而至领郡国历太守，盖赫然显盛矣，顾独以建宁令石洲张君往，非计也。余私窃咨咨慨噫之焉，今天下坐戎马之惊，浹岁以来，骚然靡敝，未有宁所，又时有水旱之虞，民人流冗道路，轻徙易摇，即若青齐汴宋之间，燕赵之分，西至秦，北至晋，此十数郡者，何尝卒一岁无事哉。然唯独江南完在江南，又唯独闽中完甚，建宁于闽，又称完郡，盖渐南渐远，渐远渐安也。以彼其所，即令一长者行能治之，乃何必张君往也。若张君者，固宜在青齐汴宋之间，燕赵之分，秦晋之境，譬犹病瘵而逢仓公，若宽髀而得利刃也，岂不便哉。夫张公者，蜀人也，负才略慷慨，为南京浙江道御史，南中缙绅大夫之伦多称之。余至南中，见其人，亲睹其行事，主在便国家利人民，其伏奸宿蠹，自张君在事，犹之去腐置冰，蚊蛀不就也。假令张君得摄专制之权，据要害之冲，不以州府困其志，局其才，其所兴发建竖，当与古昔豪杰，方轨而争驰，抵足而论烈。假令守一郡，不能见张君奇，而又迁之完郡，将益靡有见。余奈张君何哉。先王辨官论才，所从来久远矣，祖宗时或以御史迁都御史，或从郡守转六卿，长者若此类者，往往而有，彼固谓其当也。他悉置弗论，近世之官，人次合贯，鱼积同累，薪次不及不进，累不谢不伸。虽有贤者怀拯救之志，挟批揭之能，亦引躬逡巡，莫敢自效，诚格于调也。故贤者或老白首，始跻大官，比其时，且飒然衰矣，往日十举十当，今不能五，若是以谓信名者，非可哉，故时过而种，虽后稷一物不生，老至而官，虽有贤者，鲜克竖绩。张君方壮岁，能寒暑，忍渴饥，盖四方士也，不及其时，畀重权疆大业，徒令尺寸进，如待庸众人焉。余恐其绩效不睹，老冉冉至矣，张君辞其寮往建宁，其僚八九君，第管管视

---

① 王世贞：《艺苑卮言》，凤凰出版社，2009，第 40 页。

张君笑。一日其寮凤竹徐君，为予述其事，余问徐君笑何以，徐君嘿然不应，余谓之曰："今张君擢如此，且在事几何年矣？"徐君曰："业六年满矣，且欲考而值此。"予呀然叹之，语曰："南道如虎，升官半府。非虚言哉！"

此文见于明刻本《凤洲文抄注释》的《重锲凤洲王先生文抄注释》卷二，为王世贞《四部稿》《续稿》等文集所不载。

4. 寿太孺人张母六十序

太孺人张母者，都谏张子之母也。张子仕为今官，既十年，而实侍上左右者三载。法曰："三载考绩，最者，予之恩。"于是张子奉制，封其母为太孺人，张子惧甚，是年戊申冬也。而太孺人留家居，不在都谏所，其明年都谏乃为制翟冠锦帔，绯袍束带，凡四事，各一椟，装而封，题其上曰：此命服。其又一椟，金错朱文，视他更异饰，中贮制词，则独诚使者，负之肩背，往令归泾阳，并献之太孺人。事具将遣，会其姻选部罗子至，见之因以贺，都谏忽怛在容不为悦，罗子曰："吾唯解君之悦也，而未解君之怛。"都谏曰："今兹吾母正六十，而吾在官，无得寿之家，故以怛也。"一日罗子过贞，而具以语，贞曰："嗟张子，嗟张子，即若而言，则扇枕者是，而叱驭者否矣，则舞斑者是，而断裾者否矣。夫孝权细大，无论违依，吾将举其能子而大者六焉。受国委任，出力效绩，令主有成功，则忠悃之子也。利害故怵，毁誉故乱，一意奋往，必就天下之事，而不反顾，则强干之子也。言中仪的，国论题之，人主听之，亦以为然，则奉公之子也。鄙私请，畏公非，宁仆无悔，不倚而立，则植公之子也。博辨文丽，道古今事务，百不失一，措之甚可施行，则怀奇之子也。手其柄则行，不则籍之而藏于山，要其竟得名与行者等，则好修之子也。此六者，不在亲侧，不省朝夕，立朝事职，乃皆成斯之名，名成而亲显矣。彼之扇枕舞斑者，何渺小也。今张子好谏疏，每入，上辄嘉纳，国人无弗与者，秦人生不娇婳而张子益无有，所谓不娇不比，奉公而植身者也。子而若是，是寿亲矣，必家而稛（称）觥以进耶，且臣辞所生以奉其主，君设爵号以顾其私，凡事君者，亦为亲也，而谓依者得，违者歉耶。"顷之，罗子以吾说说张子，张子大悦，而诣贞谢，贞谓之曰："今遣者抵泾阳，太孺人发制棳而视之，已又发冠帔袍带棳而服之，而君之长子侍太孺人于家，为开堂布筵，请太孺人升于时宗党亲属，持筭进履贺者充庭，光之大矣，假令君不立朝，不事职，能令其亲有是乎！"张子益大悦。

此文见于明刻本《凤洲文抄注释》的《重锲凤洲王先生文抄注释》卷二，为王世贞《四部稿》《续稿》等文集所不载。

5. 赠东轩吴君七十有五偕孺人施氏六十有九序（代李君作）

岁旃蒙协洽，任孙某读书东吴，亟以东轩君淳厚朴茂，躬行长者为言，余鞭然而笑曰："往余历芜湖安仁县事，尝有鼓舞伦兴苍赤之政，矧东轩君卓有懿行，宁得无一言以赠乎？"夫东轩君虽于八分未精，而其志行雅有儒者，即其事尊人，以为毛相属里相离也。心深爱且色愉婉，处昆季则怡怡色怿，宛有花萼风马，族指蕃野。人以三百计，君考衷而和宁之，不致衋懋，往天骄子，浊乱潢池，获东轩君以去，知其为富家儿，欲留之。君计未尝须臾忘返，与之娇姿弗视，盖君为父母而爱一身，不为一身而耽女色，故竟得以身归，岂但有天幸哉。归之日，堂牖户阶，被郁攸悉为灰烬，君闵祖考精神无依，首议建祠宇，继乃营室庐，宗有壁四立，室悬磬者，出其赢余以贷，有负者，不责以偿，故为其宗者金德，为其乡者归恩焉。老倦于勤，人情大都，君独以而传老身，戴蒲茅，衣被褉，董一赤足竖，往耕不休，归愔愔篓一握，就松阴，拂地坐趾凉，夜届央乃宿，闻遂鸡即起，整冠始出户，未尝被发抵堂，朝夕颐养美禄，悉自青州从事，不以烦家隶也。它若义屈群豪，许人自新，不责以细过，侠者尤以为难，称之淳厚朴茂，躬行长者不虚矣。孺人亦名家女，以不有敬仲，谁成霸齐之勋，故继相东轩，爱前甚于己，诸有力而故负者，轩君时有弗平意，孺人辄宽解之，扑灭之，劝之积善而已，积善之家，必有余庆。今君年七十有五，孺人亦六十有九，颜赤赤，发玄玄，五官之用，矍铄如少壮，从此又将海屋筹添，而不止为今之东轩与孺人乎。君之子，君之姓，克岐克嶷者，又将揖揖振振而不止为今之子姓乎。余之文，虽不足为东轩君重，然览其序，知其德邵寿高，而福弥臻，则亦固足重也。恪书而张之壁，异日用以为东轩左券云。

此文见于明刻本《凤洲文抄注释》的《续刻凤洲王先生文抄注释》卷一，为王世贞《四部稿》《续稿》等文集所不载。

第六节　时文①

1. 待其人而后行　二节

《中庸》以行道属诸人，而必申言其不虚行也。盖德者，凝道之本也。苟无其德，何以行之哉。《中庸》，明人道也，意曰：大哉圣人之道！无外无内，斯其至矣。然岂无所待而行哉？涵于大虚，其体不能有为也，而以人为体，恒待人以成其能；原于天命，其用不能自显也，而以人为用，恒待人而运其化。合之而天地万物孰统体，是必有致中和者出焉，而后位育之效行于两间也；析之而礼仪威仪孰推行，是必有观会通者出焉，而后经纬之章敷于群动也。是行道之必待于人如此，而道其可以虚行哉？故曰苟不至德，至道不凝焉。盖道与德一也，得此之谓德，道之所待以行者也。苟非其人，则中之所存，未能完性命之真；而知之所格，不能达神明之蕴。虽洋洋者固流动而未尝息也，而无德以统体之，则其极于天而淆于物者，亦象焉而已矣，而与吾心固自为二也，其何能凝斯道之全体而赞其化育哉？虽优优者固充足而未尝间也，而无德以推行之，则其经而等、曲而杀者，亦迹焉而已矣，而与吾身固自有间也，其何以会斯道之妙用而行其典礼哉？

---

① 新搜集文献包括王世贞年少时的科举之作，而在其现有文集中，并没有与之相对应的文体，故按照王世贞对科举之作的称谓，新增"时文"一体，如其言"朱仲晦少年不乐读时文，因忆一尊宿说禅直指本心"（《续稿》卷一百五十六《书佛祖统载后》）。时文，也是明人对科举之作的普遍称谓。

信乎道不能自行，而亦不可以虚行也。修德凝道之功，其可缓乎？

（原评）其周折皆王、唐旧法也，而沉酿之厚，遂极铿锵要眇，备文章之能事。

（评）层接递卸，虚实相参。不凌驾而局自紧，不矜罩而气自昌。作者于古文未免务为炳炳烺烺，而制义则清真健拔，绝无矜张之气。①

2. 天下大悦 咸以正无缺

大贤赞元圣大顺之治，而必征诸《书》焉。盖文武之谟烈盛矣，而实周公成之也，此天下之所以悦其治与？昔孟子释公都子"好辩"之疑及此。若曰：世之治也，有启运之君，则必有翼运之臣。吾尝观于有周，而知周公一代之治功矣。盖文武嗣兴，虽足以对天下之心，而害有未除，民之望治犹未已也，周公相武王而悉殄其害焉。夫是以民安于拨乱，而万邦仰莫丽之休；物阜于胜残，而群生蒙煦育之利。有夏固已修和矣，兹则太和洋溢，而民悦益为之无疆；四方固已攸同矣，兹则至治浃洽，而民心益为之胥庆。此固周公辅相之功有以光昭于前而垂裕于后者也。《书》不云乎？"丕显哉，文王谟！丕承哉，武王烈！佑启我后人，咸以正无缺。"盖丕显以开厥后，文谟固无敌也，而实周公勤施于上下，俾遹骏之声愈显于无穷，而谟之尽善者为可传焉；丕承以贻孙谋，武烈固无竞也，而实周公翼赞于先后，俾缵绪之业愈承于不替，而烈之尽美者为可久焉。以觐文王之耿光，子道尽而父道益著；以扬武王之大烈，臣道尽而君道益隆。此所以致天下之悦，而唐虞之盛复见于成周也。然则颂文武之德者，讵可忘周公之功，而一代之治允有以缵禹之绩与？

（原评）无一字不典切，气格之高，音节之妙，在制艺已造其巅矣。

（评）书旨说周公，引《书》却只说文武。文法自须斡补，难其天

---

① 方苞编，王同舟、李澜校注《钦定四书文校注》，武汉大学出版社，2009，第188~189页。

衣无缝、灭尽针线之痕。后之作者，能似其精妙，而不能学其浑成。①

以上两篇时文均见于《钦定四书文》，第一篇位于正嘉文卷四《中庸》，第二篇位于正嘉文卷五《孟子》上。方苞在奉旨编纂《钦定四书文》时，选了王世贞的两篇文作，而在王世贞的《四部稿》《续稿》等文集中，均没有与之对应的原文。方苞在所选的两篇篇目作者中均标明"王世贞　程"，他在《钦定四书文》的"凡例"中说道："向来程、墨、房书、行书各有专选，今总为一集，惟程、墨于本篇人名下注记，余不细加区别。间有生前未与甲乙科而文已行世、不可泯没者，亦并登选，俾皓首穷经之士无憾于泉壤焉。"② 由此可知，方苞所选王世贞的两篇文章，或均为王世贞科举考试时所作。编纂时文之书以供士子学习参考，亦是王世贞所注重的，如在郧阳主政期间，"根据当地士子读书应举的实际需要，王世贞除从外地收购书籍外，还亲自操刀，编选有科举切实之需的《四书文选》"③。他在该书的序中说道："吾填郧，所辖且六郡，而诸书生推其取科第，不能当吾吴之半。夫时义之为经五，而为书四。五经人各治其一，而四书则共治之。吾故择其精者以梓而示诸书生，夫非欲诸书生剿其语也，将欲因法而悟其指之所在也。"④ 即王世贞希望郧阳士子能够学习他人优秀的时文之作，以提高自身的创作水平，从而在以后的科举考试中取得好的名次。可贵的是，王世贞明确表示，他希望士子们学习创作要领、精髓所在，而不是抄袭他人时文语句。由于时文大多是士人们年轻时所作，再加上是科举考试时的应试之作，不易自我保存和再次修改，文人自编文集中很少能见到完整篇幅的时文。

需要说明的是，上文中的"原评"是方苞从其他选本或试卷中辑录的原有评点，而标明"评"的才是方苞本人评点，为尊重《钦定四书文》

---

① 方苞编，王同舟、李澜校注《钦定四书文校注》，武汉大学出版社，2009，第 206 页。
② 方苞编，王同舟、李澜校注《钦定四书文校注》，武汉大学出版社，2009，"原书凡例"第 2 页。
③ 贾飞、徐美洁：《王世贞郧阳任上藏书、刻书及创作交游考》，《兰州学刊》2015 年第 2 期，第 31 页。
④ 王世贞：《弇州山人四部稿》卷七十《四书文选序》，美国哈佛大学燕京图书馆藏明刻本，第 23 叶。

的原文体例，故在此全部录入，以方便阅读和理解。

3. 一戎衣而受命（割截题 兵戎类）

周王以武功受命而终有不得已之心焉，夫戎衣著而天下定，周之受命□矣。自非不得已之心，何至末而后受哉。（评：绝大见识，绝大义论，岂止开合有法）且圣人忧天下之无君，故虽革命之事，身尝蹈之；圣人忧天下之无臣，故虽受命之际，心尝戚之。吾于武王之缵绪者观焉，（评：挈受命）方其承三后之统，值商辛之暴，天命祢姬不祢商矣，（评：以志向点题，妙在字字清晰）不得不起而受矣，戎衣甫著，聿成一统之功，独夫既殄不失令名之著，由是而保四海，由是而……

此文见于《增订明文分类小题贯》，该书由浦江楼季美评订，宝仁堂梓，道光甲午重镌，梁元津全校。由于种种原因，未能获取全文，仅能呈现已知部分，颇为遗憾。

4. 中也者 合下节

《中庸》著道之体用，而因推体道之功化也，夫中和立而道之体用兼之矣。君子交致其全，而功化之妙，有不征于位育也哉。且是道之全也，用则周于造化，体则原于一心，而君子之体道也，根本于一心，而通极于造化。吾尝自夫喜怒哀乐之存而不偏倚也，谓之中焉，是中也，性之德也，一私不累，默启乎众妙之门，（原评：闭合处极融化）而渊泉时出，实宁乎群动之秘，要之未发之中已基乎，所发而无用之体，非体也。藏之一心为甚微，而散之万用为甚博矣，中其天下之大本乎。又自夫喜怒哀乐之既发，而皆中节也，谓之和焉，是和也，情之德……

此文见于《程墨所见集》（二）中的《嘉靖丁未会试》，该书由金坛王罕皆（1672~1751）编订，清刻本。由于种种原因，也未能获取这篇时文的全文，仅能呈现已知部分。

第七节　赞

1. 程乡公像赞

盐官之阿，先生以蓼伊莪；梅州之阳，先生以息如螗。佩服仁义，诸生习礼其家，儒者之风也；不畏民志，庶狱用命于庭，材臣之雄也。其怀忠履，信则豹奕，均乎鸿渐；其衔恤报，德则陟屺，夺乎隔帘。於乎！常山之苦，鲜民不返。逆旅之装，素旗先远。棠阴在邑，尸祝在乡。青𬞟两地，竦踊弥长。①

此文见于天启《平湖县志》卷十《风俗三》中的《家庙》，《程乡公像赞》题下有文三篇，分别为"琅琊王世贞""羊城梁有誉""华亭徐阶"所作。刊刻于明天启七年（1627）的天启《平湖县志》，共十九卷，另有图一卷，明程楷修，明杨俊卿纂，正文前有程楷所作的《平湖县志序》和杨俊卿的《平湖县志后序》。

程乡，古县名，据县志记载，在南朝南齐时，为纪念南迁汉族名士程旼（亦作程旻），朝廷从义安郡海阳县分出部分地方，新置程乡县，该县仍隶属义安郡。到了后晋时期，程乡县由隶属义安郡改为隶属南汉国，南汉乾和三年（945）于程乡置敬州，当时敬州仅领程乡一县。后在北宋开宝四年（971），因避赵匡胤祖父赵敬之讳，敬州被改为梅州，仍领程乡县。至明朝洪武二年（1369），该地区又复称程乡县，隶属广东潮州府。

程楷在序中说道："前事后师，宁独赵、沈、孙、陆诸先达玉冰金矢，余辉照乡人士乎哉！"② 即赵、沈、孙、陆等望族是程乡县士人的代表。且天启《平湖县志》载："景贤祠在德藏左，祀唐平章事陆宣公，以宋靖献先生正，明征士宗秀，程乡令铣，庄简公光祖，配见秩祀祠，后为惠宗祠。祀宗人，置义田，有功于祠者。"③ 则说明在众多的望族中，陆氏一

---

① 天启《平湖县志》卷十，明天启刻本，第9叶。
② 程楷：《平湖县志序》，天启《平湖县志》，明天启刻本，第1叶。
③ 天启《平湖县志》卷十，明天启刻本，第7叶。

族尤其著名，他们为陆贽后人，靖献先生为陆正，征士宗秀为陆宗秀，程乡令铽为陆铽，庄简公光祖为陆光祖，文后还提及陆淞、陆杲、陆炳等人，皆陆氏家族显贵者。与《程乡公像赞》一文并行的还有《靖献先生像赞》《庄简公像赞》等文，由此可知《程乡公像赞》是对陆铽一人的像赞，而非对整个程乡贤人的像赞。

陆铽的相关事迹，在光绪《嘉应县志》中有明确的记载，其言曰："陆铽，字克潜，浙江平湖人。弘治九年由监生任本县令，为政以敬简廉静为本，狱讼立辨无隐情，亦无稽词。吏民畏服，豪猾屏迹。邑人构讼，多以赂取胜。公至县三年，民无私谒。健讼者不得行其计，诸监司多其为人，每加奖励，公辞不受……今祀名宦祠。"① 万历《广东通志》中亦言曰："陆铽，平湖人，弘治九年由监生任程乡，政务廉平，狱讼至皆立辨，吏民畏之，程俗构讼多以赂胜，铽门庭肃然，讼减十七……诸监司递奖铽，不自有，人益贤之。"②

可见陆铽政务廉平、一心为公的高贵品质得到了后世的一致认可，他也因此享受了后人的祭祀。王世贞曾说道："铽自以文显，仕为程乡令，有惠政，其民思而祀之至今。"③ 他对陆铽肯定有加，认为"昔太丘长文范陈公卒，而蔡中郎伯喈为文，勒于碑且手书之，古今以为胜谈。今读盛宗伯端明所志程乡令平湖陆公遗爱碑，亦何以异也。陆公名德，不敢遽谓如文范，然程乡之政循循，殆欲过太丘矣"④。这与像赞中的"佩服仁义""不畏民志，庶狱用命于庭，材臣之雄也""德则陟屺"之言完全吻合。且王世贞与同年中进士的陆光祖素有交游，并相契，他们曾一起解救卢楠，一起畅游吴江、南京等地名胜，王世贞还为陆光祖的七十大寿作叙文，这在王世贞所作的《与绳廷尉入朝，邀会吴江道中作》《游金陵诸园记》《太宰五台陆公七十叙》等诗文中皆有体现。而陆铽又为陆光祖的曾

---

① 光绪《嘉应州志》，《中国地方志集成·广东府县志辑》第 20 册，上海书店出版社，2013，第 319~320 页。

② 万历《广东通志》卷四十三，明万历刻本，第 16 叶。

③ 王世贞：《弇州山人续稿》卷一百三十三《刑部主事累赠通议大夫吏部右侍郎胥峰陆公神道碑》，美国普林斯顿大学东亚图书馆藏明刻本，第 11 叶。

④ 王世贞：《弇州山人续稿》卷一百六十三《文待诏书程乡令遗爱碑墨迹跋》，美国普林斯顿大学东亚图书馆藏明刻本，第 25 叶。

祖父，这更增加了王世贞为陆铖做像赞的可能性。

综上可知，《程乡公像赞》应该是王世贞所作，是对陆铖为人、为政的高度赞赏。

2. 希夷观睡像赞

> 吾闻至人不寐成真，无论昼夜，惺惺泯泯。而我先生以睡为主，留息金庭，饮津玉府，七蕤捍扉，谁为卫者？青宫苍虬，西室素虎。汗漫八埏，欻倏千古。受五龙神，宰群动祖。生既匪真，像亦曷有。留一丸墨，付一丸土，是故目之为《混沌谱》。①

此文见于乾隆《当涂县志》卷三十，署名为"明王世贞"。乾隆《当涂县志》，共三十三卷，清人张海等修，清人万橚等纂，民国间出版，石印本。

当涂县，古县名，今隶属于安徽省马鞍山市。秦代时名为丹阳县，隋朝开皇九年（589）改名为当涂。太平兴国二年（977），朝廷升平南军为太平州，立当涂为附郭，隶建康府路。到了明朝之际，洪武四年（1371），以太平府直隶京师，永乐十八年（1420），改京师为南京，称南直隶，府县隶属如故。

文中所言的希夷，即指北宋著名的道士陈希夷。陈希夷（？~989），名抟，字图南，号扶摇子，安徽亳州人。少年举进士不第后便有出尘之念，其《归隐》诗曰："十年踪迹走红尘，回首青山入梦频。紫绶纵荣争及睡，朱门虽贵不如贫。愁闻剑戟扶危主，闷听笙歌聒醉人。携取旧书归旧隐，野花啼鸟一般春。"陈希夷最初隐居于武当山，后移居华山。《宋史》有《陈抟传》，其言曰："（陈抟）因服气辟谷历二十余年，但日饮酒数杯，移居华山云台观，又止少华石室，每寝处多百余日不起。"② 陈希夷精通《周易》，著有《无极图》《先天图》等书，周敦颐、邵雍对陈希夷的学说有所继承和发展，后在宋太宗的极力推崇之下，赐其名号"希夷

---

① 上海图书馆藏乾隆《当涂县志》卷三十，第8叶。
② 托克托等：《宋史》，《景印文渊阁四库全书》第288册，台湾商务印书馆，1986，第421页。

先生"。

在王世贞文集中,他屡次提及陈希夷,如言"夫洪崖先生固张氏乃黄帝之臣伶伦也,一见于卫叔卿传……盖遐遯之灵真而希夷之妙迹也"① "然窃聆希夷澹泊之旨,实不敢以天下事措怀"② "猝莫可知意者,兼治生之靖节而未离,欲之希夷也耶"③ "欲从孙先生乞数丸药,救道上贫子,归借希夷一枕,传五龙睡法耳"④ 等。王世贞还曾在陈希夷诵经之处作诗抒怀,诗曰:"诵经凌虚台,留骨希夷峡。何似学刘伶,未死先荷锸。"⑤ 可见王世贞对陈希夷其人非常熟悉,且王世贞晚年跟从昙阳子学道,对陈希夷更是有崇敬之情。他在与友人的书信中说道:"所喻陈希夷仙翁睡像在太平,欲令仆与元驭先生赞之,先生方襄大事,而有爰立之命。"⑥ 太平,即指当涂县,说明王世贞有为陈希夷睡像做赞的具体动机。

另外,上海图书馆藏三十二卷本明抄本《弇州山人续稿》卷七有《宋陈希夷先生睡像赞》一文(具体内容见下一篇),将两文进行比对,可见重复处居多,而明抄本《弇州山人续稿》所载的《宋陈希夷先生睡像赞》是王世贞所作,且王世贞的诗文之作经常经过多次删改后方成定稿。

综上可知,《希夷观睡像赞》应该是王世贞所作,体现了其慕道之心。

3. 宋陈希夷先生睡像赞

　　吾闻至人不寐成真,毋论昼夜,惺惺泯泯。而我先生以睡为主,留息金庭,欲津玉府,七蘂捍扉,谁为卫者?青宫苍虬,西室素虎。汗漫八埏,歘倏千古。受五龙师,宰群动祖。生既匪真,像亦曷假。

---

① 王世贞:《弇州山人续稿》卷一百七十一《钱舜举画洪崖先生》,美国普林斯顿大学东亚图书馆藏明刻本,第17叶。

② 王世贞:《弇州山人续稿》卷一百九十四《赵汝师》,美国普林斯顿大学东亚图书馆藏明刻本,第16~17叶。

③ 王世贞:《弇州山人续稿》卷一百五十一《少溪吴先生像赞》,美国普林斯顿大学东亚图书馆藏明刻本,第8~9叶。

④ 王世贞:《弇州山人续稿》卷一百五十九《书真仙通鉴后》,美国普林斯顿大学东亚图书馆藏明刻本,第8~9叶。

⑤ 王世贞:《弇州山人四部稿》卷四十六《凌虚岩(希夷诵经所)》,美国哈佛大学燕京图书馆藏明刻本,第3叶。

⑥ 王世贞:《弇州山人续稿》卷一百九十一《林太平》,美国普林斯顿大学东亚图书馆藏明刻本,第17叶。

留一九墨，易一九土，是故目之曰《混沌谱》。

《混沌谱》者，先生方睡，而一仙过之，取纸以墨，作千万点，而圈图之，曰《混沌谱》。

此文见于明抄本《弇州山人续稿》卷七，为王世贞《四部稿》《续稿》等文集所不载。

4. 元朱泽民先生像赞

先生讳德润，泽民其字。世为吴人，长裁八尺，秀朗超绝，读书过目辄诵。善诗文，工笔札，尤长画理。所图写山水人物，皆登逸品。甫三十，见知于学士承旨赵孟頫，言之驸马都尉太尉沈王，以词学异等荐仁宗，而拜应奉翰林文字、同知制诰、国史院编修，每朝数目属之。亡何，仁宗晏驾，沈王与中贵人交恶，出丞相镇东行中书省，先生从为其省儒学提举。久之，英宗方冬猎柳林，驻跸寿安山，荐者以先生见进《雪猎赋》，累万余言。上悦，俾以提举，监诸全书佛经者，骎骎用矣。而英宗殂于弑，先生乃叹诧曰："命矣！"夫因移疾归者二十余年，其学益博，艺益精，著述益富。平章康里巎、侍讲学士虞集、待制袁桷与之友善，皆前卒，而先生至顺帝之至正间。江淮盗鼎沸，平章三旦八檄拜行中书省照磨，参军机，进止凡克平，州三郡二县九，先生谋居多，寻摄长兴守，招集离散，得人户万四千八百有奇。久之，移疾归浙省，而聘主试事，不应。张士诚盗吴，欲礼致先生，先生丑之，固称疾笃。卒于家，葬而其友人御史周伯琦为之志铭。明年吴入于明，先生故汉郁林太守陆绩后身也，事具于志甚详，孝友廉靖，动止大雅，而不诡于道，要不独以文事显。当对镜自貌，其面大若五铢钱，而古意蔼然。盖其后百余年而有贤重者，按察文太宰希周父子为名臣。于是乡之袞吴宗伯宽、王少傅鏊、周司寇伦皆赞之，而其耳孙集庆，俾不佞贞续貂焉。

赞曰：其自貌者，形也而神耶？睨而视之者，似也而真耶？始而达，中而厄，晚而少，伸者天也而人耶？絜以全归者，性也而身耶？古所谓：缀下士而齐逸民，道与器合者。君非其伦耶？留不尽之余以逮子若孙，吾是以卜其振振也耶？

此文见于明抄本《弇州山人续稿》卷七，为王世贞《四部稿》《续稿》等文集所不载。

5. 九十四翁蔡曲岩像赞

少而治生不汝赢，工为诗歌不汝名。束修励行，不沾一命荣，不汝负者几百龄。岁壬在申，余游洞庭偻行见汝，汝吐矍铄，问无苦耶？曰："乐乐。"乐生不与人竞，不晓试医药，不识城市嚣，不受礼数缚。伯子孝且勤力，以甘脆供浆肉，犹在唇。改身事天公，仲儿称义，夫厥媿以烈，终恍然。觐像若觏，尔素发皠皠被两耳，去牙留艰噬乾肺，问谁貌者？包山子。谁与赞之？王元美。以此云乐，乐可死。

此文见于明抄本《弇州山人续稿》卷七，为王世贞《四部稿》《续稿》等文集所不载。

6. 昙阳子八戒赞

竺乾五戒，柱下三宝，曰纲，曰常。鲁儒所道，合之则八。昙阳诲：旃如地河，流如日丽，天道岂远哉？日用而已。功岂辽哉？一念起止，百谷弥原。世有饱饥，循之则是，违之则非。厥所遗迹，徽金润璧。我师有言："毋重文画。"以贻张生，汝其佩之，希圣、希天肇址于斯。

此文见于明抄本《弇州山人续稿》卷七，为王世贞《四部稿》《续稿》等文集所不载。

7. 少保潘公像赞得夏景

银河泻空，飞瀑在目，孰与夫觚子决而襄裳以属也耶？乔松在翳，赤日安在，孰与夫率吏士乘堤而却盖也耶？美髯飘拂，以延绪飔, 孰与夫皤腹而使人歌于鬵于鬵也耶? 澹兮无所营, 悠然无所思, 识则以为公, 而不识以为疑。盖菰城者公之心, 而洛师者公之迹; 烦暑者公之境, 而清凉者公之宅。以为然欤? 否耶? 请问之《庄》与《易》。

此文见于明抄本《弇州山人续稿》卷七, 为王世贞《四部稿》《续稿》等文集所不载。

8. 唐伯虎先生像赞

此为拍手歌《梅花庵诗》耶? 将谢小山之邸而东归耶? 曷不素其恰练其衣而犹拘? 拘乎席帽襕衫之是规, 岂所能自信者千载, 而所不能忘情者, 一时其意若愚而混沌, 凿貌若朴而太素漓, 夫是以啬其年而窒其遇子焉。身后之靡遗, 抚丹青之妙绘, 与黄绢之丽辞, 虽易世而长新, 叹往者之不可追, 噫!

此文见于明抄本《弇州山人续稿》卷七, 为王世贞《四部稿》《续稿》等文集所不载。

9. 王履吉先生像赞

先生讳宠, 别号雅宜山人。甫四十而卒, 今像则逾冠时所自写者, 先生故章氏以蚤逝, 未及复。今天下知有王履吉先生, 而不知有章先生, 于是为王先生赞。赞:

慈明外朗, 叔宝幼润。小文金屑, 微言玉振。清徽秋皎, 芳音春震。临池之功, 晚而逾进。永兴上足, 山阴哲胤。矫矫虬腾, 翩翩凤引。金石千古, 衣裾八俊。羊裙易染, 龙门匪峻。溟海沉珠, 昆冈陨瑾。曰余仰止, 甫自髫龀。怜才醉屈, 托衷慕蔺。丹青乍展, 穆如生鬓。其人何人, 匪魏则晋。

此文见于明抄本《弇州山人续稿》卷七, 为王世贞《四部稿》《续稿》等文集所不载。

10. 金白屿像赞

去翁像而为翁者，岁二十七易矣。其异者髭之鬓，而有宣色耶？其不易者颊之丹，而微加泽耶？少而词于场也，中而诗于大方也，晚而祭酒于其乡也。将皎皎者赏其雄白，而翻翻者畏其雌黄。官何必子野，而齿已加其一；名何必三影，而辞与之颉颃。都自今而往，食肉跃马者，更二十七载，而尚未央者乎？

此文见于明抄本《弇州山人续稿》卷七，为王世贞《四部稿》《续稿》等文集所不载。

11. 俞仲蔚先生像赞

先生讳允文，字仲蔚，吾郡之昆山人也。以万历七载仲秋四日捐馆，其又三十有一日，而孤伯安奉遗像，属余赞之，摩娑悲叹，有词周厝，其又三日。始克缀数语，以识不忘，若世阀事行，别有志详之，兹不备赞。其辞曰：

皓皓先生，毓自华族。厥毓伊何，扶舆清淑。半神粹夷，须麋朗郁。譬彼昆冈，璧甫辞璞。高风穆如，见者体肃。云胡七尺，千古攸属。厥属伊何，纵以颖资。组为文章，韵则声诗。竭蹶隆始，尽汰时私。贾其余工，以逮临池。少而学成，晚乃名归。其名之归，集若麇追。其言之行，不胫自驰。穆穆先生，澹焉若无。室宇蔽风，蓬蒿不诛。孺子可狎，薄蹄足驱。黜聪养和，动静天俱。如何一疾，精灵永闵。其貌犹生，问言不对。是耶非耶？令我永喟。病而登床，回眸烂然。何必三毛，益尔颊妍。千秋视之，非真则仙。

此文见于明抄本《弇州山人续稿》卷七，为王世贞《四部稿》《续稿》等文集所不载。

12. 行太仆卿徐公像赞（徐明宇）

其貌棱如紫石，而须蠿若猬磔，望之凛然。秋霜而即之，温然春色。抑温然者以学就，而凛然者自天植。将所谓凛然者，揽辔而振台纲。其温然者，秉铎而成后德耶？舒也，云行雨施而不自功；卷也，秋空霁月而不见迹。公方乐，洋洋之泌清。而世犹惜夫皎皎之驹白也耶？

此文见于明抄本《弇州山人续稿》卷七，为王世贞《四部稿》《续稿》等文集所不载。

13. 欧虞部桢伯像赞

尔色之厘然，而体之赜然，而进止之逶迤然。巽若秋蓬兮，才则春萁。身藉五岭乎，声则四垂。心服芰荷兮，饰则银绯。彼逊彼甫彼尧臣者，皆冬官之属，而名能诗，后百千年，或友或师，吾不敢第其诗，年则过之。噫！羊城之被裘，与凤台之揽辉，将必居一于斯。

此文见于明抄本《弇州山人续稿》卷七，为王世贞《四部稿》《续稿》等文集所不载。

14. 周寻壑像赞

此周寻壑先生像也。先生散朗为质，豁落不拘。幼业轩岐，尤精脉理，决断生死，悬合岁月。即有起者，不遽责报。或得少酬，如颜寻阳之缳钱，趣付酒家，以尽为节。性尤好客，毋论戚疏，不别昼夜，遇访即留，留辄痛饮。室人慎勤，能治一切，脯盐鲑蔬，办取咄嗟，共若委输，庖湢属垣，砧盎绝响。先生酒后白眼，率然骂坐，客哗应之。寻各陶陶，所谓町畦尽忘，人我俱泯，身在方内，神游方外者也。世贞恒谓："孟尝挟齐相，文举资北海。借令先生处此，客何至剑歌酒，何忧于墨耻哉？"先生少工五七言语，每篇成，辄更焚弃之。曰："吾偶以适情而已，使我有身后名，不如且饮一杯酒。"今年夏六月忽感鹏梦，因发鸠巢，得成制衣两事，合木为椁。命酒别客曰："吾其化乎。"柴生写真，王子作赞。

赞曰：落穆先生，厥艺天成。医匪役利，诗无近名。惟客与酒，聊以陶情。客至自留，不复问主。主醉便眠，不知客处。以此朝夕，毋问寒暑。时或竞奇，踞坐慢骂。如温太真，竟日秽语。客所珍重，返以为雅。地关右躄，扶曳乃起。胡以寻壑君曰："不尔康乐。"下山去屐后齿，岁之六日，挂图东壁，指谓："不佞将返，真宅图更为主，我当称客。"予曰："不然。公殂误逝，人生欢乐，曷不百岁？君岂无一，但可无二。高阳少年，宁止百身，以彼百身，赎汝半人。汝第为主，图仍称宾。此图儵儵，如动眉色。口虽不言，请对以臆。譬汝醉余，宾主谁析。不闻汉谣：寒人上天。此事实难，子何慕焉？卷而怀之，逍遥大年。"

此文见于明抄本《弇州山人续稿》卷七，为王世贞《四部稿》《续稿》等文集所不载。

15. 东轩吴君七十有五赞

美哉轩乎，年逾古稀；壮哉轩乎，须发鬒而五官矍铄。少年所稀，先祠后宇，阛阓金知，树德种后，占个便宜。寿从此而日增，将不啻乎期颐，支从此而日派，将有执乎琼枝。揖揖振振，思德思眉。

此文见于明刻本《凤洲文抄注释》的《续刻凤洲王先生文抄注释》卷三，为王世贞《四部稿》《续稿》等文集所不载。

第八节　书牍①

书牍，是王世贞文集中的一种重要文体，《四部稿》中有书牍十二卷，《续稿》中有三十六卷，他还曾编撰《尺牍清裁》一书，多达六十卷。相

---

① 在王世贞的文集中，尺牍和书牍之称均有所涉及，但是在《弇州山人四部稿》和《弇州山人续稿》中，则有书牍一体，而没有尺牍，再者，书牍和尺牍二者文体的功能和用途一致。为了方便，且尊重王世贞的文体观念，行文在进行论述时，主要采用书牍一名。至于王世贞的书牍观念辨析，详情可以参见贾飞《王世贞"书牍"观之探析》（《王世贞与明清文化国际学术交流会论文集》，上海三联书店，2016，第546～555页）。

对于传、序、记、跋等文体，王世贞认为书牍"最他文也"①。虽然王世贞对书牍非常重视，也整理过自己的文稿，但是他在整理文集时，会对文章有所择取和修改，甚至是删除，如《艺苑卮言》有八卷本、十二卷本、十六卷本等多种版本，且不论不同卷数版本内容之间的差异，即使是相同的八卷本，在内容上也是有所增删的。再加上家人保管不力，如王士骕曾对周章南说，"先君子遗集散落人间，殊自不少，为之后者，何如人耶"②，从而导致王世贞重视的书牍也有所遗失。现在还没有专门的文集收录明人散佚书牍，对于个人散佚书牍的搜集更是少之又少。王世贞散佚书牍零星地存在于各种文集中，本节除了对书牍的整理与考辨之外，还有部分意义阐释，以方便读者及时理解这些书牍的价值所在。目前新的收获主要有以下几种。

一 见于《凤洲文抄注释》

该书为哈佛大学燕京图书馆所藏明刻本，是李维桢对王世贞之作进行摘录并注释而成，共计八卷，其中《重锲凤洲王先生文抄注释》四卷，《续刻凤洲王先生文抄注释》四卷，而《续刻凤洲王先生文抄注释》卷四中，还包含部分"附录"，名为"续刻凤洲王先生尺牍附录卷四"，全为王世贞与友人的书牍。将此书中的书牍与《四部稿》《续稿》等文集进行对比，发现以下书牍均不见于王世贞文集。

1. 答陆太守

远辱手翰，知兄案牍纷扰间，尚复能见念也，屈指为别时，忽已两岁，人生得许多岁耶，乃堪作如此大别。迩者于奏牍中见兄大名，丈夫得志及物，固应尔尔，如弟辈不过随众星散，昔人所谓负却长安米者，何足言？弟自兄及伯承去后，颇怀流水之叹，省中得峻伯、于鳞诸君子相信，幸不大落寞耳。履善恐复有差，奈何？昔人有投戈讲

---

① 王世贞：《弇州山人四部稿》卷六十八《凌玄旻赫蹏书序》，美国哈佛大学燕京图书馆藏明刻本，第 6 叶。

② 王士骕：《中弇山人稿》卷五，《四库禁毁书丛刊》集部 32 册，北京出版社，1997，第648 页。

艺者，小小刀椎，何足夺兄雅什？倘不即见弃，时赐惠音为感。

按：文中"陆太守"当为陆光祖（1521~1597），其字与绳，浙江平湖人，明嘉靖二十六年（1547）中进士后，除浚县县令，累官至吏部尚书，卒赠太子太保，谥庄简。"伯承"为李先芳，"峻伯"为吴维岳，"于鳞"为李攀龙，"履善"为袁福征。文中"昔人所谓负却长安米者"之言，实为借白居易之事叙自己当下的情状。王世贞中进士后，先在京城大理寺供职，政事之余，多与他人诗歌唱和，并经李先芳介绍加入诗社。嘉靖二十七年十一月，王世贞授刑部主事，初入刑部时，他仍然感怀大理寺的欢乐时光，作《过秋曹后，怀棘寺旧欢，寄谢诸丈人》《与棘寺诸僚》等诗文以表内心孤寂。随后李先芳被任命为新喻县令，王世贞作《赠李伯承之新喻令》《送李伯承之新喻令序》等诗文以送之，不过刑部同僚吴维岳、王宗沐、袁福征等人都喜好诗文，王世贞还经李先芳介绍认识了李攀龙，后又因李攀龙结识了谢榛，因此有"弟自兄及伯承去后，颇怀流水之叹，省中得峻伯、于鳞诸君子相信，幸不大落寞耳"之感。虽然王世贞和李攀龙等人为小吏，舞台有限，但是他们踌躇满志，有所抱负，并且诗文写作增加了他们的名气和诗社的凝聚力，此时王世贞亦有求不朽之志，因此该文当为王世贞早年之作。

2. 与汝成

久阔候问起居，良用怀想，伏闻宦履清适，阃宅静佳为慰。令兄相与甚至，比日忽丧一子，朝夕悲念可怜。弟谓造化戏人百端，正不可落波彀中，适意处殊非真适，当知拂意处亦非真拂也。渠虽未首肯，然亦稍解矣。兄素谙此趣者，何如戒亭同朝夕相与为乐，固自真偶遇薄冗。昨兄书不及另启，幸致声。

按：文中"汝成"即为凌云翼，其字汝成，一字延年，号洋山，太仓人，嘉靖二十六年（1547）进士，授南京工部主事，后累官至戎政尚书。王世贞与凌云翼素有交往，既有诗歌唱和，亦有书牍往来。据文中"比日忽丧一子"之语，可知此文作于嘉靖三十七年六月前后，如其言："六月，儿又疹夭，殡城西佛寺中。"① 而在这之前，王世贞在嘉靖二十八年生一子果祥，夭于嘉靖三十一年，此时又亡一子荣寿，以至发出"十年空抱两麒麟，依旧天涯一病身。欲付五车王粲去，蓟门犹有受书人"② 之叹。并且在这之前一个月，侧室李氏所出之女疹夭，接连的打击令他痛不欲生，"间取佛书读之，粗得过耳"③，让王世贞有了"造化戏人百端"之感。且随后王世贞因公事稀简，游历登州、蓬莱阁等地，对人生也有新的感悟，诗曰："卧起俱所适，低回发沈省。彼烦焉终郄，此逸宁遂永。"④ 之前的悲痛"亦稍解矣"。

3. 奉鸿山先生

近从象玄所得《岩居稿》，拜论之，五言冲澹清远，入陶韦妙景，七言亦不落唐人后。嗟夫，天所以唱我师，何至也。就令握珥笔预密，握今局体下矣，不过车尘马足间耳，千百年后于鸿山公何益！世贞尝谓孟浩然才力远不逮王摩诘，而卒以简古胜之，其境象意适殊也，故知林泉之助，自是不浅。贞弱冠便收置药笼中，京邸奉龙门之驭，使荐敝帚至以国士相与，行年二十三，所造仅如此。曹中更无可效力，惟于马上席上了此长日。可恨可恨，别楮恶诗四，聊见瞻仰，倘不遂麾弃赐指摘焉，幸甚！其以为可与进，而推教殊玉一。

按：文中的"鸿山先生"为华察（1497～1574），其字子潜，号鸿山，江苏无锡人，嘉靖五年（1526）进士，选为庶吉士，后任户部主事，累官至翰林院侍读学士。"象玄"则为朱大韶（1517～1577），其字象元，一作象玄，号文石，原居莘庄，后迁至松江府华亭，明代藏书家。《岩居稿》

① 王世贞：《弇州山人四部稿》卷九十三《亡儿女埋志铭》，美国哈佛大学燕京图书馆藏明刻本，第 21 叶。
② 王世贞：《弇州山人四部稿》卷四十八《于鳞慰余哭子，有答》，美国哈佛大学燕京图书馆藏明刻本，第 16 叶。
③ 王世贞：《弇州山人四部稿》卷一百二十《吴峻伯》，美国哈佛大学燕京图书馆藏明刻本，第 9 叶。
④ 王世贞：《弇州山人四部稿》卷十一《初至登州，就台小憩》，美国哈佛大学燕京图书馆藏明刻本，第 9 叶。

是华察的代表性著作，共计八卷。王世贞与华察渊源颇深，嘉靖二十二年秋，王世贞中应天乡试，华察为考官之一，是故华察为王世贞座师，且华察第三子华叔阳为王世贞女婿，使两人更是亲上加亲。文中所言《岩居稿》，曾经多次刊刻，在嘉靖时期的三十一年、三十五年、四十三年就多达三次①，因此此文当不早于嘉靖三十一年。王世贞在文集中亦多次提及《岩居稿》，如"不佞尝读《岩居稿》，窃意公蝉蜕宇外"②"《岩居稿》落落莫莫，故义熙人语也"③。王世贞对王维和孟浩然的评价，在《艺苑卮言》中也有体现，且和文中之意完全吻合。

4. 答吴参议

闲时尝读《列仙传》，恨太苦寂寞，公所统诸洞天与尘界绝，金紫呵从，烟霄日月边，乃知寰海内自有一种富贵神仙也。公前身想是玉皇香案吏耳，不然，那得有此官，有此地，又那得几许才作如此词翰耶！贞愚懒，备乏冗曹，堕落囚牒中，俗骨已证成，且不敢与公通契阔，况敢效酬和也。公日啖交梨火枣，玄浆桂脯，欲以昌蒲屈芰荐，适足致呕吐麾之耳。承俯引惟有荷念，余不多及。

按：此篇书牍较前面的几篇，比较特殊。因为在《四部稿》卷一百二十五中有题名为《吴参议》的书牍，但是在《四部稿》中，其全文仅为"闲时尝读《列仙传》，恨太苦寂寞，公所统诸洞天与尘界绝，金紫呵从，烟霄日月边，乃知寰海内自有一种富贵神仙也。公前身想是玉皇香案吏耳"④，从句意明确可知，《四部稿》中的文章不全，有其前因，却没有后续，不符合王世贞书牍的写作习惯，也可能是由于当时刊刻漏刊部分内容，是故此篇书牍可以补《四部稿》书牍行文内容之缺，也无疑是王世贞所作。

---

① 王洪：《华察研究》，上海师范大学硕士学位论文，2012，第2页。
② 王世贞：《弇州山人四部稿》卷七十七《翰林院侍读学士鸿山华公寿藏记》，美国哈佛大学燕京图书馆藏明刻本，第9叶。
③ 王世贞：《弇州山人四部稿》卷一百二十六《华鸿山学士先生》，美国哈佛大学燕京图书馆藏明刻本，第5叶。
④ 王世贞：《弇州山人四部稿》卷一百二十五《吴参议》，美国哈佛大学燕京图书馆藏明刻本，第7叶。

二 见于《钱镜塘藏明代名人尺牍》

该书是钱镜塘先生去伪存真，严审精鉴后汇集而成，其中，王世贞散佚之作的内容为：

> 侍生王世贞顿首拜启
>
> 相国太霞周先生契兄足下，仆兹以迁去，即买舟归故里矣，与足下竟不能一面，奈何奈何！昨会赵中丞，自悔初有阙于足下也，即倒屣晚矣。今将有事，足下姑俟之。不腆将别，并新刻四册附览。
>
> 世贞顿首拜①

此文见于《钱镜塘藏明代名人尺牍》第 3 册，该书还对此文进行了一些探究，其言曰："上款为'相国太霞周先生契兄'，应为某王府之长史，其名待考。函言'仆兹以迁去，即买舟归故里矣'。万历二年，世贞以右副都御史抚治郧阳，后迁南京大理卿，为给事中杨节所劾，罢归。不知是否指此事。"② 此言虽然就文中的内容做出了部分解释，但是并没有进行细致考证，以致没有形成定论。就此篇书牍而言，涉及的人物主要有两个，一为"相国太霞周先生契兄"，一为"赵中丞"。

"相国太霞周先生契兄"，此处的"相国"并非指丞相一职，明代自朱元璋开始就废除了丞相之职，相，为辅助之意，"相国"，即有为官帮助国家之意。而"太霞周先生"当为周绍稷。雍正《河南通志》卷五十六记载："周绍稷，云南永昌人。少从杨用修为声诗，以春秋魁乡试，于嘉靖四十二年令正阳。雅度清才，饰以儒术，与博士弟子员谈说道艺，慕汉黄徵君，叔度高风。为建特祠祀之。"③ 另沈一贯在《寄题周纪善太霞洞天》中言："滇人周君绍稷，言永昌有山曰普麻，去峡口山四十里诸水会焉，有洞窔突。周君斩茅伐石，列炬而入，始入仅一窍，五级而上，仰见

---

① 钱镜塘辑《钱镜塘藏明代名人尺牍》第 3 册，上海古籍出版社，2002，第 94~95 页。

② 钱镜塘辑《钱镜塘藏明代名人尺牍》第 3 册，上海古籍出版社，2002，第 95 页。

③ 孙灏、顾栋高等编纂雍正《河南通志》卷五十六，《景印文渊阁四库全书》第 537 册，台湾商务印书馆，1986，第 330 页。

天光，自窦晶晶，可别其间，谽谺旷衍可容数百人，胚胎凝结，怪状纷错，如瑚树者一，罗汉者二百余，楼阁钟磬、犀象虎豹者甚众。《太洞仙经》云'白帝皓郁蒋，回金太霞乡'。此太霞洞天乎？周君今为襄王纪善，好文辞，为赋长律。"① 从中可知，周绍稷，滇人，曾官为纪善，师学杨慎，他之前去过一处名为"太霞洞天"的奇景，并与众人相互作诗往来。杨慎曾有诗作《抚台游可翁命周生太霞校刻五经傍注，因得驻五华精舍，晨夕晤语，遂有此赠》，对周绍稷即有"周生太霞"之称。

王世贞与周绍稷关系密切，他在《四部稿》中有《题周令君太霞洞天》一诗，诗曰："色界云蒸薄帝关，赤城标起异人间。荣光倒射昆明水，积绮长飞玉案山。激滟乍疑天酒熟，飘飘如睹翠旃还。亦知勾漏非君意，为有丹砂好驻颜。"② 可见王世贞亦知"太霞洞天"一事，赤城、昆明水、玉案山等皆为云南境内的景物。另外，周绍稷曾在襄阳任上修建仲宣楼，为了扩大其名气，他特意派人去京城请王世贞作记，王世贞言曰："自王粲仲宣依刘表于荆州作《登楼赋》，而江陵有仲宣楼，后襄阳有楼亦曰'仲宣'，而友人襄少史周绍稷，至自修楚乘还，断以属之襄阳，其辞甚辨，而其旨以刘表始至宜城，用二蒯、蔡瑁计，讨平诸贼……予故不辞而书之石以示。夫游者仰而国，俯而家，靡所不衍，衍即欲有撰述以鸣熙代之盛，而附于登高能赋之义足矣，固不必以仲宣轻重也。"③ 亦可见王世贞对此事的重视，以及对周绍稷之举的赞赏。

再者，对于周绍稷，王世贞之弟王世懋的文集中有《答周明府》一文，不仅涉及周绍稷的部分事迹，还涉及王世贞与周绍稷的交往情况，可作为一个重要的参考。其文如下：

仆天地之畸人也，自被家难来，块伏闾井间，万事灰烬，惟是一二故人不能顿绝，仅从家兄为谣歌相扣而和分，不敢齿于世之达者，

---

① 沈一贯：《喙鸣诗文集》卷十三《寄题周纪善太霞洞天》，上海图书馆藏明刻本，第27~28叶。

② 王世贞：《弇州山人四部稿》卷三十七《题周令君太霞洞天》，美国哈佛大学燕京图书馆藏明刻本，第16叶。

③ 王世贞：《弇州山人四部稿》卷七十七《仲宣楼记》，美国哈佛大学燕京图书馆藏明刻本，第1~2叶。

即世有贤士大夫，亦无从便识之也。故人子与使者忽介中州之役来出囊中，称真阳周明府所与仆兄弟书在焉，跽读之类，以仆为知诗，若古称二陆三张之流，引而厕之诸兄弟之间，甚愧甚骇。明兴以来，作者无虑数百家，至仆生平所服膺者，盖博学称杨君用修，雅调称李君于鳞耳。杨虽不及见，读其书，是古左史郑侨之匹；李与家兄并驰二三交游，则仆所亲睹也。明府既体受太史，又慕好李、吴诸君，欲尽人间所长，谓其人襟识当复何如？而从王生结袜耶？生何幸得之，亦何德堪之也。又读太霞诸篇，知明府飘飘有凌云意哉，而仅仅令宰一邑，心恨之。然王乔玉棺、葛洪丹井，昔人所谓仙令非耶，即明府当之，何憾焉。明府若就此举神理绵绵，决与文章并垂不朽矣。承委题太霞洞天，辄不自率尔有作，并所为专赠一章，尽录二扇，为明府一笑，非敢自毕其技，欲明府知其人易与耳。昔贤巧于用短，仆诚反之矣。明府治真阳，真阳在汝邓间，古聚星之地，其人若蔡子尼、江应元辈，今复可得不，言此已心驰于彼矣。吴士亦多秀颖，明府不鄙夷，其民课最叙迁辱惠斯土。仆兄弟得从商榷，日闻所未闻则大愿也，不审当有此理，不缕缕之怀，墨卿见限，仓卒不备。①

文章介绍了周绍稷的交游及治学情况，其提及的真阳，为正阳所辖，不属于"真"和"正"字的笔误，且文章还明确言及太霞洞天一事，是周绍稷求王世懋题写该事，这也就很好理解为何王世贞文集中会有《题周令君太霞洞天》一诗了，很有可能是周绍稷也曾向王世贞委题此事。从中可知，周绍稷是王世贞和王世懋的共同好友。

至于"赵中丞"，当为赵贤（1532~1606），其人字良弼，号汝泉，河南汝阳人。嘉靖三十五年（1556）进士，授户部郎中，后擢官顺德知府，未及抵任，母亲张氏去世，便在家居丧守制。嘉靖四十四年守孝期满，起补荆州（今湖北江陵）知府。后升任湖广参政，仍守荆州，累官至南京吏部尚书。赵贤与王世贞关系密切，他们不仅同在湖广地区任职，还经常诗文往来，如王世贞文集中有《城西书屋歌为赵中丞良弼》《答武昌赵中丞

---

① 王世懋：《王奉常集》卷四十二《答周明府》，上海图书馆藏明刻本，第5~6叶。

良弼》《送赵中丞良弼自楚开府还台，公旧牧荆州，为中兴循吏第一，今其还也，独晋左丞》《答赵中丞良弼》等作，并代赵贤作《封少师张翁偕元室赵太夫人七十序》一文。

文中所言"仆兹以迁去，即买舟归故里矣，与足下竟不能一面"一事，当为万历四年（1576）六月，王世贞擢官南京大理寺卿，但是在十月时，便被刑科都给事中杨节所劾，令回籍听用。如王世贞说道："臣于万历四年内，以巡抚郧阳右副都御史转南京大理寺卿，未任，该南京给事中杨节论劾臣。奉圣旨：王世贞既操守未亏，着回籍听候别用。"① 据"昨会赵中丞"之说，王世贞应与赵贤刚相见不久，而两人的交集多在湖广任上，如王世贞在给张九一的书信中说道："间与赵中丞语至足下，辄啧啧以为毋论，足下文雄举一代。"② 另张培玉《明清郧阳府志述略》记载："明万历《郧阳府志》，万历六年（1578）刻本，由郧阳抚治右副都御史徐学谟主修，襄王府纪书周绍稷纂。……周绍稷，字象贤，滇人，襄藩纪书，万历五年（1577）被聘纂郧阳郡志，遂寓居郧阳，寻还襄阳。"③ 所以是王世贞要离开郧阳，适值周绍稷初入湖广地区，以不能相见为恨。王世贞在郧阳任上整理并形成了《四部稿》《书苑》《画苑》等书，"新刻四册附览"之言，由于没有提及书作的名字或内容，没法考证具体是何书，只能推测可能是《四部稿》中的部分书册。

综上可知，此篇书牍当为王世贞所作，是其写给周绍稷的书信。

三 见于《上海图书馆藏明代尺牍》第 4 册

该书由王世伟、郑明主编，上海科学技术文献出版社 2002 年出版，全书共计八册，有关王世贞的书牍集中在第 4 册，不见于王世贞文集的书牍有以下三种。

---

① 王世贞：《弇州山人续稿》卷一百四十二《为恳乞天恩辩明考满事情，仍赐罢斥以伸言路疏》，美国普林斯顿大学东亚图书馆藏明刻本，第 18 叶。
② 王世贞：《弇州山人四部稿》卷一百二十一《张助甫》，美国哈佛大学燕京图书馆藏明刻本，第 22 叶。
③ 张培玉：《明清郧阳府志述略》，《中国地方志》2007 年第 12 期，第 37 页。

1. 仆因野次受风①

　　仆因野次受风，遂为疟鬼所侮。近始稍稍能起，已弃家授儿曹，作一有发头陀矣。览裕春丈与眉公书，使人神悚。久不接徐使君，遂成宿诺。如及泉丈到，必当为精言之，然自了此一言后即杜口矣。近来觉得文者道之累、名者身之累也。诸公篇章日新，歌咏仙真事，甚盛且美，然不敢达之仙真，但与相知一晒赏耳。病起，不一一。

眷生王世贞顿首复

　　此文见于《上海图书馆藏明代尺牍》第 4 册，第 90~91 页。

　　如文中所言，"仆因野次受风，遂为疟鬼所侮"，从王世贞的生平经历来看，他中年之后多次受疟疾所扰。如万历元年（1573）六月，行至采石矶，"午后复发寒热，乃知其为疟也。……过铜陵更一日，疟热甚，不可支，至夜分始解。晨疲极，小寝……其明日疟始愈，其又明日抵安庆"②。万历八年七月，王世贞在与汪道贯的书信中说道："仆侍师野次，狃风，见侮疟鬼，几遂委顿。今虽能步履饮啖，尚未是完人，益信此色身合离刹那间。……一俟师羽化，即披破衲入团焦矣。"③ 对于疟疫所带来的灾难，王世贞诗云："今年气候恶，疟鬼何太横。三家两家泣，十人九人病。延医医伏枕，呼觋觋不竞。余方侍师次，骤热如就甄。"④ 万历十一年六月，王世贞在与周天球的书信中说："仆自昨秋冬时，感霜露小恙耳，而为乡里应酬所困，病赢削。至春三月而始知就医。六月病疟，三日良已。又七日，食微不能谨，右腹掣痛，如直塘所苦，且作汗。五日良已，则腹赢

---

① 部分散佚书牍只有其内容，没有具体题目，为了阅读方便，对原本没有题目的书牍，提取原文第一句话作为文章题目，特此说明。

② 王世贞：《弇州山人四部稿》卷七十八《江行纪事》，美国哈佛大学燕京图书馆藏明刻本，第 15 叶。

③ 王世贞：《弇州山人续稿》卷一百八十一《汪仲淹》，美国普林斯顿大学东亚图书馆藏明刻本，第 13 叶。

④ 王世贞：《弇州山人续稿》卷六《病疟作》，美国普林斯顿大学东亚图书馆藏明刻本，第 2 叶。

削。今大有起色矣。"① 可见随着王世贞年龄的增长，疟疾给他带来的痛苦也越来越持久。而按照每次疟疾发生的具体环境有所不同，可知此次疟疾当为万历八年七月这次。原因如下。

首先，"近始稍稍能起，已弃家授儿曹，作一有发头陀矣"，当为王世贞跟从仙师昙阳子学道之时，且在此次疟疾之前，他就已经远离家人，带发修行。如其诗作《授产儿辈作》记载：

> 今日何宴会，毕享馂其余。儿女前跪列，手授一束书。汝祖儃粥资，非窘亦非舒。斋中歌九友，汝父日与居。弃之忽若遗，不复意踌躇。缓步西南去，落日照精庐。一瓢挂空壁，其乐当何如。（其一）
> 仲儿仅十三，少者乃十二。颇解学占毕，不晓人世事。一旦付以家，母乃为之累。吾患在有身，况彼儿女计。兴者任其兴，废者任其废。何必学庞公，尽抛洪涛内。斗大一团焦，宽然若天地。（其二）②

即为王世贞召集家人宴会，将家产分给儿辈，自己不问世事，以待入观修行，当时次子士骐 13 岁，少子士骏 12 岁，皆读书，不晓世事。而士骐生于隆庆二年（1568）③，故此事应当发生在万历八年。且王世贞在与吴国伦的书信中写道："弟自仲冬生辰，念及先大夫见弃之岁，忽忽意不欲生者数日，而不能语人。自是一切世味皆灰冷。岁除后，忽有所证。遂断房室，屏服玩，日或一肉，或茹素，酒损十之七八。更半岁后，可作有发头陀矣。"④ 其中"先大夫见弃之岁"为王忬 54 岁身亡之时，王世贞万历七年 54 岁，与其父卒时享年一样，因此"岁除后"当为万历八年。王世贞还向朱多煁言道："今春忽似有所证，即析薄产授儿曹，别创小团焦僻所。入秋可成，即徙居之。一褐一苧，蔬食水饮，作头陀行径矣。惟翰

---

① 王世贞：《弇州山人续稿》卷二百零六《周公瑕》，美国普林斯顿大学东亚图书馆藏明刻本，第 17 叶。
② 王世贞：《弇州山人续稿》卷六《授产儿辈作》，美国普林斯顿大学东亚图书馆藏明刻本，第 2 叶。
③ 周颖：《王世贞年谱长编》，上海三联书店，2016，第 357 页。
④ 王世贞：《弇州山人续稿》卷一百九十二《吴明卿》，美国普林斯顿大学东亚图书馆藏明刻本，第 7 叶。

墨间责小未偿，然亦不至作绮语。”① “今春忽似有所证”之事当为昙阳子通仙界后，王世贞订下的“香火心盟”，发生于万历八年正月间。

其次，文中提及的裕春丈、眉公、徐使君与及泉丈四人生平可证。“裕春丈”为袁洪愈（1516~1589），字抑之，号裕春，苏州府人，和王世贞是同年进士，累官至南京礼部尚书、吏部尚书，后帝重其清德，加太子少保致仕，《明史》有传。王世贞与袁洪愈经常往来，并曾受其提携，如王世贞说道：“续该抚按衙门屡荐及南京礼部尚书袁洪愈特荐，吏部题覆起用。至十五年十月，推补南京兵部右侍郎。”② “眉公”为陈继儒（1558~1639），字仲醇，号眉公、麋公，松江府华亭（今上海市松江区）人，著有《陈眉公先生全集》六十卷，另有《小窗幽记》《见闻录》《晚香堂小品》等作传世。陈继儒与王世贞兄弟皆有往来，他曾记载：“往乙酉闰九月，（王世贞）招余饮弇园缥缈楼。酒间，座客有以东坡推先生者。”③ 当时的乙酉年为万历十三年（1585），能邀请陈继儒共饮，说明他们的交往早在此之前。“及泉丈”为李颐（？~1601），字惟贞，号及泉，余干人，隆庆二年进士。授中书舍人，后以工部右侍郎治河，以劳卒，赠兵部尚书。王世贞与李颐素有往来，如《送兵备使者及泉李公迁浙江参政序》，并将其列为“四十子”之一。“徐使君”则为徐中行（1517~1578），字子与，号天目山人，后七子之一。嘉靖二十九年（1550）进士，初授刑部主事，累官至江西布政使。“久不接徐使君，遂成宿诺”，“宿诺”即无法兑现的诺言，在此暗指徐中行已经去世。对于徐中行的去世，王世贞曾感到无比震惊，他说道：“呜呼子与，其在秋蚤，乍有异传，使我心捣。曾未翼日，嫩音贻好。豁然若释，若还重宝。仲冬之月，归自避言。匿迹惊声，忽闻叩门。苕霅之间，其讣腾喧。嗣孤竖奚，祖跣崩奔。余始怛割，既而中疑：得非秋乎？又未几时。中表陆生，至自江西。杯酒犹接，遽尔

① 王世贞：《弇州山人续稿》卷一百七十二《寄用晦》，美国普林斯顿大学东亚图书馆藏明刻本，第8叶。

② 王世贞：《弇州山人续稿》卷一百四十二《为恳乞天恩辩明考满事情，仍赐罢斥以伸言路疏》，美国普林斯顿大学东亚图书馆藏明刻本，第18叶。

③ 陈继儒：《眉公先生晚香堂小品》卷二十四《重阳缥缈楼》，上海图书馆藏明刻本，第6叶。

告暌。"① 且从王世贞为徐中行写的墓碑和祭文可知，徐中行卒于万历六年十月。而另外三人与王世贞的交往，在万历六年之后还继续，因此此文当作于徐中行去世之后。

最后，王世贞厌文崇仙的心态集中体现在万历八年前后。万历八年二月，他在与王锡爵、无心有二人相谈后，便决意奉道，如其诗作《二月十三日作》言曰："苦海依稀见宿因，长期抖擞出风尘。从他斑管书文伯，不博黄冠署道民。举眼便非干己事，到头须认自家身。似闻寒雨多偏傥，二月梅花始露春。"② 并认为："而今乃信诸所以得名者，非吾所得意者也。大丈夫贵心赏耳。虽然，亦愿有以效三君子。夫日月星辰，其垂象亘万古而长新者，元气布也。黄河之流历万里、东注海而不屈者，元气贯也。不有孟子、庄周、《战国策》、司马子长足广乎？玉虽贵，仆愿三君子化工之叶木也，不愿三君子玉工之叶玉也。"③ 此时王世贞放弃了早年为文求不朽的理念。当年九月更是作诗《九月闭关谢笔砚，而千里故人讯问不绝，又多以诗及者，遂成此二律志苦且代答》以表心志。是故冯梦祯认为："余谓为文以邀身后之名，诚舛已。即当年之乐，有逾于极才情、弄笔研者乎！当其得意，指挥千古，役使万灵，王公失其贵，贲者失其勇，飘飘然有凭虚御风、羽化登仙之适，而谓之苦，可耶？唐之白乐天，宋之苏子瞻、陆务观，本朝之王元美先生，俱登此境，然俱以晚年得之。"④ 也因此，王世贞此时盛赞"诸公篇章日新，歌咏仙真事，甚盛且美"。

另外，值得注意的是，在落款处，王世贞以"眷生"为名，"眷生"是旧时两家通婚后尊长对姻亲晚辈的自称。除去夭折的子女，王世贞还有三子五女，"五女依序为长女归华叔阳者、归朱绂者、归华之文者、归张建麟者、归袁曼容者"⑤，三子则为王士骐、王士骕和王士骏，王士骐娶

---

① 王世贞：《弇州山人续稿》卷一百五十二《祭子与文》，美国普林斯顿大学东亚图书馆藏明刻本，第 9 叶。

② 王世贞：《弇州山人续稿》卷十五《二月十三日作》，美国普林斯顿大学东亚图书馆藏明刻本，第 15 叶。

③ 王世贞：《弇州山人续稿》卷一百八十一《答华孟达》，美国普林斯顿大学东亚图书馆藏明刻本，第 4 叶。

④ 冯梦祯：《快雪堂集》卷一《费学卿集序》，上海图书馆藏明刻本，第 3 叶。

⑤ 周颖：《王世贞年谱长编》，上海三联书店，2016，第 39 页。

马氏，王士骕娶潘氏，王士骏娶严氏，再加上每人各自背后可能另有其他家族，故王世贞具体的姻亲对象不能全部考证。局限于当下的材料，部分姻亲是可以排除的，如王世贞在万历八年里居太仓，虽然次女嫁与王锡爵的内弟朱绂，但是王世贞与王锡爵一起学道，时常见面，信开头却言及近况，故此信不可能是写给王锡爵的。而与王世贞有姻亲关系，且有书信探究文学等事的归有光、华察等人，万历八年时皆已不在世，徐阶虽然当时还在世，不过他作为王世贞的长辈，王世贞不应该称自己为"眷生"，故此信也不可能是给这些姻亲的。

2. 前次吾弟家人去

前次吾弟家人去，有一札奉复，想已达矣。复得手书，知宦况佳适。张沧涯年兄报札，极言吾弟历练老成，甚为浣慰，但恒持清、慎、勤三字，异日必自有受用也。沧涯前曾寄示一书，似为其乡亲在郧襄间做小官者，三月而叨转，不及照视之，今乃知其为假书矣。两年百姓饥荒之甚，春麦小收，或得免沟壑，尚未知秋事何如。一兄于吾弟家间颇有言，吾弟既在仕途，须善待之，不必与之计也，但将来可忧耳。尧佐侄物故，遂尔绝嗣。提学考校尚未发案，东族五兄、西族无逸告衣巾，三弟入考恐不免。爵侄病，不及试，想要补考。一州告衣巾七十一人，亦奇事也。吾之学道，乃亲蒙上真及仙师指引，但力倦障深，未敢望有成就耳。寄去仙师全集，可一看，并转呈沧老诸公览之。

四月廿五日愚兄世贞再拜。海云贤弟州幕左右。

此文载于《上海图书馆藏明代尺牍》第 4 册，第 92～96 页。

据文中内容和落款可知，此文是王世贞写给其族弟王海云的家书，"尧佐"是其兄王世德的儿子，且"尧佐，无子，以一龙之子毂为子"①，因此他去世后"遂尔绝嗣"。至于"张沧涯"，其名不见于王世贞文集，在王锡爵《王文肃公文集》卷二十三有"张沧涯巡抚"之称，不过没有

---

① 周颖：《王世贞年谱长编》，上海三联书店，2016，第 34 页。

相关事迹的叙述。万历八年正月间，王世贞学道之心坚定，并渴望仙师昙阳子救其脱离苦海，但为俗世困扰，一切倦怠，如他与吴汝震说道："庚辰岁首，仆以倦一切称病弇园。至孟冬朔，复弃弇园，携瓢、笠及佛道书数卷，入白莲精舍。觉远公结庐之为烦，第不能学渠削发耳。"① 是故王世贞随后召集家人分割家业，谢绝笔砚，且从王世贞诗作《四月二日即事》中可知，王世贞还拜见了仙师昙阳子，与其谈仙升之事。因此据文中的"吾之学道，乃亲蒙上真及仙师指引，但力倦障深，未敢望有成就耳"之语，以及落款"四月廿五日"，则知此文应该不早于万历八年四月廿五日。

3. 承手教及南枣之贶

> 承手教及南枣之贶，贞于吴中前辈诸名公共得七十像，像各有赞。谨以先文端公赞稿并像奉纳。公如不鄙，命郡中善小楷者书之，用仆印章可也。病疟初起，气息惙然，不能多作报，亮之亮之。
>
> 仲秋朔日贞生顿首

此文载于《上海图书馆藏明代尺牍》第 4 册，第 97~98 页。

此文落款处钤有"元美"印。《续稿》卷一百四十六至卷一百五十为"吴中往喆像赞有序"，共记载 116 位吴中名贤。据"贞于吴中前辈诸名公共得七十像"之语可知，当时王世贞已经写了 70 人，其像赞的写作并不是一蹴而就的，而且由于身体的原因，"病疟初起，气息惙然"，自己无法继续创作，并表达出可以用印章的意愿。再者，王世贞曾言，《续稿》所收录的是"丙子至庚寅"②的作品，丙子年为万历四年，而庚寅年为万历十八年。另外，据前所述，王世贞"病疟"三次，但是这次与之前的两次有所不同，不仅持续时间更长，且他和赵用贤说道："仆自残岁来三改火，病羸惙惙。"③ 因此王世贞写作此文的时间大约是万历十一年六月。

---

① 王世贞：《弇州山人续稿》卷一百八十三《吴汝震》，美国普林斯顿大学东亚图书馆藏明刻本，第 11 叶。
② 王世贞：《弇州山人续稿附》卷四《刘绍兴介徵》，浙江图书馆藏明刻本，第 15 叶。
③ 王世贞：《弇州山人续稿》卷一百九十四《赵汝师》，美国普林斯顿大学东亚图书馆藏明刻本，第 10 叶。

四 见藏于美国普林斯顿大学《明清藏书家尺牍》第 73~74 页

中国国家图书馆、上海图书馆等均有此藏书。《明清藏书家尺牍》是民国藏书家潘承厚（1904~1943）所辑，其字博山，一字温甫，号少卿，一号博山、蘧庵，江苏吴县（今江苏苏州）人。其家世代喜好藏书，至潘承厚已有 200 余年的历史。《明清藏书家尺牍》书内收有杨士奇、沈周、吴宽、唐顺之、王世贞、钱谦益、朱彝尊、陆心源等 148 位明清藏书家尺牍。该书由叶恭绰署题，顾廷龙题签，而书序及目录皆为潘承厚手书。书中所收录的王世贞尺牍，有印章两枚，分别为"博山所藏赤牍"和"容孚经眼"。尺牍内容为：

> 世贞顿首
> 士雅山人，往时于他扇头，私执事作也。既乃得赠我一律，自谓何幸获此奇宝，舟中少闲，遂率尔成答。久苦避兵，植思荒落，不足以和扬懿美，然于仰止效其区区，亦或可念耳。素卷一，欲乞执事书近集，须备真、行、草三体，字无过大，欲多得诗，及睹临池之妙，毋谓房不知足，得陇望蜀也。再启，姻里陆君旅携于仆丈人，行敏笔逸，才信是令器，惜未就磨琢，遽尔摧跌。今从陆氏集，乞遗诗文数十篇，拟托歆（剞）劂，非谓为不朽良图，亦以全我幽明之约耳。闻盛价有刻手精工，可遣一就计何如？集成，执事无吝为数语，尤大惠也。
>
> 贞顿首再拜

从文中内容可知，这是王世贞写给"士雅山人"的尺牍，"士雅山人"为黄姬水（1509~1574），字淳父，一字志淳，号圣长，又号士雅山人。王世贞与黄姬水素有交往，这在两人的文集中有具体体现。如王世贞《四部稿》卷十三中有《赠彭年、黄姬水》、卷三十七中有《春日同尤子求、张幼于、史叔载、王复元、舍弟敬美过黄淳父，分韵得花字》之诗，卷六十八中有《黄淳父集序》之文，为黄姬水的文集作序，而黄姬水《黄淳父先生集》卷六中有《送王秋官元美北上》之诗，卷二十四中有

《思质王都御史谏》之文祭奠王世贞的父亲王忬。

王世贞所言"久苦避兵"一事，发生在嘉靖三十二年春，王世贞在与宗臣的书信中说道："过淮不能待足下……归后事小拨，构一楼扁，曰万卷楼，拟了此春夏。岛寇暴发，仓卒奉老母避兵吴中。"① 避兵吴中使王世贞与文徵明、陈鎏、黄姬水、彭年、杜惠、张献翼诸人的交游益深。王世贞非常推崇黄姬水的诗文，基于对文学创作之"剂"的审美评判，他主张创作时要注重格调、法度、才学、情思等诸多创作要素的有机融合，认为"淳父真能剂矣"②。是故王世贞在该书牍中言及"既乃得赠我一律，自谓何幸获此奇宝""欲多得诗"。

另外，王世贞在书牍中还提及为姻亲陆旅携的诗集求剞劂和序之事，陆旅携初名应节，更名鸣仆，诸生，"好为诗，诗甚奇而工于书"③，著有《宾州山人稿》，可惜三十而不幸早夭，王世贞曾为其写传，称赞其才学，并为之惋惜，他说道："秀才与家君同外王父郁先生，故予少得侍之，其为人濯洗雕饰，任真泊如也……夫使早卑约志意，必就贵显，终究其早，必有可观者，乃两失之矣。"④ 至于陆旅携的去世时间，王世贞在《右泉郁公暨元配刘孺人合葬志》中说："孺人之所出者次女归于王，为吾再从兄世完，又次女归于陆，为秀才，旅携以文学名，然皆夭亡子，依孺人以居，久之而倭寇作，是时釴已出。"⑤ 其中"倭寇作"即王世贞在该书牍中所言及的"久苦避兵"一事，据其时间可知，陆旅携此前已经去世。

且在文学之外，陆旅携精于书法，王世贞说道："古隶在明世殊寥寥，闻云间陈文东颇合作，然未之见也。独文太史徵仲能究遗法于钟、梁，一

---

① 王世贞：《弇州山人四部稿》卷一百一十九《宗子相》，美国哈佛大学燕京图书馆藏明刻本，第 9 叶。

② 王世贞：《弇州山人四部稿》卷六十八《黄淳父集序》，美国哈佛大学燕京图书馆藏明刻本，第 14 叶。

③ 王世贞：《弇州山人四部稿》卷八十四《陆秀才传》，美国哈佛大学燕京图书馆藏明刻本，第 11 叶。

④ 王世贞：《弇州山人四部稿》卷八十四《陆秀才传》，美国哈佛大学燕京图书馆藏明刻本，第 12 叶。

⑤ 王世贞：《弇州山人续稿》卷一百四十一《右泉郁公暨元配刘孺人合葬志》，美国普林斯顿大学东亚图书馆藏明刻本，第 4 叶。

扫唐笔。乃子彭继之，亦自遒雅，少伤率易耳。吾州陆旅携为文氏甥，妙得其意，惜三十而夭，未见其止。少时日从事翰墨间不懈，多乞之，深以为恨。"① 因此王世贞称赞陆旅携"行敏笔逸"。

书牍中所言的种种事迹，皆在王世贞或者黄姬水的文集中得到了相关证明，虽然王世贞贵为文坛盟主，并为黄姬水文集作序，但那是后来之事。从嘉靖三十二年倭寇入侵之事来看，王世贞当时 28 岁，刚在文坛上崭露头角，而此时黄姬水 45 岁，早已声名鹊起于文坛，故王世贞在"幽明之约"的推动之下，希冀在陆旅携所遗诗文得以刊刻后，黄姬水能"无吝为数语，尤大惠也"，是文坛晚辈对长辈的请求，亦合情合理。

五 见于清人卞永誉《式古堂书画汇考》卷二十七和清人倪涛《六艺之一录》卷三百九十九

文章主要有以下两种。

1. 王弇州与白川札（行书）

年侍生王世贞顿首拜大台柱白川翁老年兄先生大人钧座下，弟自东土获奉颜色，于今十改岁矣。伏惟吾丈以不世之才腐殊特之简，抚有东周，入卫三辅，旗常是勒，鼎铉非遥，甚休甚休。弟今春匍匐北上，为先君子白见冤状，踯躅都门之外半岁，而始获昭雪。归葵之后，长奉洒扫，兼理渔樵，于小人之分已足，他非所计也。忠庵兄盛德长者，亦有疆场之累，今闻行勘以吾丈为之代，当无复他虞矣。兹因舍亲俞生行便，聊附起居之敬，俞乃文学仲蔚子，仲蔚名重吴中，与弟契分非常，此生欲毕姻于大同一幕僚，不能自达，欲求吾丈为给力出关，仍得导骑护至彼地，穷途之感，不在此生，而在弟矣。手记潦草不恭，统惟台亮。祁寒北土犹甚，惟冀为道自玉，以腐大眷，不宣。季冬朔世贞弟顿首再拜。

---

① 王世贞：《弇州山人四部稿》卷一百五十四《艺苑卮言附录三》，美国哈佛大学燕京图书馆藏明刻本，第 20 叶。

此文应是王世贞写给刘景韶的书牍。刘景韶字子成，号白川，世人称白川先生，崇阳人，善诗文，抗倭名将，王世贞曾为其撰写《中宪大夫都察院右佥都御史白川刘公墓志铭》。据文中所言"弟今春匍匐北上，为先君子白见冤状，踯躅都门之外半岁，而始获昭雪""季冬朔"之语，可知此通书牍作于隆庆元年十二月一日。王世贞父亲王忬在 1559 年俺答入侵时，因为战事不利，被捕下狱，由于之前得罪严嵩，以致在罪不至死的情况下被严嵩借机报复，次年被斩于市。父亲含冤莫雪，给王世贞带来了耻为人子之感，所以此次"匍匐北上，为先君子白见冤状"。关于此事，王世贞还在该年八月向李攀龙说道："卧都门外招提五阅月，而勘覆之疏始上。当事者幸哀怜先君子，予故官。不佞兄弟亦始得称人，即以其日归。"[1] 从中亦可知"弟自东土获奉颜色，于今十改岁矣"之事，当指嘉靖三十六年（1557）正月，王世贞抵青州，任兵备副使一职，对此职位，王世贞有所不满，这与自己的志趣相背离，他认为"守尚书郎满九岁，仅得迁为按察，治青齐兵，此其意将困余以所不习故"[2]。虽然在王世贞文集中，其言及"周恭肃公用字行之，别号白川，吴江人"[3]，但是据历史记载，"周恭肃"是周用（1476~1547），字行之，号伯川，不符合文中所提及的时间和事情，因此文中的白川应是刘景韶。

2. 王弇州与仲蔚八札（行书）

廿五日，次河间，友生王世贞顿首启仲蔚尊兄足下，春时附一诗及书，知当达也。贼益深，无复下理，贵人悉海内兵攻之，吾恐遂一掷耳。仲蔚佳士，颀肉作青精气，何可著贼手。吾力不能挽，梦寐仙仙耳。仲蔚知吴明卿谪耶，坐以谈文章，故当事者几一网尽，然谓仆乃其魁焉，所深恨仆则以左右死者常自厌，恨业障不自割断，借人了之，明岁夏初，可长得奉仲蔚也。日坐樊笼，讯谍满案，作生平所无

---

① 王世贞：《弇州山人四部稿》卷一百一十七《李于鳞》，美国哈佛大学燕京图书馆藏明刻本，第 11 叶。
② 王世贞：《弇州山人四部稿》卷七十一《王氏金虎集序》，美国哈佛大学燕京图书馆藏明刻本，第 4 叶。
③ 王世贞：《弇州山人续稿》卷一百四十八《像赞》，美国普林斯顿大学东亚图书馆藏明刻本，第 15 叶。

态，苦甚苦甚。武当笋风格，袖领箑箬，昨过焦副使者，杂油及蒜烹之，一见欲呕，不觉匿笑，此笋亦当遂笑吾也，人去便聊以问仲蔚。（其一）

佳集颇已征梓人，第急须管仲长公子赞耳，足下不作管赞，殊未解，所以新诗亦便寄来，并刻之。徐子与行部吴中，首当下榻仲蔚也。贞又拜（其二）

昨承示徐子与诔，适有客，不能作答，侵晨读之，详婉恳笃，令人神伤，盖不独其辞之宏丽也。近舍弟所寄分书已至，后有增定一二条，旬日内亦须遣人入雩，故不复寄音，墓碑成，足下亦不必亲行，但仿百衲碑例，量其大小，双钩廓填入石可也，冗次不一一。世贞顿首启仲蔚尊兄大雅足下（其三）

连日苦疮疡，爬搔甫毕，呻吟继之，以故不获候讯，更辱雅贶先及，慰藉勤拳，感甚感甚。仆之此补，甚乖夙怀，得遂初服，快不可言，所少恨者，家无声色之奉，园池酒食皆与客共，而为人生排作韩熙载，以此不能忘言耳。谈及子与，便令人酸鼻，俟榇归即当有苕上之行，当约足下同往也。舍弟迁江西臬副，想所欲闻者，余不一。友弟王世贞顿首复仲蔚老兄先生词伯足下（其四）

《阴符经》信是赵得意笔，虽小有刮损，不妨白璧，已令休承、公瑕作跋，更须兄数法语，前有佳纸，书之可也。外纸三条求以八分书，欲刻之紫檀匣，并希即付去力。《圆觉经》六卷，可挥洒否，勿谓姚麟迫欲坡书换羊也。世贞顿首仲蔚老长兄大雅（其五）

前得教，知苦利未平，昨见王明佐道病状甚悉。今夏暑湿不时，脾家积食饮之毒，得秋气辄发，宜绝滋味，时以白粥补之，香连丸类恐太峻，或非高年所宜也。仆比饮啖如昨，体中亦无苦，似得绝欲之力，聊以附闻，不一。世贞顿首仲蔚老长兄大雅左右（其六）

得书知子与凶，问询之使者，得其详，必不妄矣。嗣息竟绝，二千里旅榇，人理惨酷，能不痛伤！若仆何足言，纵彼中狂吠不胜，病疏已上，决不出矣，且念子与乃尔。中年以后，人何可远出，归老弇州园，与足下时相闻，足矣足矣。余不次。世贞顿首复仲蔚尊兄大雅足下（其七）

昨复劳神染翰，结法古雅之甚明，当致之，第恐此老见姜沈惯不便识耳。所喻松雪《阴符经》笔甚佳，但跋尾名姓及收藏前印俱为俗子刮坏，而后少六十九字，又无佳跋，勉以十金酬之，想它人不复尔也。足下以为何如？将来正须足下大加赏鉴耳。余不具。世贞顿首复仲蔚尊兄大雅足下（其八）

俞允文是王世贞的挚友，王世贞推崇其书法，认为："近年吾吴中小楷，当推俞仲蔚，几与文太史雁行。"① 他还说道："吾所与布衣游者三人，俞允文仲蔚、谢榛茂秦、卢柟次楩。"② 因此，王世贞文集中屡屡提及俞允文，《四部稿》卷一百二十七中便载有王世贞写给俞允文的 13 通书牍。另在清人卞永誉《式古堂书画汇考》和清人倪涛《六艺之一录》中皆载有《王弇州与仲蔚八札（行书）》，但是这 8 通书牍与《四部稿》中的有很大出入，具体如下。

上述书牍有开头称呼或者结尾落款，较符合书信来往的原始状态，而《四部稿》《续稿》中的书牍仅有正文，但这不是主要的出入之处。就这 8 通书牍而言，其一和其二并不像其他几通书牍一样有明显的区别，而是收录在一起，仅在"人去便聊以问仲蔚"和"佳集颇已征梓人"两句之间用一空格隔开，从其二的结语"贞又拜"方得知书牍之"又"，也因此可知其一的正文内容与《四部稿》中所载俞允文的第一通书牍完全一致，不能合并其一和其二去观照《四部稿》中的书牍，否则《王弇州与仲蔚八札（行书）》仅有 7 通。而在此基础之上进行对比发现，《王弇州与仲蔚八札（行书）》中的其二到其八均不见于《四部稿》之中，是为散佚之作。

如此集中地出现散佚之作，很可能是王世贞对文章的择取造成的，如王世贞与张居正素有书牍往来，张居正的文集中记有与王世贞往来的书牍 15 通，而从两人当时的社会地位和书牍的具体内容来看，王世贞写给张

① 王世贞：《弇州山人续稿》卷一百六十五《俞仲蔚小楷赵皇后昭仪别传后》，美国普林斯顿大学东亚图书馆藏明刻本，第 2 叶。

② 王世贞：《弇州山人四部稿》卷六十四《俞仲蔚集序》，美国哈佛大学燕京图书馆藏明刻本，第 9 叶。

居正的书牍肯定不少于 15 通，但是王世贞的文集中却只收录《上江陵张相公》这 1 通。孙卫国认为："或许是因为张居正死后被抄家，为免牵连，故加销毁了。"① 《俞仲蔚先生集》卷二十三为"书启"，里面收录了俞允文写给王世贞的书牍 6 通，结合王世贞写给俞允文 13 通书牍的内容来看，并不存在明显的对答关系，因此两人书牍往来也不仅仅是文集中所收录的书牍数量。

从《王弇州与仲蔚八札（行书）》中所提及的事情来看，其一和其二的创作时间应在王世贞出察畿辅诸郡狱之时。如"廿五日，次河间"是言王世贞巡察路上途经河间地区，且在此期间王世贞写《贼深矣，俞生颇有桑梓之恋，胡能北哉？恐一旦之不戒，赋此寄怀，凡十二韵》一诗给俞允文，诗作言及"鳌簪摧碣石，凿齿啖神州。血改勾吴道，烽炎沧海流"② 的情形，与书信中"贼益深，无复下理，贵人悉海内兵攻之"相一致。而提及的吴国伦被谪之事，则发生在嘉靖三十五年（1556）三月，吴国伦因操办杨继盛后事而被严嵩怀恨，后被谪豫章，王世贞有《余以使事出至蓟门，时事大变，明卿被谪》《寄赠明卿给事谪江西幕》等诗作。并且在同年秋天，王世贞曾阅览俞允文文集，其言曰："后三岁丙辰而有三辅狱，为稍梓俞先生诗以行而叙之。"③ 这与其二的内容相吻合。

而其三到其八则为王世贞晚年之作，并且时间集中在万历六年（1578）十月十三日到万历七年八月之间，其三有"昨承示徐子与诔"之言，当为徐中行去世之事。徐中行去世，王世贞和王世懋兄弟为之操劳，在为徐中行所作的墓碑中言道："而余弟世懋方分部南康，惊而奔，以一日夜至，力为经纪其道路费，始得归。……公卒以万历戊寅十月十三日。"④ 其四言及的"舍弟迁江西臬副"则发生在万历六年十二月，"（升）江西左参议

---

① 孙卫国：《16 世纪两类士大夫的代表：文人王世贞与相臣张居正》，《中国社会历史评论》第 6 卷，天津古籍出版社，2005，第 197 页。
② 王世贞：《弇州山人四部稿》卷三十一《贼深矣，俞生颇有桑梓之恋，胡能北哉？恐一旦之不戒，赋此寄怀，凡十二韵》，美国哈佛大学燕京图书馆藏刻本，第 15 叶。
③ 王世贞：《弇州山人续稿》卷四十四《俞仲蔚先生集序》，美国普林斯顿大学东亚图书馆藏明刻本，第 20 叶。
④ 王世贞：《弇州山人续稿》卷一百三十四《中奉大夫江西布政使司左布政使天目徐公墓碑》，美国普林斯顿大学东亚图书馆藏明刻本，第 17~18 叶。

王世懋为江西副使"①。其四、其六等提及的苦病之事，王世贞曾说道：
"万历戊寅十月……其月有行役。十一月归里，寻病。明年己卯之正月，
病良已，乃能为文。"② 且万历七年正月十五日，得弟王世懋书后才知徐
中行因病去世的详情，并为之悲痛，符合其七所述。俞允文八月卒，王世
贞说道："维万历七年己卯秋八月癸酉朔，越三日丙子，俞仲蔚先生卒。
其又六日癸未，友人王某始能以酒炙羹饭往奠而哭之。"③ 则王世贞与俞
允文最后的通信时间当不晚于此。另外书牍中提及的《阴符经》乃是王世
贞仙师昙阳子所看重之物，王世贞曾说道："此经我昙阳仙师重之，前后
为人书数本，而世贞独不敢请。"④

由上可知，《王弇州与仲蔚八札（行书）》中有 7 通书牍应为散佚之
作，有其重要的文献价值，具体而言，主要体现在以下方面。

首先，推动王世贞唐诗观念研究。"诗不能不唐"⑤ 是王世贞对待唐
诗的整体态度，而整体由众多分论点所构成。散佚书牍所涉及的内容包括
两个方面。一方面，诗学盛唐是后七子文学复古的核心理念，但王世贞不
以盛唐而薄今人。王世贞认为："盛唐之于诗也，其气完，其声铿以平，
其色丽以雅，其力沉而雄，其意融而无迹，故曰盛唐其则也。"⑥ 但盛唐
只是诗学的最高取法标准，而不是唯一标准，因此王世贞鼓励他人多读各
朝名家，甚至直言："诗不必尽盛唐，以错得之，飒飒乎岑李遗响哉！"⑦
这不同于王廷相、李攀龙等人所主张的尺寸盛唐，"大历以后弗论"，是故
王世贞在书牍中肯定华察诗作"五言冲澹清远，入陶韦妙景，七言亦不落

---

① 《明实录》之《明神宗实录》卷八十二，上海书店出版社，2015，第 11507 页。

② 王世贞：《弇州山人续稿》卷一百五十四《祭汪司马母夫人文》，美国普林斯顿大学东
亚图书馆藏明刻本，第 11 叶。

③ 王世贞：《弇州山人续稿》卷一百五十三《祭俞仲蔚文》，美国普林斯顿大学东亚图书
馆藏明刻本，第 7 叶。

④ 王世贞：《弇州山人续稿》卷一百五十七《紫姑仙书〈阴符经〉》，美国普林斯顿大学
东亚图书馆藏明刻本，第 9 叶。

⑤ 王世贞：《弇州山人四部稿》卷七十《校正诗韵小序》，美国哈佛大学燕京图书馆藏明
刻本，第 21 叶。

⑥ 王世贞：《弇州山人四部稿》卷六十五《徐汝思诗集序》，美国哈佛大学燕京图书馆藏
明刻本，第 6 叶。

⑦ 王世贞：《弇州山人续稿》卷五十《周叔夜先生集序》，美国普林斯顿大学东亚图书馆
藏明刻本，第 20 叶。

唐人后",有其可取之处。另一方面,王孟之辨。王维和孟浩然同为唐朝田园诗派的代表作家,对于二人诗作的评论,王世贞曾认为:"摩诘才胜孟襄阳,由工入微,不犯痕迹,所以为佳。"① 故王世贞与华察说道:"世贞尝谓孟浩然才力远不逮王摩诘,而卒以简古胜之,其境象意适殊也,故知林泉之助,自是不浅。"则进一步说明王维和孟浩然诗作各有所长,这也有助于他人对王维和孟浩然诗作特点的认知。

其次,推动王世贞学道原因研究。王世贞学道于昙阳子是不争的事实,但在具体原因上,当下研究主要侧重于王世贞政治失意、昙阳子神化仙道、王锡爵友情助推,如魏宏远认为:"万历八年王世贞入昙阳子'恬澹教',由入世、济世转为出世、逸世,表现出一种'即心即佛'、无欲无为、以恬淡自然为宗的倾向,与之相应,王世贞晚年文学思想也由昔日尚'复古'转为尚'自得'。"② 但在这之外,王世贞自身的疾病也是其学道的动力之一。王世贞由于操劳家事、多地赴任、历经情变等原因,中年之后,疾病缠身,如其《为新旧疾病大作,不能供事,旷职负恩,乞赐罢斥归里疏》中"终夕不获一寝,啜粥不尽一器,气息惙惙,势不能支""臣病不痊,臣职逾旷负恩益深"③ 之语,且因为疾病,其几次都在生死之间徘徊,面对现实的苦难,他努力寻求解脱之法,昙阳子正好为其提供了方便,给王世贞的痛苦心灵带来慰藉和温暖。对于宗教的意义,马克思曾言:"宗教的苦难既是现实苦难的表现,又是对这种现实苦难的抗议。宗教是被压迫生灵的叹息,是无情世界的感情。"④ 因此王世贞才有了"近来觉得文者道之累、名者身之累也。诸公篇章日新,歌咏仙真事,甚盛且美"的新认知,不再执着于立言以不朽,而是推崇歌咏仙事之作,是故他与友人多次提及跟从昙阳子学道之事,并感谢"仙师指引"。

最后,推动王世贞与俞允文交游研究。除《王弇州与仲蔚八札(行书)》之外,《王弇州与白川札(行书)》一文中亦提及俞允文,这极大

---

① 王世贞:《艺苑卮言》,凤凰出版社,2009,第 55 页。
② 魏宏远:《论晚年王世贞对昙阳子思想的接受》,《中国文学研究》2013 年第 2 期,第 72 页。
③ 王世贞:《弇州山人续稿》卷一百四十四《为新旧疾病大作,不能供事,旷职负恩,乞赐罢斥归里疏》,美国普林斯顿大学东亚图书馆藏明刻本,第 10 叶。
④ 《马克思恩格斯全集》第 1 卷,人民出版社,1956,第 453 页。

丰富了两人的交游材料。俞允文是王世贞的挚友，王世贞曾说道："吾所与布衣游者三人，俞允文仲蔚、谢榛茂秦、卢柟次楩。"① 王世贞推崇其书法，认为："近年吾吴中小楷，当推俞仲蔚，几与文太史雁行。"② 并肯定"仲蔚以五言选澹雅，得诗家声，而时时作绮丽有情语，所谓正平大雅，固当尔耶"③。据新材料所示，俞允文将自己的文集和新诗都寄给王世贞，且对于共同的好友徐中行，在其逝世后，是先有俞允文的"徐子与诔"，王世贞从中更加详细地知道徐中行的部分生平事迹，后才有王世贞为徐中行撰写的碑文。王世贞还就《阴符经》一事征询俞允文的意见，认为"将来正须足下大加赏鉴耳"。这说明王世贞与俞允文的交游不局限于诗文往来，而是包括日常生活、作品欣赏等方面的全面交游，亦可见两人之间的情谊之深。再加上"廿五日，次河间""舍弟迁江西枭副"等时间信息，更有助于两人交游具体日期的考证。

六 见于《美国哈佛大学哈佛燕京图书馆藏明代徽州方氏亲友手札七百通考释》

该书是陈智超考释美国哈佛大学燕京图书馆所藏七百多通明代信札的著作，里面存有一封王世贞致方用彬的信函，并且在所有的信函中，该信函置于第一封。此文为：

> 黎少参书已题讫，检出奉上。方杜门谢客，不一一。乡生王世贞顿首。太素方先生足下。④

鉴于陈智超已经对此文的真伪性做过全面的考证，得出此文为真，是

---

① 王世贞：《弇州山人四部稿》卷六十四《俞仲蔚集序》，美国哈佛大学燕京图书馆藏明刻本，第 9 叶。
② 王世贞：《弇州山人续稿》卷一百六十五《俞仲蔚小楷赵皇后昭仪别传后》，美国普林斯顿大学东亚图书馆藏明刻本，第 2 叶。
③ 王世贞：《弇州山人续稿》卷一百六十五《俞氏四舞歌》，美国普林斯顿大学东亚图书馆藏明刻本，第 1 叶。
④ 陈智超：《美国哈佛大学哈佛燕京图书馆藏明代徽州方氏亲友手札七百通考释》，安徽大学出版社，2001，第 17 页。

王世贞所写，并提供了相关的附录资料①，而在王世贞文集中却不见此文，笔者录入此文，视为散佚之作，不再做过多考证。

由上可知，书牍往来是古人信息沟通的重要方式，其以笔为面、以笔为口、创作灵活等特点，具有其他文体不具备的优势，其内容也往往更加贴近作者真实的内心世界。因此，新书牍的发现，为深入研究王世贞交游、生平事迹、文学观念等方面内容提供了更加翔实的第一手资料，有利于促进王世贞研究。

---

① 详情参见陈智超在《美国哈佛大学哈佛燕京图书馆藏明代徽州方氏亲友手札七百通考释》（安徽大学出版社，2001，第 17~22 页）中的论述。

第三章
被修改的原作整理与考辨

　　与王世贞文集中完全没有收录的散佚文献不同，新搜集的部分作品具有原作性质，能够在其文集中找到相应的文章，不过这种相应并不是原作和《四部稿》《续稿》等文集之作的一一对应，而是王世贞在整理文集时对原作进行了适当的修改，如《赠王十岳诗》，王世贞在原作内容的基础之上进行了 7 处修改，大大提升了原作的语意和内涵，最终以刊刻于《四部稿》中的《赠王十岳诗》传播给读者；或者是对原作进行重新拆分与组合，如王世贞《跋柳公权〈兰亭诗〉》，原作本为两部分，且按照王世贞原有的文体观念，这两部分应均属于"文部"，但是在《四部稿》中，却将其中的一段单独分出来，置于"诗部"卷二十一，命名为《柳公权行书禊诗后序卷》，另外的则置于"文部"卷一百三十，命名为《柳诚悬书兰亭诗文》和《又》，是为两篇文章；甚至是对原有主题的重新写作，如原作题为《秋夜同李申登白云楼》的诗作，在《四部稿》中却为《秋夜省直同李申二子登白云楼，分韵得秋字》，诗作长达九句，两诗相比对，竟然没有一个整句是完全相同的，可见改变力度之大。对原作进行修改是王世贞文集中的一个普遍现象，如他在撰写了《艺苑卮言》六卷本后，不满于他人私下刊刻，自己便再行修正，或是修改已有之论，或是增加内容，或是删除条目，以至到最终定稿时《艺苑卮言》的篇幅居然有十二卷之多。①

　　尽管这些原作的情况纷繁复杂，但是它们有一个共性，就是没有被完

---

① 　参见贾飞《〈艺苑卮言〉成书考释》，《文献》2016 年第 6 期，第 140~151 页。

完整整地收录在王世贞文集中，不过它们却又的的确确是王世贞所作，独立于王世贞现存文集之外，具有"散佚"的性质，并且很少进入后人研究视野。然而可以肯定的是，这些被修改之作虽然不像现存文集之作那样得到广泛的传播，但是它们也具有其独特的价值，部分甚至大于文集之作本身，如王世贞《跋王冕、吴镇〈梅竹双清图〉》，原作便以"己卯王世贞识"落款，通过这一信息，进而可知该题跋创作于 1579 年，王世贞 54 岁，是故《续稿》"文部"卷一百六十八中的《梅竹双清卷》便是王世贞1579 年之作，而"己卯王世贞识"这一落款，却不见于文集之中，不利于文章创作时间的考证。因此本章主要就部分被修改的原作进行集中辑考，同时，鉴于部分文章原本是诗文一体，到后来在刊刻的文集中才分开，在此为了保持原作的整体性和原貌性，尊重王世贞的文体观念，对这类作品进行合理归类，将目前所搜集的被修改的原作分为"诗作"和"题跋类"两大类，以便对相关内容进行阐释和考证。

第一节　诗作

王世贞创作的诗歌多达七千余首，是其生活轨迹的写照，他对《四部稿》《续稿》等文集的编订，不仅是对旧作的重新整理，同时也是对自己人生的再次思索，且对诗作的理解，创作之初及之后的感触不一样，故对部分原作进行修改也在所难免。

一　赠王十岳诗

此书法作品为王世贞《赠王十岳诗》卷，纵 25.8 厘米，横 135 厘米，行书 38 行，钤有印章两枚，分别为"王元美印""天弢居士"，均为王世贞印章，现藏于北京故宫博物院，纸本，手卷，该书法作品所载文字为：

> 王山人自称十岳，先有二诗见寄，极国士之许，千里命驾，曾未淹日，欲游金陵，长篇志别，拂衣北首，聊此抒赠。
> 凤鸟摩青天，片羽飞东海。却堕七尺篱，鹑目荧然改。得子领下

珠，夜必吐光彩。绿醑骄欲鸣，青灯耿相待。不谓双垂杨，果系出剡舟。野夫虽称病，为汝**强梳头**。沉沉薜色夏，忽起商飙秋。特达壮士胆，未许黄金酬。谓予九州外，当复有九州。男儿志五岳，逝将十岳游。酒间叩所适，泰岱曾入手。马迹重云颠，鸡声浴日后。狂扣玉女盆，中原散培塿。自揽烟霞色，语语不离口。**五岳天中外**，子尚余其九。寒暑炼玉容，去日各非有。昔予读损益，亦复思名山。晚师维摩诘，旦夕栖衡关。纵横千界表，乃在弹指间。笑攀青莲花，归插玉女鬟。奚必策重蹻，役役劳**神**颜。我语虽大佳，听之了无答。杯酒散城烟，孤帆凌超忽。唯余留别句，掷地金石发。后夜倘见怀，长江弄秋月。

余亦以止观法门，留仲房不得，仲房翻笑予恋恋庭户，不则谓予坐驰也。翼日倘更为仲房牵引，蹑一屐山水间，不又为仲房大笑也。天弢居士王世贞病中书。

这首五言古体诗是王世贞回赠友人王寅（1506～1588）而作，王寅，《四库全书总目》曰："《十岳山人诗集》四卷，浙江孙仰曾家藏本，明王寅撰。寅字仲房，一字亮卿，歙县人。尝北走大梁，问诗于李梦阳。中年习禅，事古峰和尚。古峰曰：'吾遍游海内五岳，今将遍历海外五岳，而后出世。'寅闻其语而悦之，因自号'十岳山人'。是集，寅所自编。其诗音节宏亮，皆步趋北地之派，而铸语未坚，时多累句。"[①] 他与文徵明、王世贞、戚继光、徐渭等人皆有往来。此诗在王世贞《四部稿》"诗部"卷十五中有相应的文章，摘抄如下：

王山人自称十岳，先有二诗见寄，极国士之许，千里命驾，曾未淹日，欲**留**金陵，长篇**见贻**，拂衣北首，聊此和**赠**。

凤鸟摩青天，片羽飞东海。却堕七尺篱，鹗目荧然改。**骊龙**颔下珠，夜必吐光彩。绿醑骄欲鸣，青灯耿相待。不谓双垂杨，果系出剡

---

① 永瑢等：《四库全书总目》卷一百七十七《十岳山人诗集》，中华书局影印本，1965，第1580页。

舟。野夫虽称病，为汝梳白头。沉沉薜色夏，忽起商飙秋。特达壮士胆，未许黄金酬。谓予九州外，当复有九州。男儿志五岳，逝将十岳游。酒间扣所适，泰岱曾入手。马迹重云巅，鸡声浴日后。狂扣玉女盆，中原散培塿。自揽烟霞色，语语不离口。十岳天中外，子尚余其九。寒暑炼玉容，去日各非有。昔予读损益，亦复思名山。晚师维摩诘，旦夕栖衡关。纵横千界表，乃在弹指间。笑攀青莲花，归插玉女鬟。奚必策重蹻，役役劳心颜。我语虽大佳，听之了无答。杯酒散城烟，孤帆凌超忽。唯余留别句，掷地金石发。后夜倘见怀，长江弄秋月。

因此，初看书法之作的小序及内容，似乎与王世贞《四部稿》卷十五《王山人自称十岳……》一诗相同，且众多研究者也皆认为该书法之作完全收录于《四部稿》之中，然而细看却有不小的区别，并可以确认该书法之作是《四部稿》刊刻整理之前的旧作，王世贞在自行整理《四部稿》时，收入该作，且进行了重新润色和修改，以形成终稿。

第一，该书法之作不仅在诗作正文前有小序，诗后亦有后记，且有明确的落款，交代了王世贞"病中"的身体状况。而《四部稿》中则诗后之记不见于文，这符合王世贞整理《四部稿》时收录诗作的总体情况，即部分诗作正文前有小序，交代诗作创作的具体缘由，但是正文之后都没有后记对诗作进行深入阐释，更不会再过多叙述与正文内容无关的事情。这是因为创作之初，写作形式较为自由，但是编订成书时，却要严格地受文体范式的制约。

第二，就内容而言，除了书法中的后序，两文相出入之处竟然多达7处，书法之作经过修改后，其文意有了显著的提升。

首先，"志别"到"见贻"、"抒赠"到"和赠"的改变，突出了酬和诗歌创作的本质，而不是以自我抒情的赠别为主基调，"贻""和"更加体现了王世贞与王寅之间交游的自然状态。王世贞素来推崇前人的唱和往来，他在与古人为友时，走向了善于酬唱之作的白居易，他曾言："愚尚友古昔，请得以白香山而拟埒，彼其迈世轶尘之度，难进易退之节，诗则长庆，取其宏，而岩居，取其洁，固已易世而殊辙矣。"① 并认为"吾生平雅慕乐天，自纳节来，颇治弇山园，以希十五年后，耆英之盛"②。古来酬唱之作多有"贺赠""和赠""答赠""唱和"等说，少有"抒赠"之体。且序中言及王寅"先有二诗见寄"，"和赠"之语，更能体现此诗创作的情境。

其次，"得子"到"骊龙"的转变，增加了文章的内涵。"骊龙颔下珠"，源于"骊龙颔下取明珠"，典故出自《庄子·杂篇·列御寇》。这无疑比"得子"的平白叙述更能体现作者的创作水平。

最后，"强梳头"到"梳白头"、"神"到"心"等的转变，更加符合诗作的叙事语境。如"野夫虽称病，为汝梳白头"，体现了王世贞对王寅的尊重和情谊，以及自身的垂老病态，"强梳头"则有勉强之意，无自然之态，甚至会破坏王世贞本来的好意。

可见，两篇诗作叙述的主题一致，但是在意境和风格上还是有区别的，王世贞在书法之作的基础上修改成定稿，书法之作却不再载于《四部稿》《续稿》等王氏文集，是故该书法之作视为王世贞的散佚之作。

二　秋夜同李申登白云楼

翻阅清朝文渊阁《四库全书》中的明李攀龙《古今诗删》卷三十一、清彭孙贻《明诗钞》中的五言排律，有一首比较独特且署名为王世贞的诗，其内容为：

秋夜同李申登白云楼

吏归西省钥，人倚白云楼。惜昼频呼烛，惊寒忆授裘。霜余蓟岭出，暝表汉宫浮。刁斗金吾夜，关城玉杵秋。放歌天籁合，吹笛露华收。客是陈登侣，予仍王粲游。盛时双涕泪，非土并淹留。岁月孤踪偶，乾坤万象稠。大夫应有赋，珍重向谁投。

王世贞

---

① 王世贞：《弇州山人四部稿》卷一百零四《祭学士华先生文》，美国哈佛大学燕京图书馆藏明刻本，第18叶。

② 王世贞：《弇州山人续稿》卷一百六十八《宋画香山九老图》，美国普林斯顿大学东亚图书馆藏明刻本，第10叶。

而查阅王世贞《四部稿》"诗部"卷三十"五言律",却发现了一首与之类似的诗作,其内容为:

秋夜省直同李申二子登白云楼,分韵得秋字

何当白云吏,同上白云楼。海月分余坐,天风揽客裘。语来高岭失,曲罢片鸿愁。刁斗期门夜,流黄永巷秋。玉绳寒不落,金掌净堪收。未数陈登卧,聊为王粲游。他时念历落,非土怅淹留。岁月孤踪并,乾坤万象稠。尔曹珠炯炯,珍重欲谁投。

粗看这两首诗作,其不同之处颇多,十分近似的只有"岁月孤踪偶,乾坤万象稠"和"岁月孤踪并,乾坤万象稠"之句,其余的皆字词有很大的出入。但是细细品味的话,则可以发现二者相同之处颇多。

首先,体裁一样。诗作之间的相似,最初体现在形式上,特别是对诗体的选择,不同体裁,不可能归于一类。如李白登黄鹤楼时推崇崔颢《黄鹤楼》,自认为难以超越,后来在游历金陵凤凰台时,便仿照《黄鹤楼》作《登金陵凤凰台》,且不论《黄鹤楼》和《登金陵凤凰台》成就的高低,从体裁上看,两诗均为七言律诗,故而在诗歌归类时,它们属于同一类,这是基础。而王世贞的这两首,均为五言诗,且在字数方面是相同的,这也是它们相同的基础。

其次,韵脚一样。《秋夜同李申登白云楼》诗中押韵的字为楼、裘、浮、秋、收、游、留、稠、投,《秋夜省直同李申二子登白云楼,分韵得秋字》诗中更是直言"分韵得秋字",故其押韵之字则与之有关,如楼、裘、愁、秋、收、游、留、稠、投。在九个押韵的字中,除"浮"和"愁"字之外,其余八个用字居然完全一样,且在诗中的位置也一样。可见这两首诗的结构具有很大相似性。

最后,情感一样。这两首诗均为王世贞同李申登楼而作,虽然部分内容不同,但是白云楼、刁斗、陈登、王粲、岁月孤踪等意象一样,且结尾点睛之句"珍重向谁投""珍重欲谁投"的情感相同。可见登楼与友人相唱和时虽有高兴之情,但主要还是在于寄托对远方友人的思念。是故之前的韵脚由"浮"转为"愁","愁"情得以升华，更加突出了诗作主旨，与"珍重欲谁投"相得益彰。如在《四部稿》中，王世贞于《秋夜省直同李申二子登白云楼，分韵得秋字》后紧随一首为《二子诗多感边事，再叠一首》，其内容为：

> 夜色舒长啸，西风吹满楼。边书白羽箭，宫诏紫貂裘。天地心难测，关河气转愁。鼓鼙敲月晕，兵甲暗霜秋。万柝行营满，千金选士收。请缨犹贾疏，勒碣几班游。金马名谁在，铜驼迹自留。乘轩吾道薄，赐第主恩稠。远愧吴门卒，朝簪未敢投。①

这两首诗的韵脚完全一致，全文同"愁"，具有内在的承接性，亦可见王世贞与李申等人此次登楼交游时的情境。

白云楼是刑部文人们经常交游、唱和之地，梁章钜曾说道："嘉靖中，李攀龙、王世贞俱官西曹，相聚论诗，建白云楼，榜诸君诗。人目刑部为外翰林，亦称西台。"② 后来新安汪时元就曾在隆庆四年刊刻李攀龙的《白云楼诗集》，王世贞为之赋诗称赞，诗曰：

> 客有儒中侠，人怜身后名。言从徐孺子，得尚济南生。山水存遗操，冰霜问旧盟。莫将青凤翮，到处觅兼城。（其一）
> 识汝沾沾意，曾因御李君。死犹能借客，生可罢论文。附骥吾何有，登龙世所闻。只应今夜月，鹤背怅离群。（其二）③

因此王世贞也是经常参加白云楼交游的，《四部稿》刊刻于万历四年，王世贞已经 51 岁，而他供职于刑部是在早年时期，因此《秋夜省直同李申二子登白云楼，分韵得秋字》应该是在《秋夜同李申登白云楼》基础

---

① 王世贞：《弇州山人四部稿》卷三十《二子诗多感边事，再叠一首》，美国哈佛大学燕京图书馆藏明刻本，第 10 叶。

② 梁章钜著，王释非、许振轩点校《称谓录》卷十六《刑部》，福建人民出版社，2003，第 298 页。

③ 王世贞：《弇州山人四部稿》卷二十九《新安汪惟一，徐使君子与门人也，以尝侍李于鳞先生，刻其〈白云楼集〉，赋二章赠之》，美国哈佛大学燕京图书馆藏明刻本，第 7 叶。

之上的修改之作,《秋夜同李申登白云楼》是李攀龙当时所获,他可能不知道王世贞后来对此进行了修改,以至在编订相关文集时,只录入了《秋夜同李申登白云楼》,而不是《秋夜省直同李申二子登白云楼,分韵得秋字》,当然,王世贞也不可能将这两首诗都收入《四部稿》。

三 行草书自作古乐府诗

王世贞行草书自作古乐府诗内容颇多,但实为一幅作品,名为《王世贞写乐府词行草》,藏于湖北省博物馆,金笺。对于此件藏品,馆内并没有太多的介绍,只是对王世贞本人做一简单介绍。而据《中国古代书画图目》第 18 册,标号"鄂 1-035"对该藏品的介绍则为:"明,王世贞,行草书自作古乐府诗,24 开纸,嘉靖戊午(三十七年,1558),34×44.2△。"① 另外,《书法丛刊》曾在 2000 年第 1 期的第 28~39 页刊登《王世贞写乐府词行草》的全部内容,共 24 幅。该书法作品所载文字内容如下。

1. 步出夏行

　　六神诸山,沦涟大壑。北风勃来,簸荡不息。帝命巨鳌,更负危揭。冠簪东出,以为碣石。烛龙双眸,以为日月。下苴苍苍,浩荡靡极。幸甚至哉,歌以咏志。右《观沧海》

　　孟冬十月,王师振旅。旌旗扬天,鞞铎万舞。橐驼骒骏,不知纪数。犀比黄金,跪而衔组。归马华山,放牛桃林。大铺三日,黔首欢霪。幸甚至哉,歌以咏志。右《十月》

　　西游秦中,板屋以处。东折宋鲁,逢披章甫。断发文身,以凌句吴。燕赵慷慨,弹铗歌呼。八方异施,等若五时。荣问休畅,所底如归。幸甚至哉,歌以咏志。右《土不同》

　　神龟支床,生理中绝。不如刳肠,逝而见策。干霄之材,谥曰桂栎。风雨飘飘,狐鸟托处。纵生而雄,厥名丈夫。安能百年,与饮食俱。幸甚至哉,歌以咏志。右《龟虽寿》

---

① 中国古代书画鉴定组编《中国古代书画图目》第 18 册,文物出版社,1998,第 275 页。

2. 对酒

对酒歌，少年白发蒙其颠。四坐且勿喧，踯躅吞声内相怜。欲有叙家世，本西秦，乘朱轮者将十人。弱冠明经，射策甲第。为郎无状，偃蹇不迁。无蔽帻以藏其朱颜，绛灌将相大臣自愧其妍。侧目而睒睒，安令文墨操吏权。斥之去，一往不勿复言。惭无贾生之策，彷徨公车靡阶以自前。月请囊粟十百钱，陛下万寿，小臣归田。

3. 精列

独何之，天地相仇诅，其间安得怡，其间安得怡。亮怀千秋向，焉能度一时。愿攀飞龙翼，故里以徘徊，故里以徘徊，飞龙腾天去，鳅鳝来相依，鳅鳝来相依。眸子向内生，谁为辨雄雌。和光同其尘，老氏吾所师。金石随年销，真人旷无期。

4. 秋胡行

寒暑相遭，天地难为仁。寒暑相遭，天地难为仁。重华作相，焉宥四臣。周公虽圣，不得亲亲。鲁用仲尼，曷利壬人。歌以言之，天地难为仁。（一解）

昼夜相敚，日月难为明。昼夜相敚，日月难为明。幽谷蔀屋，伏阴卒萌。象共滔天，水土是冯。岳荐何重，帝言何轻。歌以言之，日月难为明。（二解）

七雄斗驱，英佐亦何多。七雄斗驱，英佐亦何多。等智齐力，卒莫相加。老骥皂伏，致远者驽。岂必中才，逢数则奇。歌以言之，英佐亦何多。（三解）

修辞曷量，显者自为工。修辞曷量，显者自为工。等彼鸿鹄，唳霄则雄。世无太师，孰采民风。槐里渺邈，曷折充宗。歌以言之，显者自为工。（四解）

俗累易捐，九州不足居。俗累易捐，九州不足居。道逢仙长，自

称安期。手执大药，其甘如饴。谓汝愤嫉，秘莫肯贻。歌以言之，九州不足居。（五解）

5. 仙人篇

结茅华山颠，上有苍鳞车。仙者四五人，邀我偕所如。遨游天汉上，经历万里余。人间所见星，乃是千白榆。玫瑰切庭阶，木难交绮疏。不知何宫殿，但怪非人居。呀然朱帘起，四角垂流苏。中坐太乙君，夹侍青童姝。饮我丹霞浆，令我易肌肤。碧藕错朱桃，玉馔芬且腴。天乐不能名，但用穷欢娱。回首望故乡，妻孥不得俱。坐此一念谪，聊复在泥涂。疆畴虽历历，他姓治田庐。欲返渺何因，恻怆但含吁。

6. 艳歌何常行

手种梧桐树，竹实何累累。绿叶间紫茎，玄露自垂饴。不为游居念，但愿凤皇来。凤凰不相顾，但见乌鹊群，争飞一何喧，隁令为伐倒此树，乌鹊惊飞向天悲。南山五文鸟，自名为凤皇。听此梧桐竹实，千里飞相从。下睹荒畴何依，百鸟拱之，缭戾而徘徊。乌鹊得志，凤皇畴归。终始失据，竭已心哀。

7. 白苎词

美人含娇出中堂，鸣环饬步齐宫商。流目一盼自余光，恍若轻云扶太阳。娱君青春志意荒，白日易短夜难长。弦迫柱促乐渐终，擎鉴掩收意烦忡，安能双驻酡颜红。

美人列行烛明辉，丝扬肉奋技争驰。中有纤娃字夷施，蕴香含粉天然眉。流星迴月秋山低，轻弦手语私念之。令君抵节复沉吟，愔结心志内不禁，安能双飞度遥岑。

8. 相逢行

　　相逢美少年，俱在洛城东。绣毂珊瑚鞭，驱马夸游龙。华鞲臂苍鹰，马后好妖童。周道不肯分，呵叱争如风。各言父兄业，不独夸身雄。小吏二千石，大吏至三公。男当执金吾，女当备椒房。铁券恕十死，金书尚煌煌。壁藏亡命侠，睚眦不肯空。行旅为弛肩，居者起相从。不睹少年争，安知富贵功。

9. 长干行

　　上客酒莫倾，请听长干行。长干十二高楼，天矫若飞虹。回飙却檐楣，赤日眩雕甍。楼中何所有，罗敷少小称。五尺明珊瑚，睹者无不惊。姊姊妹不得骄，父母不敢高声。流盼灼朝霞，缓齿生兰芳。头上金雀钗，一一衔珠玑。腰间琼瑶佩，行步中宫商。鸳鸯生不识，绣出便成双。十五嫁小吏，小吏焦仲卿。三朝上府牍，昼夕靡遑宁。郎□休浣期，更赴邯郸倡。艳色岂有偕妖蛊，或多方，峨峨凤皇桥，焉见飞且鸣。渺渺天河水，指影竟无形。女身既已非，为妇空得名。恒恐容华变，薄命委秋霜。温衾不甘暖，涕泪沾衣裳。

10. 秋闺曲

　　药房秋深兽金环，美人参差语霜寒。深浅自当竟何言，戚戚准君道途间。江有鲤鱼峨哉山，虽欲裁信逝无还。鸣蜩肃然损朱颜，蕙草三枯折复捐，安得明镜长少年。
　　三星灼灼照鸣机，素腕盈盈出绛帷。夫君何在在辽西，夏裁霜衣冬裁绨。以此及君犹后时，惟昔罗縠迫参差。忽来酒间山岳移，怆若庭前丹桂枝，难何荣茂易何衰。

11. 艳歌

今日乐相乐，与君恣游遨。霞车扶飙御，天酒泛星匏。安期羞大枣，阿母荐蟠桃。王子奏玉笙，夫人击云璈。月姊将明镜，天孙，房为祖，龙为友。父争飙，挈流电。晨琅琊，夕沙苑。天马徕，来中国。超虚无，蹑恍忽。天马徕，归有道。飞而黄，服余皂。天马徕，谁攻尔。造不足，虞刘累。天，奉织绡。双成扶入帐，飞琼脱我袍。千年为一宴，万年为一宵。

12. 天马歌

帝图协，天马生。配乾行，函地精。喷明玉，汗殷赭。马徕，迅若禽。唏一窍，万灵暗。天马徕，出阴山。六骡死，金人还。天徕，余与女。逾昆仑，谒王母。

13. 西门行

出西门，冢累累。车中幸有酒，不饮奚之。但复饮，沉醉当自知。焉能前驹后殿，束缚乃翁为。雷大鼓，炙鸣笙，试问冢中枯，曷不为，起听飞商激流徵。六月清霜零，即呼道傍子，为我辨其声。虽无故人钟子期，但操山水中所私。虽无故人钟子期，但操山水中所私。相逢侠邪路，轮仄伤马蹄。与君非一体，何用不相疑。

14. 王子乔

王子乔，变化白鹤长逍遥。变化白鹤长逍遥，下游来，王子乔。璠玉为衣砂为冠，垂玄裳。朝谒紫清轩辕大道皇。谁者介，广成老公授尔浮丘之伯，令尔吹笙复鼓簧。下视尘界三千霜，今上圣灵发百祥。安期之鹿离哉双，胡弗至止相遨翔。侑以紫芝荐琼浆，柏梁之臣前奏章，今上圣灵永无疆。离披短翮角殷璘，喈欲报帝还靡因。

15. 平陵东

平陵东，车隆隆，郭家小儿葬若翁。葬若翁，来送丧，谁其最贤槐里公。槐里公，多奇客，迅如飙鹰虎如力。虎如力，卒夷灭，曷不将去击胡貊。

平陵东，谁最雄，父为丞相子侍中。子侍中，气成虹，黄金不归大司农。大司农，走钱龙，丞相之室金为梁。金为梁，玉为记，曷不舍去居天子。

16. 东门行

出东门，曷不言归。我欲从九夷，不赍八月粮，未满十二驾驹蹄。手操劖缑剑，囊裹一束书。但超咸阳道上，鹊啄乌栖竟安之。竟安之，东有霍家骠骑，西有丞相屈牦。黄金如山，风雨立前，安用劖缑束书为。黄金如山，风雨立前，安用劖缑束书为。咄汝从九夷，咸阳道上生不支。

17. 燕歌行

秋霜肃肃摧庭枯，晨风何悲夜鸣呼。使妾为遭不须史，情然类君忽若无。为君中夜起踟蹰，雕栏簌簌悬真珠。二十八宿罗天衢，欲明未明焉所如。君当为龙妾云俱，冲飙在天忽驱之。西流之蟾东飞乌，乐往忧来不相虞。盛年冉冉辞人徂，裁吟代哭中成吁，安能为情自卷舒。

白日晼晚夜何其，兰缸荧荧照妾悲。带长髻短中自支，妾人少年工愁思。忧来无方不可治，丈夫桑弧谁制之。谁令璙然不下帷，鸿鹄双翻复为谁。援琴奏弦歌和词，宫拆商促指间离。白葛巾裙衫弋绨，念君寒暄并一时。南山乔松青不移，虽有中坚色难期，愿君归来及时归。

结语：

> 古乐府衰于晋，绝于唐，久矣。近李献吉、何仲默稍稍为之，尚
> 未甚合也。仆之不量，乃与于鳞辄有所拟，海庄投素册索书，漫探以
> 酬，幸毋示人，人且谓海庄与太公九府钱也。嘉靖戊午，吴郡王世贞
> 书于使宅之兼隐斋。

以上内容是王世贞模拟古乐府诗而作，共模拟乐府旧题 17 个，诗作
28 首，在《四部稿》卷四、五、六能够找到相应的篇目，但是经过仔细
对比后，发现有不少出入（见表 3-1）。

表 3-1　《王世贞写乐府词行草》与《四部稿》中内容比较

乐府旧题原有篇目名称	藏品中的内容	《四部稿》中的内容
1.《步出夏门行》	（1）题目为《步出夏行》 （2）《十月》篇中有"犀比黄金""大铺三日"之语 （3）《土不同》篇中有"荣问休畅"之语	卷四 （1）题目为《步出夏门行》 （2）《十月》篇中为"犀毗黄金""大酺三日" （3）《土不同》篇中为"义问休畅"
2.《对酒》	（1）"欲有叙家世，本西秦，乘朱轮者将十人" （2）"一往不勿复言"	卷四 （1）"欲有叙家世，二千石，乘朱轮者将十人" （2）"一往勿复言"
3.《精列》	（1）"眸子向内生，谁为辨雄雌。和光同其尘" （2）"老氏吾所师"	卷四 （1）"眸子向内生，谁为辨雄雌。谁为辨雄雌，和光同其尘" （2）"老氏我所师"
4.《秋胡行》	（1）《一解》篇中有"寒暑相遭，天地难为仁，寒暑相遭，天地难为仁"之句 （2）《五解》篇中有"谓汝愤嫉"	卷五 （1）《一解》篇中为"寒暑易遭，天地难为仁，寒暑易遭，天地难为仁" （2）《五解》篇中为"谓女愤嫉"
5.《仙人篇》	（1）"仙者四五人，邀我偕所如" （2）"呀然朱帘起，四角垂流苏"	卷六 （1）"仙者四五人，要我偕所如" （2）"呀然珠帘起，四角垂流苏"

续表

乐府旧题原有篇目名称	藏品中的内容	《四部稿》中的内容
6.《艳歌行》	（1）题目为《艳歌何尝行》 （2）"凤凰不相顾，但见乌鹊群，争飞一何喧，厖令为伐倒此树" （3）"南山五文鸟，自名为凤皇" （4）"曷已心哀"	卷六 （1）据内容，此诗题目为《艳歌行》，而下一首题目为《艳歌何尝行》 （2）"凤皇不相顾，但见乌鹊群，争栖一何喧，逐令为伐倒此树" （3）"南山五文鸟，自称为凤皇" （4）"曷已心悲"
7.《白苎词》		卷六 无出入
8.《相逢行》	"绣毂珊瑚鞭，驱马夺游龙"	卷五 "绣毂珊瑚鞭，驱马若游龙"
9.《长干行》	（1）"楼中何所有，罗敷少小称" （2）"姊姊妹不得骄" （3）"流盼灼朝霞，缓齿生兰芳" （4）"三朝上府牍，昼夕靡遑宁。郎□休浣期，更赴邯郸倡。艳色岂有偕妖蛊，或多方，峨峨凤皇桥，焉见飞且鸣"	卷五 （1）"楼中何所有，娇女字倾城" （2）"姊妹不得骄" （3）"流盼灼朝霞，缓齿兰芳生" （4）"三朝上府牍，四夕践府更，府公拮据不得宁。十五休浣期，中厨刺刺宰猪羊，不见小吏还，乃过邯郸倡。邯郸倡，善为蛊，不可方。长干女，守空房，峨峨凤凰桥，焉见飞且鸣"
10.《秋闺曲》		卷六 无出入
11.《艳歌》	题目为《艳歌》	卷五 题目为《妍歌》
12.《天马歌》	（1）第一篇中有"房为祖，龙为友，父争飙，掣流电" （2）第二篇中有"哸一窍，万飂暗""天徠，余与女"	卷四 （1）第一篇中为"房为祖，龙为父，争回飙，掣流电" （2）第二篇中为"哸一窍，万马暗""天马徠，余与女"
13.《西门行》	（1）"起听飞商激流徵" （2）"相逢侠邪路，轮仄伤马蹄"	卷五 （1）"起听飞霜激流徵" （2）"相逢侠邪路，轮仄伤马蹄"
14.《王子乔》	"胡弗至止相邀翔"	卷四 "胡弗至止相翱翔"

乐府旧题原有篇目名称	藏品中的内容	《四部稿》中的内容
15.《平陵东》	(1) 题目为《平陵东》，共两篇 (2) 第二篇中有"金为梁，玉为记"之句	卷四 (1) 题目为《平陵东行》，共三篇，藏品中内容为后两篇 (2) 相应内容则为第三篇，有"金为梁，玉为圮"之句
16.《东门行》	(1) "鹊啄乌栖竟安之。竟安之" (2) "咄汝从九夷"	卷五 (1) "鹊啄乌栖竟何之。竟何之" (2) "咄女从九夷"
17.《燕歌行》	(1) "使妾为遭不须臾，情然类君忽若无" (2) "援琴奏弦歌和词，宫拆商促指间离"	卷五 (1) "使妾为遭不须臾，恍兮类君忽若无" (2) "援琴奏弦歌和词，宫拆商促指间离"
18. 结语	"古乐府衰于晋，绝于唐，久矣。近李献吉、何仲默稍稍为之，尚未甚合也。仆之不量，乃与于鳞辄有所拟，海庄投索册索书，漫探以酬，幸毋示人，人且谓海庄与太公九府钱也。嘉靖戊午，吴郡王世贞书于使宅之兼隐斋。"	无结语

对于以上有出入的内容，需要特别说明的是《艳歌》和《天马歌》，可能是由于王世贞写作后，内容出现了错误的排列，《艳歌》中的"房为祖，龙为友。父争飙，掣流电。晨琅琊，夕沙苑。天马徕，来中国。超虚无，蹑恍忽。天马徕，归有道。飞而黄，服余皂。天马徕，谁攻尔。造不足，虞刘累。天"语句，按其意思，当为《天马歌》中的内容，所以在《四部稿》中，相应的《妍歌》全诗为：

今日乐相乐，与君恣游遨。霞车扶飙御，天酒泛星匏。安期羞大枣，阿母荐蟠桃。王子奏玉笙，夫人击云璈。月姊将明镜，天孙奉织绡。双成扶入帐，飞琼脱我袍。千年为一宴，万年为一宵。

而《天马歌》有两首，其全诗为：

帝图协，天马生。配乾行，函地精。喷明玉，汗殷赭。房为祖，龙为父。争回飙，掣流电。晨琅琊，夕沙苑。

天马徕，来中国。超虚无，蹑恍忽。天马徕，归有道。飞而黄，服余皂。天马徕，谁攻尔。造不足，虞刘累。天马徕，迅若禽。咻一窍，万马喑。天马徕，出阴山。六骡死，金人还。天马徕，余与女。逾昆仑，谒王母。

通过仔细阅读王世贞修改前和修改后的诗作，就诗歌创作的水平而言，虽然两者出入的字数远远低于文章的整体字数，但是《四部稿》中的定稿之作还是高于之前所作。这主要体现在以下几个方面。

首先，定稿更具有工整性。原作属于现场之作，可能还带有一定的交游唱和性质，创作时的随意性更大，而定稿是经过作者和他人几番删减，甚至是以立言求不朽，传之后世的，故更加谨慎、工整。尤其是模拟乐府诗之作，必须严格按照模拟对象的原有句式、音韵等要素进行创作，如《精列》篇，原作有"眸子向内生，谁为辨雄雌。和光同其尘"之语，其中少了一句"谁为辨雄雌"，定稿则增加了这一句，形成"眸子向内生，谁为辨雄雌。谁为辨雄雌，和光同其尘"的句式，因为在乐府诗的《精列》篇中，相应位置的诗句为"周孔圣徂落，会稽以坟丘。会稽以坟丘，陶陶谁能度"[1]。

其次，定稿更具有达意性。我们现在阅读的古人之作，特别是经过作者本人整理和刊刻的文集，很可能是古人多次推敲后的定稿，而非原稿，贾岛"鸟宿池边树，僧敲月下门"诗句的形成就是其中的典型例子。具体到王世贞此作，则如原作《艳歌何常行》中的"但见乌鹊群，争飞一何喧"到四部稿《艳歌行》中的"但见乌鹊群，争栖一何喧"，"飞"到"栖"，是动作的进一步深化，更加突出了乌鹊群飞争抢的画面，富有动态感，也更好地表达了当时的情境。

最后，定稿更具有准确性。在初稿的写作过程中，可能会出现低级错误，较常见的有常识性错误、错别字、多字少字等，但是在定稿中，由于

---

[1] 郭茂倩编撰，聂世美、仓阳卿校《乐府诗集》，上海古籍出版社，2016，第358页。

经过几番修改，这类错误的概率就会降到很低，从而使文本更加准确。如《长干行》中有"姊姊妹不得骄，父母不敢高声"之句，从其所表达的意思来看，明显多了一个"姊"字，故在《四部稿》的《长干行》中，此句为"姊妹不得骄，父母不敢高声"，更符合文意和句式要求。

不过原作有其自身独特性，如《王世贞写乐府词行草》中的诗作被《四部稿》分散地收录在卷四、五、六，因此单独阅读《四部稿》中的诗作，很难将这 17 题 28 首联系起来，也很难考证这些诗作的具体创作时间及创作缘由，而通过王世贞这些模拟乐府诗之后的"结语"可知，这些诗创作于嘉靖戊午年，即 1558 年，王世贞 33 岁，尚在青州任上，文中所提及的"海庄"，在王世贞文集中并没有查阅到与该人的交游信息，据《山东青州府历代进士名录》和《明人室名别称字号索引》可知，"海庄"可能是嘉靖癸丑年的进士周滋，癸丑年为 1553 年。且文中言"古乐府衰于晋，绝于唐，久矣。近李献吉、何仲默稍稍为之，尚未甚合也"，这就涉及王世贞对古乐府的评论，具有重要的研究价值，如王世贞曾言："《三百篇》亡而后有骚赋；骚赋难入乐，而后有古乐府；古乐府不入俗，而后以唐绝句为乐府；绝句少宛转，而后有词；词不快北耳，而后有北曲；北曲不谐南耳，而后有南曲。"① 此论突出了古乐府与《三百篇》、辞赋、词曲的关系，而"以唐绝句为乐府，绝句少宛转"，恰恰是古乐府演变历程中的重要一环，以至"而后有词"，符合王世贞原作中认为古乐府"绝于唐"之论。

对于古乐府的模拟，向来是明代复古文学流派的重要内容，李东阳有 101 首拟古乐府，李攀龙有 210 余首，王世贞《四部稿》中就多达 366 首，故王世贞向周滋言及"乃与于鳞辄有所拟"。至于王世贞的乐府论，以及在此基础之上的"乐府变"创作和影响，笔者进行过专题论述②，在此不多言及。

---

① 王世贞：《弇州山人四部稿》卷一百五十二《艺苑卮言附录一》，美国哈佛大学燕京图书馆藏明刻本，第 8 叶。

② 关于此论，具体参见贾飞《论王世贞的乐府诗及其"乐府变"的历史地位》[《江苏师范大学学报》（哲学社会科学版）2017 年第 2 期，第 58~63 页]、贾飞《论"乐府变"的发展历程及其价值衡估》（《中国文学研究》2022 年第 2 期，第 75~82 页）。

第二节　题跋类

王世贞虽然不以书画创作名世，但他素来喜好收藏字画，并进行品评，书写题跋于后，如他收藏《薛道祖杂书卷》，就不仅私下给文徵明阅览，后来还邀请周天球、黄姬水等人一起题跋。王世贞对书画的评论获得了后人的高度肯定，如朱谋垔认为："世贞书学虽非当家，而议论翩翩，笔法古雅。"① 詹景凤亦曾言："元美虽不以字名，顾吴中之书家，唯元美一人知法古人。"② 因此，对书画的题跋，是王世贞文学创作的重要组成部分，在《四部稿》《续稿》等文集中占据重要篇幅，再加上书画题跋的创作和文集刊刻的体例不尽相同，故此次搜集的被修改的原作中，王世贞题跋类的作品颇多，情况也较为复杂多样。

一　跋范仲淹《道服赞》

王世贞《跋范仲淹〈道服赞〉》，行书，现藏于北京故宫博物院，故宫博物院对此项藏品有较为详细的介绍。华宁言：

> 《道服赞》卷，宋，范仲淹书，纸本，手卷，纵 34.8 厘米，横 47.9 厘米。楷书 8 行。后纸有文同、吴立礼、戴蒙、柳贯、胡助、刘魁、戴仁、司马垔、吴宽等多家题跋。钤鉴藏印："高阳图书"、"寿国公图书印"、"东汉太尉祭酒家学"、"十六世孙主奉右胜谨藏图书"、"怀州军康记"等多方，另钤清梁清标、安岐诸印，又清乾隆、嘉庆、宣统内府诸印。
>
> 此帖是范仲淹为同年友人"平海书记许兄"所制道服撰写的一篇赞文，称友人制道服乃"清其意而洁其身"之举。宋代文人士大夫喜与道士交往。"道家者流，衣裳楚楚。君子服之，逍遥是与。"穿着道服，遂成一时风气。此卷行笔清劲瘦硬，结字方正端谨，风骨峭拔。

---

① 朱谋垔撰，徐美洁点校《续书史会要》，浙江人民美术出版社，2012，第 327 页。
② 詹景凤：《詹氏性理小辨》，故宫博物院编《故宫珍本丛刊》第 347 册，海南出版社，2001，第 121 页。

时人称此帖"文醇笔劲,既美且箴"。

此卷经《铁网珊瑚》、《清河书画舫》、《清河见闻表》、《式古堂书画汇考》、《平生壮观》、《大观录》、《墨缘汇观》、《石渠宝笈·初编》等书著录。刻入明文徵明《停云馆帖》、乾隆内府《三希堂法帖》。

曾经宋范氏义庄,清安岐、清内府等收藏,后归张伯驹。1956 年张伯驹夫妇将其捐献故宫博物院。①

王世贞此跋有印章两枚,分别为"元美"和"弇州山叟",均为王世贞印。内容为:

> 范文正楷书《道服赞》道劲中有真韵,直可作散僧入圣,评赞词亦古雅,所谓宠为辱主,骄为祸府,是历后得之,非漫语也。跋者,皆名贤大夫,而独文与可、黄鲁直、柳道传、吴原博最著。鲁直结法端雅,了不作生平险侧,而过妍媚极,类元人笔,如揭伯防、陈文东辈,亦能办之,恐鲁直真迹已亡佚,为元人所补耳。成化中,御史戴仁赞书,颇得吴兴意,而名不琅琅,故拈出之。
>
> 己卯王世贞识

该题跋收录在《续稿》"文部"卷一百六十一"墨迹跋",题名为《范文正道服赞》,同时将"己卯王世贞识"的落款内容去除,己卯为万历七年(1579),王世贞 54 岁,即此文的创作时间。除此处修改外,其正文内容并没有任何出入。

二 跋柳公权《兰亭诗》

王世贞《跋柳公权〈兰亭诗〉》,行书,现藏于北京故宫博物院,故宫博物院对此藏品有较为详细的介绍。许国平言:

---

① 《范仲淹楷书道服赞卷》,故宫博物院,https://www.dpm.org.cn/collection/handwriting/228524.html,最后访问日期:2023 年 3 月 14 日。

　　清拓《兰亭八柱帖》柳公权书兰亭诗，木面。乌金精拓，刻拓俱佳，经折装，每开纵29.8厘米，横34.6厘米。

　　柳公权书兰亭诗，墨迹勾摹上石，墨迹行书，无名款。卷前有乾隆皇帝题签"兰亭八柱第四"；卷后有宋、金、明、清人诸多题跋。其中北宋黄伯思（伪）一小隶书跋称为柳公权所书；以后，则多误以为是柳公权的作品。此帖书法与柳书不符，据专家考证应为唐代书手所为。此墨迹本为故宫藏品。

　　此帖刻于兰亭八柱帖第四柱（第四册），钤有"避暑山庄"、"乾隆御览之宝"等印。单帖名为楷书"柳公权书兰亭诗墨迹"。该帖兰亭诗是在兰亭集会时王羲之、谢安、谢万、孙绰等二十六人的诗，共三十七首，其中十一人有两首，十五人有一首；又王献之"四言诗序"，孙兴之"五言诗序"。其中王羲之有五言诗、四言诗各一首。后有李处益、王世贞、王鸿绪等人的观款或跋语，有"内府图书"、"元美"等刻印。①

　　此题跋有印章七枚，分别是"俨斋秘玩""竹窗""江邨秘藏""凤洲""元美""王元美印""天弢居士"，其中"俨斋秘玩"是指王鸿绪（1645~1723），"竹窗""江邨秘藏"则为高士奇（1645~1704），"凤洲""元美""王元美印""天弢居士"均指王世贞。从印章的分布情况也可知王世贞所题跋的内容实为两段，依次为：

　　永和一叙笔神绝，遗刻居然走千古。兴公文是掷地声，安石诗为碎金语。群贤尔时气争王，那应零落同尘土。绢素风神出豪鸷，柳家新样畴能睹。锋距宁登由也堂，委蛇耻效邯郸步。呜呼！开元以还骨格变，诚悬亦是书中虎。不辞倾橐为买将，欲傍墨池追定武。君不见鲁男子矻矻可畏哉，自云善学君之祖。（其一上）

　　自禊叙出右军笔，玉匣兰亭龙孙定武外，石刻何啻百千本，而孙

① 《清拓〈兰亭八柱帖〉柳公权书兰亭诗》，故宫博物院，https://www.dpm.org.cn/collection/impres/233481.html，最后访问日期：2023年3月14日。

兴公文及诸贤诗寥寥无传者，独柳诚悬少师尝一录之，见《宣和书谱》，柳法道媚劲健，与颜司徒娬美。书家谓惊鸿避弋，饥鹰下鞲，不足喻其鸷急，去山阴室虽远，大要能师神而离迹者也。余从顾氏所骤见之，恍然若未识，久看愈妙，**因损一岁**，奉获之，仍为歌志于后。（其一下）

吴郡王世贞谨书

公此书乍看之，亦似有一二俗笔，而久之则俗者入眼作妩矣，殆似黜圣之视羊鼻翁也，锋劲处真纯钩铎稍，游丝细笔亦似铁铸。中间一二行小楷，以无意发之，绝得晋人心印耳。跋尾杨少师有书名，乃不能佳，宋适无书名乃致佳，此亦不可晓也。沧浪、莆田、海岳、无垢及长睿校书，皆宋之谙八法者，皆有跋澹游老人王万庆庭筠儿也。明昌，金章宗年号，然则此卷盖入北矣。万历改元初秋书于九江道中，舟行如画。（其二）

世贞

此题跋收录在《四部稿》中，但经过比对，发现有部分出入。

第一，此题跋为两段，但是在《四部稿》中，则分为三篇文章，分散在《四部稿》的"诗部"卷二十一和"文部"卷一百三十，乃"1+2"模式，即一诗二文，然王世贞创作之初，却是"2+1"模式，即前两部分"诗+文"为一体，是为一篇文章，如"其一下"提及"仍为歌志于后"，后面则为另外一篇文章，从其落款和印章的位置也可知。因此，王世贞在编订《四部稿》时，对之前的创作进行了重新编排。

第二，此题跋没有明确的题目，而在《四部稿》中却有，如其一上题目为《柳公权行书禊诗后序卷》，其一下题目为《柳诚悬书兰亭诗文》，其二则紧随其一下，题之为《又》。再者，根据题跋的书写特征，这两段题跋均有最终的落款，其一下为"吴郡王世贞谨书"，其二为"世贞"，而《四部稿》中的这几篇文章都没有录入这些落款信息，可能是因为文集的编订不再需要呈现这些内容。另外，就文章的正文内容而言，吻合度非常高，仅有一处有出入，题跋其一下中有一句为"久看愈妙，因损一岁"，而在《四部稿》中却是"久看愈妙，因捐一岁"①，"因损"和"因捐"有出入。

从中可见，此题跋实为王世贞编辑《四部稿》时文章的底稿，虽然在内容上只有细小的改变，但是在编排形式上却随着王世贞整理《四部稿》时的文体思想而发生相应变化，甚至不惜割裂文章的整体意境。

三　跋王冕、吴镇《梅竹双清图》

王世贞《跋王冕、吴镇〈梅竹双清图〉》，行书，现藏于台北故宫博物院。该题跋虽有两段文字，但只有一处落款，实为一篇题跋，有印章两枚，分别为"元美"和"弇州山人"。题跋内容为：

> 野夫策杖村南复村北，处处东君杳消息。瞥然缟素一枝横，又见琳琅数竿碧。一枝春之先，数竿冬之后。俯仰天地间，与尔成三友。衡门掩卧不一旬，淇园大庾无精神。樵青已侵翠凤尾，飓母吹散玉龙鳞，赖得吴镇及王冕。前与二友传其真，虚堂展看仅盈尺。二友居然侍吾侧，问之不言对以臆。眉宇萧萧吐佳色，吾不能学范詹事。西遣关中使，却寄江南春。消芳悴粉何足论。吾不能学家骑曹，不可一日无，所至植此君，封篱护箨何纷纭。二友寓我麓，俨若洛下东西两头屋。一头剪得潇湘云，一头小贮罗浮玉。镇也九咽吞吐天浆腴，冕亦磊砢节目非凡夫。扶舆清气合此图，快矣乎，快矣乎，此图此友吾不孤。
>
> 梅独为百花魁，而竹能离卉木而别自成高品者，以其精得天地间一种清真气故也。竹自文湖州、苏端明后，有梅道人吴仲圭，以至近代王孟端，而梅则杨补之外，独推山农王元章，然吴子辈谓其命旨涉浅，为境易穷，而往往下其品，几于无处生活。今年六月，信阳王太史祖嫡以元章梅、仲圭竹合一卷寄余，开卷时，令人鼻端拂拂有玉清蓬莱想，遂乞仲承诸君为诗歌美之，而余继焉，或谓戴凯之、范至能所撰二谱至数百千种，且以大庾万树，渭滨千亩，而此寥寥一枝胡取

---

① 王世贞：《弇州山人四部稿》卷一百三十《柳诚悬书兰亭诗文》，美国哈佛大学燕京图书馆藏明刻本，第8叶。

也，是不然正复以简贵胜耳。卷首为沈民则学士题，元章、仲圭各有诗弁尾，而梅前有一歌亦自**豪粗**，周疑舫伯器跋，第赏其语，不能辨其人，考印章有所谓会稽外史似杨维桢，而词气亦类之，第不闻其别号竹斋，阙疑可也。卷后收藏有东吴文学世家印，岂故为吴中物，太史偶得之耶？似有不偶者，故附记于后。

己卯王世贞识

查阅王世贞文集，发现该题跋内容在《续稿》中有所录入，但是却分成了两篇文章，首句为"野夫策杖村南复村北"的这段收录在《续稿》"诗部"卷九"七言古"之中，题名为《梅竹双清卷歌题所藏王冕元章、吴镇仲画也》，首句为"梅独为百花魁"的这段则收录在《续稿》"文部"卷一百六十八"画跋"之中，题名为《梅竹双清卷》，该题跋中的"己卯王世贞识"也不见于两篇文章之中，不过从中可知该题跋创作于 1579 年，为明万历七年，王世贞时年 54 岁。就正文内容而言，有两处出入，包括"镇也九咽吞吐天浆腴"和"镇也九咽吐吸天浆腴"，"梅前有一歌亦自豪粗"和"梅前有一歌亦自粗豪"。虽然只是个别字词的变化，但其意义有所不同。"吞吐"为吞进和吐出，含聚散、隐现等变化之意，"吐吸"犹"吞吐"，但"吸"侧重于长时间的变化过程，且"吸"与"九咽"搭配更符合语境，如《太清导引养生经》曾言"仰头吸日精光，九咽之，益精百倍"[①]，且"吐吸"出自《乐府诗集·郊庙歌辞九·北齐享庙乐辞》，诗言曰："顾指维极，吐吸风云。"[②]

另外，古人用"豪粗"之语极少，"粗豪"倒是颇多，如"粗豪"较早运用于动物的具体部位，郭璞注《山海经》中的"豪彘"："狟猪也。夹髀有粗豪，长数尺。"后其意有所引申，是为豪骋奔放而有力，如宋人邵雍在《愁花吟》诗中有"对此芳樽多少意，看看风雨骋粗豪"[③] 之句，元人杨景贤《马丹阳度脱刘行首》第二折有"走将来唱叫粗豪，口不住

---

① 张继禹主编《中华道藏》第 23 册，华夏出版社，2004，第 235 页。
② 郭茂倩编撰，聂世美、仓阳卿校《乐府诗集》，上海古籍出版社，2016，第 130 页。
③ 邵雍著，郭彧、于天宝点校《邵雍全集》，上海古籍出版社，2015，第 365 页。

絮絮叨叨"①之句。

由上可知，王世贞在整理《续稿》时，对之前的原稿进行了部分修改，并按照《续稿》编排时的文体观念重新拆分了原稿内容。该题跋是《续稿》相关文章的原稿。

四　跋《薛道祖杂书卷》

《薛道祖杂书卷》题跋作者包括周天球、黄姬水、文嘉和王世贞。

王世贞《跋〈薛道祖杂书卷〉》，行书，现藏于台北故宫博物院，纸本，纵26.1厘米，横303.5厘米。王世贞共题跋了两次，第一次题跋的印章有三枚，分别是"嘉庆鉴赏""元美""天弢居士"，后两枚为王世贞印章；第二次题跋时的印章则有两枚，分别是"元美"和"弇州山叟"，均为王世贞印章。两次题跋的具体内容为：

> 思陵称北宋时，唯米襄阳、薛河东得晋人遗意。虞道园则谓黄长睿有书学，无书笔，仅河东兼之。襄阳、长沙而下，不论也。此卷结法多内擫，锋藏不露，而古意时溢毫素间，不作倾险浮急态。噫，虞言岂欺我哉。（其一）
>
> **琅邪王世贞收藏题**
>
> 宋思陵称北宋时，唯米襄阳、薛河东得晋人遗意。虞道园则谓黄长睿有书学而笔不逮识，绍彭最佳，世遂不传。米氏父子举世学其奇怪，弊流金朝。此卷《雪顶山诗帖》能以拙藏巧，《上清连年帖》皆书所作得意语，波拂之际，天趣溢发。《左绵帖》与《上清》微类，而加圆熟，《通泉帖》咄咄逼右军，几令人有张翼叹。大抵笔多内擫，结取藏锋，妙处非乍看可了，前辈语固不虚也。道祖、襄阳同时人，尝以从官典郡，与刘泾俱好收古书画，翠微居士，其别号也。（其二）
>
> **万历己卯伏日重装，世贞题**

---

① 杨景贤：《马丹阳度脱刘行首》，徐征、张月中、张圣洁、奚海主编《全元曲》第7册，河北教育出版社，1998，第5255页。

文中所言的薛道祖，名薛绍彭，字道祖，号翠微居士，长安（今陕西西安）人，北宋著名书法家，以翰墨名世，工正、行、草书，笔致清润遒丽，具晋、唐人法度，与米芾齐名，人称"米薛"。《薛道祖杂书卷》由《云顶山诗贴》《上清帖》等四帖组成，其中有诗作有信札，内容都涉及四川的风物，是薛绍彭在四川做官时与友人唱和之作。查阅王世贞文集，与其一内容近似的文章为《四部稿》"文部"卷一百三十"墨迹跋"中的《翠微居士真迹》，其内容为：

> 思陵称北宋时，唯米襄阳、薛河东得晋人遗意。虞道园则谓黄长睿知古法，书不逮，所言绍彭最佳，而世遂不传。米氏父子举世学其奇怪，弊流金朝，此卷多写其生平得意句，结法内厣，锋藏不露，而古意时溢毫素间，不作倾险浮急态。内一诗绝似右军，几令人有张翼之叹，然则予之幸不大胜于道园哉。道祖、襄阳同时人，与刘泾俱好收古书画，翠微居士，其号也。①

经过对比可知，其一与《四部稿》中的差别较大，正文内容由之前的79 字扩充到140 字，多了近一倍，其内容的叙述也更加详尽。如《四部稿》中的"内一诗绝似右军，几令人有张翼之叹，然则予之幸不大胜于道园哉"之句，进一步分析了《薛道祖杂书卷》的具体内容，这是其一所没有的。形式上而言，《四部稿》中文章去除了其一的"琅邪王世贞收藏题"落款内容。从中可见王世贞在编订《四部稿》时对其一的大幅度修改，因此，《四部稿》的编订，不仅仅是将旧作汇聚后的装订成册。

其二则可以在《续稿》"文部"卷一百六十一"墨迹跋"中找到，题为《薛道祖墨迹》，其内容为：

> 宋思陵称北宋时，唯米襄阳、薛河东得晋人遗意。虞道园则谓黄长睿有书学而笔不逮识，绍彭最佳，世遂不传。米氏父子举世学其奇

---

① 王世贞：《弇州山人四部稿》卷一百三十《翠微居士真迹》，美国哈佛大学燕京图书馆藏明刻本，第17~8 叶。

怪，弊流金朝。此卷《雪顶山诗帖》能以拙藏巧，《上清达年帖》皆书所作得意语，波拂之际，天趣**益**发。《在绵帖》与《上清》微类，而加圆熟，《通泉帖》咄咄逼右军，几令人有张翼叹。大抵笔多内摩，结取藏锋，妙处非乍看可了，前辈语固不虚也。道祖、襄阳同时人，尝以从官典郡，与刘泾俱好收古书画，翠微居士，其别号也。①

对比可知，二者仅在形式上有所差别，《续稿》去除了"万历己卯伏日重装，世贞题"的落款字样，而在内容上只有"溢""益"的字词出入及贴名出入，不影响整体文意。

对一幅作品，先后进行了两次题跋，且内容不是简单的重复，可见王世贞非常喜爱《薛道祖杂书卷》。王世贞喜爱薛绍彭书法，并有所收藏，他还曾私下给文徵明观赏，如其言："翠微居士薛道祖书学最古，法最稳密，而世传独最少，惟道园亦自恨之。十五年前，余尝得其《上清》《连年》《实享》《清适》四帖以示文仲子，仲子大快。"② 更可贵的是，面对喜爱的作品，王世贞还是持客观态度，没有一味地推崇，如其言："绍彭，号翠微居士，余有其诗数纸，紧密藏锋，得晋人意，惜少风韵耳。"③

据题跋其二"万历己卯伏日重装，世贞题"的落款可知，王世贞再次题跋《薛道祖杂书卷》的时间是万历七年（1579）。再通过对此题跋的细读，我们还可以发现王世贞和黄姬水、周天球、文嘉等人一起欣赏《薛道祖杂书卷》，并都有题跋，实为王世贞与吴中文人的交游之乐，而对于此事，郑利华《王世贞年谱》和周颖《王世贞年谱长编》都未曾提及，可能未见到众人的题跋全貌，而从众人的题跋又恰恰可知此次交游所发生的时间，如周天球言："嘉靖甲子八月既望，球从王元美伯仲纵游西山，归舟示道祖此卷。"黄姬水则说道："元章真迹虽罕得，往往有之，道祖则仅见此耳，元美尚宝之哉。中元甲子八月廿四日。"文嘉更是直言创作题跋的

① 王世贞：《弇州山人续稿》卷一百六十一《薛道祖墨迹》，美国普林斯顿大学东亚图书馆藏明刻本，第17叶。
② 王世贞：《弇州山人续稿》卷一百六十一《薛道祖三帖卷》，美国普林斯顿大学东亚图书馆藏明刻本，第17叶。
③ 王世贞：《弇州山人四部稿》卷一百五十三《艺苑卮言附录二》，美国哈佛大学燕京图书馆藏明刻本，第18叶。

缘由："嘉靖甲子八月，元美按察携示命题，因书。"故而可知此次集中创作题跋的时间是嘉靖甲子八月，为王世贞与众人游玩之际所作。嘉靖甲子为1564年，王世贞39岁，该年之前，王世贞因父王忬冤死守孝，是年除服之后，与彭年、黄姬水、周天球、徐学谟、张献翼等人交游兴盛。

而《四部稿》最早成书于万历四年丙子①，即1576年，王世贞51岁，《续稿》虽然是在王世贞去世后才刊刻面世，但王世贞晚年曾亲自编订整理"丙子至庚寅"②的作品，丙子年为万历四年，《四部稿》已经同年刊刻，而庚寅年为万历十八年，即1590年，王世贞65岁，并于1590年12月23日逝世③，是故《续稿》全为王世贞晚年之作。因此，王世贞的两次题跋，虽然对象是同一个，但是一篇被《四部稿》收入后加以修改，另外一篇却被《续稿》收入。

五 跋赵佶《雪江归棹图卷》

王世贞《跋赵佶〈雪江归棹图卷〉》，行书，现藏于北京故宫博物院，故宫博物院对此藏品有详细介绍。聂卉言：

> 《雪江归棹图》卷，宋，赵佶作，绢本，设色，纵30.3厘米，横190.8厘米。
>
> 画幅的右上角有宋徽宗赵佶瘦金书"雪江归棹（音照）图"五字，左下角钤"宣和殿制"印并"天下一人"画押。
>
> 这是一幅描绘冬日雪景的山水画。画面起首远山平缓，进入中段以后，山势渐渐高耸，转而趋于平缓，整幅画面富有高低错落的节奏感，使观者仿佛身临其境，坐于舟船中，沿江眺望窗外时时变换的景色，充分展示了长卷绘画的特点和魅力。全卷用笔细劲，笔法流畅，意境肃穆凝重，代表了宋徽宗时期画院的艺术水平。

---

① 许建平研究认为，经过多种版本的比对分析，韩国国民大学图书馆藏本《四部稿》才是其最早版本，该本为万历四年六月郧阳任上为防流失所刻印数极少的本子，且为孤本，弥足珍贵。具体参见许建平《〈弇州山人四部稿〉的最早版本与编纂过程》，《文学遗产》2018年第2期，第183~187页。

② 王世贞：《弇州山人续稿附》卷四《刘绍兴介徵》，浙江图书馆藏明刻本，第15叶。

③ 周颖：《王世贞年谱长编》，上海三联书店，2016，第719页。

此图曾经清乾隆内府收藏,《石渠宝笈·续编》等书著录。①

该题跋分为两段,有印章三枚,分别是"弇州山人""元美""五湖长印",均为王世贞印。题跋内容为:

> 宣和主人花鸟雁行黄、易,不以山水人物名世,而此图遂超丹青蹊径,直闯右丞堂奥,下亦不让郭河中、宋复古,其同云远水下上一色,小艇戴白出没于淡烟平霭间,若轻鸥数点,水穷骤得积玉之岛,古树槎蘖,皆少室三花,快哉观也。度宸游之迹,不能过黄河艮岳一舍许,何所得此景,岂秘阁万轴一展玩间,即**得**本来面目耶。后蔡楚公元长跋,虽沓拖不成文,而行笔极楚楚,与余所藏题《听阮图》同结构,一时君臣于翰墨中作俊事乃尔,令人思艺祖韩王椎朴状。

> **琅琊王世贞题**

> 据蔡楚公题有四图,此当是最后景耳,题之十又六年。而帝以雪时避□,幸江南,虽黄麾紫仗斐亹于璃浪瑶岛中,而白羽旁午,更有美于一披蓑之渔翁,而不可得。又二年而北窜五国,大雪没驼足,缩身穹庐,与飧毡子卿伍。吾尝记其渡黄河一小词,有云:孟婆,孟婆,你做个方便,吹个船儿倒转。於戏,风景杀且尽矣!视《雪江归棹》中,王子猷何啻天壤,题毕不觉三叹。

> **世贞又题**

题跋的内容在《续稿》"文部"卷一百六十八中有收录,题为《宋徽宗雪江归棹图》和《又》,即两篇是为一体,这也符合此题跋的实际情况,如第二段题跋的落款为"世贞又题"。另外,藏品的题跋和文集所录的正文内容有 3 处出入,如藏品中分别是"即得本来面目耶","后蔡楚公元长跋""帝以雪时避□",《续稿》中则为"即晓本来面目耶","后有蔡楚公元长跋""帝以雪时避狄"。具体而言,"晓"在于知道、理解,

---

是思索之后的获知，而"得"只是顺其自然获得，结合"岂秘阁万轴一展玩间"的语境，"晓"更加妥帖；至于"有"字的有无，显然添加"有"字更符合日常表达习惯，"后"直接加名词，则缺少衔接。

至于"狄"字，藏品中在"帝以雪时避"之后有一字极有可能是被后人挖除，以至该处现在看来是空白。如前所述，此藏品曾经清乾隆内府收藏，并且在清朝，"狄"字属于避讳字。雍正皇帝十一年四月己卯日诏令内阁，言曰："朕览本朝人刊写书籍，凡遇胡、虏、夷、狄等字，每作空白，又或改易形声。如以'夷'为'彝'，以'虏'为'卤'之类，殊不可解，揣其意，盖为本朝忌讳，避之以明其敬慎，不知此固背理犯义，不敬之甚者也……于文艺纪载间删改夷虏诸字，以避忌讳，将以此为臣子之尊敬君父乎？不知即此一念，已犯大不敬之罪矣。嗣后临文作字及刊刻书籍，如仍蹈前辙，将此等字样空白及更换者，照大不敬律治罪。各省该督抚、学政有司钦遵，张揭告示，穷乡僻壤，咸使闻知。"① 在这之后的乾隆皇帝，更是注重对文字使用的控制，如其四十二年十一月丙子谕："前日披览《四库全书》馆所进《宗泽集》，内将夷字改写彝字，狄字改写敌字，昨阅《杨继盛集》内改写亦然，而此两集中又有不改者，殊不可解。夷狄二字，屡见于经书，若有心改避，转为非礼，如《论语》夷狄之有君，《孟子》东夷西夷，又岂能改易，亦何必改易！且宗泽所指系金人，杨继盛所指系谙达，更何所用其避讳耶！因命取原本阅之，则已改者皆系原本妄易，而不改者原本皆空格加圈。二书刻于康熙年间，其谬误本无庸追究。今办理《四库全书》，应抄之本，理应斟酌妥善。在誊录等草野无知，照本抄誊，不足深责。而空格则系分校所填，既知填从原文，何不将其原改者悉为更正！所有此二书之分校、复校及总裁官，俱著交部分别议处。除此二书改正外，他书有似此者，并著一体查明改正。"②

虽然"狄"字处不是出于王世贞本意而进行的修改，但从"得"到"晓"的变化、"有"字的增加，以及画跋题目的增加和落款的删减，可知《续稿》卷一百六十八中的《宋徽宗雪江归棹图》和《又》两篇文章，

---

① 《世宗宪皇帝实录》卷一百三十，清乾隆间内府刻本。
② 陈垣：《史讳举例·第二十清初书籍避胡虏夷狄字例》，中华书局，2012，第49-50页。

均是在此题跋基础之上进行的修改，故此题跋不再编入《续稿》。

六　跋《嵇康养生论卷》

上海博物馆所藏宋高宗赵构真草书法《嵇康养生论卷》纸本，纵23.5 厘米，横 602.8 厘米，该纸本另附李东阳、王世贞等人的墨迹跋。就其所呈现出的王世贞墨迹跋而言，有"王元美印"和"天弢居士"印章两枚。内容为：

> 右太史姚君继文藏宋思陵手书嵇中散《养生论》一篇，行楷真草相间，后有德寿御书印，德寿，思陵为太上时所居宫也。思陵初拟豫章在青冰之间，晚始刻意山阴，傍及铁门限，此尤其得意笔。正书时于督策，露章法一二，盖欲以拙救熟耳，行草翩翩，二王堂庑间，而不能脱蹊径，然要当于六代人求之，继文工八法无俟余赞。余独叹中散之精于持论，而身不能免也，其微言奥旨，若遗丹之在藏数百**年千**，尚能起痼离凡中，所谓一怒足以侵性，一哀足以伤身，思陵深戒之。故德寿三十年不减玉清上真，而五国之游魂不返矣。单豹食外，彭聃为夭，其思陵与中散之谓耶。
>
> **万历纪元秋七月晦，吴郡王世贞书于武昌南楼**

以上内容在《四部稿》"文部"卷一百三十"墨迹跋"中有录入，不过有所出入。在《四部稿》中，该题跋名为《宋高宗养生论》，以"其思陵与中散之谓耶"句结尾，删除了"万历纪元秋七月晦，吴郡王世贞书于武昌南楼"之语。就题跋正文内容而言，有一处出入，此题跋的"若遗丹之在藏数百年千"，《四部稿》中则为"若遗丹之在藏数百千年"①，依文意可知，藏品中题跋内容为书写之误，一般说法为"数百千年"，因此王世贞在编订《四部稿》时进行了修正。

依此题跋结尾处的"万历纪元秋七月晦，吴郡王世贞书于武昌南楼"

---

① 王世贞：《弇州山人四部稿》卷一百三十《宋高宗养生论》，美国哈佛大学燕京图书馆藏明刻本，第 18 叶。

可知，王世贞创作《宋高宗养生论》是在 1573 年秋七月，是年 48 岁。当年三月，王世贞被任命为湖广按察使，后来在入武昌前作《江行纪事》以记之，如其言："（七月望）时月色益明，而热不解。……其明日发。……风忽顺，以一日夜逾二驿，而上抵青山矶。而余莅任期尚远，即矶泊者三日，颇料理篇咏之类成帙。……其明日当入武昌，因烧烛而为之记。"① 在《与徐叔明》中亦言曰："昨在九江，有数行附尚兵宪通候，不知达否？弟以畏热，廿二日始抵省。"② 所以王世贞七月已到武昌，符合题跋结尾之言。

七　跋《重江叠嶂图》

《重江叠嶂图》是元人赵孟頫在大德七年（1303）二月六日所作的名画，现藏于台北故宫博物院，据其官网介绍，该画是纸本、墨笔，纵 28.4 厘米，横 17.6 厘米，画后有虞集、石岩、沈周、吴宽、王世贞、王世懋等人的跋语及相关的印章。王世贞为此画题跋两次。第一次题跋时有印章三枚，分别为"王元美印""天弢居士""□（不可辨，疑为'滓'）"，跋的内容为：

> 昔登江上山，颇爱江上句。天际识归舟，云中辨烟树。长风不起渔歌闲，大鹄小凫争往还。坐身突兀峭蒨表，着眼莽苍熹微间。归来举头触四壁，但觉膏肓有泉石。谁洗丹青开绢素，令我苍翠流裀席。摩挲旧游亦如此，仿佛烟霞指端起。山凹那当别有云，天低不辨谁为水。吴兴王孙妙自知，不讳前身为画师。直将平远苕雪趣，写出混漾金焦奇。老夫手挈卢敖杖，更办鸥夷五湖舫。欲作寰中汗漫游，即披此卷神先往。
>
> 赵文敏公此图，冲澹简远，意在笔外，不知于李营丘如何？骎骎欲度荆郭前矣，吾歌所云"直将清远苕雪趣，写出混漾金焦奇"，公

---

① 王世贞：《弇州山人四部稿》卷七十八《江行纪事》，美国哈佛大学燕京图书馆藏明刻本，第 12 叶。

② 王世贞：《弇州山人四部稿》卷一百二十六《与徐叔明》，美国哈佛大学燕京图书馆藏明刻本，第 17 叶。

故吴兴人，聊用为戏耳。其于海门吞杨子浮天浴日，怒雷惊涛之**状**，固少逊，至杳霭澹荡出有入无，润气在眉睫间，不至作公家大年朝京观也。跋尾诸诗，虞伯生、柳道传，胜国名流，陈敬宗、吴原博，先朝学士精八法者，而启南尤画史中董狐言，**固足重也**。

吴郡王世贞

第二次题跋时，有印章一枚，为"御史中丞印"，跋的内容则为：

吾向者见公画，以为公吴兴人，故类莒雪间山水耳。大江中行十日，不遇风，波平如席，病小间，对江南北诸山阅此卷，便似芙蓉镜中美人，以此知前辈之不易嘲也。

世贞题

按照画作中题跋的内容，在《四部稿》中能够找到相应内容，如《四部稿》卷二十一有《赵松雪重江叠嶂图歌》，与第一次跋的第一段只有一处出入，其文为"谁洗丹青开墨素"[1]。另《四部稿》卷一百三十七中有《赵文敏长江叠嶂图》，其文有两篇，第一篇和第一次跋的第二段只有两处出入，其文为"怒雷惊涛之势""故足重也"[2]；第二篇则与第二次跋有所出入，其文为："推窗对江南北诸山阅此卷，便似芙蓉镜中美人，黛眉湛睩，使人心醉，以此知前辈之不易嘲也。"[3]

经过对比可知，在文章的分布上，如同前面所言的王世贞《跋赵佶〈雪江归棹图卷〉》一样，对原文进行了人为的分割，王世贞第一次题跋，是"诗+文"，第二次只有文而无诗，但王世贞在编纂《四部稿》时，本着文体为先的原则，将诗和文单独编辑，导致《四部稿》中对《重江叠嶂图》的题跋是诗一篇，置于诗部，文两篇，置于文部，文部虽然用

---

[1]　王世贞：《弇州山人四部稿》卷二十一《赵松雪重江叠嶂图歌》，美国哈佛大学燕京图书馆藏明刻本，第 13 叶。

[2]　王世贞：《弇州山人四部稿》卷一百三十七《赵文敏长江叠嶂图》，美国哈佛大学燕京图书馆藏明刻本，第 14 叶。

[3]　王世贞：《弇州山人四部稿》卷一百三十七《赵文敏长江叠嶂图》，美国哈佛大学燕京图书馆藏明刻本，第 14~15 叶。

"又"表示，不过这两篇题跋不是作于同一时间，且作者的文体观念亦有所出入。

经过对比还可知，王世贞后加了文章题目，分别为《赵松雪重江叠嶂图歌》和《赵文敏长江叠嶂图》，题目中所言的"长江叠嶂图"，很可能是王世贞的笔误所致，因为翻阅赵孟頫所作之画，并没有《长江叠嶂图》。另外，文中除了落款之外，还有几处不同，如《四部稿》中为"推窗对江南北诸山阅此卷，便似芙蓉镜中美人，黛眉湛眸，使人心醉"，画作题跋中则没有"推窗""黛眉湛眸，使人心醉"之语。亦可见王世贞对原作内容有所修改，使画作题跋的表达更加完整和达意。

八 跋《钟馗移家图》

《钟馗移家图》为钱榖（1508～1572）所作名画，设色纸本，手卷，画后有王世贞、王世懋、周天球、黄姬水、张凤翼、王穉登等人的画跋，由西泠印社拍卖有限公司在 2019 年春季拍卖会上进行拍卖，当时的起拍价为 3600000 元。关于此画，中国网络电视台曾经报道："钱榖画作传世不多而人物画尤少，此作品是以宋代龚开的《钟馗移家图》（今尚存美国弗利尔美术馆）为原稿所绘，描绘了钟馗举家迁徙的热闹场面，大官小鬼姿态各异，寄托着人们驱除邪恶、祈求安康的美好理想。作品经周天球题引首，黄姬水、张凤翼、王穉登、王世懋等题跋，王世贞、汪士元递藏，一览明清名人手迹之珍。后入张学良将军之手，珍贵至极。"① 王世贞题跋的内容为：

> 开元宫中鬼称母，承相中丞烝为盅。帝遣钟君嗣黄父，逐鬼无功谪荒土。山阿被萝者谁姥，携雏橐装横周路。髑髅啾啾泣相语，夜半应烦老桑煮。钟君好往一返顾，木客跳梁山魈舞。君不吾留稍安堵，与君传神叔宝甫，异日相逢莫相苦。
>
> 天弢居士王世贞戏题

---

① 《张学良藏古代书画将起拍 〈钟馗移家图〉引关注》，人民网，http://arts.cntv.cn/201 11111/114898.shtml，最后访问日期：2023 年 3 月 14 日。

在该题跋后钤有"天弢居士""王元美印"两枚印章。此文在王世贞《四部稿》中有所体现，文中内容没有发生改变，只不过增加的题目为《戏题钱叔宝临〈钟馗移居图〉》①，"天弢居士王世贞戏题"之语则被删除。这可能是为了编纂《四部稿》体例的需要，毕竟在该文集所有的题跋中，王世贞均没有以自己的字号为结尾之语。

九　跋《钱穀求志园图卷》

《求志园图》为明人钱穀所作，现藏于北京故宫博物院，纸本，设色，大小为纵 29.8 厘米、横 190.2 厘米。故宫博物院对此藏品有相关介绍：

> 在明代吴门画家的作品中，有许多以他人的室名别号为题，这类作品被张丑称为"别号图"，如推而广之，还应包括以庄园、庭院为题材的作品。它们在描绘人造园林真实性的基础上，力图表现园林主人的生活理想，反映他们身居闹市，却追求"与深山野水为友"的操守与志向，这类作品成为吴门画派所表现的一种突出的艺术现象，而钱穀的《求志园图》正是其中颇具代表性的一件。
>
> 此卷是钱穀应友人张凤翼之请，描绘其家园春夏之间的景色，卷首有文徵明题"文鱼馆"三字，卷后有王世贞行书《求志园记》。画家从右侧园门画起，以怡旷轩、风木堂、尚友斋为中心，前有庭，后有园，渐次展开，王世贞所撰《求志园记》中采芳径、文鱼馆、香雪廊皆按图可索，抚记展图，这座"旦而旭，夕而月，风于春，雪于冬"的甲第名园中当年文人云集、清谈雅会的盛景似乎随着手卷展开历历在目。虽写实景，却不是简单的再现，更注意了人造景观与湖渚山色的自然风光的谐调与结合，突出了中国古代"虽由人造，宛自天成"的造园理念，用修篁古木、冬梅花篱、白鹅紫鸳表现画主人对归隐生活的向往，是托物言志的再创造。事实上，由于画家与画主人在情感、思想、旨趣上的相通，图中寄寓的对天地灵秀、淡泊胸襟的意

---

① 王世贞：《弇州山人四部稿》卷二十一《戏题钱叔宝临〈钟馗移居图〉》，美国哈佛大学燕京图书馆藏明刻本，第 10 叶。

趣追求，同样是画家本人的内心写照。①

王世贞所作题跋末尾处钤有"王元美印""天弢居士"，题跋内容为：

求志园记

吴城之东北隅，为友人张伯起园。园当其居之后，阁道以度，入门而香发，则杂荼蘼、玫瑰屏焉，名其径曰采芳，示吴旧也。径逶迤数十武，而近有廷廊如，名其轩曰怡旷，示所游目也。轩之右三而楹者，以奉其先隐君像，名之曰风木堂，示感也。堂不能当轩之半，然不敢以堂名怡旷者，示有尊也。轩之右斋以栖图史，名之曰尚友，友古也。斋之后馆，**中多大馆临大池**，中多金银玟瑁杂细鳞，名之曰文鱼，池所蓄也。穿池而桥，循桥稍西南，为古梅十余树，名其廊曰香雪，言梅德也。伯起之言曰："吾吴以饶乐称海内冠，不佞夫差之墟，甲第名圃，亡虑数十计，即屈诸君指且遍，亡及吾园者。诸材求之蜀、楚，石求之洞庭、武康，英灵璧、卉木求之百粤、日南、安石、交州，鸟求之陇若闽、广，而吾园固无一也。然至于旦而旭，夕而月，风于春，雪于冬，诸甲第名圃所不能独擅而长秘**者**，而吾得窃其余。吾它无所求，求之吾志而已。且不见夫都将相贵重用事于长安东者耶？彼其于志若无所不之，然往往人得挟其遇以屈吾志。吾外若伸而中则屈，甚或发其次，且慨叹于所见，而辐辏沃丽之地，等之于荆榛鸟雀之区，闻歌以为哭，见乐以为忧，而不悟其所自。吾无所求伸于外，然吾求之千百祀之前而若吾俟，求之八荒之际而若吾应，求之千百祀之下而若吾为之符节者，此岂可**以豪举迹赏者道哉**？"王子闻之，叹曰："善乎！子之求也。志则可与闻乎？"伯起笑而不答。王子有间曰："命之矣。"

隆庆戊辰春三月，天弢居士王世贞书

---

① 《钱榖求志园图卷》，故宫博物院，https://www.dpm.org.cn/collection/paint/228483.html，最后访问日期：2023 年 3 月 14 日。

查阅王世贞文集，此文在《四部稿》中有相对应的文章，且将两者进行对比可知，题跋和《四部稿》中的文章总体上没有多大的变动，有所出入的只有四处。一为"中多大馆临大池"和"馆临大池"①，显而易见的是，后者比前者更加符合原文的整体意境，其语句也更为简洁明了。二为题跋中的"隆庆戊辰春三月，天弢居士王世贞书"之语，在《四部稿》中没有任何体现，直接删除，从而不利于后人在阅读《四部稿》时对该作相关信息的把握。因此，根据画作题跋内容，便可直接断定此文的创作时间是隆庆戊辰春三月，即隆庆二年（1568）三月。在经历父难时，王世贞遭受到沉痛的打击，并对功名进行了重新思考，不过此时，父亲的冤屈得到昭雪，再加上该年正月时，王世贞重葬亡父，卜期襄事，其内心沉重的负担也得以释然。正月初九，张凤翼三兄弟前来祭奠，张凤翼记载道："越八年丁卯……乃特旨还公爵如故。世贞等将如礼卜期襄事，凤翼再率二弟具絮酒炙鸡之仪，匍匐而奠公。奠之日为隆庆二年戊辰正月朔越八日。"② 文中所言的"伯起"，就是指张凤翼，其字伯起，号灵虚，别署灵虚先生、冷然居士，苏州府长洲人，与弟燕翼、献翼并有才名，时人号为"三张"。张氏兄弟对王世贞非常崇敬，自此之后，王世贞与张氏兄弟的交往也越来越频繁，友谊愈加深厚。另有两处虚词有出入，皆不影响文意。

---

① 王世贞：《弇州山人四部稿》卷七十五《求志园记》，美国哈佛大学燕京图书馆藏明刻本，第5叶。

② 张凤翼：《处实堂集》卷七《祭王中丞文》，国家图书馆出版社，2013，第235页。

第四章
部分托名之作整理与考辨

在搜集王世贞散佚之作时，有部分标明为王世贞所作的文章不见于《四部稿》《续稿》等王世贞文集，但在他人文集中却能够找到相应的文章，如乾隆《镇江府志》中标明《望焦山》一诗的作者为王世贞，但其内容却完整地见于明代姑苏顾璘《息园存稿诗》卷八的《望焦山莫至》；还有部分文章明显是在前人基础之上进行的扩写、改编，如崇祯《嘉兴县志》载《明工部右侍郎术泉谈公碑》一文，言王世贞所作，全文有1000余字，而明人徐象梅《两浙名贤录》中的《工部右侍郎谈舜贤相》只有500余字，且经过细致比对，《明工部右侍郎术泉谈公碑》无疑是在《工部右侍郎谈舜贤相》基础之上的修改；另有部分文章隶属于他人之论，如明人汪砢玉《珊瑚网》中的《褚临右军〈曲水序〉》，落款为"琅琊王世贞"，但文中所论，却与董其昌在《跋褉帖后》中的某些语句高度吻合；更有甚者，部分文章是后人直接托名王世贞的伪作，如《王世贞尺牍》系列共计14通，既不见于王世贞文集，也不见于他人文集，但是根据文中的称谓、地名等内容可知是清人之作；等等。

经过详细考证后发现，这些标为"王世贞"的文章均不是王世贞所作。然而，这些文章却对后人认识王世贞之作存在或多或少的影响，如《王世贞尺牍》，不仅经新安小天籁阁项汉泉、麓云楼汪士元、王祖锡等著名藏家收藏，还被于右任、沈鹏、陈铭等人认为为真，并以此为基础评论王世贞的诗文、书法等观念；再如《望焦山》，其已成为当地一些导游词中介绍焦山美丽风景时经常引用的诗作。鉴于此，本章集中对这类文章进行辑考，证明此类作品实为伪作，从而减少他人对王世贞作品的误读。这项工作价值不亚于对王世贞真作的搜集和考证，是王世贞散佚文献辑考与研究的重要组成部分。由于本章涉及的文章不多，故不像之前那样按文体分类，只整体地按"诗部"和"文部"来区分。另外，部分署名为"王世贞"的作品，由于现有资料的欠缺、作品信息不全等原因，无法对其真伪进行定性，只能作"存疑"处理，以为他人研究提供线索。

第一节　"诗部"证伪

1. 和刘祠部平嵩登道南书院望闽楼韵

　　楚云吴树拥层楼，望极澄江匹练浮。吾道由来开后学，斯文今始障狂流。南宫信得清时趣，北阙真悬圣主忧。王粲荆南独留滞，可无词赋浣离愁。①

　　此诗见于乾隆《武进县志》卷十三，署名为王世贞，但在万历《续修常州府志》卷十七②以及清光绪十六年刻本《常郡八邑艺文志》卷十二③中，也有相同内容的记载，不过署名为周金。周金（1473~1546），著有《上谷稿》《榆阳稿》等文集，《明史》有传，其言曰："周金，字子庚，武进人。正德三年进士。授工科给事中。累迁户科都给事中。……进右都御史，总督漕运，巡抚凤阳诸府。久之，擢南京户部尚书，就转户部。二十四年致仕归，岁余卒。赠太子太保，谥襄敏。"④

　　据该诗题目《和刘祠部平嵩登道南书院望闽楼韵》可知，此诗属于唱和诗，对象为"刘祠部平嵩"。查阅王世贞文集，并没有发现"刘祠部平嵩"的相关记载。据考证，"刘祠部平嵩"应为刘世扬，如《竹间十日

---

① 上海图书馆藏乾隆《武进县志》卷十三，第 30 叶。
② 上海图书馆藏万历《续修常州府志》卷十七，第 72 叶。
③ 卢文弨辑《常郡八邑艺文志》卷十二，《续修四库全书》第 917 册，上海古籍出版社，2002，第 799 页。
④ 张廷玉等：《明史》卷二百零一，中华书局，1974，第 5319~5320 页。

话》卷三云："嘉靖壬辰（1532）夏，巡按监察御史、东崖虞守愚，枳田蒋诏楷，乡士大夫东冈杨叔器，雪溪戴亢，平嵩刘世扬，文溪高世魁，骊山陈襄、方岩、郭波，榕江林炫，地主活水谢源同游题名。"① 刘世扬，《明史》有传，其言曰："刘世扬，字实甫，闽人。正德十二年进士。改庶吉士，除刑科给事中。……世扬发璁、萼党，见憾于璁，一鹏又尝忤璁、萼。会璁已再相，而珫实前赐谥，璁因激帝怒，谓给事言皆妄。乃谪世扬江西布政司照磨，停汉等俸，然镃谥亦由此夺。世扬屡迁河南提学佥事。告归，卒。"② 其间，刘世扬谪江西布政司照磨后，稍迁判常州，再任南京祠祭郎中，是故有"祠部"之称。除此诗之外，周金还在其他文章中提及刘世扬，如他在《白傅园投壶联句》中说道："癸巳（1533）之夏五月二十有一日，鸿胪晋陵师慎白君饮祠部闽平嵩刘公于池亭。"③ 可见，周金和刘世扬屡有往来，而在 1533 年时，王世贞只有 8 岁，且按照刘世扬的生平经历，他和王世贞是没有交集的。

道南书院的创办人是杨时（1053～1135），字中立，号龟山，福建将乐人，北宋著名学者，宋元丰四年（1081），杨时进士登第之后的第五年，受任徐州司法职，后弃官前往河南许昌先后拜程颢、程颐为师，学成辞别之际，程颢曾有"吾道南矣"的感慨。杨时在常州讲学 18 年，将二程之说传遍东南，影响深远，朱熹即为四传弟子，"吾道由来开后学，斯文今始障狂流"之句是对道南书院的赞赏。而刘世扬作为福建人，登临与福建人关系紧密的道南书院，观望闽楼，也隐约透露出一份乡思、乡愁，"王粲荆南独留滞，可无词赋浣离愁"之句是自己内心的外化。作为好友，周金对刘世扬之作有所感触，与之相和乃人之常情。

综上所述，《和刘祠部平嵩登道南书院望闽楼韵》一诗当为周金所作，而非王世贞，乾隆《武进县志》的记载有误。

---

① 郭柏苍辑《竹间十日话》卷三，海风出版社，2001，第 203 页。
② 张廷玉等：《明史》卷二百零六，中华书局，1974，第 5452～5453 页。
③ 周金：《白傅园投壶联句》卷七百九十七《博物汇编·投壶部艺文二（诗）》，陈梦雷编纂《古今图书集成》第 487 册，中华书局，1985，第 107 页。

2. 望焦山

　　　石斗东溟起，云含北固青。江山分气概，风雨走精灵。
　　　处士轻龙诏，仙岩秘鹤铭。由来元圃路，少许俗人经。①

　　此诗见于乾隆《镇江府志》卷五十一《艺文八》，该卷共收录署名为王世贞的诗作五首，依次为：《焦山访郭山人因柬冯汝思》《望焦山》《荆侍御邀登北固》《送张职方谪判镇江》《长至前一夕丹徒道中》。其中《焦山访郭山人因柬冯汝思》一诗的内容见于王世贞《四部稿》卷二十八，但题目为《京口逢郭山人因柬冯汝思》，《荆侍御邀登北固》一诗的内容见于《续稿》卷十三，但题目为《侍御荆使君邀登北固作》，有两首，乾隆《镇江府志》中的为第一首；《送张职方谪判镇江》一诗的内容见于《四部稿》卷二十五，但《送张职方谪判镇江》有两首，乾隆《镇江府志》中的为第二首；《长至前一夕丹徒道中》见于《四部稿》卷二十四。不过《望焦山》一诗不见于王世贞现有文集之中，其内容却见于明代姑苏顾璘《息园存稿诗》卷八的《望焦山莫至》②。

　　顾璘（1476～1545），字华玉，号东桥居士，苏州府长洲（今江苏省吴县）人，寓居上元（今江苏省南京市），弘治九年（1496）进士，授广平知县，后知开封府，迁吏部右侍郎，累官至南京刑部尚书，《明史》有传。《息园存稿》刊刻于嘉靖十七年戊戌（1538），诗稿陈大壮序之，文稿邓继中序之。王世贞时年13岁，师从周道光学《易》，以求功名，其被人称赞的《宝刀歌》创作于15岁，从中可知这时期的王世贞少有诗作名世。文徵明《故资善大夫南京刑部尚书顾公墓志铭》中言："嘉靖二十四年乙巳闰正月八日辛巳，南京刑部尚书顾公以疾卒于金陵里第。"③可知顾璘在1545年闰正月去世，即使是此时，王世贞也才20岁，且王世贞20

① 乾隆《镇江府志》（二），《中国地方志集成·江苏府县志辑》第28册，江苏古籍出版社，1991，第525页。
② 顾璘：《息园存稿诗》卷八《望焦山莫至》，《景印文渊阁四库全书》第1263册，台湾商务印书馆，1986，第403页。
③ 文徵明：《甫田集》卷三十二《故资善大夫南京刑部尚书顾公墓志铭》，《景印文渊阁四库全书》第1273册，台湾商务印书馆，1986，第264页。

岁前后忙于京城的科举考试和结婚成家，尚无暇与众人游玩焦山，在郑利华和周颖所编写的王世贞年谱中，也没有王世贞当年游玩焦山的记载。而且《望焦山》诗中的"石斗东溟起""江山""少许俗人经"等意象及人生感悟，也不是一个不满 20 岁的少年可以道出的。

综上可知，《望焦山》一诗应为顾璘所作，而非王世贞，乾隆《镇江府志》记载有误。

第二节 "文部"证伪

1. 朱考亭画寒画卷（卷首有昆山王纶理之篆书）

观晦翁书笔势迅疾，曾无意于求工，而点画波磔，无一不合书家矩矱，岂所谓动容周旋中礼者耶？翁书自言初学为蔡端明所诮，曰余学鲁公，乃唐忠臣，公所学汉奸相也。及考《魏武本传》云，汉世，安平崔瑗与子实、弘农张芝与弟昶，并善草书，而操亚之，则魏武之善书信不诬矣。今此诗帖，真有汉魏风骨，视唐宋以下，自别何物。俗儒将元人题品尽行屏弃，岂非艺林中杀风景者哉？展卷再三，不胜慨惋。

吴下王世贞题①

此题跋见于明人汪砢玉《珊瑚网》卷七，清人卞永誉《式古堂书画汇考》卷十四中有相同内容的记载。

朱考亭即朱熹（1130~1200），字元晦，又字仲晦，号晦庵，晚称晦翁，又称考亭先生、沧州病叟、紫阳先生等，谥文，世称朱文公。其是宋朝的儒学集大成者，世尊称为朱子，有《四书章句集注》《通书解说》《周易读本》等文集行世。

首先，此署名为"吴下王世贞"的作品题名为《朱考亭画寒画卷》，但在王世贞的文集中，其提及朱熹时，从来没有用过"考亭"和"晦翁"

---

① 汪砢玉：《珊瑚网》，《景印文渊阁四库全书》第 818 册，台湾商务印书馆，1986，第 109~110 页。

这样的称谓，而是只用"朱文公"或"文公"之称，如《四部稿》是王世贞万历四年及以前的作品集，集中有"然文公以其人霸天下若合契"①"周元公之为元也，程纯公之为纯也，正公之为正也，朱文公之为文也，易名者有深旨焉"② 等语，《续稿》是王世贞晚年作品集，集中有"公始好朱文公先生全书"③"故朱文公元晦产地也，先生入其祠，俯仰久之，则隐然有俎豆其间意矣"④ 等语。

其次，"吴下王世贞"之称亦非王世贞题跋书画时常用的落款。就目前藏于各大博物馆的王世贞真迹而言，台北故宫博物院收藏的王世贞题《跋〈薛道祖杂书卷〉》、北京故宫博物院收藏的王世贞题《跋赵佶〈雪江归棹图卷〉》，其落款均为"琅玡（琊）王世贞"；藏于上海博物馆的王世贞《跋〈嵇康养生论卷〉》、湖北省博物馆的《王世贞写乐府词行草》、北京故宫博物院的王世贞《跋柳公权〈兰亭诗〉》，其落款则均为"吴郡王世贞"；藏于北京故宫博物院的王世贞《跋范仲淹〈道服赞〉》，落款直接为"王世贞"。而"吴下"一词在王世贞文集中也没有出现过，"吴中""吾吴"则较为常见。如王世贞曾言"吴中希哲、徵仲、履吉、道复称四名家"⑤"此刻在宋已少，吾吴仅有都太仆元敬一本语"⑥ 等语。

再次，在明人王鏊（1450~1524）《震泽集》的《跋充道所藏朱文公书》中，有短跋两篇，分别为：

> 观晦翁书笔势迅疾，曾无意于求工也，而寻其点画波磔，无一不合书家矩矱，岂亦所谓动容周旋中礼者耶？（其一）

---

① 王世贞：《弇州山人四部稿》卷七十《山西武举乡试录序》，美国哈佛大学燕京图书馆藏明刻本，第 10 叶。

② 王世贞：《弇州山人四部稿》卷一百三十九《札记内篇》，美国哈佛大学燕京图书馆藏明刻本，第 18 叶。

③ 王世贞：《弇州山人续稿》卷九十六《前翰林编修文林郎含斋曹公墓志铭》，美国普林斯顿大学东亚图书馆藏明刻本，第 16 叶。

④ 王世贞：《弇州山人续稿》卷一百一十九《中顺大夫杭州守初庵方先生墓志铭》，美国普林斯顿大学东亚图书馆藏明刻本，第 10 叶。

⑤ 王世贞：《弇州山人四部稿》卷一百三十二《茂苑菁华卷》，美国哈佛大学燕京图书馆藏明刻本，第 7 叶。

⑥ 王世贞：《弇州山人四部稿》卷一百三十五《张长史郎官壁记》，美国哈佛大学燕京图书馆藏明刻本，第 9 叶。

公书自言初学魏武，其信然耶。观此帖，岂老瞒所尝梦见也。
（其二）①

"充道"即明人靳贵（1464~1520），字充道，号戒庵，江苏丹徒人，
和王鏊素有往来。王鏊，字济之，号守溪，晚号拙叟，有王文恪、震泽先
生之称，吴县人，博学有识鉴，善书法，多藏书，有《震泽编》《震泽
集》《震泽长语》等书行世。王鏊所言"其一"的内容，和《朱考亭画寒
画卷》中第一句高度吻合，且"其二"的内容是《朱考亭画寒画卷》中
其余内容所要表达意思的高度概括。王鏊的时代早于王世贞，王世贞博览
群书，可能熟悉王鏊的《震泽集》，而按照王世贞的写作习惯，如果他引
用了王鏊之语，则会有"王鏊曰""王鏊云""王鏊论曰"等表明王鏊之
言的表述出现，但是《朱考亭画寒画卷》全文并没有出现王鏊之名。

王鏊非常喜欢朱熹的书画，并称朱熹为"晦翁"，如王鏊在《石庄记》
中说道："又有晦翁之遗刻在焉，此尤吾平生之所向往也，以是观物，其可
乎，予起而谢之。"② 而王世贞推崇的书画名家是王羲之、褚遂良、赵孟頫、
祝允明、沈周、唐寅等人，在其文集中亦没有欣赏和评论朱熹书画的文章。

最后，文章标题后的"卷首有昆山王纶理之篆书"之语，提到了明人
王纶，其字理之，苏州府昆山人，伟貌修髯，喜吟善画，尤善写像，为沈
周（1427~1509）的入室弟子。虽然王纶的生卒年不详，但是基于他与沈
周的关系，他应该和王鏊、靳贵为同时期之人，而王鏊、靳贵去世时，王
世贞尚未出生。

综上可知，署名为"吴下王世贞"的《朱考亭画寒画卷》应该不是
王世贞所作，进而以《朱考亭画寒画卷》之论探究王世贞对朱熹书画的评
论，以及研究王世贞的书画论，都不妥。

2. 褚临右军《曲水序》（世称"天历兰亭"）

唐相褚河南临《禊帖》，白麻墨迹一卷。曾入元文宗御府，有天

---

① 王鏊：《震泽集》卷三十五《跋充道所藏朱文公书》，吉林出版集团有限责任公司，
2005，第379页。

② 王鏊：《震泽集》卷十七《石庄记》，吉林出版集团有限责任公司，2005，第165页。

历之宝，及宣政、绍兴诸小玺，宋景濂小楷题跋。吾乡张东海先生，观于曹泾杨氏之衍泽楼，盖云间世家之藏也。笔法飞舞，神采奕奕，可想见右军真本风流，实为希世之宝。

琅琊王世贞①

此题跋见于明人汪砢玉《珊瑚网》卷一，清人卞永誉《式古堂书画汇考》卷五中有相同内容的记载。

王世贞历来推崇王羲之的书法之作，特别是《兰亭序》，并认为："唐人临右军《禊帖》，自汤普澈、冯承素、赵模、诸葛贞外，其严整者，必欧阳率更，而佻险者，咸属褚河南，河南迹尤多。"② 可见王世贞对褚遂良临摹王羲之的书法之作颇为肯定。不过在王世贞文集中，并没有《曲水序》之称，也没有"天历兰亭"之说。虽然文章标明"琅琊王世贞"，但是该文章内容却完整地出现在董其昌文集中，董其昌《画禅室随笔》卷一《跋自书》中的《跋禊帖后》全文为：

唐相褚河南临《禊帖》，白麻迹一卷。曾入元文宗御府，有天历之宝，及宣政、绍兴诸小玺，宋景濂小楷题跋。吾乡张东海先生，观于杨氏之衍泽楼，盖云间世家所藏也。笔法飞舞，神采奕奕，可想见右军真本风流，实为希代之宝。余得之吴太学，每以胜日展玩，辄为心开。至于手临，不一二卷止矣，苦其难合也。昔章子厚日临《兰亭》一卷，东坡闻之，以为从门入者，不是家珍，东坡学书宗旨如此。赵文敏临《禊帖》最多，犹不至如宋之纷纷聚讼，直以笔胜口耳。所谓善易者，不谈易也。③

经过比对可知，《跋禊帖后》中的"唐相褚河南"到"实为希代之

---

① 汪砢玉：《珊瑚网》，《景印文渊阁四库全书》第 818 册，台湾商务印书馆，1986，第 18 页。

② 王世贞：《弇州山人续稿》卷一百六十一《褚临兰亭真迹》，美国普林斯顿大学东亚图书馆藏明刻本，第 3 叶。

③ 董其昌：《画禅室随笔》卷一《跋禊帖后》，浙江人民美术出版社，2016，第 33~34 页。

宝"，与《褚临右军〈曲水序〉》中的内容高度吻合，只有个别字词的出入，且两者表达的意思完全一致。董其昌（1555~1636），字玄宰，号思白、思翁，别号香光，松江华亭（今上海松江）人，谥文敏，又有董文敏之称，明朝后期大臣，著名书画家。而汪砢玉稍晚于董其昌，《珊瑚网》成书于崇祯十六年（1643）①。因此从时间顺序上看，王世贞早于董其昌，其文字的重合之处，应该是后人抄袭前人，不可能是前人抄袭后人，汪砢玉也能翻阅到王世贞和董其昌的文集。但是就具体内容而言，应该是董其昌所作，而非王世贞，主要依据有三。

首先，《兰亭序》天历本与董其昌关系紧密，而黄绢本才关乎王世贞。这篇题跋在文章名字之后说明此本《兰亭序》是世称的"天历兰亭"，据传，《兰亭序》真迹已经陪葬昭陵，现今不见，是故后人的临摹本成为我们认知王羲之《兰亭序》的重要媒介，在众多的版本中，主要的有黄绢本、天历本和神龙本。

天历本。清乾隆时期，内府奉敕汇集有关"兰亭"的八种墨迹，同刻于石柱上，称为"兰亭八柱"，其中被列为第一的是题为《唐虞世南临兰亭帖》者，现藏于北京故宫博物院。此摹本由元代张金界奴进呈给元文宗，摹本末尾处有元人所题的"臣张金界奴上进"小字，押缝处钤有元文宗"天历之宝"大印，所以明清之人也称该本《兰亭序》为"兰亭张金界奴本"或"天历兰亭"。"天历兰亭"上有宋濂于洪武九年（1376）六月二十三日的题跋，后再经几次转手，成化年间成为杨士杰衍泽楼中的藏品，至万历时期，又为吴治所藏，董其昌于万历二十五年丁酉（1597）在吴治处曾见到"天历兰亭"，后此本又为吴廷所有。吴廷，字用卿，号江村、余清斋主，丰南人。董其昌在成为此本的新主人之后，便屡次题跋，如其曾言："赵文敏得独孤长老《定武禊帖》作十三跋，宋时尤延之诸公聚讼争辨，只为此一片石耳。况唐人真迹墨本乎？此卷似永兴所临，曾入元文宗御府，假令文敏见之，又不知当若何欣赏也。久藏余斋中，今为止生所有，可谓得所归矣。"②"天历兰亭"久藏在董其昌书房中，并于万历

---

① 车吉心等主编《齐鲁文化大辞典》，山东教育出版社，1989，第 196 页。

② 《中国法书全集》第 2 卷《魏晋南北朝》，文物出版社，2009，第 136~137 页。

四十六年正月转让给茅元仪。

　　而带有米芾题跋的褚遂良临摹《兰亭序》本，因为书写在黄绢之上，世人亦称其为"黄绢本"。王世贞对此本有所收藏，他还对其来历进行了详细阐释，如其言："唐人临右军《禊帖》，自汤普澈、冯承素、赵模、诸葛贞外，其严整者，必欧阳率更，而佻险者，咸属褚河南，河南迹尤多。米襄阳既于《书史》称得苏沂家第二本，以为出他本上，然考之是双钩廓填耳。《书史》又云右军《笔精》、大令《日寒》二帖，薛丞相居正故物，后归王文惠家。文惠孙居高邮，并收得褚遂良黄绢上临《兰亭》一本，乏资之官，约以五十千质之，后王以二帖质沈存中，而携褚书见过请售，因谢不复取。后十年，王君卒，其子居高邮，欲成姻事，因贺铸持至高邮，以二十千得之。此本藏深山民间，落黄拾遗熊手，以百三十金售余。后有襄阳题署，备极推与，且云是王文惠公故物，辛巳岁购之公孙璹，与《书史》语合。按苏家本于崇宁壬午闰六月手装，此则壬午之八月手装耳。书法翩翩，逸秀点画之间，真有异趣。襄阳所称'庆云丽霄，龙章动采'，庶几近之。盖山阴之哲嗣，而苏本则其仍孙，何得甲彼乙此耶？今年为万历丁丑，上距装裱之岁盖七甲子少三正朔耳，安得不六倍其直也？又有李伯时一跋，虽真迹，而似非题此卷，故剔之以戒蛇足。"① 王世贞深爱黄绢本，作《褚临兰亭歌用旧题定武韵》一诗以抒怀，其中言曰："小儒岂解襄阳狡，偶然弓失偶然得。枯树支屏未为重，定武经镵亦非匹。即容怀瑾中下估，试与绍京千万直。笑杀萧斋一字萧，少室山人为卖宅。"② 即认为自己偶然之间收藏了黄绢本，此事必定能够成为后人铭记于心的名人逸事，他后来还请文嘉、周天球、徐益孙等人观赏此本并题跋。

　　可见董其昌和王世贞在这两种版本的传播过程中具有重要影响，但是他们所影响的版本系统不一样，可作为辨别此文真伪的依据之一。

　　其次，"吾乡张东海先生"中的"张东海"为张弼（1425～1487）。

---

①　王世贞：《弇州山人续稿》卷一百六十一《褚临兰亭真迹》，美国普林斯顿大学东亚图书馆藏明刻本，第3~4叶。

②　王世贞：《弇州山人续稿》卷九《褚临兰亭歌用旧题定武韵》，美国普林斯顿大学东亚图书馆藏明刻本，第5叶。

张弼字汝弼，家近东海，故号东海，晚称东海翁，松江华亭（今上海松江）人。明宪宗成化二年（1466）进士，长于诗文，草书甚佳，著有《东海集》。董其昌也是松江华亭人，而王世贞为苏州太仓人，松江府和苏州府虽然离得很近，但却是行政级别相同的两个府衙。"吾乡"之称，只能是董其昌对张弼的称呼，如果是王世贞言及的话，则为"吾吴"或"吴中"等大概念范畴。如与王世贞关系紧密的徐阶是松江华亭人，王世贞从不以"吾乡"称呼，而属于苏州府的人，王世贞则时常用"吾乡"提及。如王世贞曾言曰："吾乡张幼于与公瑕俱至都。"① 张献翼（字幼于）为苏州长洲人，周天球（字公瑕）为苏州太仓人。再如，王世贞在叙述自己与朱察卿交往时说道："盖晚而获，与上海朱邦宪者识，而始自悔，曰士诚有之，奈何以卤莽轻失士哉。上海去吾乡二百里……"② 上海当时与华亭一样，都属于松江府管辖。

最后，"杨氏之衍泽楼"位于当时的华亭漕泾，属于松江府，"杨氏"则指当时的杨继礼家族，杨氏先世为河南归德人，元末时期，先祖官华亭，遂全家移居华亭漕泾，后在此繁衍子孙，杨继礼为第十世传人，其曾祖父为漕泾人杨周，祖父为杨杲。杨继礼，字彦履，号石间，万历壬辰（1592）进士，与董其昌宅比邻，且与董其昌是翰林院的同僚，两人交情深厚。而在王世贞文集中，没有"衍泽楼"的任何信息，也没有杨氏家族的相关记载，因此王世贞很可能不知道"衍泽楼"，或者从来没有去过。

综上可知，署名为"琅琊王世贞"的《褚临右军〈曲水序〉》应该不是王世贞所作，而是董其昌所作，并且该题跋只是截取了董其昌对"天历兰亭"的部分评论。

3. 开兹宝轴

此文没有明确的篇名，"开兹宝轴"是笔者取自该拓片内容的首句，该拓片现存于镇江焦山碑林风景区内，其内容为：

---

① 王世贞：《弇州山人续稿》卷六十四《游金陵诸园记》，美国普林斯顿大学东亚图书馆藏明刻本，第3叶。

② 王世贞：《弇州山人四部稿》卷八十四《朱邦宪传》，美国哈佛大学燕京图书馆藏明刻本，第4叶。

开兹宝轴，何啻犀然牛渚，献呈，奇炫亦夺目，莫此为快也。万历十九年岁次辛卯七月上浣，过榕会饮，与汝阴范懂虞、淮海邵春霖同观。

王世贞谨跋

跋后落款处有一"王氏元美"印章。然而经过对拓片内容的考辨认为，此跋为伪作。主要原因有三。

首先，王世贞的生卒年为 1526～1590，而 1590 年为明神宗万历十八年，拓片有"万历十九年岁次辛卯"的字样，该年为 1591 年，王世贞早已经去世，完全不可能再游玩焦山，并留下相关的笔迹。

其次，该拓片所显示的字迹不是王世贞真迹，可以参照现存王世贞的拓片真迹，如"中研院"历史语言研究所收藏保存的，其内容为：

春日焦山二首

胜地幽能辟，奇探倦转豪。一九分铁瓮，双柱是金鳌。潮压楼台小，云含薜荔高。中峰带海色，半壁漱春涛。僧饭斋时得，乡愁醉里抛。欲寻焦处士，今古只蓬蒿。

青山望不断，一一凤皇飞。驾海双轮古，襟天匹练肥。鱼因听梵出，鹤为瘗铭归。客坐苔能席，僧房薜自衣。争潮渔鼓乱，离岸寺钟微。余兴还能贾，长歌送落晖。

吴郡王世贞

此拓片中印章的内容为"史语所藏金石拓之章"，这两首诗作在《四部稿》卷三十二中有相对应的原文，只不过题目为《焦山作》而已。很明显的是，将两张拓片进行对比可知，其字迹是两种截然不同的风格。

最后，拓片中提及的汝阴范懂虞、淮海邵春霖等内容，在王世贞文集中均没有相关的文字记载，如果是王世贞所作，则相关的地名或人名等信息，在王世贞文集中应该或多或少有所体现。

综上所述，藏于焦山碑林以"开兹宝轴"为首句的跋，不是王世贞所作。

4. 明工部右侍郎术泉谈公碑

公讳相，字舜贤，号术泉。其先盖青州人，宋南渡静仙公者，居嘉兴，为公之始祖。凡十三叶而至公之祖，曰经，以公贵，赠光禄卿。经生四子，曰泰；曰升；曰豫，封光禄卿；曰泽，其季也。豫生子二，长曰卿，次即公也。公少倜傥有大节，博通经史，尤精八法，嘉靖龙飞七祀，郡守郑公、廉公才识乃率成周里选之制，举而升诸岳牧，岳牧升诸司徒，司徒升诸天子拜官史阁，受上特达之知，始书宫殿扁额称旨，一岁三迁，授中书理纶绋扈。从南巡銮舆，昼夜兼程，劳苦万状，至卫辉渡河前，车陷阻，几坠水，不觉失唉，求救，当事者以惊驾逮至御前，上从容曰："勿得惊彼。"即赐白镪及龙文銮带压惊，且以公无遣随胥役，切责有司云。会行宫失火，公同张少宗伯电、陆锦衣炳以佩剑割席垣，公亲负上火窦中，仓卒走下风，焰烟逼人，不可住足，走田间里许，方得吐息。上心识之，益眷注，归直无逸殿，日给事御前故事。上起则诸臣侍立，上坐则诸臣罗跪于前。宫变后，上每夜坐召公，公竟夕长跪应对，上或口授诗词，语多楚音，人不易解，公条对无误，悉称旨。上时或出尺素，命题斋神，名号多寡不同，公筹疏密长短各称如画一，上益喜。上或抚公肩，或手摩香带，或霁色款语眷洽如家人。公每对御，挥毫蟠玉，大珰绕身，执役数十人，真不啻青莲之遇。时值暑月汗下，上亲以扇拂公，公偶墨点朝衣，惶惧伏谢，上即日起，因赐新衣一袭。或游内苑，必召四臣，严嵩、李本、徐阶、朱希孝与公同登龙舟，宴赏欢笑，出入太液烟波岛屿之中，望之以为神仙。每岁春秋大祀，例遣部卿分祭，上必以公与颁祭品，赐币钞，谢疏布，闻中外者凡数十余。上故事内殿举祀典毕，在直诸臣，例有庆成贺章，大老悉推公具草，以为词致精练，文藻焕发也。然疏入辄称旨，随赐金币有差，又不可数计，至于尚方服御诸物，颁赉之赐，相望于道，有亲故大臣所不敢望者，举世荣之，公感上恩，誓糜躯弗顾也。累迁至工部右侍郎，赐一品服，食二品俸，祖父母、父母皆封赠如其官，予祭葬。公慈心爱物，急人之难若己有之。奉使齐有千兵王者，公故交适以诖，误坐重辟。公白于当事者，洗其冤，并同事四人出之，至今尸祝焉。有故人宋璋者，为陆锦衣掌案牍，下狱，公为救解，得免于死。比时城狐翼虎，播虐千家，公所拯济，不可殚录，月俸入，周急亲故，为待举火者数十家。乡人运饷入都，公必居间，大省其费，更有不能支者复为贷予，不问子母钱，即有负者亦不较，且弗悔也。历二十余年，乡党蒙庇者不知几十百人，又留心文苑，奖与后进，若四明陈宪副应麟、蒲邑张银台书，皆公剪拂以起，次第成进士。其激励引披登贤书者比比，以故朝士翕然多。公惟性秉直，不阿权要，遇事可否，义形于色。相初为夏文愍才，首为推毂，公因心德之，及文愍中相嵩谮死，非其罪，公酒间每弹指嵩父子，感忿流涕，发上指冠，有媒之嵩者衔之，势遂不两立。会内艰，公力请终制，不可得予，假营葬还里，以遇倭燹期年，仅得毕事，复命渡淮，复道病，上疏乞宽逾限。嵩乘而调旨切责，公皇遽兼程赴阙，具述情疏引咎，嵩隐不闻，以激怒上，授旨法司比弃毁诏书律死。后嵩以败籍，诏复文愍官，予恤赠，相子文明，伏阙白父冤下部，寝未报，人至今扼腕云。是为记。①

此文出自崇祯《嘉兴县志》卷二十三，署名为“王世贞”，崇祯《嘉兴县志》共二十四卷，明人罗炌、黄承昊等编纂，明崇祯十年（1637）刊刻。

不过在此文之外，徐象梅《两浙名贤录》卷四十九《工部右侍郎谈舜贤相》也有相似内容的记载，但没有署名为“王世贞”，为了方便比对，现录入全文。

谈相，字舜贤，嘉兴人。少偶傥有大节，博通经史，尤精八法，嘉靖七年以能书荐，拜官史阁。受肃皇帝特达之知，始书宫殿扁额称旨，一岁三迁，授中书理纶绋扈。从南巡，会行宫火，相与少宗伯张电、锦衣陆炳以佩刀割席垣，相亲负上出火窦中，仓卒走下风，烟焰逼人，不可住足，走田间里许，方得吐息。上心识之，益眷注，归直无逸殿，日给事御前。相每对御，挥毫蟠玉，大珰缉身，执役数十

人，真不啻李青莲之遇。时值暑月汗下，上亲以扇拂相，相偶墨点朝衣，惶惧伏谢，上即曰起，因赐新衣一袭。或游内苑，必召严嵩、李本、徐阶、朱希孝四大臣，与相同登龙舟，宴赏欢笑，出入太液烟波岛屿中，望之者以为神仙。每岁春秋大祀，例遣部卿分祭，上必以相与颁祭品。故事内殿举祀典毕，在直诸臣，例有庆成贺章，诸大老悉推相具草，疏入辄称旨，随赐金币有差，其他尚方服御诸物，颁赉之赐，相望于道，有亲故大臣所不敢望者，相感上恩，誓糜躯弗顾也。累迁至工部右侍郎，赐一品服，食二品俸，祖父母、父母皆封赠如其官，予祭葬加等，举世以为荣，而忌之者不无耽耽视矣。相性秉直，不阿权要，遇事可否，义形于色。初夏文愍言才相，首为推毂，相因心德之，及文愍中相嵩谮死，非其罪，相假间每弹指嵩父子，感忿流涕，发上指冠，有媒之嵩者衔之，势遂不两立。会内艰，相力请终制，不得予，假营葬还里，遇倭燹期年，仅得毕事，复命渡淮，复道病，上疏乞宽逾限。相嵩乘而调旨切责，相遑遽兼程赴阙，具疏引咎，嵩隐不闻，以激怒上，授旨法司比弃毁诏书律死。后嵩以败籍，诏复文愍官，予恤赠，相子文明，伏阙白父冤下部，寝不报，人至今扼腕云。①

虽然《工部右侍郎谈舜贤相》只有 500 余字，而《明工部右侍郎术泉谈公碑》有 1000 余字，是《工部右侍郎谈舜贤相》篇幅的近两倍，但是仔细阅读两篇文章便可知，《明工部右侍郎术泉谈公碑》是在《工部右侍郎谈舜贤相》基础之上的修改。主要原因有三。

首先，《工部右侍郎谈舜贤相》所述之事全部在《明工部右侍郎术泉谈公碑》中有所体现，且所述之事发生的前后时间顺序完全一致，只不过《工部右侍郎谈舜贤相》为略写，《明工部右侍郎术泉谈公碑》则较为详细。如"相每对御"之事，《工部右侍郎谈舜贤相》一文寥寥数字，而《明工部右侍郎术泉谈公碑》中却详尽叙述了谈相对御的各种事情，更加

---

① 徐象梅：《两浙名贤录》卷四十九，《四库全书存目丛书》史部第 114 册，齐鲁书社，1996，第 564~567 页。

体现了谈相的多面才能。

其次,《明工部右侍郎术泉谈公碑》中对谈相的称谓不一,全文基本上都是用"公"尊称谈相,这也比较符合碑文的写作规范,但文章却有三处以"相"之称指代谈相,如"相望于道,有亲故大臣所不敢望者""相初为夏文愍才""相子文明",而《工部右侍郎谈舜贤相》中全文称谈相皆为"相",因此《明工部右侍郎术泉谈公碑》中之"相"似乎是修改前文之作时留下来的痕迹。

最后,崇祯《嘉兴县志》刊刻于明崇祯十年(1637),而《两浙名贤录》为天启间徐氏光碧堂刻本,虽然具体时间不知,但是"天启"为明熹宗朱由校在位时的年号,是1621年至1627年,显然《两浙名贤录》中的《工部右侍郎谈舜贤相》早于崇祯《嘉兴县志》中的《明工部右侍郎术泉谈公碑》。孙梦迪认为:"这篇碑文(《明工部右侍郎术泉谈公碑》)内容丰富,叙述具体,感情真挚,被《两浙名贤录》所借鉴,通过对比可见后者是删改此文而成。"① 此说应该不成立。

从两篇文章的对比中可知,最初写作谈相之文是没有属"王世贞"之名的,后来之文很可能是作者有意加上去的。

至于谈相,王世贞在文集中还是有所提及的,如王世贞在《文臣异途》中明确言及谈相被举荐为官之因时说道:"礼部左侍郎张电,工部右侍郎谈相、王槐,翰林院学士沈度,大理寺少卿沈粲,都察院右佥都御史凌晏如,皆以习字选。"② 这和历史上谈相善字之说是相吻合的。不过对于谈相的人品,王世贞抱有批评的态度,如他在《弇州史料》中说:"谈相者,中书官也,带衔工部侍郎,赐飞鱼服色,以母丧请假归,竟不葬母,乃日挟妓女,衣飞鱼服,放浪西湖上,又恃宠,凌蔑有司,为御史所奏,上怒,逮至京师,斩之。"③ 此事在《明工部右侍郎术泉谈公碑》和《工部右侍郎谈舜贤相》中皆未明确提及,两文只言及谈相"上疏乞宽逾限"一事,并将谈相的死因归结于严嵩的恶意陷害。但凭实而论,两文中所言"嵩乘而调旨切责"一事,即严嵩调旨问责后,谈相便立马兼程赴

---

① 孙梦迪:《王世贞散佚作品研究》,上海交通大学硕士学位论文,2015,第35页。
② 吕浩校点《弇山堂别集》卷十《皇明异典述五》,上海古籍出版社,2017,第227页。
③ 王世贞:《弇州史料》卷二十一,美国哈佛大学燕京图书馆藏明刻本,第11叶。

阙，陈述过错，受宠之人不会因为葬母延误归期而让皇帝大怒，必定是有违背礼法之事，为皇帝所不能容，因此谈相之错并不是空穴来风，王世贞也是以不隐恶的态度对待史实的，推崇董狐之笔。

至于先出的《工部右侍郎谈舜贤相》不记此事，《四库全书总目》在评论《两浙名贤录》时说道：

> 《两浙名贤录》五十四卷，《外录》八卷，浙江巡抚采进本。明徐象梅撰。象梅字仲和，钱塘人。其书取两浙先贤自唐、虞迄明隆庆，别为二十二门。又外录"元元""空空"二门，以载释、道二家。名目既多，体遂冗杂。如辅弼经济，无故区分。文苑儒硕，过加轩轾。又诸传皆标题官爵，独"道学"一门称先生而不书其官，于体例亦未画一。至所列之人，本正史者十仅二三，本地志者乃十至六七。以乡间粉饰之语，依据成书，殆亦未尽核实矣。①

可见该书非常繁杂，且部分内容的体例没有统一，所选人物正史中提及的才十分之二三，大多取自杂书、野史，甚至是在创作过程中"以乡间粉饰之语，依据成书，殆亦未尽核实矣"，具有明显的地方人物襃扬特点，是故在《工部右侍郎谈舜贤相》中没有见到谈相的任何不足之处。可见《两浙名贤录》所载之文不能全信，《明史》亦无谈相传，明人沈德符《万历野获编·神仙·谈相徐爵遇神人》提及遇神人一事，但杜撰成分颇多，至于徐爵，在历史上确有其人，不过他身为锦衣卫指挥，与宦官冯保一起屡次作奸犯科，历来评价不高。而依《工部右侍郎谈舜贤相》而演绎的《明工部右侍郎术泉谈公碑》，更不可全信，也因此，王世贞不太可能会给一个自己批评过且有品行劣迹的人写声情并茂的碑文。

综上可知，署名为"王世贞"的《明工部右侍郎术泉谈公碑》一文，应该不是王世贞所作，系他人托名而为之。

5. 王世贞尺牍

有关王世贞的书法作品，除在北京故宫博物院、湖北省博物馆、台北

---

① 永瑢等：《四库全书总目》卷六十二《两浙名贤录》，中华书局，1965，第562页。

故宫博物院等地方收藏之外，尚有部分散落在民间。据悉，有一名为《王世贞尺牍》的私人藏品，共有尺牍 14 通，历来多人认为此品为真，并以此为基础评论王世贞的诗文、书法等观念。如于右任在 1943 年浏览后题跋道："王世贞字元美，明大臣，登第三朝，为七才子之首，著名文学家、书法家。运芳先生新得元美书信，神妙之品，可谓前缘。此信札为晚年笔墨，尤为难得，先生珍秘之。"① 《书法》期刊于 2005 年第 6 期刊登该藏品，胡传海据此认为："王世贞不以书鸣世，而能出此手笔，可见，书法能变化气质，文化能陶冶性灵，故知书道，亦足以恢廓才情，酝酿学问也。"② 且他还介绍道："此本《王世贞尺牍》曾经新安小天籁阁项汉泉、吴荣光、吴平斋、汪士元麓云楼、王祖锡等一些著名藏家收藏，可谓弥足珍贵。"③ 如此册卷首钤有七枚印章，分别为"惕安珍赏""荷屋审定""士元珍藏""吴云私印""新安项源汉泉氏一字曰芝房印记""嘉兴王祖锡法书名画珍赏""不洗砚斋"。沈鹏则在 2014 年夏至时欣赏此品，题跋道："明代王世贞出身官宦人家……此册尺牍多为致同僚信函……彰显一代文坛盟主之风范。"④ 后来陈铭在《光明日报》上再次介绍此册尺牍，认为："此尺牍是其晚年写给内阁权臣和地方官员的信函，涉及拨发兵饷、月报税银、绸缎织造、河道漕运及惩办土棍等，堪称研究明代政治、经济、军事的第一手资料。册中信函以颜真卿《争座位帖》为底本，运笔率意洒脱，气息刚劲儒雅。"⑤ 此册尺牍还曾远赴海外进行展览，以体现王世贞的书法造诣。具体而言，《王世贞尺牍》的内容如下。

　　莫中堂宅内孙少爷取启：

　　忝叨世好，晤语无由。上冬，中堂蒙恩远戍，尊大人、令叔随侍同行。祥闻信后，曾书寸丹，并附具三枝交宅内旧人董成达趋赴前途，代躬叩请慈安。惟关山迢隔，未知曾否达览。中堂到戍，贵体若

① 于右任题《王世贞尺牍》，《书法》2005 年第 6 期，第 67 页。
② 胡传海：《神妙之品——读〈王世贞尺牍〉》，《书法》2005 年第 6 期，第 66 页。
③ 胡传海：《神妙之品——读〈王世贞尺牍〉》，《书法》2005 年第 6 期，第 67 页。
④ 转引自陈铭《王世贞尺牍》，《光明日报》2014 年 11 月 18 日，第 12 版。
⑤ 陈铭：《王世贞尺牍》，《光明日报》2014 年 11 月 18 日，第 12 版。

何，殊深依恋。想迩日宅内禀报可通，尚希附笔禀安，并将戍所情形，随时赐示，以慰驰忱。窃念尊堂太太同贤昆仲在京，清风一室，虽不日定有赐环之恩，而目前未免尸饔之急。兹因长随□□进京之便，知伊为尊处管事至亲，特具草函，并附白金二百两，嘱其亲送到府。祈即转呈尊堂太太查收，聊以补苴零用，日后容再图效绵薄也。端此布候贤昆仲钧安，并请尊堂太太懿祉。统惟雅照不宣。

四月六日元美

再禀者，所有浒关课税，自上年三月初三日开征起，至今年三月初二日，一年届满，现在恭折具奏，谨录折稿呈阅。苏省上年夏秋之间，雨泽愆期，江潮不旺，运河水势本浅，商船行运维艰，职设法招徕，自三月至十月，日收税银尚敷比较一交，冬月，先因回空漕船南下，继以筑坝兴，挑商货不前，不料自冬徂春，未得有透雨。重运漕船虽自正月初十日开行，而常镇一带，节节浅阻，多雇民船随帮起驳，外江货船，既不能插帮进口，即近地小贩，因民船纷纷封雇拨粮，乏船装货，以致到关投税者，每日不过二三百两。计自冬月至今，短收盈余至七万五千余两之多，职内不自安，暗入银一万两，今以六万五千余两入奏。虽短绌实属有因，而寸衷不胜惶悚。尚祈大人慈怀垂照，俾免陨越贻讥，下忱无任感祷。合肃奉闻。谨奉。（其一）

元美

（至七万五千云云写入禧穆二信奉内，余不用，止写盈余如所奏之数可也）

致蒋中堂：

夹入绸缪加长账一纸，云云前奉钧谕解甘绸缎一事，□□处已将本年办解各件，另行捐资改织，其不敷两身一身者，俱已加长加重。现于三月十二日试用从九品委员雷育谦领解起程，谨将逐项加长尺寸开单呈阅，再蒙委寄江绸、线绉、袍褂料各十副，亦经妥为装盛，随同发下兰州程观察一函，即交该委员带甘赉投，不致有误。知仅锦怀，并以覆。（其二）

复福张大人：

再蒙。

付阅贵友工部朱公开送节略一件，谨已诵悉。惟三江营、荷花池地方，为由江达海要路。本关例，应巡查至上游蒜山，只系船户投结公所，其货载无凭查考，若如所云，凡在蒜山公馆具结而下之船，许其通行无阻，将沙洲囤运绕漏毫无防闲，似非设巡本意矣。于未奉旨谕之先，访闻该处巡差刘德弟兄二人，有私索看舱钱文之事，早经革退严提，现在逃匿无踪，今又改派妥实京内家丁前往巡查。总之有治人，无治法，在巡差讹索，固当严办，而铺户囤漏，亦须重惩。惟严饬丁役，恪守旧章，秉公查办，不敢自旷厥职也。并以覆闻又启。（其一）

张常熟县□，银篆初开，琼霙乍霁，惟□兄大人抚而凝绩。琴祉骈蕃，曷胜欣颂。顷据敝处福山税口家人陈贵等禀称，上元之夕，有土棍张四四、李乔三、宝和、谢培二四人，纠合不识姓名多人，将跟役陈三攒殴受伤，逞凶滋闹，控经福山营移送。

承案等情，查张四四等，素非安分之徒，冒巡滋扰，已非一日，务祈大兄大人讯发雷霆，按名严提惩办。俾伊等稍知敛迹，庶免贻害商旅，实与公事攸裨，叨光匪浅，当此布达，祺候升安，不一。（其二）

　　　　　　　　　　　　　　己丑夏十八日王世贞

禧大人：

敬禀者，十二月廿九日奉到户部札，行拨济甘肃兵饷银二十万两。现即咨请委员，分头二两批赶紧起解，不致耽延，仰蒙大人关怀垂照，感沏五中。查关库现在尚有续收税银，并存款共二十万两，堪以外拨。如新岁遇有河饷赈务等项，应需协济之处，尚求大人逾格施情，全数指拨，俾免余剩零星，仍须解部周章，则感戴鸿慈实矣，无极也，统祈垂照。谨禀。（其一）

昨专诚趋谢，未得面晤为怅，漕船开行紧急，备悉公政烦心。前日谕商之事，弟处苟可通融，断无稍存膜视之理。无如自去冬以来，内庭派办差使甚多，皆系无可开销，其工料所需挪垫不少，前欲向芸楣太守处通融，又未能如愿。现在弟处公私极为掣肘，实无可挪之款，明知尊处为日甚，暂且有上两年故事可循，弟亦何惮而不为，今事与愿违，谅三位兄长自能鉴原于格外也。端此奉覆。顺候升安，不一。（其二）

元美顿首卅日（王世贞印）

致抚军：

敬启者，弟处月报银清册例应按月造送，今因关署火烧堂簿一事，已将红簿一并送案。是以月报无凭查造，致多迟搁，现闻此案已经臬司核议具详，可否即请四兄大人，饬承备文咨部一面先将堂簿发还，以便核造报册。叨荷公谊，感谢何如，秉此教请，公安，不一。

万历季秋八日，吴郡王世贞顿首

禀蒋中堂：

敬禀者，职于岁腊肃申笃禀，知邀慈照，并于岁底抵奉，拜领多珍，曷胜铭谢，兹际新韶布令。敬惟中堂，崇履康绥，调元赞运，下风依恋，瞻颂何涯。职接到彭尚衣来信，传奉中堂谕，言甘肃绸缎，尺寸短窄，容参赞有信，嘱令加宽办解等。因职查此项，绸缎尺寸均有定例，历来三处遵循，尽一一办理，并无偷减。惟每□不敷两件衣料，其单匹亦觉稍窄，此系从前定例，似有未协。今职处应解已丑廿缎业经织办齐全，正在委员起解间，随蒙中堂垂情关示，感泗五中。窃以新疆正在整饬紧要之时，一切赏耗所需，自当加意慎重，职不敢惜赔。现已谨遵公谕，将各件酌加尺寸，另行织办。每□皆足敷两件，每匹皆足敷一件，务期济用合宜。然后委解起程，惟望中堂函覆容参赞时，不吝齿芬，代为剖白，免蹈愆尤，皆出自恹懔之德也。秉此祗请金安，伏惟垂鉴，谨禀。

元美九月五日

致江宁彭尚衣：

新岁秉函申贺，知远典签迹，惟三兄大人春韶布恺，动寂咸宣，寂如私项人日，幸到手缄，述知蒋节相论及甘肃绸缎一事，谨已祝领。此项绸缎，虽尺寸皆遵成例，弟等原无偷减，惟念新疆整饬一切，正在紧要之时，自当倍加慎重。今弟已饬承遵照，每□每匹均加尺寸，足敷两件一件之料，并已将遵办，缘由径处节相，无种承阅，思合□处，谢祝请。台安，不一。

世贞谨顿四月廿日（王世贞印）

尊处思此项绸缎，虽系按照成例织办，但核其尺寸，每□似不足两件，每匹似不足一件，殊所未解，现值新疆整顿一切，尤宜加意慎重，以免彼处挑驳具奏，大有未便。是以现解己丑绸缎已饬承另织，加宽尺寸，每□每匹均足两件一件之料，务令敷余，不散惜此赔。累想六弟大人卓识精详，自有定见，如何办理，尚希示知，专此节闻顺请。台安，不一。

世贞手启（王世贞印、元美）

复常熟县张（还手本）：

顷展还云，知日前肃县寸笺已登签室，所有福山土棍滋闹税口一案，知经差提惩办，并将地保枷饬，勒令交案，尚希严催，以免容搁种费，清心铭戢，靡既承牍处，谢顺候升安并璧衔版，不一。（其一）

复无锡县陈（还手本）：

云云同上，所有逼解人犯、船户匿漏税货一案，知经会同金邑一体饬禁县□，公谊务希严饬妄差，随时查察，感荷靡涯云云。（其二）

世贞（王世贞印）

致衍大人：

敬启者，敝关每月有册报，督抚两院征收货税之例，上年因有册书误烧红簿一案，当将经收各簿一并咨送中丞饬审。是以九月以后，报册无凭核造，迟逾已久。今闻此案已据府详，现归尊处核议，可否恳请□兄大人迅赐详院，俾可早日咨部，而红簿得还月报，亦不致久逾，皆感云情靡既也，端此祇请。公安统惟澄照，不一。

万历八月中秋后一日，元美顿首

上述内容皆不见于《四部稿》《续稿》等王世贞文集，该藏品虽然有代表王世贞的印章、名人的收藏印章，以及万历年、元美、吴郡王世贞等表述，但是这并不能证明这一系列尺牍为王世贞晚年所作，且就内容而言，可以肯定的是，《王世贞尺牍》并非明代王世贞所作，乃是清人伪作，主要原因有四。

其一，文中所言之事与王世贞生平经历不符。首先，文中所言事务与王世贞所任官职不符。如王世贞先后任刑部员外郎、山东按察副使青州兵备使、浙江左参政、山西按察使、湖广按察使、郧阳巡抚、南京刑部尚书等职，而文中所言的拨发兵饷、绸缎织造之事在新疆和甘肃等地，有关月报税银、河道漕运的三江营、荷花池、蒜山、浒关则在苏州、镇江、扬州等地，这不仅与王世贞为官之地不相符合，且月报税银、河道漕运之事不在王世贞的职责范围之内。其次，文中所言具体时间与王世贞经历不符。如第三篇的落款时间为"己丑夏十八日"，从王世贞的一生事迹来看，他经历过两个己丑年，一是嘉靖八年（1529），王世贞4岁，一是万历十七年（1589），王世贞64岁，且文中所言，是向"福张大人"汇报河道漕运和惩办土棍之事，王世贞4岁不可能办理此事，而在64岁时，他主要在南京和太仓之地，并且身患重疾，隐世为主，也不可能接触这类事务。最后，文中所言人物均不见于王世贞文集。文中部分人员名字易知，如巡差刘德、工部朱公开、九品委员雷育谦、土棍张四四等，部分人员是其姓氏、字号加官职组成，如蒋中堂、莫中堂、芸楣太守、江宁彭尚衣等，但是这些人没有一个在王世贞文集中得以体现。

其二，部分地名为清朝时期才有。如文中多次提及的"新疆"地名，在明朝时尚没有如此称呼，直到清朝才有。它起初并不为清朝统一后的西域所独有，肖之兴考证道："清朝政府称云南乌蒙地区、贵州黔东南古州一带、贵州安顺与镇宁附近一带和西域等几个地区为新疆，所指都是中国的国内少数民族聚居区。"① 但在这之前，并没有其他地域称为"新疆"。另外，《清史稿》记载："（新疆）古雍州域外西戎之地。顺治四年，哈密

---

① 肖之兴：《清代的几个新疆》，《历史研究》1979年第8期，第84页。

内属，吐鲁番亦入贡，惟四卫拉特仍据其地。准噶尔数侵喀尔喀，圣祖三临朔漠征之，噶尔丹走死。……二十七年，设伊犁总统将军及都统、参赞、办事、协办、领队诸大臣，分驻各城，并设阿奇木伯克理回务。"①也即从此时起，清政府开始"统辖天山南北准部、回部各新疆地方驻防官兵"②。除"新疆"外，文中多次提及的"甘肃"之称也是如此。明洪武二年（1369），明政府裁并甘肃行省入陕西行省，后改为陕西布政使司，直到清康熙二年（1663）分陕西为左、右布政使司，七年又改为甘肃布政使司，徙治兰州，乾隆二十九年（1764）陕甘总督才正式移驻兰州。因此，在王世贞所生活的年代，没有"新疆""甘肃"地区一说。

其三，部分官职为清朝时期才有。虽然清朝的官制与明朝有很多相同之处，但是部分官制却为清朝新创。如第六篇中所言"容参赞有信，嘱令加宽办解等"，"参赞"应为"参赞大臣"的简称，"清制，于总统新疆伊犁等处将军下设参赞大臣，赞襄军政，又往往于临时率师出征的统帅下设参赞大臣，以分领军队，事毕即解除兵柄"③。乾隆二十八年正月甲申，清朝政府正式任命纳世通以参赞大臣总理回疆事务，以加强对新疆地区的管理。

其四，文中部分称呼和落款不符合王世贞的习惯用法。首先，在对他人的称呼上，文中多次明确书牍是写给"蒋中堂""莫中堂"等人，并有"奉中堂谕"语，但是王世贞文集中所用"中堂"之语多指厅堂，加上明朝奉行内阁制，"阁老""阁臣"用法较为普遍。其次，在尺牍的落款上，王世贞、世贞、元美等自称皆有，但是现存于各大博物馆的王世贞题跋，其落款均为"世贞"或"王世贞"字样，没有"元美"，只是有"元美"印。另外，在时间的表述上，此册书牍多处较为模糊，"万历季秋八日""万历八月中秋"等"朝代＋月份"的表述不甚严谨，而现存确认为王世贞作品的，则时间较为具体，为"朝代＋年份＋月份""朝代＋年份""年份"等形式，根据王世贞的生平年月即可查知，如王世贞《跋〈嵇康养

---

①　赵尔巽等：《清史稿》卷七十六，中华书局，1977，第 2371~2372 页。

②　谭其骧主编《简明中国历史地图集》，中国地图出版社，1996，第 66 页。

③　《中国军事辞典》编纂组编《中国军事辞典》，解放军出版社，1990，第 642 页。

生论卷〉》的落款日期为"万历纪元秋七月"①，在《跋范仲淹〈道服赞〉》中为"己卯"②。最后，在自称的用语上，王世贞经常以"世贞"自称，如"世贞奉使东过里"③ "徐生间过世贞，谈其尊人东皋翁"④ 等语。而文中所言"祥闻信后"，突出了作者自称中可能与"祥"有关，"弟处月报银""现在弟处"，则可见作者与他人多以兄弟相称。

就写作形式而言，此册尺牍与各大博物馆所存王世贞真迹相比，有所出入，主要体现在两个方面。

一是藏品的整体风格不同。此尺牍的整体风格较为柔弱，如在单独欣赏此册尺牍的书法特点时，胡传海认为它是"以《争座位》为底本，效法朱熹尺牍精谨秀美之面貌……纤细之美，丝丝入扣，神聚不散"⑤。但是王世贞书法于古推崇魏晋，尤喜王羲之，他认为："书法至魏晋极矣，纵复赝者、临摹者，三四刻石，犹足压倒余子。"⑥ "右军之书，后世摹仿者仅能得其圆密，已为至矣。"⑦ 如黄惇评价王世贞真迹《行草乐府词册》时说道："可知其（王世贞）取法正从二王一派而来。此卷行草二体夹杂，以草为主。行则多见《兰亭》《圣教》字势，草则可观右军《十七帖》……精彩处尤见其谙熟草法，于流利酣畅中透露出清秀典雅的书卷气息。"⑧ 这种评价同样适合《赠王十岳诗》《跋王冕、吴镇〈梅竹双清图〉》《跋赵佶〈雪江归棹图卷〉》等现存真迹，因此王世贞的取法不会是朱熹，其对宋人的整体评价不高。

二是部分字词写法有出入。如《王世贞尺牍》中多次出现的"月"

① 见上海博物馆所藏《嵇康养生论卷》。
② 见北京故宫博物院所藏王世贞《跋范仲淹〈道服赞〉》。
③ 王世贞：《弇州山人四部稿》卷六十《寿封君凌翁七十序》，美国哈佛大学燕京图书馆藏明刻本，第 8 叶。
④ 王世贞：《弇州山人四部稿》卷六十《赠东皋翁序》，美国哈佛大学燕京图书馆藏明刻本，第 9 叶。
⑤ 胡传海：《神妙之品——读〈王世贞尺牍〉》，《书法》2005 年第 6 期，第 66 页。
⑥ 王世贞：《弇州山人四部稿》卷一百三十三《淳化阁帖十跋》，美国哈佛大学燕京图书馆藏明刻本，第 3 叶。
⑦ 王世贞：《弇州山人四部稿》卷一百五十三《艺苑卮言附录二》，美国哈佛大学燕京图书馆藏明刻本，第 9 叶。
⑧ 黄惇：《王世贞〈行草乐府词册〉与他的书法观》，《中国书法》2003 年第 9 期，第 24~25 页。

"山""理""两"等字，在取笔笔法和字体效果上，与现存真迹中的字皆不一样。另外，印章字体和内容有所不同。如《王世贞尺牍》中的"元美"印章字迹和现存真迹中的"元美"印章均不同，且现存真迹中，有"王元美印""元美""天弢居士""五湖长印""弇州山人印""凤洲"这些印章，却没有"王世贞印"，按照古人刻章习惯，也极少会刻自己全名，一般以字号、雅室名等代替。

综上种种原因，《王世贞尺牍》的 14 通书信应该全部为后人伪作，因此不能据此对王世贞进行文学、艺术学等方面的研究。

第三节　存疑之作

在搜集散佚之作时，虽然对部分作品进行详细考证后，能够辨别其真伪，但是还有一部分署名为"王世贞"的作品，由于现有资料欠缺、作品信息不全等原因，无法对其真伪进行定性，只能存疑。因此单独撰写此节，以保留这类作品，同时也为他人的相关研究提供线索。

1. 侍生王世贞、懋顿首拜

此作品来自方正数字图书馆，孙梦迪《王世贞散佚作品研究》[①] 一文也有提及，其内容为：

> 侍生王世贞、懋顿首拜
>
> 累承吾丈指示，感不可言，两日消息微有复生之机，不敢激耳。礼部复应恤，应夺疏上否，凡有所闻，幸不惜教养新契，命拜讬得及。

按内容而言，此文应该是王世贞和其弟王世懋就父难之事向别人所写的书信，意在知道父亲还有一线生还的希望时，请教下一步该如何做。关于此事，王世贞在文集中也有所提及，如他在《上太师徐阶》一文中说道："记不肖橐饘之日，以楚服请见我相公。曲垂指示，谓当泯默，姑俟

---

① 孙梦迪：《王世贞散佚作品研究》，上海交通大学硕士学位论文，2015，第 29 页。

天定，不宜速激，更生不测。因旁及时事，叹息久之。"① 因此，"吾丈"极有可能就是指徐阶，徐阶和王世贞素有往来，且赏识王世贞的才气，在他的一生中，多次给予帮助。然而，这一切都只是猜测，此作品的有效信息有限，没有落款，也没有印章，在王世贞文集中，也没有找到与之相应的文章，再加上书信开头的"侍生王世贞、懋顿首拜"字样，按一般的写作规范来看，不应该放在右下角的位置。所以，对于此篇标有"王世贞"的文章，只能存疑。

2. 滴沥珠玑翠壁间

此作品是"嘉德四季第 51 期·仲夏拍卖会"上的藏品之一，草书七言诗，立轴，纸本，钤有"王氏元美""弇州山叟"两枚印章。其内容为：

> 滴沥珠玑翠壁间，遭时曾得奉龙颜。栏倾甃缺无人管，满院松风尽掩关。
>
> 王世贞书

据王世贞文集，并没有发现与之相应的诗作，然而翻阅他人文集后，可知此诗源自陆游的《过武连县北柳池安国院煮泉，试日铸，顾渚茶。院有二泉，皆甘寒。传云：唐僖宗幸蜀，在道不豫，至此饮泉而愈，赐名报国灵泉云》，只不过陆游用的是"壁"而非"璧"字。王世贞虽然对陆游多有评论，但是单幅的书写其作，在目前搜集的文献资料中也少见。由于资料有限，该作品也没有提供更多的有效信息，对此作无法进行深入辨析，只能存疑。

3. 具区南浔女牛临

此作品为上氏拍卖株式会社在 2021 年春季艺术品拍卖会上拍卖的藏品之一，编号为 0491，行书七言诗，立轴，水墨纸本。内容为：

> 具区南浔女牛临，万顷沧波千尺深。白雪虹桥秋滟滟，天低鼍窟

---

① 王世贞：《弇州山人四部稿》卷一百二十三《上太师徐公》，美国哈佛大学燕京图书馆藏明刻本，第 2 叶。

昼阴阴。吴王列宴乌栖曲，越女明妆鼓枻吟。客醉向夸湖上乐，一从金马便浮沉。

　　有客携对索题，因书旧作与之。弇山人王世贞

　　根据诗作内容，翻阅王世贞文集，其在《四部稿》卷三十三中有完整的体现，诗名为《与于鳞诸子即席分赋得怀太湖阴字》①，而末尾处的"有客携对索题，因书旧作与之。弇山人王世贞"语句则被删除。此种行为虽然符合王世贞编纂《四部稿》的一贯体例，但是拍卖会上的藏品真假难辨，本人学识有限，在没有更多的佐证材料或者没有权威部门做出鉴定的情况之下，只能将此列入存疑作品类。

　　4. 兴寄沧州曲涧隈

　　此作品为广东小雅斋拍卖有限公司在 2017 年"小雅撷珍"第 6 期书画拍卖会上拍卖的藏品之一，编号为 0887，水墨纸本，钤有"法华宝笈""蕉林书屋""王氏元美""弇州山人"。其内容为：

　　兴寄沧州曲涧隈，水云多处少尘埃。深林竹干秀可数，透叶芙渠花半开。题凤高人增逸致，采芳佳客有仙才。凭将一副剡藤滑，点染风光自几回。

　　余见五峰画此图多矣，故云。弇州山人王世贞

　　以上诗作内容，在王世贞文集中并没有找到相应的文字信息，虽然王世贞所题乃是部分内容，该幅作品还有许初、陆士仁的题跋，以及整幅作品的末尾处还钤有"上海市文物管理委员会藏记"的印章，但是在没有明确资料佐证的情况下，无法准确辨别作品内容的真伪性，暂时只能将此列入存疑作品类。

　　5. 题跋《幽兰赋》

　　此作品为中国嘉德在"嘉德四季第 54 期·仲夏拍卖会"上拍卖的藏

---

① 王世贞：《弇州山人四部稿》卷三十三《与于鳞诸子即席分赋得怀太湖阴字》，美国哈佛大学燕京图书馆藏明刻本，第 11 叶。

品之一，编号为1091，《幽兰赋图卷》，手卷，纸本，钤有"世贞""元美"两枚印章。其内容为：

惟幽兰之芳草，禀天地之纯精。抱青紫之奇色，挺龙虎之嘉名。不起林而独秀，必固本而丛生。尔乃丰茸十步，绵连九畹。茎受露而将低，香从风而自远。当此之时，丛兰正滋。美庭闱之孝子，循南陔而采之。楚襄王兰台之宫，零落无丛；汉武帝猗兰之殿，荒凉几变。闻昔日之芳菲，恨今人之不见。至若桃李水上，佩兰若而续魂；竹箭山阴，坐兰亭而开宴。江南则兰泽为洲，东海则兰陵为县。隰有兰兮长不改，心若兰兮终不移。及夫东山月出，西轩日晚。授燕女于春闺，降陈王于秋坂。乃有送客金谷，林塘坐曛。鹤琴未罢，龙剑将分。兰釭烛耀，兰麝氛氲。舞袖回雪，歌声遏云。度清夜之未艾，酌兰英以奉君。若夫灵均放逐，离群散侣。辞鄢郢之南都，下潇湘之北渚。步迟迟而适越，心郁郁而怀楚。徒眷恋于君王，敛精神于帝女。汀洲兮极目，芳菲兮袭汝。思公子兮不言，结芳兰兮延仁。借如君章有德，通神感灵。悬车旧馆，请山庭老。白露下而惊鹤，秋风高而乱萤。循阶除而下望，见兰叶之青青。重曰：若有人兮山之阿，纫秋兰兮岁月多。思握之兮犹未得，空佩之兮欲如何？乃抽《琴操》，为幽兰之歌。歌曰：幽兰之生兮，于彼朝阳。含雨露之津润，吸日月之休光。美人愁思兮，采芙蓉于南浦；公子忘忧兮，树萱草于北堂。虽处幽林与穷谷，不以无人而不芳。赵元叔闻而叹曰：昔闻兰叶据龙图，复道兰林引凤雏。鸿归燕去紫茎歇，露往霜来绿叶枯。悲秋风之一败，与蒿草而为刍。

己卯春日吴郡王世贞

此文在王世贞文集中并没有找到相对应的文章，经查，赋作内容是唐朝杨炯所作的《幽兰赋》①。不过，也不排除王世贞手写此赋的可能性，所以在不能确定真伪的情况下，暂时列入存疑作品类。

---

① 祝尚书笺注《杨炯集笺注》，中华书局，2016，第74~85页。

6. 先生曰余初及第时

此幅作品是在孔夫子旧书网上所查得知，由店主购于上海博古斋拍卖公司，钤有"王世贞印""宣统御赏之宝"，其内容为：

> 先生曰：余初及第时，岁前梦入内庭，不见神宗而太子涕泣。及释褐时，神宗晏驾，哲宗嗣位。如此等事，真实有命，人力计较不得。吾平生未尝干人，在书局亦不调执政，或劝之，吾对曰，他安能陶铸，我自有命在。若信不及，风吹草动，便生恐惧忧喜，枉做却闲工去，枉用却闲心力，信得命，及便；养得气，不挫折。
>
> 世贞

此文在王世贞文集中并没有相对应的文章，印章也并不能说明其真伪性，且文中所言的"神宗晏驾，哲宗嗣位"之事，不是明朝的事情，明神宗为朱翊钧（1563 年 9 月 4 日至 1620 年 8 月 18 日），1620 年时，王世贞早已离世，不可能与他人还有书信往来，且明神宗之后的继位者是明光宗朱常洛（1582 年 8 月 28 日至 1620 年 9 月 26 日）。根据历史记载，此次继位事件应该是发生在宋朝，宋神宗赵顼（1048 年 5 月 25 日至 1085 年 4 月 1 日）驾崩后，宋哲宗赵煦（1077 年 1 月 4 日至 1100 年 2 月 23 日）于 1085 年 4 月 1 日继承大统，而文中所言是先生做梦"入内庭"，这就跳过了历史的时间约束，不过明人做梦直接到宋朝，梦后却又涉及对当下的反思，本身就存在一定的可疑性。所以在不能确定真伪的情况下，暂时将此文列入存疑作品类。

下编　观念与创作研究

下编是建立在文献基础之上的研究，主要对散佚文献中的核心观点进行论述，但同时不局限于散佚文献的篇幅内容，而是全面参照王世贞现有文集及他人文集，力求对相关的核心观点进行深入探究。下编分为三章。一是关于文学思想的考察，这部分是下编论述的主体部分，王世贞以文鸣世，学界对其研究，也以文学研究为主，不过随着新材料的发现，必定对现有的文学研究或是继续补充，或是有所新论，抑或是提出新的疑问，如时文观念、书牍观念等。二是关于佛道思想的考察，如前面文献综述中所述，关于王世贞的佛道观念，学界目前的研究成果较少，并且不成体系，新材料中有诸多篇幅涉及王世贞的佛道观念，故更有必要依据新发现的材料探究其佛道观念，并把握其佛道观念与文学创作和主张的关系。三是关于疾病与文学创作的考察，散佚文献多次提及王世贞一生的疾病，不过他始终笔耕不辍，创作了大量的文学作品，这些作品又伴随着他的人生轨迹体现其不同情况之下的心境。身体疾病的存在，影响着文学创作，然而在一定程度上而言，文学创作又治愈着自己的内心，使之舒畅，进而有助于自己身体疾病的康复。这些具体研究内容，将在各个章节进行专题论述。

第五章

关于文学思想的考察

在《明史》中，王世贞被置于《文苑》之内，作为引领文学复古运动的后七子领袖之一而被后人铭记。就目前所搜集的散佚文献而言，文章的内容或体例不同程度地涉及王世贞的文学观念。如王世贞在《绿野堂集序》中言："诗词之道，本乎性情，尤关于学养之深邃。"即认为诗词创作与性情、学养有紧密联系。再如，按王世贞"诗部""文部"等文体观念来看，在散佚文献中，有五言排律、拟古乐府、墨迹跋、书后、书牍等10余种文体，各文体之间有严格的区分，且时文4篇是王世贞的科举之作，不见于《四部稿》《续稿》等文集，更是具有独特的文学价值。新文献的发现，还有助于对当下的研究之论进行反思，如王世贞科举之作的发现，推动其早年文学思想的研究。立足于搜集的散佚文献，对上述种种问题，本章将分为五节进行全面论述，具体为：文体意识辨析、时文创作及其文学性、像赞创作及其文学性、书牍创作及其文学性、博识观的内涵及其践行。这五节内容亦可视作五个专题性研究，并且各节内容之间又有内在的逻辑联系，它们都是王世贞以真情为主的外在体现。在具体研究中，尽量做到横向和纵向相结合的深入阐释，以进一步推动王世贞文学观念研究。

第一节 文体意识辨析

文贵有体，不同的文体有其自身的独特性，从而使各种文体能够相互区分，同时也造就了丰富的文学世界。吴承学认为："'以文体为先'是中国古代文学批评与文学创作的传统与原则。"① 他还说道："传统的文学创作与批评十分重视'辨体'。各种文体经过长期的历史发展，已形成自己相对独立和稳定的艺术特征和总体风貌，古人称之为'体'、'体制'、'体格'等。"② 王世贞亦重体，从目前搜集的散佚文献来看，确认为王世贞所作的有 149 篇，其中，《四部稿》《续稿》等文集未见的文章有 103篇，涉及文体 12 种，有诗作 9 首，墨迹跋 4 篇，记 1 篇，铭 3 篇，书后45 篇，序 5 篇，时文 4 篇，赞 15 篇，书牍 17 篇；被修改的原作部分则涉及诗作 33 首，文 13 篇，既有拟古乐府诗，也有五言古体诗、画跋诸体。目前搜集的散佚文献，从其内容的叙写到形式的选择，都体现了王世贞丰富的文体观念。

一　早晚一致的文体认知

纵观王世贞跌宕起伏的一生，他少年参加科举考试，抱建功立业之志；青年投身复古文学运动，执文坛之牛耳；中年遭逢家难，看透世间冷暖；晚年归养弇山园，追求恬淡。虽然他"多历情变"③，其文学思想也随着人生际遇发生过相应的演变，但是他对文章文体的注重，在其早年和晚年时期，均保持了内在的一致。如他在《艺苑卮言》中说道：

> 语赋，则司马相如曰："合綦组以成文，列锦绣而为质。一经一纬，一宫一商。此赋之迹也。赋家之心，包括宇宙，总览人物，致乃得之于内，不可得而传。"④

> 语诗，则挚虞曰："假象过大，则与类相远。造辞过壮，则与事相违。辨言过理，则与义相失。靡丽过美，则与情相悖。"⑤

---

① 吴承学：《中国古典文学风格学》，北京大学出版社，2011，第 1 页。
② 吴承学：《中国古典文学风格学》，北京大学出版社，2011，第 118 页。
③ 陈田辑撰《明诗纪事》第 4 册《己签》卷一，上海古籍出版社，1993，第 1880 页。
④ 王世贞：《艺苑卮言》，凤凰出版社，2009，第 3 页。
⑤ 王世贞：《艺苑卮言》，凤凰出版社，2009，第 3~4 页。

语文，则颜之推曰："文章者，原出《五经》。诏命策檄，生于《书》者也；序述论议，生于《易》者也；歌咏赋颂，生于《诗》者也；祭祀哀诔，生于《礼》者也；书奏箴铭，生于《春秋》者也。"①

作为文章大类的赋、诗、文有各自明显的文体特征，而在赋、诗、文之下又细分诸多文体，且不同文体的创作之法又不尽相同，如王世贞认为：

四言诗须本风、雅，间及韦、曹，然勿相杂也。世有白首铅椠，以训故求之，不解作诗坛赤帜。亦有专习潘陆，忘其鼻祖。要之，皆日用不知者。②

五言律差易得雄浑，加之二字，便觉费力。虽曼声可听，而古色渐稀。七字为句，字皆调美；八句为篇，句皆稳畅，虽复盛唐，代不数人，人不数首。古唯子美，今或于鳞。骤似骇耳，久当论定。③

拟《骚》赋，勿令不读书人便竟。《骚》览之，须令人裴回循咀，且感且疑；再反之，沉吟歔欷；又三复之，涕泪俱下，情事欲绝。赋览之，初如张乐洞庭，褰帷锦官，耳目摇眩；已徐阅之，如文锦千尺，丝理秩然；歌乱甫毕，肃然敛容；掩卷之余，彷徨追赏。④

李献吉劝人勿读唐以后文，吾始甚狭之，今乃信其然耳。记闻既杂，下笔之际，自然于笔端搅扰，驱斥为难。若模拟一篇，则易于驱斥，又觉局促，痕迹宛露，非斫轮手。自今而后，拟以纯灰三斛，细涤其肠，日取六经、《周礼》、《孟子》、《老》、《庄》、《列》、《荀》、《国语》、《左传》、《战国策》、《韩非子》、《离骚》、《吕氏春秋》、《淮南子》、《史记》、班氏《汉书》，西京以还至六朝及韩柳，便须铨择

① 王世贞：《艺苑卮言》，凤凰出版社，2009，第9页。
② 王世贞：《艺苑卮言》，凤凰出版社，2009，第10页。
③ 王世贞：《艺苑卮言》，凤凰出版社，2009，第12页。
④ 王世贞：《艺苑卮言》，凤凰出版社，2009，第13页。

佳者，熟读涵泳之，令其渐渍汪洋。遇有操觚，一师心匠，气从意畅，神与境合，分途策驭，默受指挥，台阁山林，绝迹大漠，岂不快哉！世亦有知是古非今者，然使招之而后来，麾之而后却，已落第二义矣。①

《艺苑卮言》是王世贞为宣扬复古文学理论的有意之作，而李攀龙、王世贞等人领导的复古文学运动，其中重要的一点就在于通过对古人创作手法的学习，效法古人，进而提升文章的整体创作水平，并主张秦汉文、盛唐诗是最高的学习范式。后来，随着自身阅历的增加，以及对文学创作的领悟，王世贞修正了之前的部分论断，如他说道："当余学《艺苑卮言》时，年未四十，方与于鳞辈是古非今，此长彼短，以故未为定论。至于戏学《世说》，比拟形肖，既不甚切，而伤狷轻。第行世已久，不能复秘，姑随事改正，勿令误人而已。"② 不过无论王世贞如何修正《艺苑卮言》中的有关论断，他对于文体的注重到晚年依然没变，他曾说：

　　诗有起，有结，有唤，有应，有过，有接，有虚，有实，有轻，有重，偶对欲称，压韵欲稳，使事欲切，使字欲当，此数端者一之未至，未可以言诗也。③

　　大抵有韵与无韵语，其轴一也。庀材宜博，师匠宜古，入思宜深，篇主脉，句主眼，勿庸勿晦，勿促勿碎。④

即不同文体由于自身的特性，创作方法有所不同。王世贞还从文体的角度评论他人诗文创作，如他在《方鸿胪息机堂诗集序》中说道："余不敏，伏读先生所为诗，若五七言古体，虽不为繁富，亦不孜孜求工于效颦抵掌之似，大较气完而辞畅，出之自才，止之自格，人不得以大历而后名之。

---

① 王世贞：《艺苑卮言》，凤凰出版社，2009，第14~15页。
② 王世贞：《弇州山人续稿》卷二十一《书李西涯古乐府后》，上海图书馆藏明抄本。
③ 王世贞：《弇州山人续稿》卷一百八十三《于凫先》，美国普林斯顿大学东亚图书馆藏明刻本，第3叶。
④ 王世贞：《弇州山人续稿》卷二百零三《答帅膳部》，美国普林斯顿大学东亚图书馆藏明刻本，第6叶。

至于近体，铿然其响，苍然其色，不扬而高，不抑而沉，固中原之所钟灵，而盛世之响也。"① 在《王世周诗集序》中说道："余读之，盖彬彬乎具体矣。小赋自梁苑郯中来，润以月露，亦自成家。乐府尤长情事，仿拟之什，翩翩抵掌，小语泠辞，足沁肺腑。古选既不落节，时时独诣，歌行尤自奇逸，的然青莲隆准。七言律绝潇洒超箸，将无五字小隤长城，然当其得意，亦钱刘之造也。"②

可见，在王世贞的文学观念中，文体观是贯穿始终的，也是其进行文学批评实践活动的重要切入点。他在具体的创作过程中，亦是文体先行。

二 各体有别的分类方式

搜集的散佚文献所涉及的文体种类众多，其实是王世贞文集整体情况的反映。如《四部稿》分为赋、诗、文、说四部，诗部有拟古乐府、五言古体、六言排律、七言律、词、杂体等 18 种文体，其中杂体又包括八音、九言、集句等 20 种文体，文部则有序、画跋、记、奏疏、书牍等 39 种文体。对于此，王锡爵曾言："明兴二百年，薰酿至嘉、隆中，文章始大阐。荐绅先生结轸而修竹素，乃其著述之富，体制之备，莫如吾友大司寇元美王公。"③ 胡应麟也认为王世贞文体各体皆备，为"古今文章咸总萃"④，后人可从中取法。这是对王世贞文集的直观认知，符合王世贞文集的实际情况。文体观念，至于明代，大体完备，甚至有诸多研究文体的专著出现，其中最有影响力的莫过于《文章辨体》和《文体明辨》，现将《文章辨体》和《文体明辨》与王世贞的《四部稿》《续稿》⑤ 进行对比分析，

---

① 王世贞：《弇州山人续稿》卷四十五《方鸿胪息机堂诗集序》，美国普林斯顿大学东亚图书馆藏明刻本，第 11 叶。

② 王世贞：《弇州山人续稿》卷四十三《王世周诗集序》，美国普林斯顿大学东亚图书馆藏明刻本，第 7 叶。

③ 王锡爵：《弇州山人续稿序》，王世贞：《弇州山人续稿》，美国普林斯顿大学东亚图书馆藏明刻本，第 1 叶。

④ 胡应麟：《少室山房集》卷八十九《石羊生小传》，《景印文渊阁四库全书》第 1290 册，台湾商务印书馆，1986，第 654 页。

⑤ 《文章辨体序说》和《文体明辨序说》所采用的版本均为人民文学出版社 1962 年版。《弇州山人四部稿》和《弇州山人续稿》所采用的版本则为美国哈佛大学燕京图书馆和普林斯顿大学东亚图书馆所藏明刻本。

以更加全面地了解王世贞的文体观念。具体情况见表 5-1。

表 5-1 《文章辨体》《文体明辨》与王世贞的《四部稿》《续稿》文体之比较

《文章辨体》吴讷 （1372~1457）	《文体明辨》徐师曾 （1517~1580）	《四部稿》王世贞 （1526~1590）	《续稿》王世贞 （1526~1590）
		赋、诗、文、说	赋、诗、文
1 古歌谣辞、2 古赋、3 乐府、4 古诗、5 谕告、6 玺书、7 批答、8 诏、9 册、10 制、11 诰、12 制册、13 表、14 露布、15 论谏、16 奏疏、17 议、18 弹文、19 檄、20 书、21 记、22 序、23 论、24 说、25 解、26 辨、27 原、28 戒、29 题跋、30 杂著、31 箴、32 铭、33 颂、34 赞、35 七体、36 问对、37 传、38 行状、39 谥法、40 谥议、41 碑、42 墓碑、43 墓碣、44 墓表、45 墓志、46 墓记、47 埋铭、48 诔辞、49 哀辞、50 祭文、51 连珠、52 判、53 律赋、54 律诗、55 排律、56 绝句、57 联句诗、58 杂体诗、59 近代词曲	1 古歌谣辞、2 四言古诗、3 楚辞、4 赋、5 乐府、6 五言古诗、7 七言古诗、8 杂言古诗、9 近体歌行、10 近体律诗、11 排律诗、12 绝句诗、13 六言诗、14 和韵诗、15 联句诗、16 集句诗、17 命、18 谕告、19 诏、20 敕、21 玺书、22 制、23 诰、24 册、25 批答、26 御札、27 赦文、28 铁券文、29 谕祭文、30 国书、31 誓、32 令、33 教、34 上书、35 章、36 表、37 笺、38 奏疏、39 盟、40 符、41 檄、42 露布、43 公移、44 判、45 书记、46 约、47 策问、48 策、49 论、50 说、51 原、52 议、53 辩、54 解、55 释、56 问对、57 序、58 小序、59 引、60 题跋、61 文、62 杂著、63 七、64 书、65 连珠、66 义、67 说书、68 箴、69 规、70 戒、71 铭、72 颂、73 赞、74 评、75 碑文、76 碑阴文、77 记、78 志、79 纪事、80 题名、81 字说、82 行状、83 述、84 墓志铭、85 墓碑文、86 墓碣文、87 墓表、88 谥议、89 传、90 哀辞、91 诔、92 祭文、93 吊文、94 祝文、95 碣辞、96 杂句诗、97 杂言诗、98 杂体诗、99 杂韵诗、100 杂数诗、101 杂名诗、102 离合诗、	赋部 1 赋、2 骚 诗部 1 风雅类、2 词、3 杂体、4 六言绝句、5 六言律、6 六言排律、7 拟古乐府、8 七言古体、9 七言绝句、10 七言律、11 七言排律、12 七言小律、13 三言古、14 四言古、15 五言古体、16 五言绝句、17 五言律、18 五言排律 文部 1 哀辞、2 碑、3 碑刻跋、4 辨、5 表、6 策、7 传、8 读、9 公移、10 行状、11 画跋、12 记、13 纪行、14 祭文、15 诔、16 论、17 铭、18 墨迹跋、19 墨刻跋、20 募缘疏、21 墓碑、22 墓表、23 墓碣铭、24 墓志铭、25 神道碑、26 史论、27 书牍、28 书事、29 述、30 说、31 颂、32 序、33 议、34 杂记、35 杂文跋、36 杂著、37 赞、38 志、39 奏疏 说部 1 札记内篇、2 札记外篇、3 左逸、4 短长、5 艺苑卮言、6 宛委余编	赋部 1 哀辞、2 辞 诗部 1 拟古乐府、2 四言古诗、3 五言古、4 七言古、5 五言律、6 六言律、7 七言律、8 五言排律、9 七言排律、10 五言绝句、11 六言绝句、12 七言绝句 文部 1 序、2 记、3 纪、4 传、5 史传、6 墓志铭、7 墓表、8 神道碑、9 墓碑、10 行状、11 志、12 疏、13 偈、14 颂、15 像赞、16 祭文、17 佛经书后、18 道经书后、19 议、20 说、21 读、22 杂文跋、23 墨迹跋、24 墨刻跋、25 画跋、26 佛经画跋、27 书牍

续表

《文章辨体》吴讷 （1372～1457）	《文体明辨》徐师曾 （1517～1580）	《四部稿》王世贞 （1526～1590）	《续稿》王世贞 （1526～1590）
	103 诙谐诗、104 诗余、105 玉牒文、106 符命、107 表本、108 口宣、109 宣答、110 致辞、111 祝辞、112 贴子词、113 上梁文、114 乐语、115 右语、116 道场榜、117 道场疏、118 表、119 青词、120 募缘疏、121 法堂疏		
乐府包括：1 郊庙歌辞、2 恺乐歌辞、3 横吹曲辞、4 燕飨歌辞、5 琴曲歌辞、6 相和歌辞、7 清商曲辞 古诗包括：1 四言、2 五言、3 七言、4 歌行	古歌谣辞包括：1 歌、2 谣、3 讴、4 诵、5 诗、6 辞、7 谚附 敕（敕榜附） 赦文（德音文附） 表（笏记附） 奏疏包括：1 奏、2 奏疏、3 奏对、4 奏启、5 奏状、6 奏札、7 封事、8 弹事 盟（誓附） 书记包括：1 书、2 奏记、3 启、4 简、5 状、6 疏 序（序略附） 题跋包括：1 题、2 跋、3 书、4 读 字说包括：1 字说、2 字序、3 字解、4 字辞、5 祝辞、6 名说、7 名序、8 女子名字说 墓表包括：1 墓表、2 阡表、3 殡表、4 灵表 离合诗（口字咏、藏头诗附） 上梁文（宝瓶文说、上牌文附） 青词（密词附）	词附词余 杂体包括：1 八音、2 宫殿名、3 回文、4 集句、5 将军名、6 九言、7 离合、8 联句、9 鸟名、10 人名、11 三五七言、12 十二属、13 数名、14 五行十支、15 五平体、16 五杂俎、17 五仄体、18 一至十言、19 杂言、20 州名 拟古乐府包括：1 汉郊祀歌、2 汉铙歌、3 补铙歌、4 乐府变	序包括：1 送行序、2 寿序、3 诗集序、4 表序、5 集序 疏包括：1 疏时事类、2 辞辩类、3 乞休类、4 陈请类

　　从表 5-1 可知，王世贞所分的文体种类虽然没有吴讷和徐师曾的多，但是有其自身的特色，况且吴讷和徐师曾的分类建立在前人所作文体种类

的基础之上，涉猎面广，而王世贞仅仅是根据自己的创作来分类。王世贞没有按经史子集或诗文之类来划分自己文章的总体类别，而是分为赋部、诗部、文部、说部，并且以诗部和文部为重中之重。值得一提的是，刘晓军在考证"说部"一词的由来时认为："'说部'一词，则首见于明王世贞《弇州四部稿》。"① 不过王世贞自创的说部，不是简单的文体种类，而是多种书稿的汇编，贯以"说"的特性，不同于五言绝句、七言律、书牍、序等文体种类，因此说部的内容后来独立成书，如《艺苑卮言》《宛委余编》等书，这很可能导致了后出的《续稿》就没有说部这一类，从而造成《四部稿》和《续稿》体例的不同。

三 文体体例与取法的结合

文体有其体例，有其自身的创作法度，属于形式层面；而文意是作者通过文章所表达出来的情感，属于内容层面。对于两者之间的关系，王世贞曾详细论述道：

> 尚法则为法用，裁而伤乎气；达意则为意用，纵而舍其津筏。畏于思之难，信心而成之，苟取其近者，嚣嚣然而自足；耻于名之易，钩棘以探之，务剟其异者，沾沾然以为非常。夫其各相轧而卒莫相竟也，彼各有以持其角之负，然而不善所以为胜者，故弗胜也。吾来自意而往之法，意至而法偕至，法就而意融乎其间矣。夫意无方，而法有体也；意来甚难，而出之若易，法往甚易，而窥之若难，此所谓相为用也。左氏法先意者也，司马氏意先法者也，然而未有不相为用者也。夫不睹夫造物者之于兆类乎？走飞天乔各有则而不失真，迨乎风容精彩流动而为生气者，不乏也。……玉叔文亡论所究，极庶几司马、左氏哉。不屈阕其意以媚法，不觥骸其法以殉意，裁有扩而纵有操，则既亦彬彬君子矣。②

① 刘晓军：《"说部"考》，《学术研究》2009 年第 2 期，第 129 页。
② 王世贞：《弇州山人四部稿》卷六十七《五岳山房文稿序》，美国哈佛大学燕京图书馆藏明刻本，第 16~17 叶。

　　由此可知，王世贞认为要辩证地看待法和意，创作时更要努力地使二者"相为用"，最终才能达到文章的"彬彬君子"之态，不过在法和意之间先取其一的话，王世贞还是坚持以法为先，"吾来自意而往之法"，意的落脚点，归根结底还是通过创作得以体现，是建立在法、文体、文章基础上的，故"法就而意融乎其间矣"。

　　再者，王世贞有时允许突破文体原有的体例束缚，甚至认为诗和文具有相通之处，如他说道："首尾开阖，繁简奇正，各极其度，篇法也。抑扬顿挫，长短节奏，各极其致，句法也。点缀关键，金石绮彩，各极其造，字法也。篇有百尺之锦，句有千钧之弩，字有百炼之金，文之与诗，固异象同则。孔门一唯，曹溪汗下后，信手拈来，无非妙境。"① 但是这种文与诗的相通，是以具体的篇法、句法、字法为前提的，要创作出具有"妙境"的文与诗，强调的是文与诗在具体创作方法要求的严格上具有一致之处，并不是认为文与诗二者的体例可以相通，这有本质的区别。

　　因此，整体上而言，王世贞还是先遵循文章体例的要求，再来凸显其意，这突出地表现在他对原作的修改之上。如前所述，王世贞《跋柳公权〈兰亭诗〉》，王世贞的题跋应为两段，但是在《四部稿》中，则分成了三篇文章，分别为"诗部"卷二十一的《柳公权行书禊诗后序卷》，以及"文部"卷一百三十的《柳诚悬书兰亭诗文》和《又》，乃"1+2"模式，即一诗二文，然王世贞创作之初，却是"2+1"模式，前两部分"诗+文"为一体，是为一篇文章，前两部分的题跋末尾处明确言及"仍为歌志于后"，后面的一段题跋则为另外一篇文章，从其落款和印章也皆可知。再如王世贞《跋王冕、吴镇〈梅竹双清图〉》，也是将在同一篇题跋中的诗和文进行了严格的分裂，首句为"野夫策杖村南复村北"的这段收录在《续稿》"诗部"卷九"七言古"之中，题名为《梅竹双清卷歌题所藏王冕元章、吴镇仲画也》，而首句为"梅独为百花魁"的这段则收录在《续稿》"文部"卷一百六十八"画跋"之中，题名为《梅竹双清卷》。可见王世贞在最初题跋古画时，是以意为先，诗和文相互杂用，以使自身情感得到充分的体现。不过题跋时的环境和要求，以及文稿内容的承载量，不

①　王世贞：《艺苑卮言》，凤凰出版社，2009，第 14 页。

同于文集的编刻，题跋带有一定的随意性，文集则是作者文学观念的集中体现。所以王世贞在编纂《四部稿》《续稿》时，和他所奉行的文体观念相一致，坚持以体为先，文和诗不可同为一体，如《四部稿》和《续稿》中均有诗部和文部。对于此，王世贞甚至不惜割裂原来题跋的整体情境，另外单独再取文章题目，来服从其文体观念，同时这也符合《四部稿》《续稿》的编纂原则。

既然赋部、诗部、文部、说部的文体有明显的区别，且各部内部的文体也有其自身的文体特性，那么不同的文体，其取法对象也不尽一致。作为文学复古运动的领袖，王世贞的文体理论有举足轻重的地位，影响着中晚明文坛的发展。如即使是具有自身文体理论的徐师曾，在《文体明辨》中也经常引用王世贞的理论来佐证自己的观点，他在《文章纲领·总论》中说道："大明王世贞曰：'才有工而速者，如淮南王、祢正平、陈思王、王子安、李太白之流是也。'"① 在《文章纲领·论诗》中说道："大明王世贞曰：'大抵诗以专诣为境，以饶美为材。'"② 在《文章纲领·论文》中说道："大明王世贞曰：'文至于隋唐而靡极矣，韩、柳振之。'"③ 就王世贞而言，他对当时文坛的取法进行了评论："嘉靖间，当是时天下之文盛极矣。自何李诸公之论定，而诗于古无不汉魏、晋宋者，近体无不盛唐者，文无不西京者。"④ 并明确说道："余窃谓天下以文名家者，未易屈指数，然大要不过二三端。高者，探先秦，摭西京，挟建安，俯大历，次乃沿六季华靡之好，以铿钉组绣相豪倾，其下始托于理，务于简，俭以逃拙。"⑤ 这就对文章创作取法标准的高低做了一个整体性概括，先秦、西京最高，而不是之前的仅仅西京而已。至于诗，王世贞有一个认知变化的过程，他说道："余少年时，称诗盖以盛唐为鹄云已，而不能无疑于五言古，及李于鳞氏之论曰'唐无古诗而有其古'，诗则洒然悟矣，进而求

---

① 徐师曾著，罗根泽校点《文体明辨序说》，人民文学出版社，1962，第82页。
② 徐师曾著，罗根泽校点《文体明辨序说》，人民文学出版社，1962，第86页。
③ 徐师曾著，罗根泽校点《文体明辨序说》，人民文学出版社，1962，第95页。
④ 王世贞：《弇州山人续稿》卷五十二《蒙溪先生集序》，美国普林斯顿大学东亚图书馆藏明刻本，第13叶。
⑤ 王世贞：《弇州山人续稿》卷四十《袁鲁望集序》，美国普林斯顿大学东亚图书馆藏明刻本，第20叶。

之。"① 在经过具体的实践之后，王世贞总结道："盛唐之于诗也，其气完，其声铿以平，其色丽以雅，其力沉而雄，其意融而无迹，故曰盛唐其则也。"② 从而确定了诗学创作的最高取法对象。在此，诗和文的取法对象已经有明显不同。

具体到各体取法，王世贞认为："诗变而屈氏之骚出，靡丽乎长卿圣矣。乐府，三《诗》之余也。五言古苏李其风乎，而法极黄初矣。七言畅于燕歌乎，而法极杜李矣。律畅于唐乎，而法极大历矣。书变而《左氏》《战国》乎，而法极司马史矣。"③ "自六经而下，于文则知有左氏、司马迁，于骚则知有屈、宋，赋则知有司马相如、扬雄、张衡，于诗古则知有枚乘、苏李、曹公父子，旁及陶、谢，乐府则知有汉魏、鼓吹、相和，及六朝清商、琴舞、杂曲佳者，近体则知有沈宋、李杜、王江宁四五家。"④ 可见，虽然前人的个体创作可能不仅仅为五言绝句或者古乐府诗，但是放眼整个文学发展的历程，各体兼之者甚少，所以王世贞就从具体的创作出发，言明各体创作应该取法的对象，以便后人学习。

综上所述，王世贞虽然倡导文学复古，取法古人，但并不是"文必秦汉，诗必盛唐"的简单取法，他一生均注重文体，其文集的编排也是以体例为先，并在具体创作中恪守基本的文体体例，突出文体之间的差异性，认为不同的文体有不同的取法对象，或先秦，或汉魏，或六朝，或初唐，或盛唐，从而拓宽了文学复古运动中的取法路径，回归到文体发展的客观历史，推动文学的新发展。

第二节　时文创作及其文学性

在现存的王世贞文集中，没有"时文"一体，前面已经论及将王世贞

① 王世贞：《弇州山人续稿》卷五十五《梅季豹居诸集序》，美国普林斯顿大学东亚图书馆藏明刻本，第 18 叶。
② 王世贞：《弇州山人四部稿》卷六十五《徐汝思诗集序》，美国哈佛大学燕京图书馆藏明刻本，第 6 叶。
③ 王世贞：《弇州山人四部稿》卷七十一《王氏金虎集序》，美国哈佛大学燕京图书馆藏明刻本，第 4~5 叶。
④ 王世贞：《弇州山人四部稿》卷一百二十一《张助甫》，美国哈佛大学燕京图书馆藏明刻本，第 17 叶。

科举之作命名为"时文"之由,在此不再赘述。根据相关线索,笔者在翻阅方苞编订的《钦定四书文》时,发现了两篇署名为王世贞的科举之作。另在旧书店发现两篇署名为王世贞的科举之作,但由于各种原因,这两篇科举之作只获取到部分内容,不是全篇,颇为遗憾。不过这几篇散佚之作,还是有助于探究王世贞的时文观念。再加上目前学界对王世贞的研究主要集中在文学研究、交游研究、画论研究等方面,而其时文研究,由于资料的限制,学界关注较少,这也更加凸显了他时文之作的价值,因此有深入研究的必要。

科举之作,即王世贞年少时参加科举考试的应制之作。虽然王世贞年少成名,在其22岁时高中进士,但他并不是一考就中,也有过失利。根据王世贞的学习内容以及科举考试的科目,他应该是治《易》,《嘉靖二十六年会试录》中记载举人履历时曰:"世贞初为州学附学生,治《易》。"①明代的科举考试用"四书五经"来命题,颇有代圣人立言的意味。

王世贞在嘉靖二十二年(1543)中应天乡试,时年仅18岁,并且是年龄最小的,"众凡百三十有五,其最少者为贞"②,得到了众人的赞许,并有希望在接下来的考试中金榜题名,然而,他在第二年赴京师参加春闱时落榜。后来经过再次的努力学习后,王世贞于嘉靖二十五年冬北上参加会试,来年二月在京师会试中中式,居第八十二名,并通过了三月的内府殿试,最终成为进士,居二甲第八十名,他也成为此科年龄最小的进士。③ 王士骐曾言道:"府君乃俯首故业,旋举丁未进士。"④ 即言此事。当时同年中进士的有李春芳、张居正、殷士儋、马一龙、凌云翼、陆光祖等人,可见这一年进士的质量之高,而且这些人与王世贞以后的生活事迹紧密相连。不过后来在朝廷当年的新进进士中考选庶吉士时,王世贞不愿依附他人,最终落选,这影响到他后来的仕途。王士骐详细叙述道:

① 《嘉靖二十六年会试录》卷一,上海图书馆藏明刻本,第15叶。
② 王世贞:《弇州山人四部稿》卷一百零四《祭学士华先生文》,美国哈佛大学燕京图书馆藏明刻本,第18叶。
③ 于鹏:《嘉靖二十六年进士研究》,内蒙古大学硕士学位论文,2016,第11页。
④ 王士骐:《明故资政大夫南京刑部尚书赠太子少保先府君凤洲王公行状》,王士骐、屠隆、王锡爵撰《王凤洲先生行状》,上海图书馆藏明刻本。

举进士后，自公署散归，闭门读书而已，绝不与闻馆试事。一日，以燕间谒座师王先生，先生好谓曰："子能诗乎？即诗，无益也，必有为两相公地道者而后可。"府君乃前曰："夫馆试，储材以为他日大用者也。托人地道，则失己；相公求材而得地道者，则失人。毋若信其一日之长短以去取，可乎？"先生面赧不答。府君亦不获与试需次。①

屠隆亦言道："丁未，举进士……一知己谓公曰：'子才故应馆职，然必密有所附而后得。'公正色曰：'以附得馆，某义不为也。'竟弗与选。"②从中可见王世贞对待官场的态度以及其独立人格。

因此，时文之作，不仅关乎王世贞对待科举的态度，还关系到他对官场的思索，并直接影响到他后来的生活，具有其独特价值。现以新发现的时文为基础，对王世贞有关的文学观念进行新的探究。

一 时文创作的文本分析

方苞在编订《钦定四书文》时所选的王世贞两篇文作，虽然前文已经录入，但是为了更好地研究和阐释，现将这两篇文章再次展示一下，并加以详细评点和论述。

其一：

正嘉文卷四《中庸》

待其人而后行　二节

王世贞　程

《中庸》以行道属诸人，而必申言其不虚行也。盖德者，凝道之本也。苟无其德，何以行之哉。《中庸》，明人道也，意曰：大哉圣人

---

① 王士骐：《明故资政大夫南京刑部尚书赠太子少保先府君凤洲王公行状》，王士骐、屠隆、王锡爵撰《王凤洲先生行状》，上海图书馆藏明刻本。

② 屠隆：《大司寇王公传》，王士骐、屠隆、王锡爵撰《王凤洲先生行状》，上海图书馆藏明刻本。

之道！无外无内，斯其至矣。然岂无所待而行哉？涵于大虚，其体不能有为也，而以人为体，恒待人以成其能；原于天命，其用不能自显也，而以人为用，恒待人而运其化。合之而天地万物孰统体，是必有致中和者出焉，而后位育之效行于两间也；析之而礼仪威仪孰推行，是必有观会通者出焉，而后经纬之章数于群动也。是行道之必待于人如此，而道其可以虚行哉？故曰苟不至德，至道不凝焉。盖道与德一也，得此之谓德，道之所待以行者也。苟非其人，则中之所存，未能完性命之真；而知之所格，不能达神明之蕴。虽洋洋者固流动而未尝息也，而无德以统体之，则其极于天而浃于物者，亦象焉而已矣，而与吾心固自为二也，其何能凝斯道之全体而赞其化育哉？虽优优者固充足而未尝间也，而无德以推行之，则其经而等、曲而杀者，亦迹焉而已矣，而与吾身固自有间也，其何以会斯道之妙用而行其典礼哉？信乎道不能自行，而亦不可以虚行也。修德凝道之功，其可缓乎？

（原评）其周折皆王、唐旧法也，而沉酿之厚，遂极铿锵要眇，备文章之能事。

（评）层接递卸，虚实相参。不凌驾而局自紧，不矜嚣而气自昌。作者于古文未免务为炳炳烺烺，而制义则清真健拔，绝无矜张之气。①

此篇试题源自《中庸》第二十七章，其文曰："大哉，圣人之道！洋洋乎，发育万物，峻极于天。优优大哉！礼仪三百，威仪三千，待其人而后行。故曰：苟不至德，至道不凝焉。故君子尊德性而道问学，致广大而尽精微，极高明而道中庸。温故而知新，敦厚以崇礼。是故居上不骄，为下不倍。国有道，其言足以兴；国无道，其默足以容。《诗》曰：'既明且哲，以保其身。'其此之谓与！"②

---

① 方苞编，王同舟、李澜校注《钦定四书文校注》，武汉大学出版社，2009，第188~189页。
② 陈晓芬、徐儒宗译注《论语 大学 中庸》，中华书局，2015，第344页。

其二：

正嘉文卷五《孟子》上

天下大悦 咸以正无缺

王世贞 程

大贤赞元圣大顺之治，而必征诸《书》焉。盖文武之谟烈盛矣，而实周公成之也，此天下之所以悦其治与？昔孟子释公都子"好辩"之疑及此。若曰：世之治也，有启运之君，则必有翼运之臣。吾尝观于有周，而知周公一代之治功矣。盖文武嗣兴，虽足以对天下之心，而害有未除，民之望治犹未已也，周公相武王而悉殄其害焉。夫是以民安于拨乱，而万邦仰莫丽之休；物阜于胜残，而群生蒙煦育之利。有夏固已修和矣，兹则太和洋溢，而民悦益为之无疆；四方固已攸同矣，兹则至治浃洽，而民心益为之胥庆。此固周公辅相之功有以光昭于前而垂裕于后者也。《书》不云乎？"丕显哉，文王谟！丕承哉，武王烈！佑启我后人，咸以正无缺。"盖丕显以开厥后，文谟固无致也，而实周公勤施于上下，俾遹骏之声愈显于无穷，而谟之尽善者为可传焉；丕承以贻孙谋，武烈固无竞也，而实周公翼赞于先后，俾缵绪之业愈承于不替，而烈之尽美者为可久焉。以觐文王之耿光，子道尽而父道益著；以扬武王之大烈，臣道尽而君道益隆。此所以致天下之悦，而唐虞之盛复见于成周也。然则颂文武之德者，讵可忘周公之功，而一代之治允有以缵禹之绩与？

（原评）无一字不典切，气格之高，音节之妙，在制艺已造其巅矣。

（评）书旨说周公，引《书》却只说文武。文法自须斡补，难其天衣无缝、灭尽针线之痕。后之作者，能似其精妙，而不能学其浑成。①

此篇试题源自《孟子·滕文公下》第九章，其文曰："周公相武王诛纣、伐奄，三年讨其君，驱飞廉于海隅而戮之，灭国者五十，驱虎、豹、

---

① 方苞编，王同舟、李澜校注《钦定四书文校注》，武汉大学出版社，2009，第206页。

犀、象而远之，天下大悦。《书》曰：'丕显哉，文王谟！丕承哉，武王
烈！佑启我后人，咸以正无缺。'"①

如前所言，上文中的"原评"，是方苞从其他选本或试卷中辑录的原
有评点，而标明"评"的才是方苞本人评点。

王世贞的这两篇文章均创作于嘉靖（1522～1566）时期。对于明朝的
科举之文，方苞认为："明人制义，体凡屡变。自洪、永至化、治，百余
年中，皆恪遵传注，体会语气，谨守绳墨，尺寸不逾。至正、嘉作者，始
能以古文为时文，融液经史，使题之义蕴，隐显曲畅，为明文之极盛。……
正、嘉则专取气息醇古、实有发挥者；其规模虽具、精义无存，及剽袭先
儒语录、肤廓平衍者不与焉。"② 科举之文关乎文坛风气，前七子倡导复
古，尺寸古法，到嘉靖时期，后七子有过之而无不及，剽窃因袭成风。所
以方苞在选取好的科举之作时尤为谨慎。

从王世贞的创作来看，第一篇主要论述德和道之间的辩证关系。王世
贞紧承《中庸》之旨，强调修养德行以求圣人之道，德是"凝道之本"，
德和道关乎天地各得其位，万物各得其生，没有德，道则无从谈起，道与
德是一体的，"一也"。道不能够离开德而自行、虚行，故而"修德凝道"
就刻不容缓。此篇论述，王世贞娓娓道来，将德与道之间的关系详细阐
明，从而使"修德凝道"的结论油然而生。行文虽然没有凌厉的气势和华
丽的言辞，但是层层递进，论述充分，一气呵成，"备文章之能事"。

第二篇，王世贞肯定了周公辅佐文王和武王治理天下的丰功伟绩，同
时突出了文王和武王之于天下的重要性，"世之治也，有启运之君，则必
有翼运之臣"，对天下而言，治世之能臣和盛世之明君都非常重要，二者
相辅相成，"致天下之悦"。行文论点突出，格调雅正，用典非常切实，如
"以贻孙谋""武烈固无竞也""缵禹之绩"，真是"在制艺已造其巅矣"。

这两篇时文各有特点，也难怪"原评"对其评价甚高，所以方苞选取
王世贞的这两篇时文，有严格的标准，并认为其能够成为后人学习的范
式。在这两篇之外，另外的两篇也有其自身特色。

---

① 方勇译注《孟子》，中华书局，2017，第 120～121 页。
② 方苞编，王同舟、李澜校注《钦定四书文校注》，武汉大学出版社，2009，"原书凡例"
第 1 页。

其一名为《一戎衣而受命》，该题源自《中庸》第十八章，文云："子曰：'无忧者，其惟文王乎！以王季为父，以武王为子，父作之，子述之。武王缵大王、王季、文王之绪，一戎衣而有天下。身不失天下之显名，尊为天子，富有四海之内。宗庙飨之，子孙保之。武王末受命，周公成文、武之德，追王大王、王季，上祀先公以天子之礼。斯礼也，达乎诸侯大夫，及士庶人。父为大夫，子为士，葬以大夫，祭以士。父为士，子为大夫，葬以士，祭以大夫。期之丧，达乎大夫。三年之丧，达乎天子。父母之丧，无贵贱，一也。'"[1] 文中肯定周武王"一戎衣而有天下"的合理性，并表明天子、大夫和士在服丧三年方面的要求没有贵贱之分。从王世贞的时文中可知，他准确地把握了题目的核心思想，不仅肯定周武王"一戎衣而有天下"，而且突出这是不得已而为之，是"受命"后的必然结果，以否定诸侯伐天子的无理性，但同时又强调了君臣之间的内在联系。对于此，季美肯定王世贞此为"绝大见识，绝大义论"。有广阔的视野，才能作如此文章，而这篇文章的大意与前面提及的《天下大悦　咸以正无缺》有相通之处。割截题又称截搭题或搭截题，该题的特点是截取"四书五经"中的句子，然后据其题意而演绎之，这种取题之法，完全是为了科举考试的需要。学子们的考试就是代圣人立言，且其意亦需符合圣人之意，不能偏离，否则不能获取考官的好评，直接关系到科举考试的成败。

其二名为《中也者　合下节》，该题源自《中庸》第一章，其文曰："天命之谓性，率性之谓道，修道之谓教。道也者，不可须臾离也；可离，非道也。是故，君子戒慎乎其所不睹，恐惧乎其所不闻。莫见乎隐，莫显乎微，故君子慎其独也。喜怒哀乐之未发，谓之中；发而皆中节，谓之和。中也者，天下之大本也；和也者，天下之达道也。致中和，天地位焉，万物育焉。"[2] 文中详细阐释了"道"与"中"的内在逻辑联系，并认为"中"是天下最根本的，关系到天地万物的和谐共处，同时也是"道"在具体生活中的外在体现。王世贞在时文的开头处就强调"《中庸》

---

[1]　陈晓芬、徐儒宗译注《论语 大学 中庸》，中华书局，2015，第317~318页。
[2]　陈晓芬、徐儒宗译注《论语 大学 中庸》，中华书局，2015，第288~289页。

著道之体用，而因推体道之功化也，夫中和立而道之体用兼之矣"，则直接把握了"道"和"中和"的体用关系，并且引入"心"的概念，突出人的本性承载着"道"，蕴含着"中和"的运用之法。

二　时文的文学性体现

时文是举子们博取功名的利器，明初朝廷就曾规定："中外文臣皆由科举而进，非科举者毋得与官。"① 然而并不是所有参加科举考试的士子都能如愿高中进士，进而步入仕途。据何怀宏统计，在明朝的 276 年间，总共录取的进士仅有 24480 人，平均每年录取人数不过 89 人。② 时文的创作规律有其特殊性，一是它集中创作于作者获取高中进士这一结果之前，其最终数量的多寡，与作者参加科举考试的次数有直接关系，如归有光的时文之作就多于王世贞；二是它主要为应制之作，文体特征明显，有严格的体例要求，如时文的题目出自四书五经原文，文章创作由破题、承题、起讲、入题、起股、中股、后股、束股八部分组成；三是它不需要作者过多地体现其情感，文章内容主要是阐释圣人之论，代圣人立言，如前面所列举王世贞的文章皆如此类，并且这样的文章是后人学习的经典样式，从中可以想象其他时文的创作会如何。

郑振铎曾言："文学是艺术的一种，不美，当然不是文学；文学是产生于人类情绪之中的，无情绪当然更不是文学。"③ 文学是人学，承载着人们的情感，也反映了人们的心性。如王世贞认为："自昔人谓言为心之声，而诗又其精者。予窃以诗而得其人，若靖节之言，澹雅而超诣；青莲之言，豪逸而自喜；少陵之言，宏奇而饶境；左司之言，幽冲而偏造；香山之言，浅率而尚达。是无论其张门户，树颐颍，以高下为境，然要自心而声之，即其人，亦不必征之史，而十已得其八九矣。"④ 而时文的创作与文学创作的情感之旨相背离，不利于作者情感的自由抒发，也影响诗文

---

① 张廷玉等：《明史》卷七十，中华书局，1974，第 1696 页。
② 何怀宏：《选举社会及其终结：秦汉至晚清历史的一种社会学阐释》，生活·读书·新知三联书店，1998，第 348 页。
③ 郑振铎：《插图本中国文学史·绪论》，上海人民出版社，2005，第 5 页。
④ 王世贞：《弇州山人四部稿》卷六十九《章给事诗集序》，美国哈佛大学燕京图书馆藏明刻本，第 5 叶。

等文章创作，但时文是科举所要求的，属于众多文人不得已而为之之作。吴宽说道："既以科第为重，则士不欲用世则已，如欲用世，虽有豪杰出群之才，不得不此之习。"① 所以历来对时文的批评之声颇多。如宋濂曰："自科举之习胜，学者绝不知诗，纵能成章，往往如嚼枯蜡。"② 何乔远在《诸葛弼甫先生文集序》中认为："国朝沿宋经义，而其胶结于人之肺腑，其弊尤甚……其去诗若文之道甚远，则一离经义，何时可以通诗赋也。"③ 王世贞对此也有自我认知，他说道："朝士业相戒毋治诗。"④ "甫得一官，有余暇，始欲呻吟以从事古之作者，而不知其精已销亡矣。"⑤ 更是强调举子之业对文人们精神的摧残，以及时文对诗文创作的影响。虽然王世贞为郧阳学子们编订《四书文选》，供他们学习时文的创作方法，但他自己在高中进士之后便没有再创作时文，他自身的矛盾性在于他深刻地认识到举业不可废，特别是对那些没有高中进士的学子来说。如汪道贯向王世贞请教成名之道时，王世贞说："第今天下名为右文，然不得越经生术而遽显古文辞士。古文辞士故渐多显者，然亦不得越经生术而自显。"⑥ 这就说明了科举的重要性。

然而不可否认的是，时文有其文学性，是众多文体中的一种，虽然王世贞创作的时文数量不多，且未见于《四部稿》《续稿》，但其亦是王世贞文学创作的组成部分，况且其属于王世贞早年之作，通过这些时文，我们可以了解王世贞相关的文学观念及创作风格。

首先，体现了王世贞"转益多师"的文学观念。王世贞在学习之初，就不囿于四书五经，且在他人于文只知秦汉、于诗只知盛唐，耻于学习秦汉、盛唐之外的诗文时，王世贞就喜爱王阳明、三苏等人之作，甚至到了如痴如醉、废寝忘食的地步。如他曾说道："余十四岁，从大人所得《王

① 吴宽：《匏翁家藏集》卷三十九《送周仲瞻应举诗序》，上海图书馆藏明刻本。
② 罗月霞主编《宋濂全集》，浙江古籍出版社，1999，第1253页。
③ 黄宗羲编《明文海》卷二百五十一，中华书局，1987，第2629页。
④ 王世贞：《弇州山人续稿》卷四十三《山泽吟啸集序》，美国普林斯顿大学东亚图书馆藏明刻本，第6叶。
⑤ 王世贞：《弇州山人续稿》卷五十五《彭户部说剑余草序》，美国普林斯顿大学东亚图书馆藏明刻本，第4叶。
⑥ 王世贞：《弇州山人四部稿》卷五十六《别汪仲淹序》，美国哈佛大学燕京图书馆藏明刻本，第3叶。

文成公集》，读之，而昼夜不释卷，至忘寝食，其爱之出于三苏之上。稍长，读秦以下古文辞，遂于王氏无所入，不复顾其书，而王氏实不可废。"① 不过他的取法并不局限于此，在与其弟王世懋的书信中，他言道："记吾守尚书郎时，稍一搦管，得致语沾沾，与吴下昌穀差肩足矣，何敢望献吉。然至读献吉文，心则已疑之。又一时驰好若晋江、毗陵二三君子，有作，每读竟辄不快者。"② 并认为古今文辞当"推王文恪"③。可见，对于反对复古派的王鏊等人，王世贞也有所喜好并师法之。这也难怪方苞在评点第一篇作品时，就直接认为王世贞的创作"周折皆王、唐旧法也"，其中王、唐指的便是王鏊和唐顺之，方苞的见识可谓犀利。正因为王世贞不拘泥于古法以及复古的师法对象，从而不空言、不妄言，做到了行文"虚实相参""沉酿之厚"，他在后来的复古活动中明确提出了"师匠宜高，捃拾宜博"④ 的主张。

其次，体现了王世贞善于持论的文学风格。从上述王世贞的四篇时文可知，时文的创作虽然是代圣人立言，但在具体的创作过程中，却是在圣人观点基础之上进行论述，以深入阐释圣人观点的内涵。因此，王世贞时文创作虽不多，却屡屡见于他人时文选集。如吴楚材等编订的古代散文选本《古文观止》，选取了王世贞的《蔺相如完璧归赵论》一文，也是因为此文论点新颖，逻辑严密，发前人所未发，成为后人学习的名篇。这均是王世贞善于持论的具体体现，王世贞也是以论鸣世的，其早年创作的《艺苑卮言》，是对古今文人及文学创作的评判，就连挚友李攀龙都认为《艺苑卮言》"英雄欺人，所评当代诸家，语如鼓吹，堪以捧腹矣"⑤，他人更是"恚而私訾之"⑥。可贵的是，不论他人如何评论，王世贞都坚持自己

① 王世贞：《读书后》卷四《书王文成集后》，美国哈佛大学燕京图书馆藏明刻本，第 3 叶。
② 王世贞：《弇州山人续稿》卷一百八十八《寄敬美弟》，美国普林斯顿大学东亚图书馆藏明刻本，第 9 叶。
③ 王世贞：《弇州山人续稿》卷四十五《张伯起集序》，美国普林斯顿大学东亚图书馆藏明刻本，第 12 叶。
④ 王世贞：《艺苑卮言》，凤凰出版社，2009，第 11 页。
⑤ 王世贞：《艺苑卮言》，凤凰出版社，2009，第 2 页。
⑥ 王世贞：《艺苑卮言》，凤凰出版社，2009，第 2 页。

的主张，最终将《艺苑卮言》形成定稿，放在《四部稿》的"说部"中。在文章创作之外，王世贞还认为诗歌的创作也可以融入议论，只不过他经历了一个自我认识的过程，如他说道："吾向者妄谓乐府发自性情，规沿风雅，大篇贵朴，天然浑成，小语虽巧，勿离本色。以故于李宾之先生拟古乐府，病其太涉论议，过尔抑剪，以为十不得一。自今观之，亦何可少？夫其奇旨创造，名语叠出，纵不可被之管弦，自是天地间一种文字。"①议论自是天地间一种文字，其存在进一步丰富了文学创作的方法。

最后，体现了王世贞早年的文学观念与其中晚年的一脉相承。王世贞的时文属于其早年之作，而时文体现出的"气格之高，音节之妙"风格，与其后来走上倡导文学复古之路时主张的法度、格调联系紧密。其实，从王世贞的时文中，我们还能够发现其中晚年文学主张转变的"种子"，如王世贞的时文能够做到"不凌驾而局自紧，不矜嚣而气自昌""清真健拔，绝无矜张之气"，是王世贞"剂"的观念的体现。在文学创作时，王世贞追求行文时才、气、法、意等创作因素之剂，从而使行文达到彬彬之态，所以他称赞叶雪樵的创作"谐于古调，其气完，是以句工而不累篇，其调谐，是以篇工而不累格，鬯得沉而收，华得质而御。夫天下不难乎才，难乎才而无以剂之"②。再如王世贞注重行文之典切，认为用典要符合文章需要，忠于历史事实，他称赞朱宗良《国香集》"用事切而雅"③，还对王材赞赏道："当是时，馆阁之士争以诗酒饰太平，而公独不然，务颛析国家典故，以至边防财赋诸大计，历历如指掌，以故其见之文，皆明切破觚，隽厚有余味。"④ 这些追求，是贯穿其一生的，只不过在其人生的不同阶段有不同程度的体现而已。

① 王世贞：《读书后》卷四《书李西涯古乐府后》，美国哈佛大学燕京图书馆藏明刻本，第7叶。
② 王世贞：《弇州山人续稿》卷四十四《叶雪樵诗集序》，美国普林斯顿大学东亚图书馆藏明刻本，第13叶。
③ 王世贞：《弇州山人续稿》卷五十二《朱宗良国香集序》，美国普林斯顿大学东亚图书馆藏明刻本，第5叶。
④ 王世贞：《弇州山人续稿》卷四十二《念初堂集序》，美国普林斯顿大学东亚图书馆藏明刻本，第3叶。

第三节 像赞创作及其文学性

在散佚文献中，有 15 篇为"赞"或"像赞"，分别为《程乡公像赞》《希夷观睡像赞》《宋陈希夷先生睡像赞》《元朱泽民先生像赞》《九十四翁蔡曲岩像赞》《昙阳子八戒赞》《少保潘公像赞得夏景》《唐伯虎先生像赞》《王履吉先生像赞》《金白屿像赞》《俞仲蔚先生像赞》《行太仆卿徐公像赞》《欧虞部桢伯像赞》《周寻鋆像赞》《东轩吴君七十有五赞》。而在《四部稿》中，卷一百零二有"赞"体文章 30 篇，在《续稿》中，卷一百四十七至卷一百五十一则全为"像赞"，文章共计 128 篇。另外，《四部稿》中其他卷还有 2 篇零星的像赞文章，即《四部稿》卷一百三十五的《东方画像赞》、卷一百三十七的《石刻高宗尼父七十二贤像赞》。相对于序、书牍、跋等文体的文章数量，像赞不算多，但是有其自身的特色，与"传"有相通性，亦反映了王世贞的文学观念，承载着王世贞对前人的评论，值得深入研究。

一 像赞写作特点辨析

赞体文有漫长的发展历程，刘勰曾在《文心雕龙》中有过详细论述：

> 赞者，明也，助也。昔虞舜之祀，乐正重赞，盖唱发之辞也。及益赞于禹，伊陟赞于巫咸，并扬言以明事，嗟叹以助辞也。故汉置鸿胪，以唱言为赞，即古之遗语也。至相如属笔，始赞荆轲。及迁《史》固《书》，托赞褒贬。约文以总录，颂体以论辞；又纪传后评，亦同其名。而仲治《流别》，谬称为述，失之远矣。及景纯注《雅》，动植必赞，义兼美恶，亦犹颂之变耳。然本其为义，事生奖叹，所以古来篇体，促而不广，必结言于四字之句，盘桓乎数韵之辞，约举以尽情，昭灼以送文，此其体也。发源虽远，而致用盖寡，大抵所归，其颂家之细条乎！①

----

① 刘勰著，黄叔琳注《文心雕龙》，浙江古籍出版社，2011，第 31 页。

刘勰认为赞体文是明旨、辅助类的文章，并将此类文章的源头上溯到"虞舜之祀"，是"唱发之辞"，禹、伊陟经赞唱明其事，以至垂范后世，汉代置鸿胪"以唱言为赞"则进一步突出了赞唱的特点。及至司马相如将赞唱之辞行于笔端，称赞荆轲，更是改变了赞的表达形式，具有突破意义，同时也奠定了赞体文写作的基本形式，是为"正体"。而到了司马迁《史记》和班固《汉书》中相关赞体文的书写，是"托赞褒贬"，已不再是纯粹的赞，有贬意的渗入。再到郭璞注释《尔雅》，"义兼美恶"，则远离了赞体文的本意，可视之为"变体"。但是其"结言于四字之句，盘桓乎数韵之辞，约举以尽情，昭灼以送文"的基本文体写作形式却没有变。刘勰在其所处的时代，勾勒出了赞体文的发展演变历史，得出赞体是"颂家之细条"的结论，对后人了解赞体文有很大的帮助。不过后人对此也提出了一些微词，如郑樵说道："纪传之中，既载善恶，足为鉴戒，何必纪传之后，更加褒贬……况谓为赞，岂有贬词？"[1] 吴讷说道："赞者，赞美之辞。……金楼子有云，'班固硕学，尚云赞颂相似'，讵不信然！"[2] 徐师曾则在列举刘勰之说后，直言"余未敢以为然也"[3]。刘师培却质疑刘勰对于赞体文的"正体""变体"之说，并将两者反转。[4] 至于今人研究，郗文倩更是认为："赞体命名借用的是先秦时期使用广泛、表明佐助导引等动作义的'赞'字，礼仪活动中赞者赞助仪礼，其'导引'之辞只能看作是一种礼仪程序的宣告，不具文体意义。赞体大量出现并成熟是在两汉时期，其形态各异。"[5] 虽然对赞体文发展演变历程的探究不是本节讨论的核心，王世贞也没有对赞体文演变历史的相关论述，但是通过刘勰、郑樵、吴讷、徐师曾、刘师培、郗文倩等人的观点可知，他们的焦点在于"正体"和"变体"的源流变化，以及赞体文贬词的出现是否合理，我们可以以此反观赞体文创作的特点，进而了解王世贞赞体文的写作特色。

---

[1]　郑樵：《通志》，浙江古籍出版社，2000，"总序"第1页。

[2]　吴讷著，于北山校点《文章辨体序说》，人民文学出版社，1962，第47~48页。

[3]　徐师曾著，罗根泽校点《文体明辨序说》，人民文学出版社，1962，第143页。

[4]　陈引驰编校《刘师培中古文学论集》，中国社会科学出版社，1997，第153页。

[5]　郗文倩：《赞体的"正"与"变"——兼谈〈文心雕龙〉"赞"体源流论中存在的问题》，《文艺研究》2014年第8期，第63页。

　　根据赞体文的写作内容来分，有史赞、书赞、像赞、婚物赞、诗赞等，而王世贞的写作，主要集中在像赞。关于像赞，李充认为："容象图而赞立，宜使辞简而义正。孔融之赞杨公，亦其义也。"① 萧统则在分析众多文体的特点时说："美终则诔发，图像则赞兴。"② 这就说明了图像和像赞之间的内在联系。郗文倩概括道："像赞是撰写铭刻在画像一侧用以说明画像内容的简短文字，多为四言韵文，赞体之'称颂'意涵的产生与此密切相关，对后世影响最大，故古代文体论者在谈到赞体起源时，常常先及像赞。"③ 据此，王世贞的像赞写作特点主要体现在以下几个方面。

　　首先，文章形式渐趋统一，晚年作品居多。前已论及，《四部稿》最早刊刻于万历四年，明抄本三十二卷《弇州山人续稿》是明刻本《续稿》编纂的底稿，而《续稿》是王世贞去世之后才最终刊刻发行的，可见这几种版本之间明显存在一个时间顺序，同时也体现了王世贞文学观念的变化过程。在文章命名方面，《四部稿》中的赞文，部分文章以"赞"结尾，如《蔡子英赞》《浙三大功臣赞》《齐鲍叔牙赞》等，部分则以"像赞"结尾，如《伍大夫像赞》《陈思王像赞》《陈小山像赞》等。《续稿》中则明确卷一百四十七至卷一百五十一都为"像赞"，文章命名也以"像赞"为主，如《少溪吴先生像赞》《卓光禄像赞》《水月观音像赞》等。在文章结构方面，前后期都有"序文+赞曰"的文章模式，不过《四部稿》中部分"辞曰"或"赞曰"二字却没有与其内容置于一段之内，如《任安赞》中序文最后一句为"吾既重安而又惜安，为赞曰"④，而"赞曰"的内容则是接下来另起一段。而明抄本《弇州山人续稿》中部分文章有"赞曰"或"辞曰"的出现，"赞曰"的内容则与之同处一段，呈现出过渡的状态。《续稿》中则全部统一为"赞曰"，无"辞曰"出现，且由"赞曰"引领单独的一段。如王世贞在《琅琊先德赞》中说道："赞

---

①　李充：《翰林论》，严可均辑《全上古三代秦汉三国六朝文》，中华书局，2017，第1767页。

②　萧统编，李善注《文选》，上海古籍出版社，1986，《文选序》第2页。

③　郗文倩：《赞体的"正"与"变"——兼谈〈文心雕龙〉"赞"体源流论中存在的问题》，《文艺研究》2014年第8期，第66页。

④　王世贞：《弇州山人四部稿》卷一百零二《任安赞》，美国哈佛大学燕京图书馆藏明刻本，第3叶。

曰：有产而不营，有术而不以名，可仕而不求荣，不知者以为天之长物，而知者以为敝不新成，其水之滥，而木之萌也耶。"① 从各时段分布的赞体文数量来看，其晚年之作明显多于刊刻《四部稿》之时，虽然散佚文献只罗列出 15 篇，但这并不是明抄本《弇州山人续稿》中赞体文的全部数量，如其卷八、卷九、卷十三、卷十四皆为"赞"，共计百余篇，远超《四部稿》卷一百零二中的 30 篇，从中亦可见王世贞晚年对赞体文的注重。

其次，文章叙事偏于散化，突破四言范式。刘勰认为赞体文的写作要"促而不广""约举以尽情"，后人对此也颇为认同，王世贞的部分赞体文就非常简短，如《钟太傅季直表赞》没有序文，直接是赞文内容，言曰："舞鹤飞鸿，秋山寒涧。誉冠时评，迹无代见。丰剑星寒，泗鼎波溅。腾瑞墨林，流规颖传。古雅幽深，丰妍峭蒨。一字神呵，千金为贱。畴疑子舆，隆准谁办。"② 这是王世贞对钟繇书法的称赞，文辞简洁明了，突出了钟繇书法技艺的特点和历史地位。但王世贞还有部分赞体文却尽叙事之能事，如《壬午诸臣赞》序文长近 700 字，赞文之词更是近 800 字，也许文中所赞之人颇多，涉及的内容也丰富，文章自然长点。不过对于个人之赞，王世贞亦有长篇，如对其父王忬画像的赞文，其序文有近千字，赞文内容有近 400 字，远超一般赞体文的篇幅容量，其赞曰：

> 司马之才，畴介而嫡。丁卯同生，少乃岐嶷。义方之诲，王母是职。长而文就，骏发五色。以俭成施，用德为力。义质礼行，高明柔克。恺悌君子，邦之司直。白简峥嵘，中珰辟易。清霜九夏，雄风七泽。燕市埋轮，左冯坚壁。清笳夕奏，呼韩削迹。惟帝所凭，师中三锡。飞粟川盈，伏刍山积。士饱思奋，马亦腾栃。袤衣东土，曾不暖席。闽越之间，岛夷充斥。草创军府，鏧我石画。奔命东西，刿心凤夕。连城数十，手所觊圣。组练三万，余皇五百。翕若一身，臂指胁息。鲸鲵血波，烽燧少息。帝省云中，移屯安国。捷书昼报，天颜宵

---

① 王世贞：《弇州山人续稿》卷一百五十一《琅琊先德赞》，美国普林斯顿大学东亚图书馆藏明刻本，第 2 叶。
② 王世贞：《弇州山人四部稿》卷一百零二《钟太傅季直表赞》，美国哈佛大学燕京图书馆藏明刻本，第 9 叶。

恽。开府于檀，兼调兵食。遂长中台，载领西披。锁钥之寄，迫若加
膝。挟纩温纶，兼金大帛。思媚一人，损体靡恤。焉能剥民，养君蟊
贼。甘言鸩毒，颐气矜戟。张网弥天，以纵鸷击。功大不赏，谴微辄
摘。天高听卑，谁为察识。岳既遘秦，于亦中石。炎炎铄金，耿耿化
碧。翔阳丽霄，幽薶亦晰。遗孤茕然，伏阙披臆。帝曰吁哉，洗尔丹
籍。太宰司马，函书乃绩。获具威仪，以归宅穸。嗟嗟造物，有丰有
啬。啬者位寿，丰者名德。府君之德，流而不溢。以润子孙，食报无
致。食之无致，痛亦靡极。再拜遗像，汍澜郁塞。①

赞文显示，王世贞观看父亲画像，寄托了自己的哀思，全文不仅概述
了父亲王忬的一生事迹，肯定其为国家所做出的贡献，"连城数十，手所
麾埗。组练三万，余皇五百"，最终"捷书昼报，天颜宵恽"，还融入了
自己对父亲被冤枉一事的看法，"功大不赏，谴微辄摘"，为父亲鸣不平。
赞文通篇均为四言，符合刘勰所言赞体文"必结言于四字之句，盘桓乎数
韵之辞"的认知。不过王世贞的可贵之处在于，他在创作赞体文时，突破
了四言的限制，如他在陆泉的像赞中言："赞曰：'达埒王孙，不颛已侠，
同孟公不逾轨，安得其人与终始。'"② 在王惜的像赞中说道："赞曰：
'少而有游闲，公子之乐与名，好色与声，任性达生，与物无营，不起怨
憎。噫！此所以寿考，令终无骞无倾也耶。'"③ 在其弟王世懋的像赞中，
王世贞更是叙述道：

赞曰：三补吏而三师帅，诸生历署外，中厥衔若冰，有瑜无瑕，
皭然其名，其所收乎人者，乃大隃于若兄。品登三而不足，帙数五而
仅余。有志不遂，中道殒殂，其所得于天者，乃不汝。如天所予
夺，吾不能晰而不能不汝惜；人所月旦，吾不能知而不能不汝悲。非

---

① 王世贞：《弇州山人续稿》卷一百五十一《琅琊先德赞》，美国普林斯顿大学东亚图书
馆藏明刻本，第9~10叶。
② 王世贞：《弇州山人续稿》卷一百四十七《像赞》，美国普林斯顿大学东亚图书馆藏明
刻本，第12叶。
③ 王世贞：《弇州山人续稿》卷一百五十一《琅琊先德赞》，美国普林斯顿大学东亚图书
馆藏明刻本，第6叶。

汝之像，何以宽我思；睹汝之像，使我泪若绠縻。呜呼，貌而笥焉，时一展之。①

文中虽然有"有瑜无瑕，嚼然其名""有志不遂，中道殒殂"等四言之句，但这并不是文中的主体，文中还有五言句，甚至是"4+10"的组合语句，句式纷繁，重在叙事。文章对固有四言句式的突破，增加了文本达意的流畅度，体现其自然而作，这有利于促进赞体文的进一步发展。如在散佚的像赞中，《九十四翁蔡曲岩像赞》开篇就言道："少而治生不汝赢，工为诗歌不汝名。束修励行，不沾一命荣，不汝负者几百龄。岁壬在申，余游洞庭偻行见汝，汝吐矍铄，问无苦耶？"② 更是文意的直接表达，不以四言专长。

最后，文章内容皆褒无贬，人物塑造单一。"赞"，《说文解字》中的解释为"赞，见也"③，而对于赞体文之"赞"，东汉刘熙认为："称人之美曰赞，赞，纂也。纂集其美而叙之也。"④ 明代徐师曾说道："按字书云：'赞，称美也，字本作讚。'……其体有三：一曰杂赞，意专褒美，若诸集所载人物、文章、书画诸赞是也。二曰哀赞，哀人之没而述德以赞之者是也。三曰史赞，词兼褒贬，若《史记索隐》《东汉》《晋书》诸《赞》是也。"⑤ 而根据王世贞的赞体文内容可知，其集中多为"像赞"，主要在于叙述他人经历，褒美、赞美他人贤德，这不同于《史记》《晋书》等史书中的"赞"的褒贬兼之。正因如此，王世贞所创作的赞体文内容皆褒无贬，又因其侧重人物画像之赞，其文中对人物的塑造较为单一。如：

祝京兆先生允明，字希哲，长洲人，生而枝指，故自号枝山，又曰枝指道人。先生天质颖绝，读书目数行俱下，于古载籍靡所不该，

① 王世贞：《弇州山人续稿》卷一百五十一《琅琊先德赞》，美国普林斯顿大学东亚图书馆藏明刻本，第12叶。
② 王世贞：《弇州山人续稿》卷七《九十四翁蔡曲岩像赞》，上海图书馆藏明抄本。
③ 许慎：《说文解字》，中华书局，2013，第120页。
④ 任继昉：《释名汇校》，齐鲁书社，2006，第345页。
⑤ 徐师曾著，罗根泽校点《文体明辨序说》，人民文学出版社，1962，第143页。

泆自其为博士弟子，则以文辞称，而不能致深湛之思，以故雅郑时揉错。然至成弘际，名能复古者，先生盖先登矣，书法魏晋六朝至颜苏米赵，无所不精诣，而晚节尤横放自喜，故当为明兴第一。为人好酒色，六博不检励，颇不受方内士赏许，其令兴宁政术顾，时时以嗜好夺之，迁应天府通判致仕。所著《祝子通》《祝子杂罪知》《蚕衣》《浮物记》《语怪》《苏材小纂》《兴宁志》，合诗文数百卷。卒年六十七。今像乃朝衣冠，老矣而尚腴泽，或云不能全类之。

赞曰：先生之文，缕古饰今。其为诗歌，庀景匠心。独于八法，形而下者。蠕蠕十指，若役造化。超明轹宋，与唐上下。跌宕沉冥，景纯斯亚。①

文中简单地对祝允明生平经历、书法特点、文章著述等情况进行了介绍，王世贞并没有对其中的内容进行评论，并且在"赞曰"中大力称赞祝允明的才能，肯定其历史地位。这是王世贞"像赞"文章的一般写法，人物形象较为扁平，既没有人物性格变化发展的过程，也没有进行美恶等方面的综合塑造。当然，我们不应该过多地以《史记》《汉书》等史书标准去看待王世贞赞体文中人物形象的塑造，批评其人物塑造的单一性，而应该立足王世贞赞体文的写作实际，结合杂赞、哀赞的文体特征，去辩证地看待王世贞的赞体文。

二 像赞与"传"的互通性

王世贞赞体文的整体结构为"序文+赞文"，其序文的主要内容是对他人生平经历的叙述。而在王世贞所写的赞体文中，有两篇值得注意，其全文如下：

伯颜子中赞

故元吏部侍郎事见传中。

---

① 王世贞：《弇州山人续稿》卷一百四十八《像赞》，美国普林斯顿大学东亚图书馆藏明刻本，第6叶。

赞曰：元虐用民，自绝上下。天假譬虣，泪此中土。匪乏首帅，拥强首鼠。亦有贞士，膏领齐斧。矫矫巴延，儒迹攸奋。岂厌原禄，而强颓运。毁质自藏，庶保厥蕴。北跳龙沙，王图寒遭。南顾吴墟，大明中天。帝曰起之，臣则死之。苟睹今是，焉临故非。彼元之躁淫，乃有硕德。胡弗庸蛮，实禠其魄。①

蔡子英赞

故元行省参政事见传中。

赞曰：王庭奄如，帝宥弗剪。彼其子心，矢不可卷。岂薄华风，大卤是腆。抗心长揖，匿迹赁春。恩割俪体，目无铍胸。矫若秋霜，煜如天虹。览书者何，惟明皇帝。仁不夺躯，义不夺志。舍是后夫，风我来裔。②

这两篇赞体文均没有对所赞对象的生平事迹进行叙述，而是以"某某事见传中"代替原本该进行的序文写作，可见，在王世贞看来，赞体文和"传"有相通之处。

至于传，刘勰在《史传》篇中认为："传，转也。转受经旨，以授于后，实圣文之羽翮，记籍之冠冕也。"③ 他还说道："及史迁各传，人始区详而易览，述者宗焉。"④ 即突出了"传"转授圣人经书的主旨，同时认为其还能够叙述人物的各自情况。吴讷则认为："太史公创《史记》列传，盖以载一人之事，而为体亦多不同。迨前后两《汉书》、三国、晋、唐诸史，则第相祖袭而已。厥后世之学士大夫，或值忠孝才德之事，虑其湮没弗白；或事迹虽微而卓然可为法戒者，因为立传，以垂于世：此小传、家传、外传之例也。"⑤ 徐师曾言曰："按字书云：'传者，传也，纪

---

① 王世贞：《弇州山人四部稿》卷一百零二《伯颜子中赞》，美国哈佛大学燕京图书馆藏明刻本，第 10 叶。

② 王世贞：《弇州山人四部稿》卷一百零二《蔡子英赞》，美国哈佛大学燕京图书馆藏明刻本，第 11 叶。

③ 刘勰著，黄叔琳注《文心雕龙》，浙江古籍出版社，2011，第 56 页。

④ 刘勰著，黄叔琳注《文心雕龙》，浙江古籍出版社，2011，第 57 页。

⑤ 吴讷著，于北山校点《文章辨体序说》，人民文学出版社，1962，第 49 页。

载事迹以传于后世也。'自汉司马迁作《史记》，创为《列传》以纪一人
之始终，而后世史家卒莫能易。嗣是山林里巷，或有隐德而弗彰，或有细
人而可法，则皆为之作传以传其事，寓其意；而驰骋文墨者，间以滑稽之
术杂焉，皆传体也。故今辩而列之，其品有四：一曰史传，二曰家传，三
曰托传，四曰假传。使作者有考焉。"① 通过前人观点可知，"传" 自司马
迁在《史记》中创为《列传》之后，其传经之旨的主要功能逐渐转变为
传人之事，且 "以载一人之事" 或者 "以纪一人之始终"，"后世史家卒
莫能易"，皆以此为宗。王世贞《四部稿》《续稿》中皆有 "传" 体，如
《四部稿》卷八十一到卷八十五为 "传"，共 33 篇，《续稿》则更加细分，
卷六十七到卷七十九为 "传"，卷八十到卷八十九为 "史传"，其中卷七
十八全卷只有一篇《昙阳大师传》，极尽 "传" 体叙事之能事。且不论长
篇的叙事，暂以小篇观之，在王世贞所有的 "传" 体文章中，《严节妇诸
传》为最短文章，其内容为：

> 　　严节妇诸者，笄而归太学生起贞，以妇道闻。亡何，起贞殁，诸
> 痛欲绝，曰：天乎，吾不忍于逝者。则又抚其孤润，泣曰：吾舍吾而
> 从逝者则舍存者，舍存者毋以慰逝者。自是不荤血食三载，骨弗克
> 立，乃稍稍食。曰：孤幸长矣，而尚未壮也。居久之，曰：孤幸壮
> 矣，可教矣。即外塾置师，命润就正焉。未辨色而起，臧获以次受署
> 役，则润先之之塾，色且不辨。臧获以次报署，则润后之，从塾还，
> 课业与扶惰均矣。故润立而庄，事诸犹孺子也。臧获人人惴恐不敢
> 爱，其力息产与素封等。居久之，倭乱作燹，剿其庐，诸挟润间行获
> 入郡，而间右侠女诸而少润者，伺郤谋矫虔其产，诸奋谓润所不直，
> 而曹有如日画策授之，使次第白之官。其小者听乡三老咸立直，间右
> 侠窃相伏曰：非独毋敢少润也，诸亦凛凛丈夫者矣。会今年壬申，诸
> 业五十，润巳补太学上舍，而天子方下公卿，有司修节侠孝行之事，
> 格当旌。
> 　　王先生曰：余始读秦皇帝礼巴寡妇清事，而卑秦风之不逮贫也，

①　徐师曾著，罗根泽校点《文体明辨序说》，人民文学出版社，1962，第 153 页。

乃至如公父文伯母所称，则沃土之为善，难于瘠矣。夫秦风奚咎也，节妇少而婺，遂称人母，处困能拓，居沃思节，卒以其子与家亨焉，夫岂独其志行殊哉。吴与昆山之交，水薄寡限，土丰而少棱角，其风靡靡，庶几哉！节妇有以砥砺之矣。①

王世贞在文中对节妇严诸恪守节操、遵循礼制、抚育小孩、护守产业等事迹进行了叙述，肯定"诸亦凛凛丈夫者矣"，并认为她是吴中地区所有妇女的道德榜样。这篇文章虽然篇幅不长，但体现了王世贞写作"传"的一般结构——"序文+某某曰"的形式，除了"王先生曰"，还有"赞曰""王子曰""王世贞曰""王生曰""外史氏曰""论曰""逸史氏曰""弇州生曰""弇山人曰"等诸多表达形式，并且多篇文章的形式是"序文+赞曰"，如《陈司寇传》《曹子贞传》《陶文僖公传》等皆是如此。而这种模式，就如同前面所论及的赞体文的写作模式。

因此，在王世贞的文学观念中，"传"和"赞"有文体的互通性，并且在其内容的表达上，有可相互替代性，所以，在王世贞的赞体文中，部分文章不见序文，只简短一句"某某事见传中"，然后直接进行"赞曰"部分的叙写。

三 像赞的文献价值

15 篇散佚的像赞文章，是王世贞百余篇赞体文的重要组成部分，其存在有自身的文献价值。具体而言，主要体现在以下几个方面。

其一，体现文本之间的差异性。整体来看，百余篇赞体文涉及百余个所赞对象，不过部分篇章所涉及的内容还是有一定的相似之处，同时也体现出文本随时间的变化而变化，蕴含着王世贞文学思想的相应发展。如前面提及的《希夷观睡像赞》和《宋陈希夷先生睡像赞》，"无"和"毋"、"饮"和"欲"、"神"和"师"、"有"和"假"等相应位置字词的不同，以及《宋陈希夷先生睡像赞》中单独赞语的增加，无不体现出《宋陈希

---

① 王世贞：《弇州山人四部稿》卷八十五《严节妇诸传》，美国哈佛大学燕京图书馆藏明刻本，第5~6叶。

夷先生睡像赞》在语句用词、押韵节奏、文章结构等方面对《希夷观睡像赞》的超越，也突出了王世贞对文稿的修改和对文章格调的注重。这两篇都在所搜集的 15 篇散佚文献之内，而散佚文献和《四部稿》《续稿》中的文章也存在部分差异。如明抄本《弇州山人续稿》卷七《唐伯虎先生像赞》言：

> 此为拍手歌《梅花庵诗》耶？将谢小山之邸而东归耶？曷不素其恰练其衣而犹拘？拘乎席帽襕衫之是规，岂所能自信者千载，而所不能忘情者，一时其意若愚而混沌，凿貌若朴而太素漓，夫是以啬其年而窒其遇子焉。身后之靡遗，抚丹青之妙绘，与黄绢之丽辞，虽易世而长新，叹往者之不可追，噫！①

而在《续稿》中，王世贞对唐伯虎之像则赞曰：

> 唐六如先生寅，字子畏，一字伯虎，吴县之吴趋里人。以诸生举乡试第一，当赴会试，而有所同载者，以贿主司得题事，株累，罢为吏，谢弗就。先生材高，少嗜声色，既坐废，见以为不复收，益放浪名教外。尝一赴宁王宸濠聘，度有反形，乃阳为清狂不慧，以免。卒年五十四。先生之始为诗，奇丽自喜，晚节稍放，格谐俚俗，冀托于风人之指，其合者犹能令人解颐，画品高甚，在五代北宋间。今像颇质而野，顾犹袭太学衣裾，若重戴者，可悲也。
>
> 赞曰：夺汝荐冒，以掾汝何，恶谗面靦，朴其外文，其中咄惜哉，以乐穷，以穷工艺，乃终。②

由上可知，在《唐伯虎先生像赞》中，王世贞就唐伯虎画像之态而言之，虽然对唐伯虎"抚丹青之妙绘，与黄绢之丽辞"有所提及，并感叹时间易逝，但是其重点乃在画像之态。而《续稿》中则侧重对唐伯虎一生的

---

① 王世贞：《弇州山人续稿》卷七《唐伯虎先生像赞》，上海图书馆藏明抄本。
② 王世贞：《弇州山人续稿》卷一百四十八《像赞》，美国普林斯顿大学东亚图书馆藏明刻本，第 7~8 叶。

概述，同时评论其诗文创作特点和画品内涵，对其画像"犹袭太学衣裾"感到悲叹。同样是对唐伯虎画像的赞赏，两篇文章的侧重点不一，而明显的是《续稿》中的文章更符合王世贞赞体文写作的特点，这也体现出明抄本《续稿》的底稿性质。

其二，提供前人的相关信息。由于王世贞赞体文的写作不仅仅是"赞曰"内容的陈述，还有对所赞之人生平经历的叙述，以及对其贤德和才能进行评论，部分赞体文所涉及的内容有助于我们进一步了解所赞对象，甚至有补于相关文献信息之缺。如王世贞在《四部稿》《续稿》中虽然多次提及俞允文去世所带来的悲伤，却没有明确写出俞允文的去世时间，从而给相关文章的理解带来一定的时间困惑，但是王世贞在《俞仲蔚先生像赞》中则明确说道："先生讳允文，字仲蔚，吾郡之昆山人也。以万历七载仲秋四日捐馆，其又三十有一日，而孤伯安奉遗像，属余赞之，摩娑悲叹，有词罔厝，其又三日。"① 从中便可知俞允文是万历七年仲秋四日去世的，即1579年八月四日，文中也交代了王世贞写作俞允文像赞的前因后果，这有助于我们把握王世贞和俞允文的交游情况。再如王世贞在《周寻壑像赞》中说道："先生散朗为质，豁落不拘。幼业轩岐，尤精脉理……先生少工五七言语，每篇成，辄更焚弃之。曰：'吾偶以适情而已，使我有身后名，不如且饮一杯酒。'"② 这就不仅透露了周寻壑的文学主张，也反映了王世贞对"适情而已"文学主张的认同，诗文"主情"也一直是王世贞文学思想的重要一面，并没有因为文学复古而被舍弃。文中"不如且饮一杯酒"的豪情，也是王世贞所羡慕的洒脱之举。所以他在"赞曰"中推崇道："落穆先生，厥艺天成。医匪役利，诗无近名。惟客与酒，聊以陶情。"③ 这有助于王世贞和周寻壑二人的多维度研究。

像赞虽然不是王世贞文学创作中的主要文体，且由于其写作内容的导向，以赞美、推崇之词为主，与"传"相通，但是它有自身的文体特点及文献价值，如有助于我们深入把握所赞对象的生平事迹、贤德品性、才能志向等，同时有助于我们进一步认知王世贞相关的文学观念、评论风格及

---

① 王世贞：《弇州山人续稿》卷七《俞仲蔚先生像赞》，上海图书馆藏明抄本。
② 王世贞：《弇州山人续稿》卷七《周寻壑像赞》，上海图书馆藏明抄本。
③ 王世贞：《弇州山人续稿》卷七《周寻壑像赞》，上海图书馆藏明抄本。

取舍标准。

第四节　书牍创作及其文学性

在搜集的散佚文献中，书牍有 17 篇，虽然在对这些作品进行考辨和价值阐释时，已经涉及王世贞的书牍观念，但是没有深入论述，更多的只是停留在单篇研究层面，从而造成认知存在一定的隔阂感或片段感。现在研究篇中，对此进行整体探究，以更加全面地把握王世贞的书牍观念。

《艺苑卮言》是王世贞的文学理论著作，其中探讨了诸多文体，如乐府、五言、七言、赋等，却没有对书牍这种文体进行评价和论述。这当然不能表明王世贞不重视书牍，在《艺苑卮言》之外，他对书牍的创作十分注重，如《四部稿》中书牍有十二卷，《续稿》中有三十六卷，他还亲自编撰了《尺牍清裁》一书，多达六十卷。因此，单单通过《艺苑卮言》，我们不能发现王世贞的书牍观，也无法了解王世贞对书牍的具体态度和观念。在王世贞看来，书牍非常重要，它远在其他文体之上，"最他文也"①，再者，书牍还承载着王世贞文之有用于世的文学价值观。

一　对先秦两汉的推崇

书，是古代臣子向皇帝进言所写的公文以及亲朋好友之间往来的私人信件的统称。在实际的运用中，前者一般称为奏书或者上书，后者称为书牍、书札、书简。吴讷在《文章辨体》中论曰："按：昔臣僚敷奏，朋旧往复，皆总曰书。近世臣僚上言，名为表奏；惟朋旧之间，则曰书而已。"② 故而"书"是古代书信的总名，根据写作材料的不同，其具体名称也有所不同，如写在竹简或木板上的称简、札、牍，写在木简或者绢帛上的称尺牍、尺素、尺翰，又因为传递书信时常常用封套加以包装，有"函"之称。

对于尺牍一名，王世贞进行了考证，如他论述道：

---

① 王世贞：《弇州山人四部稿》卷六十八《凌玄昱赫蹄书序》，美国哈佛大学燕京图书馆藏明刻本，第 6 叶。

② 吴讷著，于北山校点《文章辨体序说》，人民文学出版社，1962，第 41 页。

　　王子曰：盖余尝为吴兴凌大夫叙书牍，云居数岁而复为大夫，孙玄旻序所谓赫蹏书者，何以称赫蹏也，按班史《赵后传》，箧有裹药二枚赫蹏，应劭释曰："薄小纸也。"玄旻之为书大者，数百千言矣，称赫蹏示抑也。①

　　用修初名赤牍，无所据，或以古尺赤通用耳。考唯汉西岳石阙铭内高二丈二赤，然亦僻矣，且汉所称尚书下尺一，又天子遗匈奴以尺一牍，匈奴报以尺二牍，皆尺也，故改从尺牍，复缀数语于末，以俟夫谋野之士采焉。②

　　其中赫蹏即指用以书写的小幅绢帛。通过历史考证，王世贞探究了尺牍来源，并委婉地批判了杨慎之"赤牍"说。再如，《后汉书·北海靖王兴传》记载道："及寝病，帝驿马令作草书尺牍十首。"后人注解道："《说文》云：'牍，书版也。'盖长一尺，因取名焉。"③ 这些史料也印证了王世贞的说法。

　　需要说明的是，在王世贞的文集中，尺牍和书牍这两个名称杂用，在其所编订的《四部稿》和《续稿》中，涉及诸多文体，有书牍一体，却没有尺牍一体，再者，书牍和尺牍二者文体的功能和用途一致，具有可合性，为了方便，行文在进行论述时，主要采用书牍一名。

　　在通信设备不发达的古代社会，书牍作为人与人之间交际的工具，其产生是很早的。作为一种独立的文体时，它又与其他文体一样，具有一个演变和发展的历史过程，在这个过程中，它得到不断完善，逐渐走向成熟。

　　姚鼐将书牍的产生追溯到《君奭》篇，他认为："书说类者，昔周公

① 王世贞：《弇州山人四部稿》卷六十八《凌玄旻赫蹏书序》，美国哈佛大学燕京图书馆藏明刻本，第5叶。
② 王世贞：《弇州山人四部稿》卷六十四《重刻尺牍清裁小序》，美国哈佛大学燕京图书馆藏明刻本，第16叶。
③ 范晔：《后汉书》卷十四《北海靖王兴传》，中华书局，1965，第557页。

之告召公，有《君奭》之篇。"① 可是，《君奭》篇乃史官记载的周公对召公的劝勉之辞，如"君！予不惠若兹多诰，予惟用闵于天越民"②，还不是严格意义上的书信。褚斌杰则认为，"我国最早的书牍文，当产生于春秋战国时期"③，诸如《左传》中的《子产与范宣子书》《郑子家与赵子宣书》《巫臣遗子反书》等书牍文章。在随后书牍演变和发展的历史中，各个时代有不尽一样的特征，王世贞对此进行了详尽阐述，如他论道：

> 所谓春秋之世，寄文行人者，惜其婉娈娴雅，亦略载之。夫其取指太巧，措法若规，得非盲史为之润色邪。先秦两汉质不累藻，华不掩情，盖最称笃古矣。东京宛尔具体，三邦亦其滥觞，稍涉繁文，微伤诡语。晋氏长于吻而短于笔，间获一二佳者，余多茂先不解之。恨齐梁而下，大好缠绵，或涉俳偶，苟从管斑，可窥豹彩，必取全锦，更伤斐然。隋唐以还，滔滔信腕，不知所以裁之，迩岁诸贤，稍有名能复古者，亦未卓然正始。④

在王世贞看来，书牍的发展可以分为五个阶段，即春秋—先秦两汉—晋—齐梁—隋唐以还，而春秋之际的书牍有"婉娈娴雅""取指太巧"之弊，东京之时的书牍有"微伤诡语"之弊，齐梁时期的书牍则过于注重排偶、辞藻，隋唐以后的书牍更是"滔滔信腕"，不足取，王世贞甚至认为"用修采尺牍不及唐明，唐以后无尺牍也"⑤。只有先秦两汉的书牍创作"质不累藻，华不掩情"，使行文整体达到彬彬之态，是王世贞所最推崇的，即"最称笃古矣"。

王世贞于书牍取法先秦两汉，这与其倡导复古时期的取法对象不谋而合，如王世贞曾对西京的文章创作大加赞赏，认为："汉兴治马上，而自

---

① 郑福照辑《姚惜抱先生年谱》，上海图书馆藏清同治七年桐城姚濬昌刻本，第10叶。
② 王世舜、王翠叶译注《尚书》卷十《君奭》，中华书局，2012，第273页。
③ 褚斌杰：《中国古代文体概论》，北京大学出版社，1990，第389页。
④ 王世贞：《弇州山人四部稿》卷六十四《重刻尺牍清裁小序》，美国哈佛大学燕京图书馆藏明刻本，第16叶。
⑤ 王世贞：《弇州山人四部稿》卷六十五《凤笙阁简抄序》，美国哈佛大学燕京图书馆藏明刻本，第9叶。

柏梁以来，词赋称西京无偶者，贾谊、司马相如、子卿、虞丘寿、王褒、雄，诸大夫东西南北人也。"① 并在评定文章创作高低时阐述道："余窃谓天下以文名家者，未易屈指数，然大要不过二三端。高者，探先秦，摭西京，挟建安，俯大历，次乃沿六季华靡之好，以饾饤组绣相豪倾，其下始托于理，务于简，俭以逃拙。"② 可见，虽然王世贞的创作取法对象没有局限于秦汉，对大历、六朝的佳作也有所肯定，但是在他心目中，先秦、西京的文章才是"高者"，才是值得取法的。

然而，王世贞并不是囿于文章创作的取法对象而将书牍之"最称笃古"者限定为先秦两汉书牍。

其一，书牍是"文"的一种文体，而就"文"的发展历程来看，春秋之际是雏形时期，各种文体相互混杂，没有明晰的法则；到了秦汉时期，各种文体得到发展，汉大赋风靡一时；而到了魏晋南北朝，文章创作时追求行文的辞藻色彩、骈偶对仗，有利于文章之"文"而有损于文章之"质"；唐宋时期，韩愈、柳宗元等唐宋八大家提倡古文运动，"文以载道"，文章创作被"道"束缚；明清两代，文网极严，八股取士，文章创作大不如前，处于汇总时期。所以相对于文质并举的秦汉时期，魏晋南北朝、唐宋、明清都有所不足，明朝前后七子的文学复古运动更是以秦汉文为文章最高者。

其二，就书牍本身的演变和发展而言，也以先秦两汉为高，如荀卿的《与春申君书》、李斯的《谏逐客书》、司马迁的《报任安书》、马援的《诫兄子严敦书》，都是先秦两汉书牍文的代表作，也意味着书牍文已成为个人情感交流的工具，作者的真性情也得以披露。试看司马迁的《报任安书》：

　　太史公牛马走司马迁再拜言，少卿足下：曩者辱赐书，教以慎于接物，推贤进士为务，意气勤勤恳恳。若望仆不相师，而流俗人之

---

① 王世贞：《弇州山人四部稿》卷五十七《赠李于鳞视关中学政序》，美国哈佛大学燕京图书馆藏明刻本，第 9 叶。

② 王世贞：《弇州山人续稿》卷四十《袁鲁望集序》，美国普林斯顿大学东亚图书馆藏明刻本，第 20 叶。

言，非敢如此也。虽罢驽，亦尝侧闻长者遗风矣。顾自以为身残处秽，动而见尤，欲益反损，是以独抑郁而谁与语。……且负下未易居，下流多谤议，仆以口语遇遭此祸，重为乡党所笑，以污辱先人，亦何面目复上父母之丘墓乎？虽累百世，垢弥甚耳！是以肠一日而九回，居则忽忽若有所亡，出则不知其所往。每念斯耻，汗未尝不发背沾衣也。身直为闺阁之臣，宁得自引深藏于岩穴邪？故且从俗浮沉，与时俯仰，以通其狂惑。①

这是汉武帝太始四年司马迁写给朋友任安的一封长信，是一篇叙述自己不幸遭遇、刺世疾邪的书牍文，在文中，司马迁将自己因李陵之祸而受腐刑的屈辱、愤懑之情以及发愤著书的理想尽袒而出，甚至喊出了"以污辱先人，亦何面目复上父母之丘墓乎"的哀声。通观《报任安书》全文，没有过于华丽的辞藻，没有特意讲究的骈偶对仗，唯有朴实的言语、真挚的情感，将作者个人人生和性格特征表现得淋漓尽致，并且紧扣社会政治、生活，体现其当下的意义。

正因为以上缘由，王世贞才肯定先秦两汉的书牍文"质不累藻，华不掩情，盖最称笃古矣"。

二　书牍文体的独特性

书牍是一种常用的应用文，是我国古代文章中的重要文体，历朝历代的文人士大夫都非常注重书牍的写作。王世贞认为："文至尺牍，斯称小道，有物有则，才者难之，况其他哉！"② 相对于传、赋、序等传统文体，以及表、启、笺等"书"体，书牍只能称为"小道"，然而这"小道"却有其特色，王世贞更是从书牍文的特色出发，称赞其"最他文也"。他论述道：

夫书牍何以最他文也？人固有隔千里异胡越，大之不能抒丹素，

---

① 殷正林等选注《中国书信精典·报任安书》，山东大学出版社，2008，第21~23页。
② 王世贞：《弇州山人四部稿》卷六十四《重刻尺牍清裁小序》，美国哈佛大学燕京图书馆藏明刻本，第16叶。

细之不能讯暄凉矣，得尺一之札而若觌，是以笔为面也。有卒然讷于
口，不能以辞通矣，归而假尺一之札上之，而若契，是以笔为口也。
故夫他文之为用方，而书牍之用圆也。意不尽则文尽，则止繁简，因
浓淡而摹，而不务强其所未至。故夫它文之为体方，而书牍之体圆
也，书牍之所称最他文，有以也。①

从中我们可以知道王世贞将书牍视为"最他文"的理由有以下几个方面。

其一，以笔为面。书牍与其他文体的不同，在于它比一般文体带有更
多的私人色彩，古人在创作书牍时，往往具有一定目的和需要，其写作的
对象也是自己熟知的人物。再者，受时间、地域以及交通方式等多方面限
制，"人固有隔千里异胡越"，人与人之间直接面谈的机会有限，而书牍作
为人与人之间的交际工具，无疑代表着人与人之间的间接交谈，故素有
"尺牍书疏，千里面目""见信如见人"之说。如鲍照的《登大雷岸与妹
书》，是他远赴江州任所时给自己妹妹写的一封家信。鲍照将自己的所见
所感告知妹妹，并嘱咐她平时多多保重，自己虽路途艰辛，但很快可以到
达目的地，也让妹妹放心。再如胡应麟钦佩王世贞并悉心请教，王世贞对
晚辈胡应麟也是赞不绝口，认为其《诗薮》独步古今，但是二人面对面交
流的机会甚少，王世贞与胡应麟的诗文交流也主要是通过书牍。

其二，以笔为口。刘勰曾在《文心雕龙·书记》篇中云："详总书
体，本在尽言，言以散郁陶，托风采，故宜条畅以任气，优柔以怿怀；文
明从容，亦心声之献酬也。"② 意即书牍在于尽言，作者借用书牍将自己
的情感诉诸纸上，甚至是有千言万语要诉说而讷于口，"不能以辞通矣，
归而假尺一之札上之"，从而把自己的"心声"清楚地传递给对方，使对
方知晓，以达到交流的目的。而对于他人借书牍以笔为口，王世贞有进一
步论述，他认为："夫尺牍，以通彼而达己意者也，意有所不达，则务造

---

① 王世贞：《弇州山人四部稿》卷六十八《凌玄旻赫蹄书序》，美国哈佛大学燕京图书馆
藏明刻本，第6叶。
② 刘勰著，黄叔琳注《文心雕龙》，浙江古籍出版社，2011，第96页。

其语，语有所不能文，则务裁其意，大要如是足也。"① 即书牍创作最主要的在于"辞达"，辞能达意而已矣。他还论曰："孔子曰：'辞达而已矣。'又曰：'修辞立其诚。'盖辞无所不修，而意则主于达。"② 王世贞意在通过"辞达"来消除他人在书写书牍时情感泛滥而无节制，过于追求辞藻的华丽而有损于文章内容之弊端，要"意不尽则文尽，则止繁简，因浓淡而摹，而不务强其所未至"。以笔为口，不是一味地宣泄。他推崇先秦两汉的书牍，认为："书牍自东京而上之，其大者宏设广譬，畅利遒达，往往足以明志，细至于单辞片情，亦靡不宛然丽尔，彬彬称文质也。"③

其三，创作灵活。书牍和其他文体一样，也"有物有则"，如在写作时要根据不同的对象，注重言辞的得体与否。在古代社会，高低贵贱之分是十分严格的，影响着书牍的写法、格式和语气。不过书牍又有其他文体所不具备的灵活性，如书牍根植于人与人之间的交流，因此在书写的内容上，无论是推举自荐、讨论诗文、评议人物，还是探讨军国大事、个人生活等，都可以进入书牍。另外，在具体表达方式上，书牍也是最灵活的。书牍可以说理，可以言情，可以叙事，也可以夹叙夹议，或者情理并至；在行文字数上，"数百言不为多，细者仅数十言不为寡，详而切，简而腴，庶几彬彬文质君子哉"④，这样的彬彬文质是其他文体所不能比拟的，"故夫它文之为体方，而书牍之体圆也"。他文之体方，有严格的创作法则，如曹丕认为："奏议宜雅，书论宜理，铭诔尚实，诗赋欲丽。"⑤ 刘勰曾云："章表奏议，则准的乎典雅；赋颂歌诗，则羽仪乎清丽；符檄书移，则楷式于明断；史论序注，则师范于核要；箴铭碑诔，则体制于宏深；连珠七辞，则从事于巧艳。"⑥ 而书牍的创作完全看作者的需要而定，较少

---

① 王世贞：《弇州山人四部稿》卷六十五《凤笙阁简抄序》，美国哈佛大学燕京图书馆藏明刻本，第 10 叶。
② 王世贞：《艺苑卮言》，凤凰出版社，2009，第 16 页。
③ 王世贞：《弇州山人四部稿》卷六十五《凤笙阁简抄序》，美国哈佛大学燕京图书馆藏明刻本，第 9 叶。
④ 王世贞：《弇州山人四部稿》卷六十五《凤笙阁简抄序》，美国哈佛大学燕京图书馆藏明刻本，第 10 叶。
⑤ 萧统编，李善注《文选》卷五十二《典论·论文》，上海古籍出版社，1986，第 2271 页。
⑥ 刘勰著，黄叔琳注《文心雕龙》，浙江古籍出版社，2011，第 112 页。

受文体本身功能和创作法式的制约。

王世贞的书牍观还体现在其他文章之中，他认为书牍相对于其他文体更具真实性。因为书牍的创作在于交流，希望在思想感情上引起对方的共鸣，再加上其创作的私人性，我们可以从书牍中看到作者更加真实的生活和情感。如王世贞在分析柳宗元的文学创作时说道："柳子才秀于韩而气不及，金石之文亦峭丽，与韩相争长，而大篇则瞠乎后矣。《封建论》之胜《原道》，非文胜也，论事易长，论理易短故耳。其他驳辨之类，尤更破的。永州诸记峭拔紧洁，其小语之冠乎。独所行诸书牍，叙述艰苦，酸鼻之辞，似不胜楚，摇尾之状，似不胜屈，至于他篇，非掊击则夸毗。"① 王世贞认为柳宗元"永州八记"等作品有可取之处，但这不是柳宗元内心世界的真实写照，唯有书牍，才可以使柳宗元的真性情得到尽情宣泄，"叙述艰苦，酸鼻之辞"，这才是真实的柳宗元。鲁迅也曾对书牍文的这一特点进行阐述，他认为书牍"究竟较近于真实。所以从作家的日记或尺牍上，往往能得到比看他的作品更加明晰的意见，也就是他自己的简洁的注释"②，"自己的简洁的注释"即肯定了书牍的真实性。

王世贞对书牍的注重，也使书牍创作水平成为评价他人文学成就的标准之一。如王世贞在评论凌元旸时说道："当其为古文辞，务出于人所不能道，陵险诡绝以为功，而其于尺牍小语则益精，霏霏若吐玉屑，又若坐晋人而与之清言也。"③ 即肯定凌玄旸于古文辞创作的成就，但是给予他更大的肯定则是因为其书牍小语之精。王世贞还称赞"刘清惠、元瑞与履吉尺牍甚佳"④。

三　书牍的世用性

"太上立德，其次立功，其次立言"，古人苦苦寻求立德、立功、立言

---

① 王世贞：《读书后》卷三《书柳文后》，美国哈佛大学燕京图书馆藏明刻本，第 10 叶。
② 鲁迅：《鲁迅全集》第 6 卷《孔另境编〈当代文人尺牍钞〉序》，人民文学出版社，2005，第 429 页。
③ 王世贞：《弇州山人续稿》卷九十二《凌玄旸墓志铭》，美国普林斯顿大学东亚图书馆藏明刻本，第 11 叶。
④ 王世贞：《弇州山人续稿》卷一百六十三《续名贤遗墨卷》，美国普林斯顿大学东亚图书馆藏明刻本，第 27 叶。

的渠道，以求能够不朽于历史长河之中。而受家族传统的影响，"立功"以求不朽的观念深植于王世贞的脑海中，他曾详考明朝"三代司马中丞"的家族，颇自豪于唯太仓王氏一家，祖父（王倬）、父亲（王忬）以及自己都当过兵部侍郎一职，他感慨道："王氏世以政术显。"① 然而残酷的政治博弈，特别是其父王忬蒙冤被杀，让他认清了社会现实，其自言道："京师且十载，所目睹乃大谬不然者。"② "不幸与用事者忤驰，致大变。"③ 其年轻时怀有的"庶几铅刀之割，以少吐文士气"④ 的梦想，也随着自己对现实的日益清醒而逐渐消退。在立言与立功无法共同实现时，王世贞还是选择了可以自力为之的立言。如他在与刘子成的书信中说道："仆则既私喜且幸矣，因于足下窃效微规古人业，鲜两至名成，在专不朽之业，唯此一举，可以自力，其他大半由天、由人。"⑤ 即立功以求不朽，不是光靠自己努力就可以获得的，还在于天意和他人的帮助，只有立言以求不朽是可以凭借自己的能力去达到的。王世贞也越来越信奉曹丕所谓文章"经国之大业，不朽之盛事"之说，如他论述道："魏文帝雄主也，威无所不加，贵富无所不极，而独慨然于文章之一端，曰经世大业，不朽盛事。丰儒从而笑之，此未可笑也，必恃理而不朽，安能续六经哉。且夫出世之不得，则思所以垂世亦恒也。"⑥ 所以，"出世之不得"，唯有托立言以求不朽也。

再者，在一定程度上而言，文士是有用于天下的，如同立功的将士一般，能够为社会做出应有贡献。王世贞说道："县官不以一障尺刀畀之，而遂诿曰：'文士无用者。'宁不冤也，吾虽孱弱不自立，然不敢信文士无用于天下，则于汪伯子征焉，伯子束发而修古文辞，精于坟典、丘索，先

---

① 王世贞：《弇州山人四部稿》卷七十一《王氏金虎集序》，美国哈佛大学燕京图书馆藏明刻本，第 4 叶。
② 王世贞：《弇州山人四部稿》卷七十一《王氏金虎集序》，美国哈佛大学燕京图书馆藏明刻本，第 4 叶。
③ 王世贞：《弇州山人四部稿》卷一百二十六《与岑给事》，美国哈佛大学燕京图书馆藏明刻本，第 16 叶。
④ 王世贞：《弇州山人四部稿》卷一百一十九《汪伯玉》，美国哈佛大学燕京图书馆藏明刻本，第 7 叶。
⑤ 王世贞：《弇州山人四部稿》卷一百二十五《刘子成》，美国哈佛大学燕京图书馆藏明刻本，第 13 叶。
⑥ 王世贞：《弇州山人续稿》卷四十五《张伯起集序》，美国普林斯顿大学东亚图书馆藏明刻本，第 14 叶。

秦、两京诸子，其操颐颏揽，指腕片语尺蹄，无非雅娴者，拟以不习吏，而伯子初试令，即为良墨绶进郡太守，即为良二千石郎。"① 他这种文有用于世的观念，在其书牍观中得到完美体现。

> 夫书者，辞命之流也。昔在春秋，游旌接毂，矢扬刃飞之下，不废酬往，娴婉可餐，故草创润色，既匪一人，谋野褆邦，以为首务。然而出疆断割，因变为规，寄文行人之口，无取载函之笔，离是而还，书郁乎盛矣，用亦大焉。故缴箭聊城，则百雉自摧；奏章秦庭，则千橐尽返。少卿纾郁于羑帐，子长扬泯于蚕宫，良以畅人，我之怀发。今囊之缊，或扬扢沉冥，或掊折疑务，或诱趋启蔽，或释诅通媾，走仪秦于寸管，组丘倚于尺一，思则川至泉涌，辨乃云蒸电燿，其盛矣哉！然皆舂容大雅，汪洋菀翰。②

在此，王世贞肯定书牍在战事中国与国之间相互交往时的交际功能及个人之间的寄情功能。刘勰认为"三代政暇，文翰颇疏。春秋聘繁，书介弥盛"③，战事中，书牍不废，其功能也得到扩大。春秋战国之际，各个诸侯国为争夺各自利益而导致天下战事不断，有战争就有立功以求不朽的机会，冲锋陷阵的战士固然值得称赞，但与此同时，文人之书牍创作也参与战事，"矢扬刃飞之下，不废酬往"，其功用在某些方面甚至大过将士们直接的攻城略地，书牍之用大矣，"故缴箭聊城，则百雉自摧，奏章秦庭，则千橐尽返"。而"少卿纾郁于羑帐，子长扬泯于蚕宫"，则是书牍在战乱中寄情功能的体现。李维桢对全篇文章评点道："此篇首言书之不可废，次言书之用大焉。夫千里寄情，皆在于书中言。"④

在春秋战国之际，书牍的作用确实很大，大至关乎国计民生、治国方

---

① 王世贞：《弇州山人四部稿》卷六十二《少司马公汪伯子五十叙》，美国哈佛大学燕京图书馆藏明刻本，第 17 叶。

② 王世贞：《弇州山人四部稿》卷六十四《尺牍清裁序》，美国哈佛大学燕京图书馆藏明刻本，第 11~12 叶。

③ 刘勰著，黄叔琳注《文心雕龙》，浙江古籍出版社，2011，第 96 页。

④ 李维桢：《重锲凤洲王先生文抄注释》卷三《尺牍清裁序》，《凤洲文抄注释》，美国哈佛大学燕京图书馆藏明刻本，第 1 叶。

针，是"经国之大业"。如李斯《谏逐客书》言曰：

> 臣闻地广者粟多，国大者人众，兵强则士勇。是以太山不让土壤，故能成其大；河海不择细流，故能就其深；王者不却众庶，故能明其德。是以地无四方，民无异国，四时充美，鬼神降福，此五帝、三王之所以无敌也。今乃弃黔首以资敌国，却宾客以业诸侯，使天下之士退而不敢西向，裹足不入秦，此所谓"借寇兵而赍盗粮"者也。
>
> 夫物不产于秦，可宝者多；士不产于秦，而愿忠者众。今逐客以资敌国，损民以益仇，内自虚而外树怨于诸侯，求国无危，不可得也。①

国家的强盛与否，归根结底在于人才的多寡，秦王的逐客令无疑会把人才赶往他国，不利于自身的发展。李斯写作《谏逐客书》虽然有为自己利益考虑的动机，但是其向秦王陈述的利弊得失，使秦王改变了治国理念，为日后的强大打下了坚实基础，这是千军万马所不能比拟的。

由上可知，书牍之于其他传统文体，堪称"小道"，但它在创作内容上无所不包，在创作形式上灵活多样，既是作者情感的载体，又是人与人之间交流的工具，深受文人喜爱。王世贞大力从事书牍创作，考证"尺牍"名字缘由，辨析书牍演变和发展的历史特点，并在理论上对书牍的特点进行详尽阐述。书牍是王世贞文学创作的重要组成部分，其对书牍的重视与其文学观念一脉相承，书牍是王世贞文学主张的重要载体。

第五节　博识观的内涵及其践行

在散佚文献《绿野堂集序》中，王世贞言道："诗词之道，本乎性情，尤关于学养之深邃。"这里包含王世贞的两个文学观念。

一是诗词的创作根源于人的性情。虽然王世贞跟随李攀龙从事文学复古运动，后人也多以复古、剽窃模拟、"文必秦汉，诗必盛唐"视其创作，

---

① 司马迁撰《史记》卷八十七《李斯列传》，中华书局，1982，第 2545 页。

但是在力倡复古之余，王世贞也有主情的一面，如其为复古造势而著述的《艺苑卮言》，便在格调之外引进个体的才和思，"才生思，思生调，调生格。思即才之用，调即思之境，格即调之界"①，他甚至认为"剽窃模拟，诗之大病，亦有神与境触，师心独造，偶合古语者"② 以及"乐府之所贵者，事与情而已"，直指过于复古之弊端，突出创作中的自我之才情，注重个人本性的真情流露。郭绍虞在阅读《艺苑卮言》之后，认为王世贞的这类主张"有些近性灵说的见解"③。因此，王世贞在复古之外的文学作品便突出了自我情感，如王世贞在告别李攀龙南下时，所作《初拜使命抵家作》《乱后初入吴，舍弟小酌》《将军行》等诗歌，根植于现实的土壤，体现了自己的真情实感。徐朔方就认为："当他暂时离开这位诗友而南下时，他的诗作就出现了另外的调子。"④ 这是一种不同于复古的"调子"，且随着时间的推移，王世贞对文学创作有了更为深刻的认知，其内心的"性灵"种子也在成长，他认为"逸宕散真我，多思凿性灵"⑤，"诗以陶写性灵"⑥，同时他还自我分析道，"于文章鲜所规象，师心自好，良多谬盭"⑦，"仆于诗，质本不近，而意甚笃好之，然聊以自愉快而已"⑧，这就回归到了文学创作的本质，强调人性情感的抒发、自我内心的愉悦。

二是诗词的创作与学养的深浅有重要关系。而这是此论的重点所在，亦是本节内容的重点所在。"学养之深邃"强调的是个人学识的储备要深厚，关于此，在王世贞的诗文思想体系中，对"学养"的注重就是对"博识"的注重。在王世贞之前，他人对博识也有所论及，博识不仅与个人品质有关，还与知识渊博紧密相连，甚至是强调博识之于文学创作的重

① 王世贞：《艺苑卮言》，凤凰出版社，2009，第 14 页。
② 王世贞：《艺苑卮言》，凤凰出版社，2009，第 66 页。
③ 郭绍虞：《中国文学批评史》下册，商务印书馆，2010，第 208 页。
④ 徐朔方：《晚明曲家年谱·苏州卷》，浙江古籍出版社，1993，第 488 页。
⑤ 王世贞：《弇州山人续稿》卷七《古体寿钱澹庵翁八十》，美国普林斯顿大学东亚图书馆藏明刻本，第 19 叶。
⑥ 王世贞：《弇州山人续稿》卷一百六十八《题刘松年大历十才子图》，美国普林斯顿大学东亚图书馆藏明刻本，第 13 叶。
⑦ 王世贞：《弇州山人四部稿》卷一百二十六《答王新甫》，美国哈佛大学燕京图书馆藏明刻本，第 8 叶。
⑧ 王世贞：《弇州山人四部稿》卷一百二十八《答周姐》，美国哈佛大学燕京图书馆藏明刻本，第 19 叶。

要性，而王世贞更进一步，将博识与文章创作的取法对象、用事翔实、行文通畅等相联系，注重博识对于文学创作的重要性，充实了博识的内涵，同时修补博识的弊端，推动文学创作朝博识而切实的方向发展，并将博识作为评价他人创作的重要标准之一。

一 "博识"辨析

博，《说文解字》的释义为："博，大通也，从十从尃。尃，布也。"① 清代段玉裁为之注解道："博，大通也。凡取于人易为力曰博。《陈风》郑笺，交博好也。从十，博，会意，尃，布也，亦声，补各切。"② 识，《说文解字》的释义为："识，常也。一曰知也，从言戠声。"③ 而段玉裁对此有所异议，他认为："识，常也。常当为意字之误也，草书常意相似，六朝以草写书，迻草变真，讹误往往如此。意者，志也。志者，心所之也。意与志、志与识，古皆通用。心之所存谓之意，所谓知识者此也。《大学》诚其意，即实其识也。一曰知也，矢部曰，知，识词也。按凡知识、记识、标识，今人分入去二声，古无入去分别，三者实一义也。从言戠声，赏职切。"④ 可见，"博"有大通、广博之意，"识"有知晓、获悉之意，"博"和"识"结合在一起，即有学识渊博之意。如程本《子华子》中有"昔先大夫随武子之在位也，明睿以博识，晋国之隽老也，然且慆焉"⑤ 之语，王充《论衡》中有"夫德不优者，不能怀远，才不大者，不能博见，故多闻博识，无顽鄙之訾，深知道术，无浅暗之毁也"⑥ 之语。"博识"也可用于称赞、赞赏他人，如刘肃《唐新语》中有"太宗悦曰'立身之道，不可无学，遂良博识，深可重也'"⑦ 之语，欧阳询《艺

---

① 许慎：《说文解字》，中华书局，2013，第45页。
② 段玉裁注《说文解字注》，上海古籍出版社，1988，第89页。
③ 许慎：《说文解字》，中华书局，2013，第46页。
④ 段玉裁注《说文解字注》，上海古籍出版社，1988，第92页。
⑤ 程本：《子华子》卷上，上海图书馆藏明刻本，第12叶。
⑥ 王充著，张宗祥校注《论衡校注》卷十三《别通》，上海古籍出版社，2010，第274页。
⑦ 刘肃：《唐新语》卷八《聪敏》，《景印文渊阁四库全书》第1035册，台湾商务印书馆，1986，第354页。

文类聚》中有"晋诸公赞曰'张华博识多闻，无物不知'"① 之语。王世贞所认为的"博识"也有知识渊博之意，如他在《游太山记》中说："夫以封禅告成之主，凡七十二，而结绳者半之，天地之人文郁，而后世之博识者不能举，其略辞之不可以已也如此哉！"②

　　然而王世贞并没有将"博识"停留在称赞或赏识他人知识渊博，而是将"博识"发扬光大，使"博识"与文学创作紧密相连，注重"博识"在文学创作中的作用，与其文学主张和时代之风相联系。前人也意识到博识对于文学创作的重要性，如宋人包恢认为博识是文学创作的源泉，曾在《吴主簿墓志铭》中云："盖其自幼嗜学如嗜饮食，博识前往，而文思如泉涌，辞藻如春华。"③ 何良俊也曾论曰："孔子语子贡曰：'女以余为多学而识之者与？非也，余一以贯之。'则孔子果不贵博识耶？……若夫孔子之善诱与颜子之善学者，唯博约二语而已，盖二者互相为用不可废也，不然，则其告子贡者语一足矣。其所贯者复何物耶？后世舍博而言约，此则入于释氏顿悟之说，道之不明也，夫何尤？"④ 何良俊以博贬约，强调博识之于文章创作乃至明之道。

　　如果说前人已经赋予"博识"筋骨，王世贞则给予"博识"血肉，使"博识"得到具体化，使其看得见摸得着，便于掌握。王世贞的文学思想有一个从少年到青年再到中晚年的转变过程，而其对"博识"的理解和注重则一以贯之，并没有随之改变。王世贞被大家所熟悉是因为受李攀龙的影响而走上了文学复古的道路，可是他对复古之路却有清醒的认识。他认为明朝的文章到了李梦阳那里是第三变，而李梦阳所大力倡导的复古弊端愈加明显，与之相适应，王世贞一向批判那些只知剽窃模拟而不知学问自得的复古者，如他认为"今天下人握夜光，途遵上乘，然不免邯郸之

---

①　欧阳询：《艺文类聚》卷四十九《太子中庶子》，《景印文渊阁四库全书》第 888 册，台湾商务印书馆，1986，第 203 页。

②　王世贞：《弇州山人四部稿》卷七十二《游太山记》，美国哈佛大学燕京图书馆藏明刻本，第 6 叶。

③　包恢：《敝帚稿略》卷六《吴主簿墓志铭》，《景印文渊阁四库全书》第 1178 册，台湾商务印书馆，1986，第 768 页。

④　何良俊：《何翰林集》卷十三《博识》，《四库全书存目丛书》第 142 册，齐鲁书社，1997，第 75 页。

步，无复合浦之还。则以深造之力微，自得之趣寡"①，并指出他们的学识"剽略而博，缀缉而华"②，不是建立在自身广博知识基础之上的真学问，其创作也非源自真性情的真创作。明代前后七子大力倡导复古，创作取法和取材都限于古人，倡导大历以后书勿读，文取秦汉，诗取盛唐，被众人奉为创作教条，王世贞虽然称赞西京文，推崇盛唐诗，但是综观王世贞的创作，其取材和取法非常广博，并不局限于此。他自我剖析道："仆于诗大历而后者，阑入十之一，文杂贞元者，二十之一，六朝者百之一。"③故而王世贞主张"庀材宜博，师匠宜古"④，学古不能视野狭隘，要博取历朝历代之精华，融汇于胸，从而使创作以广博的学识为基础。难能可贵的是，王世贞在教导后辈写作时，没有标榜自我，而是认为自己的诗作"宜采不宜法也"⑤，意在要求后辈取材广博，创作时则效法古人，然后有所自得。博而后自得，是王世贞文学创作观念的精髓所在。

二　修补"博识"之弊

"博识"有关学识积累，是文学创作的基础之一，一般而言，学识越扎实越广博就越有利于文学创作，然而物极必反，"博识"也如此。王世贞在与胡应麟的书信中进行了深入探讨，他言道："足下谓诗文骚赋，虽用本相通，而体裁区别，独造有之，兼诣则鲜。又谓精思者狭而简于辞，博识者滥而滞于笔，笃古则废今，趣今则远古。斯语也，诚学士之鸿裁，而艺林之匠斧也。"⑥ 即"博识"之弊有三：一为学识泛滥以致写作时无从下笔，二为效法古人时非议当下，三为喜好当下而远离古人。对于这些

① 王世贞：《艺苑卮言》，凤凰出版社，2009，第 70 页。
② 王世贞：《弇州山人四部稿》卷六十五《李愚谷先生集序》，美国哈佛大学燕京图书馆藏明刻本，第 1 叶。
③ 王世贞：《弇州山人四部稿》卷一百二十八《答吴瑞毅》，美国哈佛大学燕京图书馆藏明刻本，第 17 叶。
④ 王世贞：《弇州山人续稿》卷二百零三《答帅膳部》，美国普林斯顿大学东亚图书馆藏明刻本，第 6 叶。
⑤ 王世贞：《弇州山人续稿》卷一百八十二《徐孟孺》，美国普林斯顿大学东亚图书馆藏明刻本，第 17 叶。
⑥ 王世贞：《弇州山人续稿》卷二百零六《答胡元瑞》，美国普林斯顿大学东亚图书馆藏明刻本，第 1~2 叶。

弊端，王世贞并没有回避，而是力求解决，以探寻创作之道。

首先，王世贞强调做到"博识"时也要注意行文畅达。于文章创作，王世贞推崇法度、格调，也注重自身情感的融入和抒发，而"博识"意在更好地为文章创作服务，以增加行文的内涵和厚重感。严羽曾云："夫诗有别材，非关书也；诗有别趣，非关理也。然非多读书，多穷理，则不能极其至。"① 李东阳对此阐述道："诗有别材，非关书也；诗有别趣，非关理也。然非读书之多明理之至者，则不能作。论诗者无以易此矣。……而所谓骚人墨客学士大夫者，疲神思，弊精力，穷壮至老而不能得其妙，正坐是哉！"② 即诗歌创作与博识关系密切，多读书使知识渊博，从而使创作能够达到极致境地。博识固然好，但是博识之后，却容易在文章创作时堆砌学识、掉书袋，辞藻佶屈聱牙，反而不利于行文通畅。因此，王世贞主张"该博畅达，反是虽工弗录"③，要求博识不能有损于行文，这也是其"辞达"观念的体现。对于文章创作，王世贞也严格要求自己，将行文畅达放在首位，故而当他人对自己有所误解时，他便予以回击，如在《答周俎》中云："至于僻语奥意如足下所云，幸摘而示我，当一一明之。"④ 并强调创作时不应为显示学识而用僻词、僻典，要"不事诡僻"，行文明了。在这基础上，与之相适应的是王世贞将典雅之风和博识相联系，追求文章整体的平淡厚重和通畅，使二者互融于行文之中，如王世贞称赞王积"为文章典雅有度，博识故典，骤而遇之若空空然"⑤。

其次，王世贞注重古今结合，各取其精。在复古之风中，重在向古人学习法度，求与古人合，这就容易造成贵古贱今的弊病，而与之相反的是，像桑悦这样的狂妄之徒，目中没有古人的存在，过于夸大自己或者当下的成就，"好自标"，则会带来重今轻古的弊病。厚古薄今和重今轻古都不利于文学创作的长远发展。王世贞虽然倡导复古，并主盟文坛，但他对

---

① 严羽：《沧浪诗话》，何文焕辑《历代诗话》，中华书局，2004，第 688 页。
② 李东阳：《麓堂诗话》，丁福保辑《历代诗话续编》，中华书局，2006，第 1378 页。
③ 王世贞：《弇州史料》前集卷十，美国哈佛大学燕京图书馆藏明刻本，第 11 叶。
④ 王世贞：《弇州山人四部稿》卷一百二十八《答周俎》，美国哈佛大学燕京图书馆藏明刻本，第 19 叶。
⑤ 王世贞：《弇州山人四部稿》卷一百《明故嘉议大夫南京兵部右侍郎虚斋王公行状》，美国哈佛大学燕京图书馆藏明刻本，第 7 叶。

李梦阳和李攀龙等人的复古却有微词，如他认为："仆所不自得者，或求工于字，而少下其句，或求工其句，而少下其篇，未能尽程古如于鳞耳。"① 即强调自己过于追求行文法度和与古人合之作并不是自得之作，也不像李攀龙那样贵古贱今。对于当下人的创作，王世贞也肯定其佼佼者，如他认为胡应麟《诗薮》宏博，此书一出，"则古今谈艺家尽废矣"②。对于古和今，王世贞并没有将二者直接对立起来，而是力求各取其精，古今皆为我所用，并主张"辞不必尽废旧而能致新，格不必步趋古而能无下"③，即文辞上做到新旧之合，格调上做到古今之合，使文章具有古的因素，也具有今的意义。

最后，王世贞强调"博识"后的修藻，注重行文之效。刘勰曾在《文心雕龙》中说："水性虚而沦漪结，木体实而花萼振：文附质也。虎豹无文，则鞟同犬羊；犀兕有皮，而色资丹漆：质待文也。"④ 可见，行文创作不仅需要内在的质朴和厚重，也需要外在的辞藻、声调，以至彬彬君子。辞藻之于文章，也非常重要。如王世贞认为："夫定格而后，俟感以御卑；精思而后，出辞以御易；积学而后，修藻以御陋；触机而后，成句以御凿。四者不备，非诗也。"⑤ 其中积学就是博识，其与定格、精思、触机三者共同成为诗歌创作的必备要素，而积学之后，修藻尤为重要，可以补其弊端。在这之外，王世贞还注重博识之后行文声调的和谐，如他称赞《杏山集》"属辞益工，使事益博，骈然若庖丁之奏声，又若骏马驰于康庄之野，而亡蹶蹄也"⑥。庖丁之声、骏马驰骋，乃是自然声音之妙者。由此可知，完成学识积累是行文创作迈出去的重要一步，就文章整体而

① 王世贞：《弇州山人四部稿》卷一百二十八《答周俎》，美国哈佛大学燕京图书馆藏明刻本，第 19 叶。
② 王世贞：《弇州山人续稿》卷二百零六《答胡元瑞》，美国普林斯顿大学东亚图书馆藏明刻本，第 10 叶。
③ 王世贞：《弇州山人四部稿》卷六十八《黄淳父集序》，美国哈佛大学燕京图书馆藏明刻本，第 14 叶。
④ 刘勰著，黄叔琳注《文心雕龙》，浙江古籍出版社，2011，第 114 页。
⑤ 王世贞：《弇州山人续稿》卷五十四《邹彦吉羼提斋稿序》，美国普林斯顿大学东亚图书馆藏明刻本，第 3 叶。
⑥ 王世贞：《弇州山人续稿》卷四十二《杏山续集序》，美国普林斯顿大学东亚图书馆藏明刻本，第 19 叶。

言，它是内在学识、情感和外在辞藻、声调等要素的结合体，行文整体的彬彬之态才是王世贞所一直追求的极致之态。

王世贞对创作之道所做出的探索，有利于修补"博识"之弊，充实博识的内涵，使行文创作向彬彬之态迈进。

三　"博识"的多层面践行

在王世贞之前，已有多人注意到"博识"与文学创作之间的紧密关系，并以自己之博识解释他人之作。如宋人阮阅在《诗话总龟》中独辟一章命名为"博识门"，其中云："梅圣俞《河豚》诗云：'春岸飞杨花。'永叔谓河豚食杨花则肥。韩渥诗：'柳絮覆溪鱼正肥。'大抵鱼食杨花则肥，不必河豚。〔《诗史》〕""前世所称驵侩，驵〔子党切〕，今人谓之牙。韩文公赠玉川诗曰：'水北山人得名声，去年去作幕下士；水南山人又继往，鞍马仆从塞闾里；少室山人索价高，两以谏官招不起。'又云：'先生抱才须大用，宰相未许终不仕。'王向子直谓韩公与处士作牙。牙，商度物价也。驵侩为牙者，世不晓所谓。道原云：'本谓之互，即互市事尔。唐人书互字作乐，乐字似牙字，因转读为牙。'其理如可信。或云：何得举世同辞？盖不足怪。今人以万为万，以千为ノ，亦人人道之也。〔《贡父诗话》〕"① 再如宋人王钦若在《册府元龟》中也言及博识的重要性，这在于解释他人之作，以明示后人，例如："周惠王内史过为中大夫十五年，有神降于莘（降，下也，言自上而下，有声象以接人也；莘，虢地），王问于内史过（过其名，掌爵禄废置及策命诸侯卿大夫）曰：'是何故，固有之乎？'（故事固尝）"②

而王世贞虽然没有独列"博识门"以解他人之作的难解处，但对他人之作的解释也不少，如其编订《宛委余编》一书时说道："余故有《艺苑卮言》六卷，其第六卷于作者之旨亡所扬抑表著，第猎取书史中浮语，稍足考证，甚或杂而亡裨于文字者，念弃之，为其敝帚不忍。"③ 王世贞比

---

① 阮阅编，周本淳校点《诗话总龟》卷二，人民文学出版社，1987，第18~19页。
② 王钦若等编修《册府元龟》卷七百八十《博识》，上海图书馆藏明刻本，第1叶。
③ 王世贞：《弇州山人四部稿》卷一百五十六《宛委余编一》，美国哈佛大学燕京图书馆藏明刻本，第1叶。

阮阅等人更进一步，直陈博识之旨要，有更加鲜明的创作目的，即以自己之博识纠正他人之误，以及以自己之博识解他人之作，以免后人误用之。也正如王钦若所云："夫好古博雅，多识前言，斯可以谓之君子矣。三代而下，盖不乏其人焉，至乃明休咎之庶征，达典经之格训，究鬼神之幽赜，练方策之故实，识官族之源派，详地志之本末，随问能辩，比撞钟之善应，发机迎解，同炙輠之无滞。非夫强学以立志多闻，而求益聪明、博达、性理、冲奥者，其孰能与于此乎。"① 王世贞对自己所编订的《宛委余编》一书解释道："宛委，黄帝所藏书处也。呜呼，孔子之教门人曰：'小子何莫学夫诗？'而又继之曰：'多识于鸟兽草木之名。'夫学诗而旁取，夫鸟兽草木之名为贵，则夫以鸟兽草木之名而传诗者，十宁无一二益哉！即荐绅先生抗手而谈性命曰：'吾一以贯之，亦何有乎？'不佞！嗟夫！嗟夫！余过矣，余乃淫于其末矣。"② 从中也可见王世贞之博识。试举以下几例以观：

> 《霍小玉传》有叩头虫，按《异苑》曰："有小虫，形色如大豆，咒令叩头，又使吐血。"皆如所教，然后请放稽颡，辄七十而有声，傅咸有叩头虫赋。③

> 东坡诗有通印子鱼，庄季裕辨其误用，以为莆田县通应侯庙前鱼，四方误传，以为子鱼大可容印者为佳。然郭延生《述征记》城阳县南尧母庆都庙前一池鱼，头间有印文，谓之印颊鱼，非告祠者捕不得，则坡所引亦非误。④

> 虎丘山千人石有颜鲁公书"虎丘剑池"四大字，米元章《书史》

---

① 王钦若等编修《册府元龟》卷七百八十《博识》，上海图书馆藏明刻本，第 1 叶。
② 王世贞：《弇州山人四部稿》卷一百五十六《宛委余编一》，美国哈佛大学燕京图书馆藏明刻本，第 1 叶。
③ 王世贞：《弇州山人四部稿》卷一百五十六《宛委余编一》，美国哈佛大学燕京图书馆藏明刻本，第 11 叶。
④ 王世贞：《弇州山人四部稿》卷一百五十六《宛委余编一》，美国哈佛大学燕京图书馆藏明刻本，第 18 叶。

以为大字第一，今志亦载之。又刻清远道士诗有"金气腾为虎"语。按唐避太祖讳改虎丘为武丘，虎林为武林，神虎门为神武门，纂修《隋书》凡虎皆曰猛兽。白乐天有《东武丘》、《西武丘》及《武丘寺路》等诗，而诸公集中亦有不尽然者，岂临文不讳耶，抑为宋人校正梓刻也。至于大书刻石，鲁公必不尔，其为宋初善颜书者假托无疑。①

王世贞之博识不仅仅涉及诗文创作，还囊括小说、字画等方面，并且始终奉行"忠于事实"的原则，无论是从数量上来看，还是从内容上而言，王世贞都在阮阅等人之上，并将"博识"践行到其他方面。

王世贞的这种态度在具体的文学创作中则表现为注重"博识"之切实。

其一，在官方文章范式中，叙述事实必须有根有据，不可胡乱捏造，如王世贞在《弇州史料》中记录朝廷取士的原则："取士务求文辞典雅，议论切实者进之……故今乡会试进呈录文，必曰中式，则典雅切实、文理纯正者，祖宗之式也。"② 并批判奇谈怪论、风靡浮夸之风，认为"出险僻奇怪之言而谓其为正大光明之士，作玄虚浮蔓之语而谓其为典雅笃实之人"③ 是万万不行的，这有悖切实之则。

其二，自己的私下创作，可以引用典故以陈述自身情感和想法，但是所引用的内容必须翔实、切实。如王世贞在《於大夫集序》中言道："一日余搜其囊而得所纂诸先生格言，读之，则山甫语独多，而其大指乃在实学实行，以究乎伦常之极，即世所慕说千古不传之秘，君必自为体证，果有合而录之书，余不尽尔也。余用是心服君。"④ 王世贞对山甫的实学实行并亲自考证内容的切实表示钦佩，这也是王世贞所惯行的治学之道。王世贞在《艺苑卮言》中对后人不经考证，误用前人典故而创作的行径进行了批判。如他云："倚马事，乃桓温征慕容时，唤袁虎倚马前作露布，文

---

① 王世贞：《弇州山人四部稿》卷一百六十《宛委余编五》，美国哈佛大学燕京图书馆藏明刻本，第 2 叶。

② 王世贞：《弇州史料》前集卷十，美国哈佛大学燕京图书馆藏明刻本，第 12 叶。

③ 王世贞：《弇州史料》前集卷十，美国哈佛大学燕京图书馆藏明刻本，第 13 叶。

④ 王世贞：《弇州山人四部稿》卷六十四《於大夫集序》，美国哈佛大学燕京图书馆藏明刻本，第 22 叶。

不辍笔。今人罕知其事,至有自谦为倚牛者,可笑也。"① 因此,行文创作时博识而切实,忠于古人事实,所创作出来的作品必定厚重且有韵味。故而王世贞在《念初堂集序》中赞赏王材道:"当是时,馆阁之士争以诗酒饰太平,而公独不然,务覈析国家典故,以至边防财赋诸大计,历历如指掌,以故其见之文,皆明切破窾,隽厚有余味。"② 并认为朱宗良的《国香集》"用事切而雅"③。

王世贞对"博识"的注重,也使"博识"成为王世贞评论他人创作的标准之一。如认为张茂才的诗文创作"笔甚古,思甚奇,学甚宏博"④,并云:"白石翁与待诏以书画名天下,余无所复赘,独文简公所造皆笃实近里语,不作后人孟浪。"⑤ 称赞胡应麟"最为博识宏览,所著《诗薮》,上下数百千年,虽不必字字破的,人人当心,实艺苑之功臣"⑥。他人评价王世贞时,也以"博识"对其进行称赞,如胡应麟说道:"夫杜甫、韩愈博识矣,其蔽也,学术囿于诗文而莫能自见。郭璞、张华洽闻矣,其蔽也,诗文掩于学术而莫能自拔。子建、子安二少俊兼之矣,而子安诗文、子建学术稍非其至。上下数千载间,诚未有诗而文,文而诗,诗文而学术兼际其盛如我弇州者。"⑦ 即称赞王世贞在文学创作上不仅诗文兼备,而且博识古今,即使曹植、杜甫、韩愈等人也不及王世贞的文学成就。胡应麟对王世贞的赞赏似乎言过其实,但从中我们可以窥见王世贞之"博识",他不仅要求他人创作时以"博识"为基础,自己也身体力行,其态度殊为可敬。

---

① 王世贞:《艺苑卮言》,凤凰出版社,2009,第 30 页。
② 王世贞:《弇州山人续稿》卷四十二《念初堂集序》,美国普林斯顿大学东亚图书馆藏明刻本,第 3 叶。
③ 王世贞:《弇州山人续稿》卷五十二《朱宗良国香集序》,美国普林斯顿大学东亚图书馆藏明刻本,第 5 叶。
④ 王世贞:《弇州山人续稿》卷一百八十二《张茂才》,美国普林斯顿大学东亚图书馆藏明刻本,第 6 叶。
⑤ 王世贞:《弇州山人续稿》卷一百六十九《题沈石田涤斋图后》,美国普林斯顿大学东亚图书馆藏明刻本,第 10 叶。
⑥ 王世贞:《弇州山人续稿》卷一百八十一《李仲子能茂》,美国普林斯顿大学东亚图书馆藏明刻本,第 23 叶。
⑦ 胡应麟:《少室山房集》卷一百一十一《与王长公第二书》,《景印文渊阁四库全书》第 1290 册,台湾商务印书馆,1986,第 804 页。

由上可知，王世贞之"博识"观念在前人基础之上更进一步，有自我的反思和新解，并落实到具体的文学创作活动之中，直面"博识"本身所具有的弊端，探索创作之道，从而使"博识"有章可循、切实可行，便于他人了解。而且王世贞的"博识"观念并没有只停留在理论构建的层面，而是付诸实践，不仅应用于解释他人之作、纠正他人之误，还推动文学创作朝博识而切实的方向发展。这也是王世贞对"学养之深邃"的全面论述和批评实践。所以，在散佚文献《绿野堂集序》中，王世贞对吴誉闻的文学创作也有了新的认知，"今乃始识其文彩风流也"，并认为吴誉闻基于深厚学养的文章"其发高华，顾海内寥寥不可数"，王世贞还由衷地感叹道："觏今得吴君，曷怪神交心折耶。"

第六章

关于佛道思想的考察

在历史上，虽然王世贞官至刑部尚书，但是对他的认知一般以文学家和史学家居多，学界长期以来对王世贞的研究，也是集中在文学和史学领域；另外，由于王世贞不以书画鸣世，却善于持论，有《古今法书苑》《书苑》《画苑》等书存世，深受后人赞赏，明人朱谋垔曾言"世贞书学虽非当家，而议论翩翩，笔法古雅"①，部分研究者也涉及其书画论研究。然而不可否认的是，历史行至明朝，儒家"学而优则仕"的积极入世理念，越来越受到佛道思想的挑战，渐渐地形成儒释道并存的局面。在现存的王世贞《四部稿》《续稿》等文集中，序、书牍、疏等文章会零散地涉及佛道内容，如《吴郡正觉禅寺重修大雄宝殿疏》《重修慧庆寺碑》等，更有佛经书后、道经书后这类文章专门阐释王世贞自己的佛道观念，如《续稿》卷一百五十六为佛经书后，卷一百五十七至卷一百五十九为道经书后，可见佛道观念也是王世贞人生观念的重要组成部分。在所搜集的散佚文献中，涉及佛道观念的有50篇，而明抄本《弇州山人续稿》卷二十二、二十三和二十四中的44篇散佚之作，更是王世贞佛道观念的集中体现。本章立足散佚文献的内容，结合王世贞的人生轨迹，以及他与仙师昙阳子的交游情况，以更好地理解王世贞对待佛道世界的态度。本章还基于王世贞对佛道经典著作的认识，探究王世贞作为明代文学大家，其文学观念与佛道观念之间的内在联系。

---

① 朱谋垔撰，徐美洁校《续书史会要》，浙江人民美术出版社，2012，第327页。

第一节　对佛道认知的转变

在王世贞家族中，从整体上来看，其成员基本都奉行"学而优则仕"的理念，如琅琊王氏的远祖可追溯至汉代王吉，王吉曾为谏大夫，其子王骏官至御史大夫、丞相，其孙王崇官至大司空，封扶平侯。三国时期，王览嫡孙王导也官至丞相。五代时期，由于战乱，琅琊王氏家族部分迁至江东。王世贞的曾祖王辂培育了王侨和王倬，二人锐意进取，均高中进士。王世贞还曾向他人夸耀祖父、父亲和自己都任职过兵部侍郎，是为盛事，他说道："先大父以正德甲戌擢右副都御史，先父以嘉靖庚戌擢右金都，甲寅转右副都，至右都、兵左侍。贞不肖，亦以万历甲戌忝转右副都，与先大父前后相去六十年，俱转侍郎，皆兵部。"① 据王世贞统计，此事乃有明独一家。王世贞家族亦是太仓的豪门望族、书香门第。对于家族的兴旺之因，王世贞总结道："王氏世以政术显。"② 这符合封建社会制度下家族发展的普遍规律。

受家族整体环境的影响，王世贞从小有志于学，并积极参加科举考试，虽然他第一次科举失败，但是那时王世贞才 19 岁，而他进士及第时也才 22 岁，是当年进士榜中年龄最小的一位。王世贞年少得志，意气风发，直言"庶几铅刀之割，以少吐文士气"③，希望有所成就。随后王世贞"被授予大理寺评事一职，正七品；二十三岁就任刑部主事，正六品；二十八岁时升刑部郎中，正五品；三十一岁为按察司副使，正四品；四十九岁改官太仆卿，从三品；同年九月，为右副都御史，正三品；六十四岁时更是官至南京刑部尚书，正二品"④。从正七品开始进入仕途，以正二品致仕，一般而言，算是官运亨通，也远超一般的进士，不过对王世贞来

① 吕浩校点《弇山堂别集》卷二《皇明盛事述二》，上海古籍出版社，2017，第 31 页。
② 王世贞：《弇州山人四部稿》卷七十一《王氏金虎集序》，美国哈佛大学燕京图书馆藏明刻本，第 4 叶。
③ 王世贞：《弇州山人四部稿》卷一百一十九《汪伯玉》，美国哈佛大学燕京图书馆藏明刻本，第 7 叶。
④ 参见贾飞《王世贞"自足""自得"思想探赜》，《兰州文理学院学报》（社会科学版）2015 年第 2 期，第 68 页。

说，却并非如此。他锐意进取的激情被现实的官场慢慢磨灭，如其言"京师且十载，所目睹乃大谬不然者"①，正因为自己对官场不满，所以"不幸与用事者忤驯，致大变"②。再加上王世贞中年遭家难，父亲王忬得罪严嵩，因事下狱后以死罪论处，王世贞于嘉靖三十九年（1560）辞官服丧。后来王世贞还因为自己得罪张居正被言官弹劾，于万历四年（1576）再度回归弇山园。因此，王世贞中晚年居于吴中的时间较多，反而在为官任上的时间较少，郁郁不得志。况且除了自身的仕宦坎坷之外，儿子果祥、荣寿接连夭折，亲弟弟和亲妹妹也都先于自己远离人世，这些生死离别在不断冲击着王世贞的内心世界，这就迫切需要寻找儒家理念之外的精神来支撑自我，佛道则是一剂良药。

关于王世贞与佛道的接触，恐怕其生活经历早于对佛道经典著作的阅读，在文集中，最早的记载是他9岁时对丧礼中佛教礼仪的认知，他曾说道："居二年而陈太淑人疾病。府君不脱衣冠而侍汤药，悉橐中装，走诸郡邑，医治弗效……其视含殓棺椁，靡所不诚信，然不一杂浮屠及吴俗礼，时人翕然称之。"③即父亲王忬办理祖母陈氏的丧礼时，仅仅按儒家礼数，并未行佛事及吴中俗礼，这与吴中传统的丧事礼数有所不同。

除了被动地接触佛道内容外，王世贞屡受生活打击，自己还主动去寻找佛道世界以获得内心的解脱。如嘉靖三十七年夏，王世贞惊闻儿子荣寿病后，急忙赶回家，但是荣寿已经因疹而去世三日了，再加上之前夭折的果祥，十年间连丧二子，使王世贞痛不欲生。他在与吴维岳的书信中言道："暑迫谒台，遂为所强，留滞弥月。闻儿病，疾驱东归，则小棺卧壁间三日矣。摧痛，几不聊生。间取佛书读之，粗得过耳。"④ 且荣寿"殡

---

① 王世贞：《弇州山人四部稿》卷七十一《王氏金虎集序》，美国哈佛大学燕京图书馆藏明刻本，第4叶。

② 王世贞：《弇州山人四部稿》卷一百二十六《与岑给事》，美国哈佛大学燕京图书馆藏明刻本，第16叶。

③ 王世贞：《弇州山人四部稿》卷九十八《先考思质府君行状》，美国哈佛大学燕京图书馆藏明刻本，第3叶。

④ 王世贞：《弇州山人四部稿》卷一百二十《吴峻伯》，美国哈佛大学燕京图书馆藏明刻本，第9叶。

城西佛寺中"①。后来王世贞更是单独建造楼阁用于收藏佛道经书,其言曰:"始余卧离赟园之鹦适轩,与州治邻,且夕闻敲朴声而恶。行求得隆福之右方耕地,颇僻野。而亦会故人华明伯致佛藏经,于其地建一阁以奉之。前种美筱环草,亭后有隙地若岛,杂莳花木。捧经之暇,一咏一觞于其间,足矣。"② "始常构一阁奉佛藏,旁有水竹桥岛之属,名之曰小祇园。后增奉《道藏》,而傍庙颇益。"③ 对于此事,王世贞颇为满意,他曾赋诗道:

> 我友修净业,慷慨惠函经。羹必具羯磨,居然一摩腾。小果固有漏,法施良足凭。虽靡布金田,幸依化人城。苍松云弥瀹,修竹风琮琤。层阁临广除,回流激清泠。阊婆陈天乐,龙藏郁飞腾。中有慈悲相,恍发妙音声。玉笈启湘缥,流纨染翰青。仿佛贝叶端,自然莲花生。如日悬中天,万象借光明。稽首两足尊,发此希有诚。破除诸疑网,摧伏群魔兵。前因获心通,后果希胜增。愿以一切智,回施一切情。④

字里行间充满了对佛教世界的喜爱和期待,从中也能看出这并不是王世贞第一次接触佛教,此时的王世贞对佛教已了然于心,"愿以一切智,回施一切情"。对于王世贞的这种变化,吴国伦认为:"予友王元美中岁好佛,为小祇园事之。"⑤ 同时赠诗给王世贞,诗曰:"王郎中岁欲逃禅,嗜酒耽诗癖未蠲。成佛岂从灵运后,息机真在丈人前。新营石室藏金粟,小引溪流灌白莲。便好拂衣寻尔去,东林应结远公缘。"⑥

---

① 王世贞:《弇州山人四部稿》卷九十三《亡儿女埋志铭》,美国哈佛大学燕京图书馆藏明刻本,第 21 叶。

② 王世贞:《弇州山人续稿》卷一百六十《题弇园八记后》,美国普林斯顿大学东亚图书馆藏明刻本,第 12 叶。

③ 王世贞:《弇州山人续稿》卷一百七十二《答南阳孔炎王孙》,美国普林斯顿大学东亚图书馆藏明刻本,第 11 叶。

④ 王世贞:《弇州山人四部稿》卷十一《奉释典诸部经于小祇园藏经阁中,有述》,美国哈佛大学燕京图书馆藏明刻本,第 16 叶。

⑤ 吴国伦:《甔甀洞稿》卷四十五《像教精舍记》,上海图书馆藏明刻本,第 12 叶。

⑥ 吴国伦:《甔甀洞稿》卷二十三《闻元美为园事佛,寄赠》,上海图书馆藏明刻本,第 5 叶。

正因为王世贞对佛道的接触，其痛苦的内心世界才得以解脱，所以当知道严嵩倒台后，他于隆庆元年赶赴京师为父亲申冤，在父亲沉冤得雪之前的一段时间内，他并没有回家，也没有常住客栈，而是选择在京师弘法寺居住。在这期间，王世贞与僧人一起生活，食用斋饭，闲时便读读佛道之书，如其诗曰："解夏僧同懒，愁霖客渐疏。云霄吾意左，天地此生余。饥即分斋饭，闲能读道书。笑他扬得意，今日荐相如。"① 寺庙中不仅藏有佛经，也有道教经典，如王世贞在弘法寺中阅览《道藏》，并喜爱《桓真人升仙记》，为手书，常带左右。关于此事，他曾说道："吾于丁卯秋中避迹弘法寺，抽《道藏》翔字函小帙，曰《桓真人升仙记》，吾甚爱之，因手书一通。"②

由于王世贞享誉文坛，慕名前来的访客络绎不绝，《顾舍人夏日过访弘法寺》《戴锦衣伯常过访》《戴伯常锦衣携酒萧祠，贻诗见赠，未能报访，聊抒此答》《方德新侍御见访，分韵得蓬字》《仲子仁罢官后，出访善果寺，有作》等诗皆作于此时。值得注意的是，王世贞除了在弘法寺居住外，还与友人一同游览大佛寺、天宁寺等寺庙，如在与其弟王世懋等人游览大佛寺时，曾作诗曰："飞鹫岩峣傍紫冥，坐来烦暑入清泠。千山忽掩风云碧，双眼偏留薜荔青。檐鸽过雷时自堕，钵龙旋雨暗闻腥。深杯但至毋论数，慧远于今也不醒。"③ 王世贞此时对佛道的深入接触，对其之后的生活选择、文学观念产生了重要影响，佛道世界成了他的精神归宿。如后来在仕途不顺时，其避世断欲之念便陡增，万历三年，王世贞50岁，处于知命之年，但有感于此生多难，作诗《今岁忽已知命，仲冬五日为悬弧之旦，不胜感怆，聊叙今昔，得六百字》以抒怀，诗曰：

> 薄游狎流光，五帙俄已至。今为悬弧旦，使我废朝食。窃拊有尽身，自抆终天泪。罢牙息众嚣，闲阁负余惝。离疏非冠日，通籍乃韶

---

① 王世贞：《弇州山人四部稿》卷二十八《夏日寺居即事四首》其一，美国哈佛大学燕京图书馆藏明刻本，第6叶。

② 王世贞：《弇州山人续稿》卷一百五十八《桓真人升仙记》，美国普林斯顿大学东亚图书馆藏明刻本，第10叶。

③ 王世贞：《弇州山人四部稿》三十八《同舍弟敬美、真上人游大佛寺，遇雨作》，美国哈佛大学燕京图书馆藏明刻本，第12叶。

岁。为郎典方逴,业已三上计。比舍饶俊民,兴辞骛遥诣。虽匪大国香,岂为当门植?众嬖方奏淫,如何独求退?栖迟三辅谏,屏营东秦寄。崔荷既如浣,萧斧永绝试。烈炎弥原来,玉石同迸碎。龃龉缇萦书,艰危子坚祀。扣阍不睹天,洒血空坟地。岂无经渎念,处死殊以未。流哀悼松柏,余辱蒙萝薜。屯夷理垂极,鼎革时初际。皇瞩回复盆,谷灰起幽吹。徊徨深隐恻,踟躇窥慈意。南舟遍楚越,北辕辗晋魏。蓬心绝羝触,栎质惭龋技。畴谓偏奇禀,谬中通人嗜。三台敢希历,九列无乃赘。牵马似有曹,攻驹岂吾艺。是时秋欲暮,天子问郧帅。尔以中执法,其往司节制。寻叨玺书宠,仍拜宫壶赐。肃肃萃冠簪,悠悠度旌旆。如何渭桥色,已作天涯视。严霜逐飞盖,修路疲征驷。汉水擘峡来,嵾峰蹈空置。褒斜绾单毂,井陉艰列骑。偶同王遵叱,无取子阳喟。片檄寝赤丸,尺棰走墨吏。捃拾虞军兴,纵舍伸主惠。窃窥宽大朝,因驿上封事。愚得或有一,斯狂岂可二。既采苻菲诚,复贷尸俎罪。虽尔竭涓涘,何由报恩施。芳已凋蕙兰,辛犹残姜桂。揶揄路鬼讥,婵媛女婆詈。策足趣暮闉,长鸣顿其辔。甘为退飞鹢,不作骧首骥。松柏偶然乔,宁因青阳媚。誓墓今已乖,入宫频见忌。谬陪七子列,恐为颜延弃。虽谢三君后,未甘李膺易。数往已自疑,揣来人同愧。伊昔虞舜慕,五十犹不替。惟彼曼容秩,六百旋请致。而我独何为,心迹两成悖。虋讶蒲柳零,身安匏瓜系。雕虫业久贱,小草名还细。服政政欲疲,知命命何冀。纵识去者非,焉睹来者是。昔人多无闻,今余焉足畏。秋叶旦暮零,亲知同飘坠。江水日夜流,富贵亦偕逝。驻颜问刀圭,多难损根器。皈诚悟正觉,庶矣超人世。①

这是王世贞对自己五十年来生活事迹的概述,"龃龉缇萦书,艰危子坚祀。扣阍不睹天,洒血空坟地""牵马似有曹,攻驹岂吾艺""誓墓今已乖,入宫频见忌",种种无奈、种种困惑,还被人无端攻击,全诗基调

---

① 王世贞:《弇州山人四部稿》卷十《今岁忽已知命,仲冬五日为悬弧之旦,不胜感怆,聊叙今昔,得六百字》,美国哈佛大学燕京图书馆藏明刻本,第18~20叶。

悲凉，是王世贞当时心境的真实写照。在诗中，王世贞否定了文学事业，不以位列七子之中而自豪，而是"谬陪七子列，恐为颜延弃"，"雕虫业久贱，小草名还细"，回归到文学乃雕虫小技，壮夫不为的理念。王世贞还否定了政治事业，自己的政治热情随着一次次弹劾消退，为官之地也与内心的期望存在一定的差距，"服政政欲疲，知命命何冀"，不知道要走向何方。经过人生的感悟，王世贞认为佛道世界才是自己的寄托，"皈诚悟正觉，庶矣超人世"。

佛道世界成了王世贞精神的慰藉，王世贞也主动拥抱佛道世界。万历七年（1579），王世贞曾为小祇园作记文，并定名曰"弇州园"，至于该园的命名，王世贞曾言曰："始余诵《南华》而至所谓'大荒之西，弇州之北'，意慕之，而了不知其处。及考《山海西经》，有云：弇州之山，五彩之鸟仰天名曰鸣鸟，爰有百乐歌舞之风。有轩辕之园，南栖为吉，不寿者乃八百岁。不觉爽然而神飞，仙仙偌偌，旋起旋止，曰：'吾何敢望是？'始以名吾园、名吾所撰集，以寄其思而已……则不佞所名园与名所撰集者，虽瞿然愧，亦窃幸其于古文暗合矣。"① 王世贞在与友人的书信中亦说："始常构一阁奉佛藏，旁有水竹桥岛之属，名之曰小祇园。后增奉《道藏》，而傍亩颇益。辟出后，家人辈复有所增饰。今定名曰弇州园，盖取《庄子》《山海经》语也。"② 因此，王世贞生活的园林叫作弇州园，自己的号则为弇州山人，其文集有《弇州集》《弇山堂别集》等，皆与其对佛道世界的向往有一定的内在联系。

万历八年是王世贞疯狂痴迷于佛道世界之年，55 岁的他拜昙阳子为仙师，信奉其教（鉴于昙阳子对王世贞的重要影响，以及散佚文献所涉及的内容，在下一节将会重点叙述，在此不做展开），该年九月，王世贞忙于昙阳子仙化之事，并经王锡爵起草，撰写《昙阳大师传》。为了表明自己的决心，王世贞还将家业进行了分割，在十月一日，王世贞便携一瓢、一褐、一束书入住昙阳观，开始与王锡爵、道人无心有早晚以蔬菜为食，

---

① 王世贞：《弇州山人续稿》卷五十九《弇山园记》，美国普林斯顿大学东亚图书馆藏明刻本，第 1 叶。

② 王世贞：《弇州山人续稿》卷一百七十二《答南阳孔炎王孙》，美国普林斯顿大学东亚图书馆藏明刻本，第 11 叶。

读经修行，犹且自憾不能削发隐居深山，以远离俗世。如他向吴汝震言曰："庚辰岁首，仆以倦一切称病弇园。至孟冬朔，复弃弇园，携瓢、笠及佛道书数卷，入白莲精舍。觉远公结庐之为烦，第不能学渠削发耳。"①

此后王世贞便时常居住于昙阳观中学道，潜心修行，在万历十一年十一月，更是因感于三年学道所得无一实而懊悔，如其言："昔在岁庚辰，仲冬月二吉。……师宪既已奠，余亦宁耳室。虽谢衾枕瘗，而多笔研役。厌事事转心，问心心或轶。良友多中溃，竖子时见嫉。三载俄已周，所得无一实。夜雪射晶荧，晨霞吐鲜罱。仿佛灵驾过，能无内惭怵。更矢蹈海言，仰希出世术。将从咫尺地，汛扫万缘毕。"② 懊悔之余，自我坚定了修行的信念，"将从咫尺地，汛扫万缘毕"。于是在第二年正月，王世贞在昙阳观中决意弃绝笔砚之事，他说："仆以谷日谢亲交应酬，而笔研旧逋尚未及洗，拟至暮春始得一切放下，从辟支禅了此生。"③ 希望自己的人生在佛道世界中了却，不再执着于政治的进取。

纵观王世贞一生的佛道事迹，其尤以中年之后更加痴迷佛道，不过在王世贞的精神世界中，却始终不是以佛道思想为主，而是以儒家的积极入世思想为核心，在遇到挫折时，便在佛道世界中寻求精神的慰藉，并且即使是遁世于佛道世界，王世贞内心积极入世的思想也始终没有退却，他一直关心着世俗生活的荣辱。这表现在以下几个方面。

一是对佛道世界心存怀疑。对于传说中的佛道世界，王世贞心向往之，但他始终对其抱有怀疑的态度。如隆庆三年（1569），王世贞44岁，已经处于中年时期，该年六月，王世贞过徐献忠处，惊闻徐献忠将赴罗仙翁仙约之事，并认为此事怪异。他说道："余以己巳闰六月过长谷先生饭。是时先生甚健，进肉饵，两颊红腻，出一纸授余曰：'此罗仙翁书也。'……其辞亦多养生家指，且云有异梦，蓄之十年，与先生为蓬莱之契。方厌句曲多人事，而史少卿际来迎，炼药于玉阳山房，当以七月初

①　王世贞：《弇州山人续稿》卷一百八十三《吴汝震》，美国普林斯顿大学东亚图书馆藏明刻本，第11页。

②　王世贞：《弇州山人续稿》卷六《先师移宪日忽已三周，晨兴作供，感叹有述》，美国普林斯顿大学东亚图书馆藏明刻本，第20叶。

③　王世贞：《弇州山人续稿》卷二百零四《曾长洲》，美国普林斯顿大学东亚图书馆藏明刻本，第3~4叶。

赴……余甚异之。"① 再加上王世贞在七月再访徐献忠时，惊骇于徐献忠已经去世，他进而对神仙之事更加怀疑，并感叹生世之无凭。再如，王世贞中年以后修行之事广为人知，而在万历十七年，王世贞已经 64 岁，吴国伦寄书给王世贞订修真之约，但是王世贞不信神仙之事，认为吴国伦所托非人，并回赠诗作两首以示微讽。诗曰：

> 秋风忽下楚天翰，似为浮荣动古欢。任使白门宽吏傲，却妨丹灶背人寒。新春实买鸱夷棹，异日虚留司寇冠。莫笑鲰生城旦对，由来黄老近申韩。
>
> 才名缩尽复谈玄，天下英雄让尔先。老子也知离世网，前身错解悟真篇。马肝时见文成死，鸿宝难容子政传。曾读汉时方技传，北邙高冢葬神仙。②

如果王世贞对佛道世界没有怀疑，而是一味地以佛道为宗，很难想象他能够对吴国伦之约进行微讽。

二是修行过程中对世俗的关注。如前所述，万历八年是王世贞疯狂痴迷于佛道世界之年，他自己也摆出与世俗相隔离的态度。不过在自己皈依佛道时，得知弟弟王世懋因为皈依道门而不愿赴任陕西提学副使，王世贞便走出道门，进入俗世，以家族的未来和父亲的志向来规劝王世懋，勉励王世懋赴任。王世贞曾言曰："甫百日而移视陕西学政，道故里，而昙阳子已立化，自恨弗及。徘徊久之，欲勿上。不穀谓曰：'吾既已失先君子意，汝勿为尔也。盖先君虽在厄，未尝不戚戚以己故锢二子为恨。'至是弟始束装就道。"③ 后来王世贞还作诗为王世懋送行，《正月六日送舍弟河口，即事偶成》《送仲氏敬美视关中学政，时皈心道门，兹行染指而已》

---

① 王世贞：《弇州山人四部稿》卷一百二十九《送徐长谷诗后》，美国哈佛大学燕京图书馆藏明刻本，第 7 叶。
② 王世贞：《弇州山人续稿》卷十九《承明卿大参以诗见贺司寇之迁，且订修真之约，而所托似非其人，聊以奉酬，且示微风》，美国普林斯顿大学东亚图书馆藏明刻本，第 7 叶。
③ 王世贞：《弇州山人续稿》卷一百四十《亡弟中顺大夫太常寺少卿敬美行状》，美国普林斯顿大学东亚图书馆藏明刻本，第 11 叶。

等诗皆作于此时。再如王世贞与王锡爵一同修行，在万历十二年十二月，听闻王锡爵起复，官拜礼部尚书兼文渊阁大学士，入阁办事的消息后，王世贞欢呼雀跃，《甲申冬十二月十三日》诗曰："长安东风散木稼，德星荧荧照江社。五年南阳思卧龙，一日中国相司马。父老能追弘治日，斯人岂出三原下。即看凡羽羡葳蕤，坐使饥乌亦喑哑。笑呼诸儿煨榾柮，团栾且说升平话。"其二："未央玺书东南驰，天下万手皆齐眉。不将两字晋文仲，直向千秋歌子皮。乃知金陵胲元气，只为冻水标明医。圣王威庆与天合，焉用区区梦卜为。一蛇上天一蛇蛰，即死不爱春雷知。"① 并认为："元驭学士犹在禅而遽膺□爰立之命，为国家培真气，为善类树赤帜。吾曹借桑榆之映以自暖，抑何幸也。"② 自己也倍感荣幸。王世贞的这些所作所为，完全不像以佛道为归宿的潜心修行者。

三是一生与文学结缘。王世贞以文鸣世，自己在反思修行中的不足时，便认为文笔债阻碍了自己修行，但是在万历十二年正月初八拟暮春完成笔砚旧债时，当年三月，吴国伦诸人来访，王世贞便与友人饮酒欢宴，诗歌唱和，以致先前所立酒戒、文戒顿时破尽。他自言道："仆乞骸见格，其说穷，不得已而以病告，杜门却埽，俟命曳尾，而故人尚有剥啄者。吴明卿见过，仅少平原两日，酒戒、文戒破我殆尽。幸此中无染着，不至作谢公离别恶耳。"③ 且随后王世贞还为屠隆撰写《青浦屠侯去思记》，为胡应麟二酉山房作记，为吴国伦诗文集《甀甀洞稿》作序等，再次有感于"念多生参合文障，受役世人"④。从王世贞一生的创作轨迹来看，他步入文坛后，每年均有诗文之作，笔耕不辍，以至《四部稿》有一百八十卷，《续稿》更是多达二百零七卷，而《续稿》主要是王世贞亲自编订整理的"丙子至庚寅"⑤ 的作品，丙子年为万历四年（1576），王世贞51岁，庚寅

① 王世贞：《弇州山人续稿》卷十一《甲申冬十二月十三日》，美国普林斯顿大学东亚图书馆藏明刻本，第5叶。

② 王世贞：《弇州山人续稿》卷二百零三《杨襄阳》，美国普林斯顿大学东亚图书馆藏明刻本，第12叶。

③ 王世贞：《弇州山人续稿》卷二百零三《欧桢伯》，美国普林斯顿大学东亚图书馆藏明刻本，第14叶。

④ 王世贞：《弇州山人续稿》卷二百零七《王泰宇先辈》，美国普林斯顿大学东亚图书馆藏明刻本，第17叶。

⑤ 王世贞：《弇州山人续稿附》卷四《刘绍兴介徵》，浙江图书馆藏明刻本，第15叶。

年为万历十八年（1590），王世贞65岁，这些均属于王世贞的晚年之作。

由上可知，佛道世界只不过是王世贞的精神寄托，并未主导其一生的思想及选择。王世贞对佛道世界的喜爱也因自身的人生际遇不同而在不同时期有不同的体现。

第二节　追随昙阳子学习佛道

在搜集的散佚文献中，王世贞多处言及昙阳子，如在《金字〈心经〉后》中说道："仙师昙阳子以手书天篆《般若心经》见贻，首尾二百八十二字，诸体可三十余……至于批注《金刚》《楞严》《维摩》，往往得无师之智……"在《题〈心经〉性命临迹后》中言道："仙师昙阳子尝为贞篆书《心经》及性命各三十六字，字各一体，备极龙腾凤骞之势。贞宝爱过于头目，而会故人张肖甫司马书来，请得一纵观，乃乞章生藻临摹一通，装潢成卷，以贻肖甫。"在《仙师批注〈维摩诘经〉下卷》中说道："我昙阳师尝手笔圈点《维摩诘所说经》下卷，以示僧无心有，内什、肇、生三公所注有合者，亦时及之，而间以意作数语。盖不规规于章，故而超然独有契于二教之表……"这些新的文献资料，均有助于我们更好地理解王世贞和昙阳子的交游情况，也有助于我们更好地认知其佛道观念。

的确，在王世贞追求佛道世界的道路上，昙阳子对其影响巨大且深远，王世贞诚服于昙阳子，并拜昙阳子为仙师。昙阳子为何许人也？据王世贞所写的《昙阳大师传》、徐渭《昙大师传略》及相关史料可知，昙阳子姓王，讳焘贞，昙阳其号也，父亲为王锡爵，母亲为朱淑人，是王锡爵的次女。昙阳子是朱淑人梦月轮坠于床而孕，后于嘉靖戊午（1558）十一月二十一日出生，但是乳母因病绝乳，自己又生疥疮，昼夜哭啼，肤色发黄，父母都不甚喜爱。由于昙阳子身体弱，家人想早点攀亲，但是他人见过后便委婉地谢绝了，认为孩子可能命不长，不一定能够做好王家的女儿，更谈不上成为他人的儿媳了。不过昙阳子仿佛从小就跟佛道有缘，王世贞曾说道："师五岁为儿戏，辄剪纸作小幅，写若观世音大士像者，辟而设膜拜焉，旦醒从被中拈豆数，诵阿弥陀百余声而后起，遂为常，又时时拜天地，嗫嚅喉吻间，耳之，则为父母祝禧者，乃始稍奇之。"① 因此，昙阳子不喜爱四书五经及针线女红，自己经常翻阅佛道经书，独处静思。万历甲戌（1574），昙阳子 17 岁时许配给了徐景韶，不过昙阳子出阁前不久，徐景韶却病死家中。昙阳子和徐景韶并没有成亲，甚至都没有见过面，但是昙阳子坚持认为自己已经许配给了徐景韶，按礼制，那就是徐景韶的妻子，因而要为徐景韶守节，在万般无奈之下，王锡爵夫妇同意了昙阳子的诉求。昙阳子便另居他室进行辟谷修仙之事，诵读佛道经书，以桃杏等汁液为食，炼就仙丹，并常见幻象，认为自己是昙鸾菩萨化身，以欲度世间之人而转世。王锡爵、王世贞、冯梦龙等文人名士信奉其说，先后拜昙阳子为师，入其门下。后来昙阳子认为自己修道成仙，并预言自己的羽化日期，先是万历庚辰（1580）九月八日绞发于徐景韶墓前，九月九日便在直塘当众羽化。当时场面浩大，王世贞描述道："时栅以外三方，可十万人，拜者、跪者、哭而呼师者、称佛号者不可胜记。毳止享室中，远迩进香膜拜，日夜累累不歇。"②

如前所论，在王世贞的精神世界中，儒家积极入世的理念才是其核心所在，佛道只不过是精神的慰藉、困顿时的临时归宿，王世贞信奉昙阳子也是在特定的环境下发生的特定事件，而王世贞与昙阳子的交游则是认知王世贞佛道思想的重要线索。

在信奉昙阳子之前，王世贞居乡两年后，于万历六年（1578）秋补应天府府尹之职，但在十月时，王世贞便遭到王良心、王许之的接连弹劾，言王世贞出仕而无所作为，居家贪图享乐，大修园林，骄奢淫逸、攀结同党、扰民索财。对此，王世贞感叹道："幸不将身与念违，艖符转首便成归。紫衫频著难长是，白简虽烦未尽非。耳惯酒酣元不热，心安食少也能肥。江东尽有容人处，水石中间一钓矶。"③ 于是在十一月，王世贞又回到了吴中地区，经过此番折腾，王世贞不久便得病了。

---

① 王世贞：《弇州山人续稿》卷七十八《昙阳大师传》，美国普林斯顿大学东亚图书馆藏明刻本，第 2 叶。

② 王世贞：《弇州山人续稿》卷七十八《昙阳大师传》，美国普林斯顿大学东亚图书馆藏明刻本，第 24 叶。

③ 王世贞：《弇州山人续稿》卷十五《抵丹阳，闻南中有流言，即返棹》，美国普林斯顿大学东亚图书馆藏明刻本，第 3 叶。

在第二年的正月十五日，王世贞收到弟弟王世懋的书信，才知道徐中行因病去世的详情，随后扶病到长兴进行哭吊，并感于后七子及友人先后离开人世，"向相与赠和六子，乃子与、于鳞、茂秦、公实、子相及仆耳。是五人者，皆化去为异物"①，以致内心悲痛难抑，进而老泪纵横。当年吴中地区还遭受了雨水灾害，太仓几乎成为孤岛，王世贞家的田产亦受其害，由于之前修建园林、购置书画，王世贞生计拮据，他对汪道昆说道："今年吴中大水，吾州仅犹有干地，然是一岛夷耳。完国赋外，遂无以为百口策。"② 再加上家无喜事，唯有忧愁，长子士骐也在该年乡试落第，种种不顺，给王世贞带来一次次沉痛的打击，这也让王世贞对人生进行了重新思考。如前所述，他将所建园林命名为"弇州园"，自号凤洲，寄予自己对仙事的向往。这种向往在十一月五日达到了极点，当日虽然是王世贞 54 岁的生辰，但是其父王忬 54 岁而亡，王世贞顿生悲伤，忽感人生无意，他向吴国伦诉说道："弟自仲冬生辰，念及先大夫见弃之岁，忽忽意不欲生者数日，而不能语人。自是一切世味皆灰冷。"③ 与此同时，王世贞"屏迹小祇园，窃闻师（昙阳子）之概而心慕之"④，并详细地和友人王尚绚说道："吾乡王元驭宗伯第二女辟谷已五载矣。每入定，辄二十余日而解，色逾敷粹。生仅能辨字，忽通解两藏，尤精玄理。常云：教本无二学，人自岐之。仆以为此宿世人也。教门耆宿，其始本从衣食计入，何由得理。吾侪虽似得理，恐涉见解如仆，根器为七情所损，此时日偿少年时诸业债不能，何暇计将来也。"⑤ 由此可见，王世贞与昙阳子的交游始于王世贞对昙阳子的仰慕之情，是基于对当下生活的否定，王世贞主动和昙阳子进行的交游，如王世贞还和曹子真说："仆自逾知非之岁，数凡四

---

① 王世贞：《弇州山人续稿》卷一百八十五《汪司马》，美国普林斯顿大学东亚图书馆藏明刻本，第 3 叶。

② 王世贞：《弇州山人续稿》卷一百八十五《汪司马》，美国普林斯顿大学东亚图书馆藏明刻本，第 3 叶。

③ 王世贞：《弇州山人续稿》卷一百九十二《吴明卿》，美国普林斯顿大学东亚图书馆藏明刻本，第 7 叶。

④ 王世贞：《弇州山人续稿》卷七十八《昙阳大师传》，美国普林斯顿大学东亚图书馆藏明刻本，第 8 叶。

⑤ 王世贞：《弇州山人续稿》卷一百八十九《答王明辅方伯》，美国普林斯顿大学东亚图书馆藏明刻本，第 12 叶。

屈指，而始知悔，觉一切忧怒从喜乐生，毁从誉生，失意从得意生。所读书，一字不得用，所撰述文业，一字无可传，欲弃之，盖献岁而后能次。"①

有了以上的遭遇、对人生的重新思考，以及对昙阳子的仰慕，王世贞坚定了自己的学道之心。万历八年庚辰（1580）是王世贞学道的关键之年，如其言曰："庚辰初春，有香火心盟，非我老丈不敢以闻。"② 即在该年年初，王世贞就有香火心盟，不再局限于之前对佛道的向往层面，因此王世贞"二月造元驭宗伯，报谢我仙师昙阳子。已饭宗伯园，邂逅今道印上人阅《华严藏》……余乃稍以藏中语挑之，辄响应，而又辄破的。当是时，余窃自快，以得上人而恨其晚。上人亦欣然徙馆弇山园，元驭为传致饔，余三人相欢无间也"③。这种相欢无间是王世贞近年来少有的。二月二十三日，王世贞学道之念已定，作诗抒怀，诗曰："苦海依稀见宿因，长期抖擞出风尘。从他斑管书文伯，不博黄冠署道民。举眼便非干己事，到头须认自家身。似闻寒雨多偼傂，二月梅花始露春。"④ 有脱离苦海之感，并重新审视自我，"二月梅花始露春"更是寓意自己新生活的开始。三月十五日，王世贞更是正式拜昙阳子为仙师，他说道："师乃期以三月之望，召学士于楼之外门，扪门隙屏息以俟。良久，闻楼中佩环声璆然……俄而群真去……而是时，师要世贞上誓帛，则上誓帛，其文在师所。"⑤

不过直到四月二日，昙阳子让王世贞与父亲王锡爵一起见群真时，王世贞才得以面谒昙阳子。王世贞说："真君见而语师曰：'新弟子可怜也，为日使之一见，可乎？'乃以孟夏之二日呼世贞偕学士见，见状及洒法水具如前，独真君右郤迩门隙，作洪语曰：'不要悔！不要悔！'盖群真别而

---

① 王世贞：《弇州山人续稿》卷一百八十三《答曹子真》，美国普林斯顿大学东亚图书馆藏明刻本，第 15 叶。

② 王世贞：《弇州山人续稿》卷一百七十四《陆与绳》，美国普林斯顿大学东亚图书馆藏明刻本，第 19 叶。

③ 王世贞：《弇州山人续稿》卷六十一《昙阳先师授道印上人手迹记》，美国普林斯顿大学东亚图书馆藏明刻本，第 19 叶。

④ 王世贞：《弇州山人续稿》卷十五《二月十三日作》，美国普林斯顿大学东亚图书馆藏明刻本，第 15 叶。

⑤ 王世贞：《弇州山人续稿》卷七十八《昙阳大师传》，美国普林斯顿大学东亚图书馆藏明刻本，第 12～13 叶。

门启。世贞入叩首庭中，师启一扉曰：'王君，尔闻真君之诲乎哉？'世贞复再拜，乃少与谈化事，及以龛见托。语毕，出。盖世贞始获谒师，其唇朱，独貌黄金色，稍澹，不尽如学士纪。"① 虽然王世贞作为新弟子"始获谒师"，但是昙阳子之前就熟悉王世贞，并且赞赏他对佛道的见解，因此见面时就谈仙升之事也没有什么违和感，反而让王世贞获取了巨大的荣耀感。因此，五月时，王世贞携其弟王世懋访道，共同拜于昙阳子门下，他曾叙述道："（王世懋）归而闻仙师昙阳子事而慕之，以书托师之父宗伯元驭自通，愿一挂籍，充都养，是时不穀业已前见录矣。师悯弟诚，与元驭可许也……弟得之，喜不自意，别去。"②

正因为对佛道世界的痴迷，王世贞迈出了重要的一步，他开始召集家人分家析产，与俗世作别，以便全身心地入观修行。他在与朱多煃的书信中说道："今春忽似有所证，即析薄产授儿曹，别创小团焦僻所。入秋可成，即徙居之。一褐一苎，蔬食水饮，作头陀行径矣。惟翰墨间责小未偿，然亦不至作绮语。"③ 与吴国伦亦言道："岁除后，忽有所证。遂断房室，屏服玩，日或一肉，或茹素，酒损十之七八。更半岁后，可作有发头陀矣。而笔研间夙障重，未即能尽损。家人生事产出入，了不挂意。而乡里酬酢亦未即尽谢却，岂亦老人十拗之二也？"④ 王世贞还有自己所创作的诗为证：

> 今日何宴会，毕享馂其余。儿女前跪列，手授一束书。汝祖馆粥资，非窘亦非舒。斋中歌九友，汝父日与居。弃之忽若遗，不复意踌躇。缓步西南去，落日照精庐。一瓢挂空壁，其乐当何如。（其一）
> 仲儿仅十三，少者乃十二。颇解学占毕，不晓人世事。一旦付以

---

① 王世贞：《弇州山人续稿》卷七十八《昙阳大师传》，美国普林斯顿大学东亚图书馆藏明刻本，第 13 叶。

② 王世贞：《弇州山人续稿》卷一百四十《亡弟中顺大夫太常寺少卿敬美行状》，美国普林斯顿大学东亚图书馆藏明刻本，第 11 叶。

③ 王世贞：《弇州山人续稿》卷一百七十二《寄用晦》，美国普林斯顿大学东亚图书馆藏明刻本，第 8 叶。

④ 王世贞：《弇州山人续稿》卷一百九十二《吴明卿》，美国普林斯顿大学东亚图书馆藏明刻本，第 7 叶。

家，母乃为之累。吾患在有身，况彼儿女计。兴者任其兴，废者任其废。何必学庞公，尽抛洪涛内。斗大一团焦，宽然若天地。（其二）①

可见王世贞对自己当下的选择颇为满意，对自己即将进行全身心的修行也充满期待，"一瓢挂空壁，其乐当何如"。

之后，王世贞远离家人，和王锡爵一起侍奉昙阳子，潜心修道。不过好景不长，七月时，疟疫蔓延，王世贞和王锡爵共同染病，如王世贞向汪道贯说道："仆侍师野次，狃风，见侮疟鬼，几遂委顿。今虽能步履饮啖，尚未是完人，益信此色身合离刹那间。"② 并有诗曰："今年气候恶，疟鬼何太横。三家两家泣，十人九人病。延医医伏枕，呼觋觋不竞。余方侍师次，骤热如就甑。"③ 可见这场疟疫波及范围之广、影响之大。王世贞病好后，与王锡爵一起在城西南隅建成了昙阳恬憺观，预作昙阳子仙升后的归龛之处。王世贞说道："时世贞与学士谋买地城之西南隅，少僻，而野有水竹之属。筑数椽以奉上真，而茅斋翼之，冀它日得谢喧以老。而师许之曰：'吾蜕而龛归于是。'因署其榜曰昙阳恬憺观。"④ 由于恬憺观较大，有好友劝王世贞在观里的空闲处种植花木，以美化恬憺观的环境，但是王世贞以佛道之理谢绝了，愿自守其真，留置空庭，其诗曰："一室缘溪断俗尘，翛然吾自爱吾真。浇花怕结春时业，种竹防惊梦里神。梧叶到秋无那病，芭蕉过暑不堪贫。何如且放空庭在，月色风光好近人。"⑤

九月，王世贞为昙阳子仙升之事前后忙碌。如先是筑龛于太仓直塘，该处另有享室，且室外设栅，又置有席屋。五日，昙阳子端坐于享室，与诸弟子先后见面，以诲励之语赠之。六日，王世贞又受昙阳子八戒，散佚

① 王世贞：《弇州山人续稿》卷六《授产儿辈作》，美国普林斯顿大学东亚图书馆藏明刻本，第 2 叶。
② 王世贞：《弇州山人续稿》卷一百八十一《汪仲淹》，美国普林斯顿大学东亚图书馆藏明刻本，第 13 叶。
③ 王世贞：《弇州山人续稿》卷六《病疟作》，美国普林斯顿大学东亚图书馆藏明刻本，第 2 叶。
④ 王世贞：《弇州山人续稿》卷七十八《昙阳大师传》，美国普林斯顿大学东亚图书馆藏明刻本，第 14 叶。
⑤ 王世贞：《弇州山人续稿》卷十六《斋室初成，有劝多栽花木者，走笔示之》，美国普林斯顿大学东亚图书馆藏明刻本，第 1 叶。

文献中的《昙阳子八戒赞》就是对此"八戒"而发,"竺乾五戒,柱下三宝,曰纲,曰常。鲁儒所道,合之则八"。七日,王世贞与王锡爵一同拜见昙阳子,受其语。八日,王世贞与昙阳子、王锡爵等人一同前往徐景韶之墓进行祭拜,昙阳子割发于墓前以明夫妻之志。九日,王世贞侍奉昙阳子入龛仙升之事,午后,昙阳子出所书遗教及辞世歌、偈、赞凡四纸,其中一纸授予了王世贞。随后,昙阳子闭龛而化。对于昙阳子仙升后的场景,王世贞曾叙述道:"世贞乃从诸弟子谒辞,且泣,且自矢……顷之移龛。就视笼中,蛇无有也,笼口闭如故。时栅以外三方,可十万人,拜者、跪者、哭而呼师者、称佛号者不可胜记。龛止享室中,远迩进香膜拜,日夜累累不歇。"① 可见昙阳子对众人的影响之大。王世贞还作《重九日为庚辰岁昙阳仙师化辰,敬成长歌一章志感》一诗来抒发内心的情怀以及对昙阳子的悼念,诗曰:

> 万历之岁庚在辰,我师拍手谢世尘。西竺西池总西蜀,阳月阳日归阳神。晴霞两片衬腮玉,夕宿数点搏眉鼙。凝然金刚不坏身,独立宝座凌秋旻。是时弟子皆伏泣,手剑忽挺光鳞鳞。老生舍身侍香火,自甘佛奴或道民。谈无说有世不一,学士见挽传师真。少将灵迹托彤史,敢以卮言夸素臣。下士闻道只大笑,何意众口成猖狺。吾师可虞日月毁,大教岂逐云雷屯。所怜内境有罗刹,不妨外土来波旬。银环再觋许消息,金篦未引犹沉沦。朝披夕诵了何益,如博日胜还日贫。回头转盼已陈迹,中天圆月十二新。瓣香一缕断复续,风伯为我传峨岷。玉京斟酌沆瀣酒,浊世消渴支离人。云君倘为下阊阖,霞罕倏见扶飙轮。老生行脚粗已备,芒鞋布衲青纶巾。不辞蹑景渡彼岸,眼底一众俱迷津。更祈仙伴有邹子,大吹黍律回阳春。②

诗中表达出王世贞对昙阳子的推崇,认为她可以与日月相媲美,"吾师可

---

① 王世贞:《弇州山人续稿》卷七十八《昙阳大师传》,美国普林斯顿大学东亚图书馆藏明刻本,第 24 叶。

② 王世贞:《弇州山人续稿》卷十《重九日为庚辰岁昙阳仙师化辰,敬成长歌一章志感》,美国普林斯顿大学东亚图书馆藏明刻本,第 12 叶。

虞日月毁，大教岂逐云雷屯"，以及对她离去的伤感，"是时弟子皆伏泣"，并叙述自己主动学道的过程，"老生舍身侍香火，自甘佛奴或道民"，和对佛道修行的理解及期望，"更祈仙伴有邹子，大吹黍律回阳春"。

一般而言，两个人之间的交游，如果其中一方不幸去世，或双方同时去世，便应该结束了，但是王世贞和昙阳子的交游有所不同，王世贞并没有因为昙阳子的仙升而放弃对佛道的追求，甚至比之前更加执着，且王世贞之后的修行之路，依然受到了昙阳子的影响，两人在人世间无法再交游，不过通过托梦这一独特方式，王世贞内心还是和昙阳子有所往来，他还按梦中的交流行人间之事。如王世贞曾自述道："师化之旬有六日，而见梦于学士曰：'呼王子来，我欲有所言。'世贞乃驰而诣学士，与抵足寝，则皆梦师来，凡再，皆梦师来。状貌不可复睹，而音声琅然，训敕敦切。其所以语世贞者，微少于学士，然亦骨肉父子不啻也。惟云：'吾道无他奇，澹然而已。向语若固灵根，去嗜好，薄滋味，寡言语，久而行之，即不得，毋厌倦；稍有得，毋遽沾沾喜；自以为得，则终弗得也。吾今长去若矣，虽然，吾实不去若。若与吾父左提右挈，以从事大道，毋负我。吾誓不舍吾父与若独成也。'……学士曰：'吾欲自传之，则避亲。欲王子传之，则避疏。亲则比，疏则寡征。毋乃使王子传之，而吾具草，可乎？'师复颔曰：'然。'学士泣，世贞拜亦泣。寻醒，而与学士交相质，无爽也。"[1] 他还与沈懋学说道："仙师以化去后十五日，而寓梦于元驭兄，并摄不穀。凡再宿，再梦，俱如之。"[2] 即王锡爵和王世贞均在梦中与昙阳子再次相见，王世贞聆听昙阳子自述其道的内涵，并受托为其作传，王锡爵则先草书之。这是王世贞与昙阳子交游的再续，有其特殊性，也具有现实意义。

十月初，王世贞便携一瓢、一褐、一束书入住昙阳观，与王锡爵、道人无心有一起朝暮蔬食，读经修行，不过，他还是以不能隐居在深山而感到遗憾。他向张佳胤说道："即今奉师真化后，捐家竖子辈，一瓢、一褐、

① 王世贞：《弇州山人续稿》卷七十八《昙阳大师传》，美国普林斯顿大学东亚图书馆藏明刻本，第25叶。
② 王世贞：《弇州山人续稿》卷一百九十《沈君典》，美国普林斯顿大学东亚图书馆藏明刻本，第14叶。

一束书入茅舍。朝暮蔬食，虽米汁养和，举不能三合。读《圆觉》《黄庭》，如小儿进饴蜜。"① "为奉先师遗蜕，且元驭有晨昏累，不能削迹远徙深山，以此怅怅。"② 十一月二日，王世贞冒雨为昙阳子移龛，并奉入恬憺观中，以每月二十一日为昙阳仙师岳降日，如其言："自奉仙师入观，即与荆老拾松枝、煮新泉、作菊苗豆角供……例廿一日，乃仙师岳降日。"③ 三日，王世贞又同诸弟子拜访昙阳子成道处，观仙师所凿之井，言曰："龛归观之明日，世贞与诸弟子过学士，谒师成道处。徘徊于庭，而得师所凿井，叹曰：'惟学士与世贞得饮之，世懋亦与沾焉。而师今何在也？'瓿下汲，弟子十余人，人尽一蠡，甚甘洌也。家人从者就瓿口之，则余水浊矣。以视井，井亦浊。于是俱悚息，再拜出。"④

王世贞以昙阳子门徒自居，不仅自己践行昙阳子的理念，还向众人传播，徐益孙、王道行、沈懋学、屠隆、赵用贤等多人均受其影响。遇到他人有疑问时，王世贞耐心解读，如他在与陆光祖的信中言曰："兄所以疑昙阳师，谓是《楞严》第七卷中人，不意其透此一通也。立脱，俄顷间万化在手，恨不令兄见之，疑城一破，莲花不远矣。弟比捐家累，坐起斗室，与元驭东西两头，外迹若可观，中实未有也。"⑤ 在遇到别人抨击时，王世贞则据理力争，说明昙阳子之教的优越性，如他答复僧人明得："流闻足下过听，著论掊之，因而颇谤及先师。始宗伯公有闻，意殊不能平。仆劝之以三界内外何所不有，并育并行，何所悖害，且我曹奉羼题戒、修阿兰那行而已，此哓哓何足动我径寸也。宗伯时亦首肯。寻从果沙弥所得足下书累纸，初若辨其无谤者三，复微意则足下之谤不必有，而足下之疑

① 王世贞：《弇州山人续稿》卷一百八十四《答张肖甫司马》，美国普林斯顿大学东亚图书馆藏明刻本，第 4 叶。
② 王世贞：《弇州山人续稿》卷一百八十四《答张肖甫司马》，美国普林斯顿大学东亚图书馆藏明刻本，第 1~2 叶。
③ 王世贞：《弇州山人续稿》卷一百八十二《徐孟孺》，美国普林斯顿大学东亚图书馆藏明刻本，第 16 叶。
④ 王世贞：《弇州山人续稿》卷七十八《昙阳大师传》，美国普林斯顿大学东亚图书馆藏明刻本，第 26 叶。
⑤ 王世贞：《弇州山人续稿》卷一百七十四《陆与绳》，美国普林斯顿大学东亚图书馆藏明刻本，第 16 叶。

未尽释也。仆不得不一言以报足下。"①

由于之前梦中受昙阳子的嘱托，该年冬天，王世贞完成《昙阳大师传》，文章万余言，详细叙述昙阳子成道历程及仙升之事。如王世贞向汪道昆言道："比为元驭属草先师传，得万余言，其事颇详核，不经化工笔，恐不足称也。更五日可脱梓，无及矣，后当致之。公能有意否？"② 与此同时，王世贞又作《昙鸾大师纪》，以述昙阳子之由来，与《昙阳大师传》相辅相成。如王世贞在文章中详细地阐述了创作目的："昙阳仙师之示化也，顾女史分谕众若曰：'而曹今者知我去乎，而不知我来。我，昙鸾菩萨也。所以来者，为度而曹尔。'盖化之一月而余，始读宣律公所撰《高僧传》，悉其事，节采之师传中。已，又于莲宗乐邦诸集及它传加悉之，乃草《鸾公纪》。"③

万历九年（1581）六月，王世贞因为行昙阳子之教，且《昙阳大师传》等文的广泛传播，遭到了言官的弹劾，并且波及其弟王世懋及沈懋学、屠隆等友人。屠隆曾言曰："时隆为由拳令，数从公与太原公游，亦遂承昙师一语训敕，与公同切皈依。而公与太原公并以说直忤江陵，言官承望，遂撼昙阳事论公与太原，而波及隆。"④ 幸亏有徐学谟等人为之辩护，不致受责罚。如徐学谟曾与王世贞说道："前为昙阳事，驰数字附瀛老家人寄上，计已彻览。不意后来指摘者其辞愈悍，幸当事者熳置之不理，故弟得以支塞言官之口。"⑤ 经此事，王世贞反而更加坚定了捍卫昙阳子教义的立场，感激仙师之度，他认为"先师以夙缘契上真，以节谊脱世网，以静悟为入门，以恬澹无欲为教主。而贞苦海中人也，蒙援而出之"⑥，

---

① 王世贞：《弇州山人续稿》卷一百八十三《答僧明得》，美国普林斯顿大学东亚图书馆藏明刻本，第19~20叶。
② 王世贞：《弇州山人续稿》卷一百八十五《汪司马》，美国普林斯顿大学东亚图书馆藏明刻本，第6叶。
③ 王世贞：《弇州山人续稿》卷六十六《昙鸾大师纪》，美国普林斯顿大学东亚图书馆藏明刻本，第17叶。
④ 屠隆：《大司寇王公传》，王士骐、屠隆、王锡爵撰《王凤洲先生行状》，上海图书馆藏明刻本。
⑤ 徐学谟：《归有园稿》卷十五《与王凤洲中丞五首》，上海图书馆藏明刻本，第7叶。
⑥ 王世贞：《弇州山人续稿》卷二百零五《刘锦衣》，美国普林斯顿大学东亚图书馆藏明刻本，第7叶。

自己也更加注重修行。因此，万历十一年（1583）九月九日，昙阳子仙升三周年之际，王世贞作《上昙阳大师》一文，向昙阳子诉说自己三年来的修行，颇感惭愧，希望仙师能给予指引，同时，因见王锡爵守丧"一骨憔悴"，哀毁太甚，代王锡爵向昙阳子乞请特惠灵丹，授以法旨，以解王锡爵之苦难。文曰：

> 窃念弟子世贞三生浊品，半世行尸，出没爱河，浮沉苦海，衰相已现，顽冥自如。伏承我圣祖弘开玉毫之光，我仙师曲赐金箓之导，故得皈依大化，抖擞凡尘，割欲辞荣，弃家入靖。所苦宿障犹重，钝根少通。虽我仙师微示跃如之机，而弟子尚苦弥高之叹。……尊父狼狈至此，知我师必垂哀悯，仍望特惠灵丹，授以法旨，解其疲惫，豁彼沉迷。弟子苟有退悔，誓绢皎然，万死莫赎。不胜哀祈迫切之至，为此具申，伏惟尊慈鉴察。①

这是王世贞作为昙阳子教徒与昙阳子进行的隔空对话，可见其修行之虔诚，亦可见王世贞内心之慈善。十一月二日，是昙阳子庚辰移龛的三年之期，王世贞又有所感叹，认为自己虽然修行三年，但是"所得无一实"，有愧于仙师昙阳子的教诲。诗曰："昔在岁庚辰，仲冬月二吉。……师龛既已奠，余亦宁耳室。虽谢衾枕殢，而多笔研役。厌事事转心，问心心或轶。良友多中溃，竖子时见嫉。三载俄已周，所得无一实。夜雪射晶荧，晨霞吐鲜霭。仿佛灵驾过，能无内惭怵。更矢蹈海言，仰希出世术。将从咫尺地，汛扫万缘毕。"②

万历十二年（1584）二月，王世贞得昙阳仙师飞偈二百言，其言以名动之根为戒，责以净心修行，让王世贞觉得动心摄魄，如王世贞在答复云仙老人的信中说道："仆自甲申仲春，接先师飞偈二百言，责仆心境不净，

---

① 王世贞：《弇州山人续稿》卷一百七十三《上昙阳大师》，美国普林斯顿大学东亚图书馆藏明刻本，第1~2叶。
② 王世贞：《弇州山人续稿》卷六《先师移龛日忽已三周，晨兴作供，感叹有述》，美国普林斯顿大学东亚图书馆藏明刻本，第20叶。

且缓传道之期，欲使自悟。恐衰年未能待，语及此，神魂悚然。"① 他还和王衡言曰："仙师示现诸方之迹，兄得之必真。即尊公处，已觉两相闻矣，而仆则杳然。盖自甲申一偈，以名动之根为戒。顶门针，膏肓药，即非木石草芥，宁不动心摄魄者？"② 从中可见，虽然昙阳子仙升了，但是在王世贞看来，他还是可以与之沟通的，如诉说自己的愿望，谨遵仙师教义，以恬淡为宗，并不断提升自我的修行。万历十八年（1590）十月，王世贞病情加剧，拒服汤药，更是因为追忆昙阳子之前所言的八八之期而恍然大悟，遂看破生死。他还致书王锡爵，自言有负师诲，如他说道："追惟先师化后之旨，知其不永，及领甲申之偈，事在隔生，而乃自暴自弃，于一切应酬、奔走、笔研、酒食之累不能裁节，有渝师盟，惭负天地。"③ 王世贞在当年十一月二十七日去世。

综观王世贞与昙阳子的交游历程，除却昙阳子小时候与王世贞的相识阶段，大致可以分为三个时期。一是万历八年三月十五日之前。王世贞与昙阳子的交游主要处于神交状态，王世贞已经是文坛执牛耳式的人物，但是处于困顿中的他，迫切需要佛道精神的安慰，对于昙阳子的佛道之事，他也是久闻之、羡慕之，进而渴望与昙阳子进行实质性的交流。而昙阳子对王世贞的文名早有耳闻，也希望借助王世贞的名声提升自己的名望，以传播佛道教义。二是万历八年三月十五日至该年九月九日。虽然王世贞在四月二日才得以面谒昙阳子，两人开始面对面地进行佛道教义交流，但是在三月十五日，王世贞上誓帛，正式拜昙阳子为师，成为昙阳子的座下弟子，王世贞和昙阳子之间的关系已经发生实质性的改变。接下来，王世贞便侍奉昙阳子左右，领悟昙阳子教义，昙阳子也将羽化之事交给王世贞操持，这是极大的信任。三是万历八年九月九日之后至王世贞去世之时。昙阳子万历八年九月九日羽化，然而王世贞对佛道的信奉更加坚定，积极撰

① 王世贞：《弇州山人续稿》卷一百七十二《答云仙老人》，美国普林斯顿大学东亚图书馆藏明刻本，第 24 叶。

② 王世贞：《弇州山人续稿》卷一百九十九《王辰玉》，美国普林斯顿大学东亚图书馆藏明刻本，第 2 叶。

③ 王世贞：《弇州山人续稿》卷一百七十九《与元驭阁老》，美国普林斯顿大学东亚图书馆藏明刻本，第 23 叶。

写《昙阳大师传》《昙鸾大师纪》等文章，传播昙阳子教义，恬淡也成为王世贞晚年生活中的重要一面。此时王世贞与昙阳子的交游方式较为独特，主要有两人的梦中交流、王世贞上书自陈、王世贞捍卫教义等方式，而这一切，以王世贞的去世为终结。搜集的散佚文献所涉及的内容，集中体现在万历八年三月十五日至该年九月九日，即王世贞与昙阳子两人交游的频繁期。

第三节　对佛道经典著作的认知

昙阳子的修行，不拘泥于纯粹的道教或者佛教，而是二者相交融，这些从其涉猎的书中便可知，如王世贞言曰："每谓学士儿篆法受之，崔姊然仅一习，独飞白至再习，为崔姊所笑。世贞故嗜法书，尝见师篆而悦之，颇出箧中佳纸、墨求书，师既许而谓学士彼奈何不好字义好字迹，不敬心师敬经师，以故世贞不敢数数请，而所书金字《心经》性命三十二体，以贻世贞，及如来七十二字、《阴符》诸经留学士者，吾不知三目老翁如何于籀斯大径庭矣。学士间谓师何所受书与文义所由解，师曰此皆妙明中物，唯静而无欲者能一以贯之。师所教人习《金刚》《心经》《黄庭内景》《道德》《阴符》，以为身心。"① 其中《金刚》全称为《金刚般若波罗蜜经》，《心经》为《般若波罗蜜多心经》，皆是佛教的经典著作；而《黄庭内景》为《黄庭内景经》，又名《太上黄庭内景经》，《阴符》为《黄帝阴符经》，皆是道教的经典著作。《阴符》是昙阳子平常好写之经，王世贞曾说："此经我昙阳仙师重之，前后为人书数本，而世贞独不敢请。"② 至于王世贞所学，也是佛道相融，如他在离家入住昙阳观之后曾说道："宿障偶未至深，灵真步武拔之苦海。今已弃家室，一瓢、一衲，旦夕所奉《楞严》《圆觉》《道德》《黄庭》《周易》《中庸》而已。生平

---

① 王世贞：《弇州山人续稿》卷七十八《昙阳大师传》，美国普林斯顿大学东亚图书馆藏明刻本，第 29~30 叶。

② 王世贞：《弇州山人续稿》卷一百五十七《紫姑仙书〈阴符经〉》，美国普林斯顿大学东亚图书馆藏明刻本，第 9 叶。

受笔研役，悉已绝之。"① 且在《续稿》中，卷一百五十六为佛经书后，卷一百五十七至卷一百五十九为道经书后，这些文章均是王世贞对佛道经典著作的认知，是其佛道观念的直接体现。而在所搜集的散佚文献中，有50篇文章涉及王世贞对佛道经典著作的认知，且有补于《续稿》之作，有其自身的价值。

鉴于散佚之作所提及的佛道经典著作颇多，且以佛教经典著作为主，限于本书篇幅及论述重点，在此不能一一诠释，故择取几部重要之作进行辨析，以观王世贞对佛道经典著作的认知，进而了解其佛道观念。

其一，《心经》。在王世贞看来，"《心经》者，观自在菩萨所说也，以说佛旨故，即称佛说也。佛说般若六百卷，菩萨以二百八十字括之。菩萨说二百八十字，而心一字括之。觅心了不可得，即一字亦赘矣"②。即《心经》是观自在菩萨对佛经的阐释，全文可以用一个字——"心"来概括，如果寻求不到心，那么再多的阐释也没有意义。这非常符合昙阳子求字义而不求字迹之旨，昙阳子曾用篆体手书《心经》，王世贞更是将此本《心经》奉若至宝，如他说道："昙阳仙师手书三十六篆体金字《般若心经》以赐世贞，宝而秘之久矣。"③ 并且王世贞还认为《心经》"匹之左丘明传《春秋》、郦道元注《水经》，故不辱也"④，《春秋》作为史学方面的经典著作，《水经注》作为地理学方面的经典著作，地位甚高，广为流传，王世贞认为《心经》也是可以与之相媲美的。

其二，《金刚经》。王世贞认为，《金刚经》之大旨"以心不住境为宗。住境则境为实而心死，不住境则境为空而心生。心境俱泯，一真湛如，我相不作，诸相俱幻。第经中三称四句偈，读诵演说。今以最后文势，推一切有为法，则所谓如梦幻泡影，如露复如电，亦作如是观者是也"⑤。可见《金刚经》亦是对"心"的探究，以"心不住境为宗"，一

---

① 王世贞：《弇州山人续稿》卷一百七十五《上御史大夫王丈》，美国普林斯顿大学东亚图书馆藏明刻本，第 16 叶。
② 王世贞：《弇州山人续稿》卷二十二《题所书〈心经〉后》，上海图书馆藏明抄本。
③ 王世贞：《弇州山人续稿》卷二十二《仙师〈心经〉金字摹迹》，上海图书馆藏明抄本。
④ 王世贞：《弇州山人续稿》卷二十二《题文待诏小楷〈心经〉后》，上海图书馆藏明抄本。
⑤ 王世贞：《弇州山人续稿》卷二十二《俞仲蔚书〈金刚经〉后》，上海图书馆藏明抄本。

切世俗之相皆没有固定之相，要靠心去感知。正因如此，《金刚经》的追求和《心经》有相同、相通之处，王世贞说道："窃谓《金刚》与《心经》相表里，而此三十二篆复与吾师书相表里，能悟字字皆真如，画画皆般若。"① 亦可知王世贞对《金刚经》的推崇。

其三，《维摩经》。该经全称《维摩诘所说经》，又称《不可思议解脱经》《维摩诘经》《净名经》。王世贞认为："维摩诘，梵语也，译当曰净名三藏，复译之曰无垢称，然则净名语亦梵耶。"② 此经也经昙阳子手书评点，是其非常重视的佛教经典著作之一，王世贞说道："我昙阳师尝手笔圈点《维摩诘所说经》下卷，以示僧无心有，内什、肇、生三公所注有合者，亦时及之，而间以意作数语。盖不规规于章，故而超然独有契于二教之表……"③ 通过此经，可进一步知道王世贞奉行佛的语言世界远大于文学的寓言世界这一理念，他说道："昔人以维摩诘比庄子，谓其多寓言，且文字雄爽，不可穷也。维摩诘是佛地位人而行菩萨道者，其游戏三昧，辩才无碍……坡老识之曰：殷勤致问维摩诘，不二如何是法门？弹指未终千偈了，对人还道本无言。可谓游戏中游戏矣。……此则寓言之极，而漆园叟闻之，固当目瞪舌出而无可对也。"④ 在文学世界中，庄子文章的特点是"以卮言为曼衍，以重言为真，以寓言为广"⑤，特别是"以寓言为广"成为庄子文章的标志性特征之一，司马迁认为庄子"著书十余万言，大抵率寓言也"⑥，但是相比佛教到达了"寓言之极"境地的大千世界，庄子则显得微不足道，故他也只能"目瞪舌出而无可对"。

其四，《阴符经》。《阴符经》是昙阳子常教授给弟子们的道教经典著作之一，而且昙阳子自己平时也好写《阴符经》。王世贞曾说："徐太仆所亟问余师所重二氏何经……对居两月，而师首以所书正篆《阴符》赠太

---

① 王世贞：《弇州山人续稿》卷二十二《三十二篆金书〈金刚经〉后》，上海图书馆藏明抄本。
② 王世贞：《弇州山人续稿》卷二十二《又〈维摩经〉》，上海图书馆藏明抄本。
③ 王世贞：《弇州山人续稿》卷二十二《仙师批注〈维摩诘经〉下卷》，上海图书馆藏明抄本。
④ 王世贞：《弇州山人续稿》卷二十二《俞仲蔚书〈维摩诘所说经〉》，上海图书馆藏明抄本。
⑤ 袁世硕等主编《中国古代文学史》，高等教育出版社，2018，第93页。
⑥ 司马迁：《史记》卷六十三《老子韩非列传》，中华书局，1982，第2143页。

仆，太仆捧持若拱璧，以异锦装之，乞余题其后。……初师所书《阴符》且十本，余儿骐亦沾赐焉，而独太仆所得最神妙。"① 对于此经，王世贞也非常喜爱，并且自己购买他人所写的佳品，如他说道："所喻松雪《阴符经》笔甚佳，但跋尾名姓及收藏前印俱为俗子刮坏，而后少六十九字，又无佳跋，勉以十金酬之，想它人不复尔也。"② 至于《阴符经》之旨，王世贞申明："愚窃以为当云盗之理，观下文曰天者万物之盗，天有生杀乃所以为盗耳，绝利一源，用师十倍，当云千倍，不当云十倍也。夫三返之为万倍，则绝利源之为千倍可推矣，夫贼不以祸而曰昌，盗不拟止而曰宜，此经之深旨也。天之至私，用之至公，生死互根，恩害相生，其五千言之秘乎哉。"③

另外，在散佚文献中，王世贞还立足佛道经典著作本身，从文学的角度对部分佛道经典之间的关系及各自的优劣进行了全面认知。如他推崇《圆觉经》时认为："诸经约则《波罗密多心》，大则《楞严》，以至《金刚》《维摩》，与此皆明性要，探心源，若与瞿昙老师对语者。第《心经》词简而旨深，《楞严》词浩而旨广，《金刚》理精而文蔓，《维摩》文奇而理旷，能兼有其妙者，独《圆觉》乎！"④ 再如他肯定《四十二章经》时说道："当是时，天子、诸侯王皆笃好其语，流传至后世，诸经典复荟来。而兼权实者，《法华》《华严》《楞严》之宏肆；明性相者，《金刚》《楞伽》《圆觉》之精约。乃宗门耆宿，又一切扫而空之，而有能举《四十二章》者鲜矣。"⑤ 王世贞还引用了昙阳子之说，言道："于《法华》《维摩诘》《无量寿》《大涅槃》等诸经，或权或实，靡所不披驳。独推此经以为无上，而天台诸宿，至据《法华》相低昂，而分门所由起矣。"⑥ 并认

---

① 王世贞：《弇州山人续稿》卷一百五十七《徐太仆藏仙师篆〈阴符经〉》，美国普林斯顿大学东亚图书馆藏明刻本，第8～9叶。

② 王世贞：《王弇州与仲蔚八札（行书）》其八，倪涛撰《六艺之一录》卷三百九十九，上海图书馆藏民国影印本，第18页。

③ 王世贞：《弇州山人续稿》卷一百五十七《（赵吴兴书〈阴符经〉后）又》，美国普林斯顿大学东亚图书馆藏明刻本，第8叶。

④ 王世贞：《弇州山人续稿》卷二十二《俞仲蔚书〈圆觉经〉》，上海图书馆藏明抄本。

⑤ 王世贞：《弇州山人续稿》卷二十二《四十二章经》，上海图书馆藏明抄本。

⑥ 王世贞：《弇州山人续稿》卷二十三《（题〈华严经〉后）又》，上海图书馆藏明抄本。

为"《心经》是如来上乘语，昙阳子书是元始灵真笔"①。这些论述，不仅有助于我们认知王世贞的佛道观念、昙阳子的佛道主张，同时对我们了解佛道经典各自具有的文学本性也不无帮助。

第四节 经书与文学观念的碰撞

散佚文献中涉及的与佛道世界有关的文章，就具体的写作内容而言，不仅体现了王世贞的佛道观念，还体现了王世贞一贯的文学风格，以及其对考据之学的注重。

作为文学大家，王世贞著述丰富，四库馆臣认为："考自古文集之富，未有过于世贞者。"② 同时还言道："艾南英《天佣子集》有曰：'后生小子不必读书，不必作文，但架上有前后《四部稿》，每遇应酬，顷刻裁割，便可成篇。骤读之，无不浓丽鲜华，绚烂夺目。'"③ 这是对王世贞文学创作的极大肯定。不过王世贞在创作之余，还擅长持论，《艺苑卮言》是其代表作，屠隆赞叹道："自有元美广大变化，斯其所以极玄也。读《艺苑卮言》辩博哉，如涉太湖云梦焉。"④ 毛先舒更是感慨道："古人善论文章者，曹丕、陆机、钟嵘、刘勰……王世贞、胡应麟，此诸家最著。中间刘勰、徐、王持论尤精榷可遵，余子不无得失。"他还认为："论诗则刘勰《文心雕龙》、钟嵘《诗品》、皎然《诗式》、严羽《沧浪吟卷》、徐祯卿《谈艺录》、王世贞《艺苑卮言》，此六家多能发微。"⑤ 对王世贞《艺苑卮言》评价甚高。《明诗评》《全唐诗说》《曲评》《王弇州词评》等则是他人择取王世贞相关的论述后重新编纂而成，流传广泛。虽然有人认为

---

① 王世贞：《弇州山人续稿》卷二十二《摹刻〈心经〉临迹后》，上海图书馆藏明抄本。

② 永瑢等：《四库全书总目》卷一百七十二《弇州山人四部稿》，中华书局影印本，1965，第 1508 页。

③ 永瑢等：《四库全书总目》卷一百七十二《弇州山人四部稿》，中华书局影印本，1965，第 1508 页。

④ 屠隆撰，李亮伟、周萍校注《由拳集校注》卷十四《与王元美先生》，浙江大学出版社，2016，第 442 页。

⑤ 毛先舒：《诗辩坻》卷三，《四库全书存目丛书补编》第 45 册，齐鲁出版社，2001，第 207 页。

《艺苑卮言》有所不足，是"英雄欺人，所评当代诸家，语如鼓吹，堪以捧腹矣"①，但是王世贞坦然地说道："仆故有《艺苑卮言》，是四十前未定之书，于鳞尝谓中多俊语，英雄欺人，意似不满，仆亦服之。"② 肯定了他人认为的《艺苑卮言》的不足之处。不过最终《艺苑卮言》以十二卷本定稿，整体存在于《四部稿》中的"说部"，然而《四部稿》刊刻最早在万历四年，此时王世贞已经51岁了，如果他自己真的对《艺苑卮言》否定居多，则他完全有机会对很多论述进行删改，但是通过对六卷本、八卷本、十二卷本、十六卷本等诸多《艺苑卮言》版本的对比可知，王世贞没有对《艺苑卮言》进行过根本性的删改，只是对部分条目进行了调整而已。③ 所谓的"中多俊语，英雄欺人"恰恰是王世贞文学批评风格的独特体现，如他公然指出《诗经》《尚书》等经典的不足之处。他说道：

> 诗不能无疵，虽《三百篇》亦有之，人自不敢摘耳。其句法有太拙者，"载猃歇骄"（三名皆田犬也）。有太直者，"昔也每食四簋，今也每食不饱"。有太促者，"抑磬控忌"，"既亟只且"。有太累者，"不稼不穑，胡取禾三百廛"。有太庸者，"乃如之人也，怀昏姻也，大无信也，不知命也"。其用意有太鄙者，如前"每食四簋"之类也。有太迫者，"宛其死矣，他人入室"。有太粗者，"人而无仪，不死何为"之类也。
>
> 《三百篇》经圣删，然而吾断不敢以为法而拟之者，所摘前句是也。《尚书》称圣经，然而吾断不敢以为法而拟之者，《盘庚》诸篇是也。④

在天下读书人眼中，《诗经》《尚书》等书皆是学习取法的对象、科举考试的重要内容，没有不足，效法其书即可，而王世贞却立足文本本身

---

① 王世贞：《艺苑卮言》，凤凰出版社，2009，第2页。
② 王世贞：《弇州山人续稿》卷二百零六《答胡元瑞》，美国普林斯顿大学东亚图书馆藏明刻本，第6叶。
③ 参见贾飞《〈艺苑卮言〉成书考释》，《文献》2016年第6期，第140~151页。
④ 王世贞：《艺苑卮言》，凤凰出版社，2009，第15~16页。

指出其不足，并公开刊刻发行《艺苑卮言》，这是他人少有的胆量和格局。是故王世贞认为："孔子曰：'辞达而已矣。'又曰：'修辞立其诚。'盖辞无所不修，而意则主于达。今《易·系》、《礼经》、《家语》、《鲁论》、《春秋》之篇存者，抑何尝不工也。扬雄氏避其达而故晦之，作《法言》；太史避其晦，故译而达之，作帝王《本纪》。俱非圣人意也。"① 王世贞肯定扬雄和司马迁的做法，即不囿于前人之论，不代圣人立言，而是从文学创作的客观实际出发，作《法言》《本纪》。

前面已经对王世贞的部分文学观念进行了辨析，现在之所以再次繁复地阐释王世贞的文学批评风格，是为了更好地了解其对佛道经典著作的文学批评。既然身在儒林的王世贞可以批评《诗经》《论语》等经典著作，那么我们也就可以更好地理解信奉佛道的王世贞对佛道经典著作的批评。这主要体现在两个方面。

一是敢于评论。如前所论，昙阳子经常教习弟子们的佛道经典著作是《金刚》《心经》《黄庭内景》《道德》《阴符》等书，王世贞携带《楞严》《圆觉》《道德》《黄庭》《周易》等书入住昙阳观，对于仙师手书的《金刚》《心经》等书更是奉若瑰宝。不过王世贞并不是一味地对佛道经典著作进行诵读，他没有因为对佛道教义的信奉而在阅读时不敢评论，如他评论道："竺摩所携《四十二章》毋论已，独怪鸠摩何意东来，三藏何意西往，而阙此一梵夹乎？圭峰法门龙象，裴相推之，得三十五祖骨髓，而门科太繁，要指或略，不无叠床增蔓之叹。"② 又如他认为："《阿弥陀经》一种而四名：曰《无量清净平等觉》者，后汉月支三藏支娄迦谶译；曰《无量寿》者，曹魏康僧铠译；曰《阿弥陀过度人道经》者，孙吴月支支谦译；曰《无量寿庄严》者，宋西天三藏法贤译。……第中间阿阇世王分称其王与太子、五百长者子，后无央数劫，皆当作佛，自现本王经，与净土事绝无干与。且本王弑父之贼，世尊恐其作琉璃王仇释子眷属行径，不得已而以权教摄之。今无故增入，何以示训万世？至于经文，本甚明了，而判分定名与之相间，其语又浅陋不足观，此皆承昭明之误耳。东土学人

---

① 王世贞：《艺苑卮言》，凤凰出版社，2009，第 16 页。
② 王世贞：《弇州山人续稿》卷二十二《俞仲蔚书〈圆觉经〉》，上海图书馆藏明抄本。

不宜作此蛇足也。"① 在这些论述中，王世贞均指出了现存佛道经典著作的不足之处。

二是敢于表达自我见解。王世贞时常在评论他作的不足或他人对文本的误读之后，抒发自己对该问题的看法，如他说道："第三十四卷：如来种种说法，皆是以药救病，病去而弟子执药以为方，则误矣。是以谆谆亹亹，复用药救，药病此段，殊见苦心，然是五浊恶世，人病深，故药亦太瞑眩。"② 再如他认为："愚智天隔，圣人叵偕，而欲以千古之微言，合百代之末意。又阿难去佛未久，迦叶令五百六通迭察迭书，今离千年，而以近意量裁。彼阿罗汉而竞竞若此，今欲界人而易易若此，可不慎乎？寻安此语，可谓得之。什公所以取验于舌本，宣师所以求证于天花，尽有由也。彼大慧者，使气詈人，无辨自折，其取节也，何疑之有？"③ 这些见解，都基于王世贞对佛道经典著作的深入阅读和思考。

以上所论，是王世贞内在的文学评论风格在阅读佛道经典时的具体体现。王世贞在文学上能够保持自我独立的人格，不盲目跟从他人主张，也不因为他人的嘲讽而随意改变自己的见解，他的这种风格并没有因为其对佛道教义的信奉而消失，恰恰相反，王世贞在批评的基础之上，注重对评论对象的考据，以进一步推动相关问题的深入探究。依照王世贞的考据内容，其作用主要有以下四个方面。

第一，释其惑。佛道经典著作涉及面颇广，内容丰富，即使如王世贞之博学，也不可能尽晓所有著作内容，对于部分著作，他也有自身的疑惑，不过他会通过对其他著作的考据来解内心的疑惑，以增加对佛道著作的认知。如其言道："金徙处，恬憺观之两月许，而印上人以淮云古刹所藏宋人金书《妙法莲华经》来售者……第此经前有大乘《无量义》，而后有《观普贤行法》二经，初不知所以。考之《法华》序品，称世尊四众围绕，供养恭敬，尊重赞叹，为诸菩萨说此《无量义经》已，结跏趺坐，入义三昧，而后慈氏以此因缘问妙吉祥而启之。至二十八品，则此《无量

① 王世贞：《弇州山人续稿》卷二十三《〈大阿弥陀经〉后》，上海图书馆藏明抄本。
② 王世贞：《弇州山人续稿》卷二十三《跋〈大涅槃经〉后》，上海图书馆藏明抄本。
③ 王世贞：《弇州山人续稿》卷二十三《五部经要语后》，上海图书馆藏明抄本。

义》者，固《法华》之所繇以成始者也。"① 王世贞通过考据才知道《无量义》《法华》《普贤行》三者之间的内在联系，这对于其后来写作《又书章藻书〈无量义经〉后》《再书童生响拓赵文敏〈法华经〉后》《陆氏女血指书〈法华经〉后》等文章甚有帮助。

第二，证其说。王世贞在阅读时，部分真知灼见发前人之所未发，故要通过考据来证明其说的合理性，从而增加行文的说服力。如他说道："愚见肤昧，窃意善财之五十三参，龙女之立地成佛，疑亦南华寓言之伦，表明圣化耳。不然，何必赫赫若此，寥寥若彼也？寻佛不起法座，上登天宫，即诸大菩萨尚未及扈。至三十八品，始现声闻。更二十年，阿难入道，谁为说之？谁为纪之？考之《报恩经》云：阿难所不闻经，从诸比丘边闻，或有诸天向阿难说。又云：阿难请求三愿，其三所未闻法，更请重说。《涅槃经》云：我涅槃后，阿难所未闻者，弘广菩萨，当为流布。阿难所闻，自能宣通。则此经非最后说之，当有曼殊、普贤二大士流布耳。第既为二大士流布，阿难结集贝叶百卷，宁能尽掩人目？何至并其名尽闷之，至龙树而始出之海藏也？"② 即王世贞通过考据，力证龙女立地成佛之事是"南华寓言之伦，表明圣化耳"，不是人人可以为之的，否则这样的例子不可能如此寥寥，这也启发了后人对该问题的深入探究。

第三，纠其非。王世贞对佛道经典著作进行虔诚阅读时，亦对各书中之说的冲突之处进行了考证，并纠正他认为的书中的错误之处。如他认为："世尊语迦叶：示现于阎浮提女身成佛。众人皆言：甚奇！女人能成阿耨多罗三藐三菩提。如来毕竟不受女身，为欲调伏无量众生故现女像，怜愍一切众生故而复示现种种色像。遍考诸经典，无释迦化女身成佛事，然则《法华》所云龙女立地成佛，非释迦分身示现而何？前辈耆宿俱不曾拈出，今日始了此一段公案。"③ 从中可知女身是否能够成佛历来是佛教教义中讨论的焦点，王世贞则通过对众多著作的考证，说明《法华经》所载的龙女立地成佛之事并非释迦分身示现，从而证明"无释迦化女身成佛

---

① 王世贞：《弇州山人续稿》卷二十二《宋人金书〈无量义〉〈法华〉〈普贤行〉经后》，上海图书馆藏明抄本。
② 王世贞：《弇州山人续稿》卷二十三《题〈华严经〉后》，上海图书馆藏明抄本。
③ 王世贞：《弇州山人续稿》卷二十三《跋〈大涅槃经〉后》，上海图书馆藏明抄本。

事"，以纠正他人对此事的误读。

第四，疑其言。王世贞中年以后才痴迷于佛道修行，对佛道经典著作的阅读虽然能够做到释其惑、证其说、纠其非，但受制于自身的学识以及佛道著作的深刻内涵，他对部分内容还是有所怀疑。如他说道："《华严经》结集，恐不自迦叶、阿难二尊者云。龙树菩萨自龙宫出之，凡十万偈。今见存者，仅四万八千偈而已，当未为全文也。考唐开元中，有李长者作《合论》，虽不必若清凉之精，而辨难爽俊，援引该博，于护法阐教，尤为义中师子。于《法华》《维摩诘》《无量寿》《大涅槃》等诸经，或权或实，靡所不披驳。独推此经以为无上，而天台诸宿，至据《法华》相低昂，而分门所由起矣。……自迦叶而后，以至能公，凡三十二祖，而独龙树事甚奇，因附记之。考《传灯录》，谓十三祖迦毗摩罗尊者，至西印度，游城北石窟，化度蟒身比丘。问：此山复有何人居止？对：更北十里，有大树焉，庇五百余丈。其树王曰龙树，领龙众五百，说外道法。尊者挫而伏之，遂传衣钵，为第十四祖。及考西土所译《龙树传》，则云：师少而英俊……恐有附会，聊纪于此。"[1] 在此，王世贞虽然没有解决关于龙树菩萨的疑问，但是他不仅提出了疑问，且考证《合论》《传灯录》《龙树传》等书，从根本上推动了相关问题的探讨，有助于丰富佛道教义，其积极意义是值得肯定的。

除了考据学与经学的碰撞之外，王世贞在解读佛道经典著作时，还会不自觉地将文学批评思维运用其中。如他曾言道："又某每览诸经，自前所奉及《法华》《华严》等诸大部外，若剪裁未至，则伤猥杂；润色鲜工，则多鄙陋。以至晋谭则类晋，宋齐译则类宋齐，南或巧而轻，北或木而重，罗什、流志之流，实宰工拙矣。昔人所谓二杨之优劣，乃裴、乐之优劣也。"[2] 他还认为："若其道理之广大精深，文辞之博辨宏丽，则尽五千四百卷，毋有与之抗衡者。《法华》之示权，《楞严》之拆（析）理，亦瞠乎后矣。"[3] 当然，王世贞在诗文评论中也会不自觉地运用佛道语义，如他论曰："歌行有三难：起调一也，转节二也，收结三也。惟收为尤难。

---

① 王世贞：《弇州山人续稿》卷二十三《〈题〈华严经〉后〉又》，上海图书馆藏明抄本。
② 王世贞：《弇州山人续稿》卷二十三《五部经要语后》，上海图书馆藏明抄本。
③ 王世贞：《弇州山人续稿》卷二十三《题〈华严经〉后》，上海图书馆藏明抄本。

如作平调，舒徐绵丽者，结须为雅词，勿使不足，令有一唱三叹意。奔腾汹涌，驱突而来者，须一截便住，勿留有余。中作奇语，峻夺人魄者，须令上下脉相顾，一起一伏，一顿一挫，有力无迹，方成篇法。此是秘密大藏印可之妙。"① "绝句固自难，五言尤甚。离首即尾，离尾即首，而要腹亦自不可少，妙在愈小而大，愈促而缓。吾尝读《维摩经》得此法：'一丈室中，置恒河沙诸天宝座，丈室不增，诸天不减。'又'一刹那定作六十小劫'。须如是乃得。"② "王新建如长爪梵志，彼法中铮铮动人。"③ "李长吉如武帝食露盘，无补多欲。"④ 其中，长爪梵志是佛教弟子之一，聪明伶俐，善于辩论；"食露盘"则言汉武帝好神仙之事。由此可见，王世贞的评论体系中并没有真正的文学和佛道之学的明显区分，二者之间甚至可以融会贯通。

---

① 王世贞：《艺苑卮言》，凤凰出版社，2009，第 11~12 页。
② 王世贞：《艺苑卮言》，凤凰出版社，2009，第 12 页。
③ 王世贞：《艺苑卮言》，凤凰出版社，2009，第 82 页。
④ 王世贞：《艺苑卮言》，凤凰出版社，2009，第 80 页。

第七章

关于疾病与文学创作的考察

孔子曾言:"吾十有五而志于学,三十而立,四十而不惑,五十而知天命,六十而耳顺,七十而从心所欲,不逾矩。"① 这是对人生不同时段特征的感悟。王世贞65岁辞世,处于耳顺之年,没有达到从心所欲的年岁,他一生历经情变、多地仕宦、子女夭折、亲友离世等,尝尽人生冷暖,而这些事情对王世贞的身心有不同程度的冲击,日积月累,他的身体便出现了多种疾病,如眼疾、湿痛、风痰、流火、脾疾等。这些疾病在散佚文献中也多有提及,如王世贞向俞允文言及"连日苦疮疡,爬搔甫毕,呻吟继之"② 以及"今夏暑湿不时,脾家积食饮之毒,得秋气辄发,宜绝滋味,时以白粥补之,香连丸类恐太峻,或非高年所宜也"③。然而,王世贞始终笔耕不辍,创作了大量的文学作品,这些作品又伴随他的人生轨迹,体现其不同情况之下的心境。虽然身体疾病的存在会影响文学创作,但是在一定程度上,文学创作又会治愈创作者的内心,使之舒畅,进而有助于身体的逐渐康复。

第一节　常见于王世贞身上的疾病

《说文解字》:"疾,病也。"④ 疾,"疒"部,里面是一个"矢"字。

---

① 《论语》,中华书局,2006,第8页。
② 王世贞:《王弇州与仲蔚八札(行书)》其四,倪涛撰《六艺之一录》卷三百九十九,上海图书馆藏民国影印本,第16页。
③ 王世贞:《王弇州与仲蔚八札(行书)》其六,倪涛撰《六艺之一录》卷三百九十九,上海图书馆藏民国影印本,第17页。
④ 许慎:《说文解字》,中华书局,2013,第154页。

"矢，弓弩矢也。从入，象镝栝羽之形。古者夷牟初作矢。凡矢之属皆从矢"①，矢为箭，有飞速的意味，即"疾"属于轻微病痛，来得快去得也快，且这些病痛侧重于外在事物对身体的侵害，如身体受凉后的感冒、咳嗽等症状。病则为"疾加也"②，病痛的程度比"疾"更重，"病"也为"疒"部，里面是一个"丙"字，"丙，位南方，万物成，炳然。阴气初起，阳气将亏，从一入门。一者，阳也。丙承乙，象人肩。凡丙之属皆从丙"③，在五行中丙丁属火，是火的另一代称，其中丙为阳火，丁为阴火，与之对应的五脏器官是心脏，是内心之火，所以这些病痛由内而生，轻则心烦失眠、咽干齿燥、两颧潮红等，重则会引起身体内分泌失调，需要较长时间的治疗。因此，疾病的种类很多，而它们都是对人体正常形态与功能的偏离，会造成人体不适。

由于长期在外仕宦，旅途奔波，以及家事重重，内心操劳，王世贞常患疾病，深受其扰。通观目前所搜集的散佚文献，除去王世贞日常小病和身体小恙，文中涉及的疾病主要有疮疡、脾疾和疟疾这三种，这些也是他一生中较多出现的疾病，特别是在中晚年时期。

一是疮疡。这"是中医外科最常见的疾病，广义的疮疡泛指发于体表的外科疾病，狭义的疮疡指以体表化脓性感染为主的一类疾病……创伤后引起局部红肿疼痛等体表感染，最后化脓"④。疮疡有因外在创伤而形成的，也有因内在气血、脏腑、经络等不调而引起的，不过在经历多种病变后，最终都有化脓这一症状，会给患者带来长时间的疼痛。王世贞就曾在文集中多次直言疮疡给他带来的痛苦。

他第一次明确在文字中提及疮疡是在嘉靖四十五年丙寅（1566），王世贞自言道："吾于丙寅岁，以疮疡在床褥者逾半岁，几殆。"⑤ 他还在与许邦才的书信中言道："仆自五月即病，病至八月小愈，为阳羡之游。"⑥

---

① 许慎：《说文解字》，中华书局，2013，第110页。
② 许慎：《说文解字》，中华书局，2013，第154页。
③ 许慎：《说文解字》，中华书局，2013，第308页。
④ 杨恩品、张耀圣主编《中医疮疡病学》，科学出版社，2017，第2页。
⑤ 王世贞：《艺苑卮言》，凤凰出版社，2009，第137页。
⑥ 王世贞：《弇州山人四部稿》卷一百二十二《许殿卿》，美国哈佛大学燕京图书馆藏明刻本，第1叶。

这样看来，王世贞的自述和与友人的书信所言似乎有所出入，一个是逾半年，一个则是五月到八月，其实不然，八月王世贞的疮疡的确有所好转，甚至可以邀好友游玩阳羡诸山，如《发自义兴，由东九抵湖汊一首》《出张公洞经游玉女潭一首》《探龙湫，因观古琼树一首》《归自东九，泛西九，访善权寺一首》《游善权洞作》《善权水洞一首》《张公洞怀李于鳞》《游善权寺，僧云距长兴可两舍，因怀徐子与》《史恭甫玉虚仙院》《李程二生皆国手也，同入张公洞，视仙人局，戏赠一绝》《善权寺遇秀才》《出张公洞示沈道振》等诗皆是作于此时，可见其乐也。不过，王世贞回家后疮疡立即复发，其言曰："时王子自阳羡归，疾作。过吴门，彭先生出视之，为劳苦曰：'子瘳耶？吾乃能视子，然吾不及新矣。'余怪，弗敢诘。"① 且在除夕时，王世贞仍在病中，未曾痊愈，《除夕病中作》诗曰："不解成何节，惊从稚子传。冻烟催作夜，残雨湿经年。老畏流光掷，寒添病态偏。飞腾向来意，空付一潸然。"② 直到第二年正月，此病才逐渐痊愈，所以王世贞所言的两个时间段都是正确的。

第二次则是在万历十八年（1590），此次疮疡是在以往诸多病症之下的再度发作，而且是多种重病并存，他在《为新旧疾病大作，不能供事，旷职负恩，乞赐罢斥归里疏》中说：

> 臣时久抱宿疴，内外潮热，胸膈痞闷，疮痏遍身，时若点墨。第以新奉明旨，不敢抗违，勉策衰驽，扶病视事。不意右足胫面骤发疽毒，扶曳蹒跚。苟完称贺谒陵大礼，归即困卧床褥，宛转呻吟。前所苦疮痏，乘而为厉，终夕不获一寝，啖粥不尽一器，气息慢慢，势不能支。③

疮痏遍身，这就不是简单的疮疡了，随着病情越来越严重，王世贞疼痛到

---

① 王世贞：《弇州山人四部稿》卷九十一《明故征士彭先生及配朱硕人合葬墓志铭》，美国哈佛大学燕京图书馆藏明刻本，第 7 叶。
② 王世贞：《弇州山人四部稿》卷二十八《除夕病中作》，美国哈佛大学燕京图书馆藏明刻本，第 1 叶。
③ 王世贞：《弇州山人续稿》卷一百四十四《为新旧疾病大作，不能供事，旷职负恩，乞赐罢斥归里疏》，美国普林斯顿大学东亚图书馆藏明刻本，第 10 叶。

难以入睡的地步，他的日常饮食也急剧减少，甚至有性命之忧。他不仅对朝廷如此诉说，对友人王锡爵也曾说道："弟为疮所苦者，垂两月。至仲春之末旬，通夕不交睫，恶食废酒。又三日，势忽大减。"① 可见其病之重，加上他年事已高，身体本就大不如从前，所以该疏所言不是向朝廷乞归的虚语。

当然，王世贞病情加重，还有一部分原因是内心之忧，以及对家乡的思念越老越浓重。他曾多次因疾乞归，而朝廷皆不准许，所以当王锡爵告诉他朝廷批准了他的请求时，王世贞欣喜若狂，食欲大增，身体也逐渐好转，如其言"自三月朔得尊兄手教，知归计有绪，食饮骤进，疮疡亦痊。……至二十五日，得邸报晨传，蒙恩许回籍调理，且示不终弃之意"②，疮疡之疾也随之痊愈，这也说明他此时的心忧才是最大的病根。

二是脾疾。这泛指与脾脏有关的各种病症，元好问在《脾胃论序》中云："《内经》说百病皆由上中下三者，及论形气两虚，即不及天地之邪，乃知脾胃不足，为百病之始，有余不足，世医不能辨之者，盖已久矣。"③由此可知，脾胃对人的身体至关重要，百病皆从此生发，《内经》就记载了脾风、脾疟、脾热、脾咳、脾胀、脾痹、脾疝等多种脾疾相关的症状，王世贞一生也深受其扰。

如在万历十一年（1583）七月，王世贞身患脾疾，直到八月才见好转，他在与吴国伦的书信中说道："仆自正朔为儿辈举屠苏毕……而会病羸，至春中而剧，药饵不离口……六月病痞，七月病脾，八月甫起色。而伯玉、肖甫访我弇园，元瑞、仲淹辈亦麇集，几复作高阳故事。"④ 后在万历十三年五月，王世贞送别北上的王锡爵时伤心过度，到家后便脾疾复发，他与王锡爵说道：

---

① 王世贞：《弇州山人续稿》卷一百七十九《与元驭阁老》，美国普林斯顿大学东亚图书馆藏明刻本，第 16 叶。
② 王世贞：《弇州山人续稿》卷一百七十九《与元驭阁老》，美国普林斯顿大学东亚图书馆藏明刻本，第 17 叶。
③ 转引自李东垣撰，文魁、丁国华整理《脾胃论》，人民卫生出版社，2005，第 13 页。
④ 王世贞：《弇州山人续稿》卷一百九十二《吴明卿》，美国普林斯顿大学东亚图书馆藏明刻本，第 12 叶。

前以日势晚，更不获追随。分袂时，睹兄悲惋之极，乃知千古河梁尚为卤莽。弟虽勉强作夷然态，过身便不能禁声泪哽塞。斜阳在衣，与影相吊，凉凉踽踽，几若鬼趣，口占二绝句，云："欲作男儿别，将情强折磨。更堪天上泪，翻比世间多。""一叶轻刀梗绿蘋，惊看蓬底两轮巾。道人却有分携泪，丞相何无祗候人。"语绝稚不工，少见实际耳。至岳王市则已暝，舍舟就篮舁。上衣薄，中夕寒，加以洽日小饮及啖樱桃，脾疾乘之。虽不废巾帼，岑岑若醉梦中，四体都不相属。适儿子遣信，云兄定于廿四日成行矣，尚欲于数里外僻地更展缱绻，兹何时也。①

这是内心悲伤、寒气入侵、饮食不佳造成的脾疾，从中亦可见王世贞和王锡爵二人之间的情谊之深，毕竟在这之前，两人常相伴相随，一起潜心学道，奉昙阳子为仙师。

万历十六年闰六月，王世懋的去世给王世贞带来了沉重打击，刚听到消息时，王世贞便骇痛绝倒，他向王锡爵说道："弟自十八日晚得信，次日即苦脾疾，强进药饵，久之乃愈，愈数日复发，今尚在料理。"② 本来脾疾静养调理一段时间便可痊愈，但是王世贞悲伤过度，整日愁苦，再加上天气慢慢寒冷，以致十月时脾泄间发，他在与王锡爵的书信中说："入冬，差健饭，脾肉亦小长。而月来脾泄间发，一行即止，而忽有廉将军之累者。一以故迫欲归，尤不任北耳。今已杜门待命，不当复与外事。"③

万历十七年六月，由于大旱，百姓受苦，虽然七月时有降雨，旱情得以缓解，然而王世贞心系天下百姓之心不减，再加上家里病妻、病儿，近年亲朋好友接连去世，增加了他内心的悲伤，导致他自南京回家后脾疾复发，并患有腹泻之疾。他向友人张凤翼诉说道："昨过吴门，急欲归哭逝者，不能叩求志园精庐为恨。归，病脾；已，病右目。稍起即为乡人腰项

---

① 王世贞：《弇州山人续稿》卷一百七十六《与元驭阁老》，美国普林斯顿大学东亚图书馆藏明刻本，第1叶。

② 王世贞：《弇州山人续稿》卷一百七十八《与元驭阁老》，美国普林斯顿大学东亚图书馆藏明刻本，第5叶。

③ 王世贞：《弇州山人续稿》卷一百七十八《与元驭阁老》，美国普林斯顿大学东亚图书馆藏明刻本，第9叶。

所困，忽忽不知作何状。念抑之太宰逝矣，典刑渐沦，知已遒尽。"① 第二年三月，王世贞自南京再次归家之后，脱去了世俗之累，归于恬淡，内心平静，他向王锡爵说道："归抵家园，泉石如故，花竹日新。杜门却扫，与禽鱼相流连。间呼贤叔及二三老友杯酒相慰，儿子辈佐以谈谑，一切世态不挂眼。先右军云卒当以乐死，殆非虚言。所苦疮疡已脱，脾气久调，肌体稍腴。"② 他在享受晚年快乐生活的同时，病体也逐渐康复，和之前的心忧致疾类似。

三是疟疾。这是由疟原虫引发的虫媒传染病，根据现代临床实验可知，疟疾可分为前驱期、发冷期、发热期、出汗期和间歇期，刚开始时患者有可能出现疲乏、头痛、不适、厌食、畏寒和低热等症状，后来常伴有头痛、恶心和呕吐，体温也开始超过38℃，如果病情加剧，之前的症状则会继续恶化，此时体温高者会超过40℃，就具有一定的危险性，如果患者免疫力较弱，疟疾可能还会在几天之内出现反复发作的情况。

前文对散佚文献中所言的"仆因野次受风，遂为疟鬼所侮"之语进行了详细考证，确定这次王世贞患疟疾的时间是万历八年七月。而从王世贞的生平经历来看，他在中年之后多次受疟疾所扰，在其文集中有三次明确的记载。第一次是在万历元年（1573）。王世贞除服之后，于三月起复湖广按察副使，六月七日，便与亲朋好友辞行，开始赴任，至于此次的行程，王世贞在《江行纪事》中有详细的记载：

> 余以六月十七日抵京口，而楚候身以前一夕至。……以明日出江，酹酒羊豕缮神毕，为具金山，别送者。登绝顶，怅望久之。……晨抵仪真，丞及邮吏出谒……晚宿于夹。次日多行夹中，申刻甫出夹，则已东望燕子矶矣。……而已薄暮，得风，始渡，抵龙江驿。其明日，督操中丞董公尧封出会……其明日，张肖甫中丞来。肖甫方抚宁国，已贻书与余别矣。而会避暑还金陵，谒侍太夫人，得余报，轻

---

① 王世贞：《弇州山人续稿》卷一百八十《张伯起》，美国普林斯顿大学东亚图书馆藏明刻本，第7叶。

② 王世贞：《弇州山人续稿》卷一百七十九《与元驭阁老书》，美国普林斯顿大学东亚图书馆藏明刻本，第18~19叶。

舟下，乍见慰喜。久之，方解衣。……遂移舟至上新河，宦金陵者乡人及楚人更枉顾，迎送不暇。是夕宿上新河，明日挂席行……晚泊三山矶……晨发三山，望列洲……寻至采石矶……是日阻风，余忽病……二十六日质明，病良已。……廿七日早，微凉，复挂帆行……午后复发寒热，乃知其为疟也。……过铜陵更一日，疟热甚，不可支，至夜分始解。晨疲极，小寝……其明日疟始愈，其又明日抵安庆。①

在路途中，王世贞还曾创作《肖甫中丞自采石驰归，一醉而别，至江州寄怀》《初出京口》《泊金陵》《初发石头》《烈洲在江中，树颇多》等诗，但也就是在路途中，王世贞遭遇了人生第一次疟疾，其生病后"乃知其为疟也"，可喜的是，此次疟疾时间不长，快到安庆时就近痊愈。

第二次是在万历八年（1580）。如前所述，该年王世贞拜昙阳子为师，潜心修道，七月发生了疟疫，受灾者甚众，王世贞诗曰："今年气候恶，疟鬼何太横。三家两家泣，十人八九病。延医医伏枕，呼觋觋不竞。余方侍师次，骤热如就甄。"② 疟疫也对王世贞产生了影响，他与汪道贯说道："仆侍师野次，狷风，见侮疟鬼，几遂委顿。今虽能步履饮啖，尚未是完人，益信此色身合离刹那间。……一俟师羽化，即披破衲入团焦矣。"③ 与汪道昆说道："玄冥行夏令，武安、频阳之虐遍江介。虽仆与元驭丈，几不免焉。入阛，气乃小得舒耳。"④ 可见，当时与王世贞一起侍奉昙阳子的王锡爵也一同染病。病后，原来的住处不能再居住了，王世贞便搬回弇山园，多加休养调理后，病情才有所好转。

第三次是在万历十一年。其实自上一年十月至该年年初，王世贞都在病中，不过到三月时病情转重，在不得已的情况下，他才选择就医。他与

---

① 王世贞：《弇州山人四部稿》卷七十八《江行纪事》，美国哈佛大学燕京图书馆藏明刻本，第12~15叶。

② 王世贞：《弇州山人续稿》卷六《病疟作》，美国普林斯顿大学东亚图书馆藏明刻本，第2叶。

③ 王世贞：《弇州山人续稿》卷一百八十一《汪仲淹》，美国普林斯顿大学东亚图书馆藏明刻本，第13叶。

④ 王世贞：《弇州山人续稿》卷一百八十五《汪司马》，美国普林斯顿大学东亚图书馆藏明刻本，第6叶。

友人说："仆自昨岁因同事者疾戚频仍，意绪为之恍惚。豚儿偶忝先鸣，亲友若见聊萧。稍出应之，不无酒食之累，遂成羸瘵，委身药饵，差得小挺劲耳。"① 六月时，王世贞更是身患疟疾，并且几日间反复发作，他在与周天球的书信中详细叙述了当年的多种病况："仆自昨秋冬时，感霜露小恙耳，而为乡里应酬所困，病羸削。至春三月而始知就医。六月病疟，三日良已。又七日，食微不能谨，右腹掣痛，如直塘所苦，且作汗。五日良已，则腹羸削。今大有起色矣。"② 多种病症，互有交织。

由上可知，王世贞的疮疡、脾疾和疟疾都是壮年之后所患，并且随着年龄的增加，自身免疫力逐渐降低，其患病的频率越来越高，持续的时间也越来越久，如疟疾，万历元年时王世贞 48 岁，万历八年时 55 岁，万历十一年时 58 岁，该病在万历十一年便反复发作，引起他身体的诸多不适。

第二节　疾病对文学创作的影响

作为太仓琅琊王氏的主要代表人物，王世贞肩负着家族发展的希望，以至他在父难之后，想回避朝局，拒绝出仕，却又迫于各方面的压力，只能多次违心地入朝为官。如隆庆二年（1568）四月，朝廷任命王世贞为河南按察司副使，而他没有赴任的打算。在得知王世贞不想复出为官后，徐阶、杨巍等人对其晓以大义，动以真情，规劝他出仕河南按察司副使，并且为了防止他再次找其他理由拒绝上任，他们还让王世贞的同乡郭吏部派一人驻守其家中，负责日夜督促。此时家人知道了朝廷的任命，纷纷议论开来，母亲郁夫人也加入其中，责令王世贞听从朝廷的安排去上任，她先是以自己不吃饭相威胁，要他明白供养家族的重任，其次则以亡父之事还没有结束，朝廷没有批准后来求的谥号，要他不能休闲自在，努力去争取。对此，他向汪道昆说出了自己的种种无奈："宰公者贻札数百言，责仆以大义，谓当出。相公言则少，而辞加峻。已又属乡人郭吏部坐一介吾

---

① 王世贞：《弇州山人续稿》卷一百八十三《答靖江陈生》，美国普林斯顿大学东亚图书馆藏明刻本，第 17 叶。

② 王世贞：《弇州山人续稿》卷二百零六《周公瑕》，美国普林斯顿大学东亚图书馆藏明刻本，第 17 叶。

家，谓：'不出，何以复宰公命？'……乃窃闻老母为损匕箸，曰：'吾何以供而之食客也？'又弗应，则又曰：'而不念而父之事未竟也，而拂造物者。夫造物者造而父，而拂之以自完则可，吾何赖于后？'不获已，乃姑为若出者。"① 所以内心之疾一直伴随他左右。

因此，直到七月底王世贞才启程赴任，而且他对此行并没有长远的打算，他没有携带家眷，连自己平时喜欢的书卷等物也没有随身携带。路上他与徐中行相遇，一同北上，他便告诉了好友自己的想法。他说道："道得偕足下，稍自宽耳。……兹时虽北行，不携家，所常玩习书卷亦无从者。业以再疏上，报可，即顺流而南。"② 即自己时刻准备着再次辞官归乡。可见，对于离开家人再次出仕，王世贞的内心还是颇有抵触的，其诗《迫檄首路，拟再陈情，感怀有作》曰：

> 山公援侍中，实以世交故。周子怨都亭，知为一官误。余本解宦人，岩薮焉能固。况兹回光瞩，差用洗沈愫。栖迟犹二始，踯躅当三辅。孟门苟已出，康庄知前骛。款段终在枥，谁为讥蹇步。铅刀冀一割，锋锷恐非故。巨痛时磔心，深忧恒栖嗉。露款一申言，皇览不反顾。陨涕别亲慈，含辛首前路。嗣章倘见俞，改服还韦布。③

他内心充满矛盾，身体在赴任的路上，可心却还在家中。再加上他对之前建功立业的梦想进行了否定，亡父之事造成的内心疼痛依旧存在，再次离开家人更让他感到痛苦。所以刚到京口，王世贞便上书请求归乡，奈何抚台送来的不是朝廷的批准，而是限期上任的檄文，迫不得已，他只能继续前行。内心的这些愁闷慢慢地积压，很可能会引起相关的疾病，而文学创作在很大程度上靠人的身体进行，病躯或多或少地会影响文学创作。两者之间存在一个内在的互动性，主要体现在以下几个方面。

---

① 王世贞：《弇州山人四部稿》卷一百一十九《汪伯玉》，美国哈佛大学燕京图书馆藏明刻本，第 2 叶。

② 王世贞：《弇州山人四部稿》卷一百一十八《徐子与》，美国哈佛大学燕京图书馆藏明刻本，第 10 叶。

③ 王世贞：《弇州山人四部稿》卷十《迫檄首路，拟再陈情，感怀有作》，美国哈佛大学燕京图书馆藏明刻本，第 13~14 叶。

　　首先，疾病的不可控性影响文学的创作计划。疾病，人人都想避而远之，如无疾而终便是老人对待生死的一个愿望。然而愿望终归是愿望，现实是人们在日常生活中或多或少地都会与疾病打交道，况且人患疾病之后，部分身体机能受影响，必定对当下生活也产生一定影响，至于在文学活动方面，这种影响则可分为促进文学创作和阻碍文学创作。

　　如对文学创作的促进方面，嘉靖二十九年（1550）王世贞因病休假，在家中闲居时，回忆明朝时期的吴中贤人四十位，作组诗《四十咏》，序曰："庚戌之春，予以病休曹假，伏枕不怿，忆数乡哲，彬彬多巨公异人。龙质凤章，云蒸霞烂，虽潜见异则，托就大小，然亦盛矣。因绅绎所闻，自我明始高代迄今，共成四十章。匪辞挂漏之惭，聊见仰止之私耳。"①其所咏对象有高启、姚广孝、吴宽、王鏊、沈周、文徵明、陆粲等人，他们大多以文名于世，可见吴中地区的文人传统，亦可知吴中地区人才辈出，王世贞为明朝的吴中地区有如此多的英杰感到自豪。无独有偶，在万历八年（1580）夏，王世贞患有眼疾，不能多看书，自然闲暇时间就多了点，他由此增加了对往事和史事的思量，作《咏史》组诗，居然有八十余首，其组诗前有一小序言："余自庚辰夏病目，不能多读书，兀兀匡坐。因绅腹笥，诸所忆史事有慨于中者，得八十余篇，咏之。"②其中的内容涉及秦始皇、汉高祖、项羽、李广、诸葛亮、杜甫等人，是其文史观念的集中体现。

　　而阻碍文学创作主要体现在其晚年时期。王世贞在年老之前，虽病却坚持创作，正因为笔耕不辍，方能创作出《四部稿》一百八十卷、《续稿》二百零七卷等体量巨大的文稿。不过晚年时，他身体免疫力急剧下降，多种疾病缠身，已经非常影响其日常行动，文学创作基本处于停滞状态，因此，在《续稿》中，万历十八年之作较少。该年九月，王世贞身体疾病复发，饮食几乎中断，非常虚弱，他也知道自己大限将至，向王锡爵说道："是时弟方恶食断饮，粥不尽一器。中腕气微腾上，遂止消息，甚

---

① 王世贞：《弇州山人四部稿》卷十四《四十咏》，美国哈佛大学燕京图书馆藏明刻本，第 8 叶。

② 王世贞：《弇州山人续稿》卷四《咏史》，美国普林斯顿大学东亚图书馆藏明刻本，第 1 叶。

不佳，幸其不增。"① 十月，王世贞更是由于病情一直得不到好转，内心焦躁，甚至拒绝汤药，以致后来病情加剧，服药已经没有什么成效了。甚至在追忆昙阳子预言的八八之期后，他忽然若有所悟，直接看破生死，学仙师之道，断然拒绝饮食和汤药，坦然面对死亡的临近。几日之后，身体就非常虚弱，奄奄一息，他写信给王锡爵，告知自己已看淡一切，现在有愧的是有负仙师昙阳子之道。他说道："弟已委顺待尽，儿曹强欲活之，延一坐功者，恐亦付之无益。追惟先师化后之旨，知其不永，及领甲申之偈，事在隔生，而乃自暴自弃，于一切应酬、奔走、笔研、酒食之累不能裁节，有渝师盟，惭负天地。此心如螫，然不敢一念相负。"② 此时的他，生命都将不保，更不要提文学创作了，他自己也非常痛苦。

其次，疾病促使王世贞反思人生，坚定立言以不朽的信念。如王世贞经过大病后，知道自己立德、立功无望，便转而追求立言以不朽，再加上时局动荡，生命短促，他甚至思考了书本的刊刻方式，认为不必等到逝世之后刊刻或者交由后人处理，当下刊刻即可，以尽早保存原有文本，为以后的立言不朽奠定基础。这一想法颇为大胆，毕竟不朽一般建立在后人对先人的评价基础之上，而不是先预期自诩，否则难免有自我标榜之嫌，不过王世贞还是坚持这样做了。嘉靖三十四年（1555）五月，倭寇再次侵扰苏州地区，王世贞因念及俞允文可能被困吴中而寝食难安，致书俞允文，邀请他全家北上，同时又想刊刻他的诗文。王世贞之所以这样做，一是因为两人之间的情谊非常深，常一起游玩、宴饮、诗歌唱和；二是因为俞允文在王世贞避难吴中时，非常认同其诗文复古主张，且俞允文在吴中地区素有名声，如果获得他的大力支持，那以后在吴中地区传播复古主张也较为便利。王世贞向俞允文说道："三得足下书，良至。……昨见南来人，寇似小缓。然数十白手叩台城，横杀将吏，从容归。其大众彼不肉我哉？久计以江而南与贼共之，幸彼中乏英雄耳。……前书邀足下拔家而北，恐未易。……全集何时付我？世贞冬尽当得三辅谳狱使者，十月可了，径归

---

① 王世贞：《弇州山人续稿》卷一百七十九《与元驭阁老》，美国普林斯顿大学东亚图书馆藏明刻本，第20~21叶。

② 王世贞：《弇州山人续稿》卷一百七十九《与元驭阁老》，美国普林斯顿大学东亚图书馆藏明刻本，第23叶。

卧矣。"① 时逢乱局，再加上年轻盟友的离去，使立言求不朽的诸子们感觉到生命短促，顿生忧患，王世贞与吴国伦、宗臣商议，各人先将平生著述中的一卷相授，到时集中刊刻，以备不测。他说道："昨与宗臣、吴国伦约，平生所著述，人书一卷相授，以备卒然不可。奈何所得仲蔚篇什，虽出妙翰，恨未悉。今颛人需仲蔚平日诗，亡论卷帙，幸一一寄来，秋凉当手为诠次。来岁倘遂乞外，付之梓人，以比于名山大川之义，仲蔚毋过自抑。南海梁有誉，亦五子之一，而今死矣。"② 这是王世贞的先见之举，他之前患过大病，敬畏生命，而且对一般文人而言，立德、立功太难，立言尚可为之。在获悉李攀龙被朝廷提拔为陕西提学副使时，王世贞欣喜之情溢于言表，立即书写诗文相赠，其《喜于鳞视关中学，因寄二首》《赠李于鳞视关中学政序》便作于此时。王世贞在这时也非常注意对自己文集的梳理，或许是因为他近些年常患病，甚至到了将死的境地，而且之前他曾鼓励诸子互赠诗文刊刻，以便于保存和流传，他向徐中行说道："昨取先后稿大芟洗，得赋一卷，四言古一卷，乐府三卷，五言古三卷、律四卷、排律二卷、绝一卷，七言古二卷、律三卷、绝一卷，杂文十一卷，凡三十余万言，足下以为何如？"③ 从中不仅可以窥见王世贞立言以不朽的想法，亦可见其著述之勤、之繁。

最后，疾病的存在影响文学创作内容的书写。既然疾病不能完全避免，且在生命的旅途中多次出现，那么对于创作体量大、题材范围广的王世贞而言，在文学创作的过程中，疾病也就成为其叙事内容之一。如嘉靖三十五年（1556），因为长期在外察访狱事，舟车劳顿，饮食不规律，王世贞的身体大不如前，又在途中患病，甚至到了差点离世的地步，其诗作《病》曰："病岂长途事，仍劳药饵扶。未饶诗寂寞，且厌酒模糊。入塞

---

① 王世贞：《弇州山人四部稿》卷一百二十七《俞仲蔚》，美国哈佛大学燕京图书馆藏明刻本，第 2~3 叶。

② 王世贞：《弇州山人四部稿》卷一百二十七《俞仲蔚》，美国哈佛大学燕京图书馆藏明刻本，第 2 叶。

③ 王世贞：《弇州山人四部稿》卷一百一十八《徐子与》，美国哈佛大学燕京图书馆藏明刻本，第 3 叶。

身初属，论兵气未苏。犹闻羽书至，战血满三吴。"① 隆庆六年（1572）七月，王世贞在赴任湖广按察使的路上病倒，其后创作了《病中过铜陵遇雨》《余尝梦登九华，阳山矶可以见九华，而病热昏寐，竟过，志感》《江行病起，即景有感》等诗，仅从题目便可知他是在患病的情况之下创作的。此外，王世贞还对疾病和人生进行了思索，如在 30 岁的生日当天，适逢重病初愈，他独自饮酒至醉，情到深处，便感慨这些年来的窘况，自己一事无成，漫歌成诗。诗曰：

> 东风吹酒星，倏忽辞青天。自堕吴江湄，一住三十年。十年抱案尚书前，腰腹半已成杯棬。归来览镜忽大笑，笑汝低眉为俸钱。忽逢萧相营未央，虽有月请归朝堂。酒肠唧唧如欲诉，且向文君乞鹔鹴。阳昌垆头春酒香，白眼瞪视天茫茫。杜曲梨花飞，灞陵杨花落。不愁花落无处归，只恐长条坐萧索。以兹日作烂漫游，妻嘲女谏安足酬。汝曹骨肉偶相合，世间万事俱蜉蝣。君不见王元美，昨者病欲死。眼前七尺无奈何，胸中万卷长已矣。只今幸逐春阳苏，那不尽倒白玉壶。当时倘便骑鲸去，北斗南箕未可沽。②

这是王世贞真性情的抒发，更是他对三十年人生的总结，虽然有点悲观，"眼前七尺无奈何，胸中万卷长已矣"，但是对于未来还是有所期待，"只今幸逐春阳苏"。

可见，疾病是王世贞一生中经常遇见的，且对其文学创作产生了一定影响，疾病也成了王世贞文学叙事中不可忽视的存在。

---

①　王世贞：《弇州山人四部稿》卷二十六《病》其一，美国哈佛大学燕京图书馆藏明刻本，第 2 叶。
②　王世贞：《弇州山人四部稿》卷十七《乙卯病后，遇生日，独酌至醉，漫歌》，美国哈佛大学燕京图书馆藏明刻本，第 4 叶。

结　语

　　对散佚文献的搜集与整理，并不能只局限于搜集的文献本身，为了更好地理解王世贞文学创作的种种变化，我们可以结合其家族渊源和一生轨迹进行研究，况且散佚文献本身就零散地分布在其人生历程之中。

　　立德、立功、立言，是众多士大夫内心深处的梦想，三者有其一，即能不朽于后世，成为后人尊崇的对象。"德"主要是指个人人格的价值，树立高尚的道德，这属实太难，往往只有大圣大贤之人才能达成，如老子、孔子、墨子、王阳明等人；"功"是指个人的事业，为国为民建立功绩，如韩信帮助刘邦建立汉朝，诸葛亮辅佐刘备建立蜀国等，这难度也不小；"言"则指个人的语言著作，供后人阅读、学习，如孟子著述的《孟子》，李白、杜甫的诗歌等，这难度同样不小。但相较而言，后人更加倾向于立功和立言。

　　琅琊王氏是一个显赫的家族，翻开其厚重的历史画卷，那些熟悉的人物便映入眼帘。如英勇善战、为秦王朝的建立立下不朽功勋的王翦，《史记》言曰："秦始皇二十六年，尽并天下，王氏、蒙氏功为多，名施于后世。"① 另外还有"卧冰求鲤"极尽孝道，后因自身才华受到朝廷重用，最终拜西晋太保，封睢陵公的王祥；年少有才，富有远见，能够和帝王共谋建国大业，建立不朽勋业，"进位太傅，又拜丞相"，"谥曰文献，祠以太牢"② 的王导。从他们能够不朽于后世的原因来看，其共同之处在

① 司马迁：《史记》卷七十三《白起王翦列传》，中华书局，1982，第 2341 页。
② 房玄龄等：《晋书》卷六十五《王导传》，中华书局，1996，第 1752、1754 页。

于立功。确实，立功的实效似乎比立德、立言更加让人可感、可见，从而赢得生前身后名，这也是众多士大夫乐此不疲的，建功立业才是他们的现实梦想，如李白、陆游、辛弃疾等为之奋斗不止，至死不渝。王世贞虽然以文鸣世，主盟文坛，彪炳史册，但是他最初的梦想也是建功立业，血液里流淌着琅琊王氏的精神内核。

王世贞年少时，最被他人所议论的一事，就是 15 岁时创作《宝刀歌》。当时王世贞在山阴骆行简处学《易》，一日有卖刀者经过，骆行简分韵教他创作诗歌，当"少年醉舞洛阳街，将军血战黄沙漠"一语出，骆行简为之赞叹，并认为他以后定有所成。对于此事，他自己也颇为得意，如他在《艺苑卮言》中言："余十五时，受《易》山阴骆行简先生。一日，有鬻刀者，先生戏分韵教余诗。余得'漠'字，辄成句云：'少年醉舞洛阳街，将军血战黄沙漠。'先生大奇之，曰：'子异日必以文鸣世。'是时畏家严，未敢染指，然时时取司马、班史，李、杜诗，窃读之，毋论尽解，意欣然自愉快也。"[1] 他人对此亦有所提及，如屠隆在《大司寇王公传》中言曰："十五已淹纬如宿学，然未尝为韵语。属有鬻宝刀者，其师戏令公咏之。公应声曰：'少年醉舞洛阳街，将军血战黄沙漠。'师大诧赏，以语司马公，知异日必为命世才。"[2] 王世贞后来进一步完善了《宝刀歌》，并附有小序，全诗为：

予十五时，目不知诗，会经师骆先生为人作宝刀歌，戏以"漠"字命韵，予辄应曰：少年醉舞洛阳街，将军血战黄沙漠。先生大激赏，谓子他日必以诗名。予谢不敏。又三载，举应天荐，将计偕，有鬻刀者，因据旧语补之，存一时故事耳，不必计其词之工拙也。

昆吾精铁光灼烁，不论风胡手中作。涪江水淬明月寒，汉冶风回赤蛟跃。锋尖七曜隐芙蓉，匣里双环吐龙雀。少年醉舞洛阳街，将军

---

① 王世贞：《艺苑卮言》，凤凰出版社，2009，第 117 页。
② 屠隆：《大司寇王公传》，王士骐、屠隆、王锡爵撰《王凤洲先生行状》，上海图书馆藏明刻本。

血战黄沙漠。记取衔恩一片心，扶君直上麒麟阁。①

这首诗作的价值，不仅在于被骆行简赞赏，还在于此诗是王世贞少年时的代表作。该诗抒写了一个热血男儿内心的远大志向，即渴望建功立业，"扶君直上麒麟阁"，赢得生前身后名，这是王世贞自我的写照。此时的他还喜谈国事，好发表议论，他自述道："不佞则舞象时，雅已好谈说国家公卿大夫之业。"② 这就不局限于传统的举业学习。

在高中进士后，王世贞离建功立业的梦想更进一步，再加上他年少成名，对未来自然充满信心。他也始终牢记父亲王忬的叮嘱："士重始进，即名位当自致，毋濡迹权路。"③ 即仕宦后，要靠自己的努力和能力去获得相应的名位，不能沉迷于权位，更不能依附他人去获取。然而官场是残酷的，因为他没有干谒权贵去报选庶吉士，他的仕宦之路渐渐地与梦想背道而驰。如在大理寺时，王世贞身边的友人一个个离自己而去，被派往他地任职，但是他却迟迟没有新的任命消息，内心充满失落感，与友人陆之裘说道："仆隶政大理且二年矣，尚未得一官。……仆自顾已矣。驽钝之才，不复受鞭策矣。需次垂及，冒滥一官，请告而归，买小舟，期足下游。行名山大川，不问所向，遇好便留，博其所见闻之奇落可爱可骇者。盖足下不止今足下，仆不止今仆也。而后归，归追而力古，先所以作者之旨而后发于文若诗，庶几哉足以成一家言，毕吾事耳。仲则向望。夫仆进矣而为退者言，足下必不信。足下向所谓沦落偃蹇者也，壮心不已，亦非仆所信也。请置功名二字勿道，士君子有出于功名之外者，足下其熟思之。"④ 当然，这只不过是王世贞一时的牢骚之论而已，他并没有立马放下功名去著书立言，年少的踌躇满志不会因此而消失殆尽。

在被授予刑部主事一职后，王世贞恪尽职守，不避权贵，铁面无私。

---

① 王世贞：《弇州山人四部稿》卷十六《宝刀歌》，美国哈佛大学燕京图书馆藏明刻本，第1叶。

② 王世贞：《弇州山人四部稿》卷七十一《弇山堂识小录》，美国哈佛大学燕京图书馆藏明刻本，第10叶。

③ 王世贞：《弇州山人四部稿》卷九十八《先考思质府君行状》，美国哈佛大学燕京图书馆藏明刻本，第5叶。

④ 王世贞：《凤洲笔记》卷七《答陆象孙》，上海图书馆藏明刻本，第2叶。

如恶棍阎某杀妇，锦衣卫都督陆炳私自藏匿，王世贞则通过搜查陆宅将其逮捕归案，即使陆炳请严嵩出来说情，王世贞也断然拒绝，他说道："三尺法，人主所以共天下者也。奈何私一锦衣校？吾知奉天子法耳，安知陆公？"① 始终维护国法的尺度和尊严。当然，在当时的制度之下，王世贞如此行事，得罪不少权贵，升迁也是无望，以致他后来多次受到排挤。不过，难能可贵的是，其渴望建功立业之心一直存在，怀有"庶几铅刀之割，以少吐文士气"② 的梦想，对于俺答入侵的庚戌秋事，尚能发出"书生自抱终军愤，国士谁讥魏绛功""冗散书生空哽咽，捷书谁为破愁颜"③ 的感慨，也希望能够像父亲一样上阵杀敌，而不是只做一介书生。

不过，在京待了近十年之后，被排挤出京，任职山东青州，让王世贞更加清晰地认识到自己的梦想和现实之间的差距，他认为"京师且十载，所目睹乃大谬不然者"④。因此，即使王世贞在青州任上非常努力，取得了一些功绩，诋毁者还是在造谣生事，不断抹黑王世贞，他向徐中行诉说道："某以残腊辞二尊人，接浙东首，谷日抵青州任。……即一二加振刷，小异矣。而燕中贵人举旧郄齿颊间，几入窜籍。子相外补矣，又欲削明卿籍，其俦强庇之，得免，然沉浮无复上理。"⑤ 诸子四散，文学复古受挫，仕途坎坷，时局多变，加之得罪权贵，导致无论自己如何努力，也无法掌握自己的命运，心生郁闷的他又萌生了辞官归里的想法，他便向父亲询问。而其父因为四月时俺答兵入犯内地，已由兵部左侍郎降右侍郎，王世贞曾经也为之愤懑。不过其父依然坚定仕途之路，不同意王世贞的退却之念。最终王世贞还是听从了父亲的建议，选择了隐忍，然而在闷闷不乐之际，他将眼光投向了著述立言，也就是从这时起，他更加坚定了自己的文

① 王士骐：《明故资政大夫南京刑部尚书赠太子少保先府君凤洲王公行状》，王士骐、屠隆、王锡爵撰《王凤洲先生行状》，上海图书馆藏明刻本。
② 王世贞：《弇州山人四部稿》卷一百一十九《汪伯玉》，美国哈佛大学燕京图书馆藏明刻本，第7叶。
③ 王世贞：《弇州山人四部稿》卷三十三《书庚戌秋事》，美国哈佛大学燕京图书馆藏明刻本，第4叶。
④ 王世贞：《弇州山人四部稿》卷七十一《王氏金虎集序》，美国哈佛大学燕京图书馆藏明刻本，第4叶。
⑤ 王世贞：《弇州山人四部稿》卷一百一十八《徐子与》，美国哈佛大学燕京图书馆藏明刻本，第3叶。

学之路。他向俞允文说道：

> 昨者上计吏还，言朝堂内外尽为煨烬，虏迹所至，漉流欲腥。家君僇力矢石，横拒出塞，幕府上事，翻被镌削。北风甚劲，南幕多乌。又闻携李有数余皇；西则秦晋败堞改阡，心胆尚裂；东则青兖大侠亡命，骨节尽痒。生非其辰，默与变遭，意气所发，亦欲淬砺铅刃，仰希一割之用。既而唯之，手趾束络，踯躅何所。……不佞三月之间，盖以归计阴请于家君再矣，而未许曰："汝其置余何地哉？夫少也，学未成而遽倍君，非所以处也。且使长者亲戈殳之役，而卫其子弟彷徉于鸡狗之社，可尔？"仆敬谢无状，因复需忍，待罪东诸侯，绝旦夕之请。抑郁惨结而不得伸，聊取凤所著作，粗加编定，诗自骚赋、古体以及近代，文则髞序传洎杂著，往往略备。人苦不自知，荐丑百代，以期偏嗜，亦良拙矣。即不量未遂沟壑，尤欲赋二京，志五岳，续子长不竟之编，铲老氏未纯之论，九一其流，付之山川。而所虞如此，所望如彼，是将却日再中、留望为几也。足下能无笑其言乎？①

这段文字记录了王世贞心理的波动历程，刚开始，他和众多热血男儿一样，渴望建功立业，"仰希一割之用"，然而随着涉世的深入，自己的原有认知不断被颠覆，建功立业的希望逐渐渺茫，想要辞官归里亦不得，只能退而求其次，如同孟子周游列国，没有被君王重用，便著述立言，王世贞也意识到著述立言是自身求不朽的最后路径，其内心的反复使他更加认清现状。因此，王世贞在《艺苑卮言》序中明确说："余所以欲为一家言者，以补三氏之未备者而已。"② 这是在填补前人之论的空白，具有开创性。

　　而关于《艺苑卮言》的撰写过程，王世贞自述道："余固少所可。既承乏，东晦于鳞济上，思有所扬挖，成一家言。属有军事，未果。会偕使

---

① 王世贞：《弇州山人四部稿》卷一百二十七《俞仲蔚》，美国哈佛大学燕京图书馆藏明刻本，第4~5叶。

② 王世贞：《艺苑卮言》，凤凰出版社，2009，第1页。

者按东牟，牍殊简，以暑谢吏杜门，无赍书足读，乃取掌大薄蹄，有得辄笔之，投簏箱中。浃月，簏箱几满。已淮海飞羽至，弃之，昼夜奔命，卒卒忘所记。又明年，复之东牟，簏箱者宛然尘土间。出之，稍为之次而录之，合六卷。"① 从中可知，王世贞虽然有创作的想法，但是创作的时间和地点不固定，基本上属于在工作之余著述，且事先没有完全固定的创作体例，"有得辄笔之"，也没有在创作之后的一段时间内就进行整理，只是集中地放在簏箱之中，以至到了第三年时，"簏箱者宛然尘土间"，然后才进行集中整理和编纂。这在一定程度上说明了王世贞创作和编纂的随意性，不过这不能代表他不注重对文章的整理。因为与之相反的是，王世贞非常注重文集的编纂。如《四部稿》是经王世贞亲自编纂和刊刻的，在刊刻前，他多次修正，对徐益孙说："秋来校正拙集，鱼豕之误八百余字，增入说部六卷。……集所以名四部者，赋、诗、文、说为四部耳。"② 他还和陈文烛说道："今年梓拙稿成，得百八十卷，所刷行既少而道远，重虞去人装，聊上说部一种之半，或足佐握尘（麈）耳。"③ 请他帮忙参阅。虽然《续稿》不是经他亲自刊刻的，但确实是他生前进行的集中整理，如他向好友刘介徵说道："检丙子至庚寅，三月终，诗可二十八卷，文可二百余卷，录置篋笥。"④ 而按王世贞的生平年月，丙子为 1576 年，庚寅为 1590 年，并且他于庚寅年十一月离世。王世贞还另请胡应麟为之集中校对，胡应麟叙述道："庚寅秋，闻先生病，则驰小艇过娄江。比至，先生病已革，起榻上，执余手曰：'吾日夜望子来而瞑。吾《续集》甫成编，子为我校而序之。吾即瞑，弗憾矣。'余欷歔唯命，留来玉阁六旬，雪涕与先生别。"⑤ 多亏了胡应麟的及时帮助，王世贞才能在生前将编纂好的《续稿》授予少子王士骏。

---

① 王世贞：《艺苑卮言》，凤凰出版社，2009，第 1 页。
② 王世贞：《弇州山人续稿》卷一百八十二《徐孟孺》，美国普林斯顿大学东亚图书馆藏明刻本，第 16 叶。
③ 王世贞：《弇州山人续稿》卷一百八十九《陈玉叔》，美国普林斯顿大学东亚图书馆藏明刻本，第 1~2 叶。
④ 王世贞：《弇州山人续稿附》卷四《刘绍兴介徵》，浙江图书馆藏明刻本，第 15 叶。
⑤ 胡应麟：《少室山房集》卷四十八《挽王元美先生二百四十韵》，上海古籍出版社，1993，第 305 页。

从《艺苑卮言》到《四部稿》再到《续稿》的编纂中可见王世贞越来越注重著述立言，其文集体量也越来越庞大，多种形式的文稿编纂也基本囊括了其生平的创作。不过王世贞著述繁复，辗转仕途，再加上晚年疾病缠身，心力交瘁，难免有一二疏忽，没有及时收集，如《本草纲目序》不见于王世贞现有文集，却见于明刻本的《本草纲目》。再加上王世贞之后下一代远不如其才，家道中落，其《续稿》没有及时刊刻，导致部分书稿流失，如《读书后》"本止四卷，为世贞《四部稿》及《续稿》所未载，遂至散佚。其侄士骐得残本于卖饧者，乃录而刊之，名曰《附集》"①。另外，王世贞对诸多旧作进行修改，保留的只是修改稿，旧作则通过字画等形式保留下来，但未引起更多人的注意，如藏于北京故宫博物院的《赠王十岳诗》，与《四部稿》中之作居然有 7 处出入。而在这些复杂的形态中，还夹杂着部分托（署）名之作，如焦山碑林中的"王世贞"石刻。当然，这些内容在本书的相关章节中已经进行深入的论述，在此不再重复展开。不过我们可以肯定的是，散佚文献的数量肯定比其文集中的少很多，恐怕真的只是沧海一粟，而且仅够一角之量罢了。如此次搜集的王世贞散佚之作仅为 149 篇，但是《四部稿》诗部就有诗作 4000 余首，文部有各类文章 1400 余篇。另外，还需要认识到的是，此次搜集到百余篇散佚文献，并不意味着王世贞散佚文献搜集工作的全面结束，因为随着越来越多的文献面世，也许还有零散且当下未见的王世贞之作。

没有以文献资料为基础的文学研究，犹如无源之水、无本之木，再加上散佚文献较少进入研究者的视野，对其进行集中搜集，必定能够推进王世贞研究。如新发现的王世贞科举之作，让我们不仅得以认识王世贞当时的创作意识，还能进一步研究其早年文章创作的风格，如其时文不拘泥于八股文风，体现出"气格之高，音节之妙"的风格，与其后来走上倡导复古之路时主张的法度、格调联系紧密。再如新发现的 15 篇像赞，极大地丰富了王世贞像赞体量，也更加突出了王世贞在像赞创作中具有的"文章形式渐趋统一，晚年写作居多""文章叙事偏于散化，突破四言范式""文章内容皆褒无贬，人物塑造单一"等特点，并在进一步丰富赞体文的

---

① 永瑢等：《四库全书总目》卷一百七十二《读书后》，中华书局影印本，1965，第 1508 页。

写作方式、体现文本之间的差异性、提供前人的相关信息等方面具有其自身的文本价值。

除此之外，部分新发现的文献资料虽然价值有限，不能形成新的研究点，但是它们的存在佐证了当下研究的方向。如多篇文献资料涉及王世贞与昙阳子的交游情况，《金字〈心经〉后》一文说道："仙师昙阳子以手书天篆《般若心经》见贻，首尾二百八十二字，诸体可三十余……至于批注《金刚》《楞严》《维摩》，往往得无师之智。"《仙师批注〈维摩诘经〉下卷》则说道："我昙阳师尝手笔圈点《维摩诘所说经》下卷，以示僧无心有，内什、肇、生三公所注有合者，亦时及之，而间以意作数语。盖不规规于章，故而超然独有契于二教之表……"这更加说明，在王世贞追求佛道世界的道路上，昙阳子对其影响巨大且深远。因此，研究王世贞的文学思想、佛道思想，特别是晚年时期的，不能离开昙阳子的影响研究。这对当下的王世贞、昙阳子研究具有一定的帮助。

概而言之，琅琊王氏，从周灵王太子晋、王翦、王祥、王览到王梦声、王倬、王世贞，再到王士骐、王鉴等人，在两千年的漫长发展历程中，王世贞虽然没能像祖辈们一样实现自己驰骋疆场、建功立业的梦想，但是由立功转向立言以求不朽的他，无疑是太仓琅琊王氏榜中最具有文学才能且文名最盛的、能够引领文坛发展的一代盟主。在一定程度上而言，他对琅琊王氏的贡献，超过了一般的立功之举，极大地提升了琅琊王氏的历史地位。散佚文献的搜集，进一步充实了王世贞立言以不朽的内涵，再加上现有的《四部稿》《续稿》等文集，我们可知，在文学、佛道、疾病等叙事中，文学思想是王世贞的核心思想，他始终奉行真情观，又兼博识、格调，走向自然，在盛唐之外，取法白居易，独树一帜，这些影响到他对生活的选择、对佛道的认识，以及患有疾病时仍能继续创作的信念。因此，文学思想影响了其他思想的生成和发展，是全面认知王世贞的重中之重。

参考文献

一 古代典籍

司马迁：《史记》，中华书局，1982。

许慎：《说文解字》，中华书局，2013。

班固：《汉书》，中华书局，1962。

范晔：《后汉书》，中华书局，1965。

刘勰著，黄叔琳注《文心雕龙》，浙江古籍出版社，2011。

萧统编，李善注《文选》，上海古籍出版社，1986。

钟嵘著，陈延杰注《诗品注》，人民文学出版社，1961。

刘昫等：《旧唐书》，中华书局，1975。

李百药：《北齐书》，中华书局，1972。

郭茂倩编撰，聂世美、仓阳卿校《乐府诗集》，上海古籍出版社，2016。

严羽著，郭绍虞校《沧浪诗话校释》，人民文学出版社，1981。

元好问著，狄宝心校注《元好问诗编年校注》，中华书局，2011。

高棅编选《唐诗品汇》，上海古籍出版社，2012。

高启：《高青丘集》，上海古籍出版社，2013。

《景印文渊阁四库全书》，台湾商务印书馆，1986。

胡应麟：《诗薮》，中华书局，1958。

黄宗羲：《明儒学案》，中华书局，2008。

李东阳著，周寅宾点校《李东阳集》，岳麓书社，1984。

李东阳著，钱振民辑校《李东阳续集》，岳麓书社，1997。

李攀龙著，包敬第标校《沧溟先生集》，上海古籍出版社，2014。

李时珍：《本草纲目》，国家图书馆藏明刻本。

李维桢：《大泌山房集》，上海图书馆藏明刻本。

李维桢：《凤洲文抄注释》，美国哈佛大学燕京图书馆藏明刻本。

沈德符：《万历野获编》，上海古籍出版社，2012。

唐寅著，周道振、张月尊辑校《唐伯虎全集》，中国美术学院出版社，2002。

王鏊：《震泽集》，吉林出版集团有限责任公司，2005。

汪道昆：《太函集》，黄山书社，2004。

王世贞：《读书后》八卷，美国哈佛大学燕京图书馆藏明刻本。

王世贞：《凤洲笔记》三十二卷，上海图书馆藏明刻本。

王世贞：《凤洲笔苑》八卷，南京图书馆藏明刻本。

王世贞：《古今法书苑》七十二卷，美国哈佛大学燕京图书馆藏明刻本。

王世贞：《嘉靖以来首辅传》八卷，南京图书馆藏明刻本。

王世贞：《明诗评》四卷，美国哈佛大学燕京图书馆藏明刻本。

王世贞：《弇州山人四部稿》一百八十卷，美国哈佛大学燕京图书馆藏明刻本。

王世贞：《弇州山人续稿》二百零七卷，美国普林斯顿大学东亚图书馆藏明刻本。

王世贞：《弇州山人续稿》三十二卷，上海图书馆藏明抄本。

王世贞：《弇州山人续稿附》十一卷，浙江图书馆藏明刻本。

王世贞：《弇州史料》一百卷，美国哈佛大学燕京图书馆藏明刻本。

王世懋：《王奉常集》，上海图书馆藏明刻本。

王锡爵：《王文肃公文集》，南京图书馆藏明刻本。

吴讷著，于北山校点《文章辨体序说》，人民文学出版社，1962。

徐师曾著，罗根泽校点《文体明辨序说》，人民文学出版社，1962。

袁宏道著，钱伯城笺注《袁宏道集笺校》，上海古籍出版社，2008。

袁宗道：《白苏斋类集》，上海古籍出版社，1989。

陈田辑撰《明诗纪事》，上海古籍出版社，1993。

丁福保辑《历代诗话续编》，中华书局，2006。

段玉裁注《说文解字注》，上海古籍出版社，1988。

方苞编，王同舟、李澜校注《钦定四书文校注》，武汉大学出版社，
2009。

何文焕辑《历代诗话》，中华书局，2004。

李慈铭：《越缦堂读书记》，上海书店出版社，2000。

梁维枢：《玉剑尊闻》，上海古籍出版社，1986。

钱谦益撰集，许逸民等点校《列朝诗集》，中华书局，2007。

阮元校刻《十三经注疏》，中华书局，2009。

沈德潜：《说诗晬语》，凤凰出版社，2010。

沈德潜、周准编《明诗别裁集》，上海古籍出版社，2013。

沈德潜选注《唐诗别裁集》，上海古籍出版社，2013。

沈德潜著，潘务正、李言校点《沈德潜诗文集》，人民文学出版社，
2011。

王夫之：《明诗评选》，上海古籍出版社，2011。

夏燮撰，王日根、李一平、李挺等校点《明通鉴》，岳麓书社，1999。

严可均辑《全上古三代秦汉三国六朝文》，中华书局，2017。

叶燮著，蒋寅笺注《原诗笺注》，上海古籍出版社，2014。

袁枚：《随园诗话》，人民文学出版社，1982。

袁枚：《小仓山房诗文集》，上海古籍出版社，1988。

永瑢等：《四库全书总目》，中华书局影印本，1965。

张廷玉等：《明史》，中华书局，1974。

朱彝尊：《静志居诗话》，人民文学出版社，1990。

二　近人著述

陈大康：《明代商贾与世风》，上海文艺出版社，1996。

陈广宏、侯荣川编校《明人诗话要籍汇编》，复旦大学出版社，2017。

陈国球：《明代复古派唐诗论研究》，北京大学出版社，2007。

陈书录：《明代前后七子研究》，江西人民出版社，1994。

陈文新：《明代诗学的逻辑进程与主要理论问题》，武汉大学出版社，2007。

陈垣：《史讳举例》，中华书局，2004。

陈正宏：《明代诗文研究史》，上海文化出版社，2000。

陈智超：《美国哈佛大学哈佛燕京图书馆藏明代徽州方氏亲友手札七百通考释》，安徽大学出版社，2001。

褚斌杰：《中国古代文体概论》，北京大学出版社，1990。

郭绍虞：《照隅室古典文学论集》，上海古籍出版社，2009。

郭绍虞：《中国文学批评史》，商务印书馆，2010。

郭英德：《中国古代文人集团与文学风貌》，北京师范大学出版社，1998。

黄卓越：《明中后期文学思想研究》，北京大学出版社，2005。

何宗美、刘敬：《明代文学还原研究：以〈四库总目〉明人别集提要为中心》，人民出版社，2014。

贾飞：《王世贞诗文论资料补辑与新论》，社会科学文献出版社，2021。

蒋寅：《中国诗学的思路与实践》，广西师范大学出版社，2001。

郦波：《王世贞文学研究》，中华书局，2011。

李春祥主编《乐府诗鉴赏辞典》，中州古籍出版社，1990。

李壮鹰主编《中华古文论释林》，北京大学出版社，2011。

廖可斌：《明代文学复古运动研究》，上海古籍出版社，1994。

吕浩校点《弇山堂别集》，上海古籍出版社，2017。

罗宗强：《明代后期士人心态研究》，南开大学出版社，2006。

罗宗强：《明代文学思想史》，中华书局，2013。

马积高主编《历代辞赋总汇》，湖南文艺出版社，2014。

钱镜塘辑《钱镜塘藏明代名人尺牍》，上海古籍出版社，2002。

任继昉：《释名汇校》，齐鲁书社，2006。

商传：《明代文化史》，东方出版中心，2007。

《天一阁藏明代方志选刊续编》，上海书店，1990。

孙学堂：《崇古理念的淡退——王世贞与十六世纪文学思想》，天津古籍出版社，2004。

孙卫国：《王世贞史学研究》，人民文学出版社，2006。

谭其骧主编《简明中国历史地图集》，中国地图出版社，1996。

上海图书馆编《上海图书馆藏明代尺牍》，上海科学技术文献出版社，2002。

王英志：《袁枚评传》，南京大学出版社，2002。

王运熙、顾易生主编《中国文学批评史新编》，复旦大学出版社，2007。

王运熙、顾易生主编《中国文学批评通史》，上海古籍出版社，1996。

汪涌豪：《范畴论》，复旦大学出版社，1999。

魏宏远：《王世贞文学与文献研究》，上海古籍出版社，2017。

吴承学：《中国古典文学风格学》，北京大学出版社，2011。

吴兆路：《性灵派研究》，甘肃教育出版社，2001。

许建昆：《李攀龙文学研究》，（台北）文史哲出版社，1987。

许建平：《李贽思想演变史》，人民出版社，2005。

许建平编著《王世贞书目类纂》，凤凰出版社，2012。

徐朔方：《晚明曲家年谱·苏州卷》，浙江古籍出版社，1993。

叶晔：《明代中央文官制度与文学》，浙江大学出版社，2011。

袁世硕等主编《中国古代文学史》，高等教育出版社，2018。

袁震宇、刘明今：《明代文学批评史》，上海古籍出版社，1991。

章培恒、骆玉明主编《中国文学史》，复旦大学出版社，1996。

詹福瑞：《中古文学理论范畴》，中华书局，2005。

詹福瑞：《论经典》，人民文学出版社，2016。

张伯伟：《全唐五代诗格汇考》，江苏古籍出版社，2002。

张建业主编《李贽文集》，社会科学文献出版社，2000。

郑利华：《王世贞年谱》，复旦大学出版社，1993。

郑利华：《王世贞研究》，学林出版社，2002。

郑利华：《前后七子研究》，上海古籍出版社，2015。

朱东润：《中国文学批评史大纲》，武汉大学出版社，2009。

周颖：《王世贞年谱长编》，上海三联书店，2016。

左东岭：《王学与中晚明士人心态》，人民文学出版社，2000。

〔德〕H. R. 姚斯、〔美〕R. C. 霍拉勃：《接受美学与接受理论》，周宁、金元浦译，辽宁人民出版社，1987。

〔美〕刘若愚：《中国文学理论》，杜国清译，江苏教育出版社，2006。

〔美〕Kenneth J. Hammond，*History and Literati Culture：Towards an Intellectual Biography of Wang Shizhen（1526-1590）*，Harvard University，1994.

〔美〕牟复礼、〔英〕崔瑞德编《剑桥中国明代史》，张书生等译，中国社会科学出版社，1992。

〔美〕叶维廉：《中国诗学》，生活·读书·新知三联书店，1992。

〔美〕宇文所安：《初唐诗》，贾晋华译，生活·读书·新知三联书店，2004。

〔日〕吉川幸次郎：《宋元明诗概说》，李庆等译，中州古籍出版社，1987。

〔日〕小野泽精一等编著《气的思想——中国自然观和人的观念的发展》，李庆译，上海人民出版社，1990。

三　论文

陈俊堂、张晖：《王世贞文学理论与其书法理论的联系》，《山西大同大学学报》（社会科学版）2011年第1期。

陈书录：《俚俗与性灵：王世贞的文学创作在士商契合中的转向》，《江海学刊》2003年第6期。

陈书录：《王世贞散文简评》，《苏州大学学报》（哲学社会科学版）2001年第3期。

陈永标、刘伟林：《王世贞美学思想平议》，《苏州大学学报》（哲学社会科学版）1985年第3期。

邓新跃：《王世贞对前七子诗学辨体理论的发展》，《船山学刊》2006年第3期。

杜鹃：《董其昌与太仓琅琊王氏交游考》，《中国国家博物馆馆刊》2020年第1期。

杜鹃：《王世贞对赵孟𫖯绘画的鉴藏与品评》，《故宫博物院院刊》2018年第6期。

何诗海：《王世贞与吴中文坛之离合》，《文学评论》2018年第4期。

胡传海：《神妙之品——读〈王世贞尺牍〉》，《书法》2005年第6期。

金霞：《论"后王世贞"时代的复古派领袖之争》，《南昌大学学报》（人文社会科学版）2017 年第 1 期。

贾飞：《〈艺苑卮言〉成书考释》，《文献》2016 年第 6 期。

贾飞：《王世贞雅慕白居易脞论》，《文学遗产》2018 年第 6 期。

李树军：《王世贞"才、思、调、格"的文体意义》，《江汉论坛》2008 年第 3 期。

郦波：《"鲜华"与"腐套"——论王世贞的应用文创作》，《南京师范大学文学院学报》2006 年第 4 期。

郦波、丁晓昌：《从"文必秦汉"到"文盛于吴"——论王世贞的文章学观念实践》，《苏州大学学报》（哲学社会科学版）2007 年第 4 期。

鲁茜：《王世贞晚年"格调"的深化与坚守》，《河南师范大学学报》（哲学社会科学版）2016 年第 2 期。

罗仲鼎：《从〈艺苑卮言〉看王世贞的诗论》，《文史哲》1989 年第 2 期。

〔韩〕朴均雨：《诗文之"法"论——王世贞的诗文复古理论研究之一》，《文学前沿》2003 年第 1 期。

〔韩〕朴均雨：《王世贞南北文学异同论与文学批评调和论》，《文学前沿》2008 年第 2 期。

李桂奎：《明代士人的雅文化立场与文坛尚雅共谋》，《天津社会科学》2018 年第 6 期。

李新宇：《论晚明小品赋的发展变化》，《文学评论》2012 年第 3 期。

凌利中：《文徵明散考》，《上海博物馆集刊》第 11 期，上海书画出版社，2008。

廖虹虹：《国图藏吴宽手稿本〈吴文定公诗稿〉藏书题跋考释》，《文献》2012 年第 3 期。

罗仲鼎：《从〈沧浪诗话〉到〈艺苑卮言〉——严羽与王世贞诗论之比较》，《浙江学刊》1990 年第 3 期。

马昕：《明前期台阁诗学与〈诗经〉传统》，《清华大学学报》（哲学社会科学版）2021 年第 4 期。

欧阳珍：《王世贞词学思想论略》，《文学界》（理论版）2011 年第

6 期。

孙卫国：《论王世贞〈弇山堂别集〉对〈史记〉的模拟》，《南开学报》1998 年第 2 期。

孙学堂：《王世贞才思格调说辨析》，《聊城师范学院学报》（哲学社会科学版）2000 年第 1 期。

孙学堂：《王世贞与性灵文学思想》，《苏州大学学报》（哲学社会科学版）2002 年第 4 期。

涂育珍：《论王世贞诗乐相合的文体观》，《中南大学学报》（社会科学版）2018 年第 5 期。

王洪：《华察研究》，上海师范大学硕士学位论文，2012。

汪正章：《王世贞文学思想论析》，《广西大学学报》（哲学社会科学版）1995 年第 4 期。

王润英：《论王世贞书序文的书写策略》，《文学遗产》2016 年第 6 期。

吴晟：《王世贞对江西诗的批评》，《学术研究》2016 年第 5 期。

魏宏远：《王世贞晚年文学思想转变"三说"平议》，《浙江社会科学》2008 年第 4 期。

魏宏远：《王世贞〈弇州山人续稿附〉发覆》，《文献》2008 年第 2 期。

魏宏远：《上海图书馆明钞本〈弇州山人续稿〉考》，《图书馆杂志》2009 年第 11 期。

魏宏远：《论王世贞晚年诗歌写作的转变》，《浙江社会科学》2009 年第 11 期。

魏宏远：《王世贞为文的唐宋笔法及恬淡旨趣——以"持论之文"为例》，《文艺新论》2010 年第 1 期。

魏宏远：《论明代中后期"吴风""楚调"之嬗替》，《学术界》2012 年第 2 期。

魏宏远：《王世贞〈艺苑卮言〉的文本生成及文学观之演进》，《陕西师范大学学报》（哲学社会科学版）2016 年第 6 期。

魏宏远：《王世贞诗文集的文献学考察》，《文学遗产》2020 年第 1 期。

魏宏远、徐佳慧：《文本建构与历史重塑：王世贞传文体互渗论义》，《西北民族大学学报》（哲学社会科学版）2021 年第 4 期。

熊沛军：《论王世贞文论与书论的相似性联系》，《广西师范大学学报》（哲学社会科学版）2011 年第 3 期。

郗文倩：《赞体的"正"与"变"——兼谈〈文心雕龙〉"赞"体源流论中存在的问题》，《文艺研究》2014 年第 8 期。

肖之兴：《清代的几个新疆》，《历史研究》1979 年第 8 期。

徐朔方：《论王世贞》，《浙江学刊》1988 年第 1 期。

许建平：《〈弇州山人四部稿〉的最早版本与编纂过程》，《文学遗产》2018 年第 2 期。

徐美洁：《明钞本〈弇州山人续稿〉的辑佚与校勘》，《中国典籍与文化》2014 年第 3 期。

薛欣欣、朱丽霞：《王世贞与唐宋派关系新辨》，《苏州大学学报》（哲学社会科学版）2017 年第 5 期。

薛欣欣、朱丽霞：《明代复古诗学与家族之关系——以王世贞家族为考察中心》，《云南社会科学》2021 年第 6 期。

姚蓉：《太仓两王氏诗人与晚明清初的诗坛流风》，《上海大学学报》（社会科学版）2006 年第 5 期。

叶晔：《"五子"诗人群列与王世贞的文学排名观》，《文学遗产》2016 年第 6 期。

叶晔：《"诗史"传统与晚明清初的乐府变运动》，《文史哲》2019 年第 1 期。

叶晔：《外少陵而内元白——晚明乐府变中"诗史"知识的隐显》，《文学遗产》2020 年第 5 期。

岳进：《以幻为真：文人山水画的镜像观看——以王世贞的山水画题跋为中心》，《美术学报》2020 年第 1 期。

岳淑珍：《王世贞的词学观及其对明代词学的影响》，《南京师大学报》（社会科学版）2011 年第 5 期。

张晨：《近三十年王世贞诗歌研究述评》，《古代文学前沿与评论》2019 年第 1 期。

张世宏：《王世贞述评〈西厢记〉之价值》，《文献》1999 年第 1 期。

张仲谋：《论〈艺苑卮言〉的词学史意义》，《中山大学学报》（社会科学版）2018 年第 6 期。

赵永纪：《王世贞的文学批评》，《苏州大学学报》（哲学社会科学版）1984 年第 4 期。

郑静芳：《论王世贞折衷调剂的审美观念》，《北京化工大学学报》（社会科学版）2010 年第 2 期。

郑利华：《论王世贞的文学批评》，《复旦学报》（社会科学版）1989 年第 1 期。

郑利华：《后七子诗法理论探析——以王世贞、谢榛相关论说考察为中心》，《中国韵文学刊》2009 年第 3 期。

郑利华：《王世贞与明代七子派诗学的调协与变向》，《文学遗产》2016 年第 6 期。

周锡山：《杰出的晚明文坛领袖王世贞及其文艺观述论》，《江苏大学学报》（社会科学版）2017 年第 4 期。

周颖：《王世贞创作实践与文学思想的演进历程及分期问题新议》，《上海交通大学学报》（哲学社会科学版）2016 年第 2 期。

朱燕楠、郭鹏宇：《从离薋园到弇山园：王世贞的艺术交游与园居图景之形塑》，《南京艺术学院学报》（美术与设计）2018 年第 5 期。

后 记

　　读博伊始，詹福瑞老师就推荐我阅读《文选》《四库全书总目》等书，并确定了我以明代文学和文体为研究方向。后来由于我加入了许建平老师的国家社科基金重大项目"《王世贞全集》整理与研究"课题组，自己的研究方向也得到进一步具体化，即研究王世贞的文学思想，并且是从《四部稿》《续稿》等文集中爬梳散存于序、书牍、题跋等文章中的诗文论资料，以补《艺苑卮言》之不足。受此影响，在之后的研究中，我特别注意对相关资料的钩沉，并逐渐扩大到其他文集中的王世贞之作。有一次，我在翻阅科举文献时，无意间在方苞编、王同舟和李澜校注的《钦定四书文校注》中发现两篇标有王世贞名字的科举之作，而其不见于王世贞现有文集，这让我觉得或许是一个新的研究方向，从而坚定了我对王世贞散佚文献搜集的决心，也算是此课题设想的来源，后来发表过相关的文章。为了更好地推进重大项目进展，我跟随许建平老师前往国家图书馆、上海图书馆、哈佛大学燕京图书馆、普林斯顿大学东亚图书馆等国内外图书馆查阅课题资料，又陆续在他人文集中新获取部分王世贞散佚之作，进一步充实了之前的设想。

　　在完成博士学位论文顺利毕业后，我进入南通大学文学院工作，得益于各位领导和同事的关心，我快速地适应了高校生活。没有了博士学位论文的写作压力，我就更加全身心地投入王世贞散佚文献的搜集之中，并注重真伪性的考证。同时，我还扩大搜集范围，在图书馆之外，关注博物馆所藏王世贞字画、探访现有的王世贞碑刻、留意与王世贞有关的拍卖会等，以尽可能地搜集王世贞散佚文献。近几年，由于疫情的影响，出行时更是胆战心惊。记得有一年冬天，我前往中国国家图书馆查阅资料，晚上吃饭时，突然获知附近的海淀区内出现疫情，于是我立马改签机票，第二天就飞回南通，所幸的是此行获取了两篇散佚文献，遗憾的是本来约定的与师友的小聚也只能以我的爽约而作罢。

随着散佚文献搜集工作暂时告一段落，我已经搜集到百余篇散佚文献，然而这并不意味着该项工作的全面结束，因为随着新的古籍文献不断面世，可能还会出现新的王世贞散佚之作，我在以后会继续搜集，并通过专题论文形式进行研讨，以弥补当下的不足。另外，在对搜集的散佚之作进行多次阅读后，我发现能够改变当下研究观点的文章有限，大多是对现有研究的有益补充，如在散佚文献《绿野堂集序》中，王世贞言道："诗词之道，本乎性情，尤关于学养之深邃。"这里涉及王世贞的至情论，以及要基于博识进行创作的观点，而这些在其他散佚文献中却少有提及，以至在具体的论述中，要结合《四部稿》《续稿》等文集，以求论述更加全面。不过，不可否认的是，散佚文献是王世贞文集的重要组成部分，文章涉及王世贞的文学、园林、史学、佛学、书法学等思想，还关乎王世贞与俞允文等友人之间的交游，这有助于王世贞研究和明代文学研究，自有其价值所在。

从读博至今，已有十余年。漫漫长路，幸有良师。非常感谢詹师的引领，开阔我的研究思路，让我坚持王世贞研究，他还不厌其烦地解答我生活和工作中的种种困惑，以启愚智。非常感谢许建平老师的指导，他让我进入课题组，走进王世贞研究。非常感谢郑利华老师的启发，他无私地分享对王世贞的认知，使我少走弯路。非常感谢李桂奎老师的教导，他在我硕士毕业之后，依旧关心和帮助着我的成长。还有杨庆存、廖可斌、朱万曙、方铭、虞万里、沙先一等良师的教诲，让我受益匪浅。

漫漫长路，幸有好友。感谢马昕、叶晔、程苏东、陈斐、孙羽津、王红霞、南江涛、魏宏远、刘剑、肖志涛、侯荣川、白云娇、曹世瑞、林奕锋、孙超、刘立成、黄飞立、汤志波、刘芳亮等友朋，相识有早晚，情谊皆真挚，他们或是启迪我研究方法，或是分享研究动态，或是惠赠研究资料，或是谈论生活百味，让我学而有友，砥砺前行。

漫漫长路，幸有家人。得益于爱人的支持、双方父母的帮助，以及孩子给生活带来的喜悦，我能够快乐地从事文学研究工作。由于爱人喜爱书法，我在搜集散佚文献时，发现书法之作，便多请她先辨认一番；由于我看的书竖排版本较多，孩子较早知道了书还能这样看，也知道了汉字还有繁体字一说；家人围坐在一起，除了谈论当下生活和社会状况外，还会注重对传统文化的讨论，其乐融融。

当然，本书之成，还要感谢项目申报和结项鉴定评审时专家们给出的修改意见，让我精准地看到书稿不足之处，以进一步完善，提升书稿质量。社会科学文献出版社的杜文婕老师多次校对书稿，修正错误，倾注了大量的精力，在此也由衷地表示感谢。

路漫漫，连学富五车的四库馆臣在面对王世贞文集时，都发出"考自古文集之富，未有过于世贞者"的感慨，就更别提才疏学浅的我了。所以此书只能算是王世贞研究的一蹉步，希望能够裨益于学界的相关研究。

贾 飞

2023 年 7 月书于"勉斋"